La dama en cuestión

La dama en cuestión

Victoria Alexander

Traducción de Denise Despeyroux

Título original: *The Lady in Question*

Primera edición: enero de 2010

Marquès de l'Argentera, 17. Pral. 1.ª
08003 Barcelona
correo@terciopelo.net
www.terciopelo.net

Impreso por Litografía Roses, S.A.
Energía 11-27
08850 Gavá (Barcelona)

ISBN: 978-84-92617-29-6
Depósito legal: B. 46.243-2009

Este libro está dedicado a Tory, con amor de mamá.
Darte raíces fue fácil, darte alas ha sido lo más difícil
que he hecho nunca. A pesar de tener unos padres chiflados,
has crecido maravillosamente y tu padre y yo estamos
orgullosos de ti. Extiende tus alas, dulce muchacha,
y ten por cierto que siempre estaremos aquí para ti.

Prólogo

Enero, 1820

¿Podría él realmente cambiar su vida?

Miró fijamente la oscuridad de la noche y el agua aún más oscura, con los sentidos alerta a cualquier sonido extraño, a cualquier movimiento inesperado en aquel lugar apartado de los muelles de Dover. Aquella noche, como siempre, su vida dependía de ello. Un hombre que no permaneciera en todo momento vigilante podía cometer un error, y en aquel caso un error fatal.

Se apoyó contra la pila de embalajes, lejos de las zonas iluminadas de los muelles, una sombra entre las sombras, como cualquier otra criatura de la noche. Siempre le había gustado bastante aquella parte, esa espera de lo desconocido. Había una extraña soledad, incluso un consuelo ofrecido por la oscuridad. En momentos como aquél estaba realmente solo, en compañía tan sólo de sus propios instintos y sus pensamientos íntimos.

¿O acaso ella ya había cambiado eso?

Incluso ahora que él no podía permitirse ninguna distracción, la pregunta reclamaba su atención. No tenía planeado permitir que ella entrara en su vida. No había tramado nada más que usarla para obtener la información que necesitaba. Y desde luego no había pensado en el matrimonio.

Pero la maldita mujer había alcanzado a tocar algo en su interior que él ya creía muerto y enterrado. Ella había visto a través de la imagen de libertino sinvergüenza que él cuidadosamente cultivaba, la imagen de aquel pillo a la caza de mujeres tolerado en los círculos de la alta sociedad únicamente por causa de su origen y de su título, por causa de lo que un día había sido. Tal vez por lo que podría volver a ser.

No.

Por lo que volvería sin duda a ser, de un modo o de otro. Dependía mucho de lo que ocurriera aquella noche. Nunca antes había considerado qué era lo que tendría que hacer para abandonar el trabajo que había estado haciendo, y además bien, durante más de una década. Terminar su relación con el departamento clandestino con el cual había estado discretamente involucrado después de la guerra no sería fácil. ¿Qué otro de esos valientes tontos con los que había trabajado podría cumplir una misión como aquélla tan bien como él? Stephens, tal vez.

—Supongo que has traído el dinero.

Ella surgió de la oscuridad como un fantasma hecho de algo tan inmaterial como la niebla. Le fue difícil ocultar la conmoción que le produjo verla. Por supuesto que hacía años que debería haberse dado cuenta de la verdadera naturaleza de ella. Era un fastidio que no hubiese sido así. Su mente no estaba donde debería estar, y eso era tan peligroso como la mujer que tenía ante él.

—Debería haber sospechado que tu adorable mano estaba detrás de esto. —La voz de él era fría, despreocupada. Como si se hubieran encontrado una tarde paseando por el parque y no en los muelles de Dover en plena madrugada.

—Me sorprende que no lo hayas hecho. —El tono de su respuesta encajaba con el de él. Incluso con aquella débil luz, él pudo ver la delgada y familiar curva de su sonrisa—. Sin duda tu mente estaba demasiado ocupada pensando en tu nueva esposa.

Él se encogió de hombros, negándose a mostrar ni un asomo de emoción ante su acusación.

—Yo estoy tan sorprendida como tú de que hayas dado un paso así. —La curiosidad de su voz parecía auténtica—. No creí que fueras el tipo de hombre capaz de casarte.

—Tal vez no me conocías tan bien como creías.

—Tal vez. —Hizo una pausa—. Tampoco creía que ella fuera el tipo de mujer que usarías para calentar tu cama.

Él contuvo una sonrisa de satisfacción. Una voz en su cabeza le advertía que vigilara sus pasos. La ignoró.

—El tipo de mujer que uno escoge para calentar su cama no suele ser el mismo tipo de mujer que uno escoge para casarse.

Más que oír, él sintió su marcada inspiración. Era una estupidez por su parte atormentarla de esa forma. Pero ella sabía, tan bien como él, que las veces que habían estado juntos habían significado poco más que un rato de diversión por parte de ambos. Por eso le resultaba extraño que ella reaccionara así ante su matrimonio.

—Creo que tienes algo que me pertenece. —Su voz era enérgica y formal, pero cargada de un matiz seco que no auguraba nada bueno.

De nuevo, él ocultó su sorpresa. Si en efecto ella sabía lo que él había encontrado, aquel encuentro era mucho más peligroso de lo que esperaba. Escogió las palabras con cuidado.

—He traído el dinero.

—Excelente. Y yo estoy más que dispuesta a darte los documentos. —Su voz se hizo más dura—. Pero quiero el cuaderno.

Debería haber prestado más atención a los contenidos del cuaderno, pero apenas había tenido tiempo suficiente para echarle un vistazo y hallar un escondite donde estaría seguro hasta que todo aquello terminase.

—No sé de qué estás hablando. —Se encogió de hombros.

—No te creo.

Ella miró por encima de él e inmediatamente él se dio cuenta de que no estaba sola. Sin ningún aviso, unas manos fuertes lo agarraron por los lados. Era inútil luchar. Sólo con ingenio podría salir de aquello.

—Estoy aquí por los documentos, nada más. —Miró a los hombres que tenía a su lado. Ambos pesaban más que él y no había duda de que iban armados. Escapar sería un desafío—. Si haces que estos caballeros me suelten, te daré el dinero que está en mi carruaje.

Ella lo estudió por un momento.

—Tampoco me creo eso.

Sin embargo, le hizo un gesto al hombre de su derecha, que lo soltó y se marchó. El otro le puso los brazos a la espalda y lo sostuvo con firmeza. Al menos era una ventaja. Y su coche estaba a cierta distancia de allí. Al otro hombre le llevaría algún tiempo llegar. Ella tenía razón, por supuesto. El dinero no estaba en el coche, sino que lo llevaba encima.

—Ahora quiero el cuaderno.

—No tengo ni idea… —El hombre que tenía detrás le apretó los brazos con más fuerza y él hizo una mueca de dolor—. Bueno, esto no es de muy buena educación.

—No estoy de humor para ser educada. —Ella se acercó unos pasos y la luz de la luna iluminó el cuchillo que llevaba en la mano. Eso era otra cosa que debería haber esperado. Siempre había sido buena con el cuchillo.

—No puedo darte lo que no tengo. —Él la observó y se preguntó si había un modo mejor que el enfrentamiento para salir a salvo de esa situación. Suavizó su tono—. Pero siempre nos hemos dado placer el uno al otro. Lo hemos pasado bien juntos. ¿Ya te has olvidado?

—No me he olvidado de nada.

—Y nada tiene por qué cambiar entre nosotros simplemente porque yo ahora esté casado.

—¿Y qué pasa con tu esposa?

—Mi esposa tiene mucho dinero. —Se esforzó por dar un matiz despreocupado a su voz—. Ella es una necesidad. Un hombre de mi posición necesita una esposa respetable y un heredero. Mi matrimonio no significa más que eso.

Ella se acercó más, lo suficiente como para besarse.

—De nuevo no te creo.

Pero el tono de su voz revelaba que quería creerlo. Era una buena señal y al mismo tiempo aquello se volvía mucho más peligroso. Las emociones siempre subían las apuestas.

—Tienes que creerme, cariño. Sólo ha habido una mujer para mí. —Bajó la cabeza para encontrar sus labios.

Los labios de ella susurraron contra lo suyos.

—¿La amas?

Él vaciló apenas un instante, pero fue suficiente.

—No —dijo al mismo tiempo que el cuchillo de ella le atravesaba el estómago y un dolor agudo lo desgarraba, cortándole el aliento y doblándole las rodillas.

—Deshazte de él. —Su voz era dura, fría, inflexible.

—Pero el dinero… —dijo el tipo.

—No me importa —le espetó ella.

El hombre lo soltó y él se dio cuenta de que su truco para alcanzar la libertad había funcionado. Incluso mientras se desplomaba inconsciente sobre el agua fría, la confianza en sus propias habilidades y su invulnerabilidad no flaqueó.

No moriría de aquella forma. No allí y no esa noche. Había sobrevivido antes y volvería a sobrevivir esta vez. Ahora tenía mucho por lo que vivir.

Ahora la tenía a ella.

Capítulo uno

Junio, 1820

Queridísima Cassie:

Por fin he regresado a Londres para comenzar a residir en la casa de mi esposo. Soy plenamente consciente de que mamá aún no me ha perdonado por mi trasgresión y continúa prohibiéndote hablar conmigo, pero si de algún modo te fuera posible, ¿podrías hacerme una visita esta tarde? Te echo de menos terriblemente, querida hermana. He llegado hace tres días y aquí no hay nadie para hablar, aparte de los criados, y ellos son realmente muy extraños...

—Dadas las circunstancias, es decir, considerando todo lo que ha sucedido y el tiempo que ha pasado... —Lady Wilmont, Philadelphia, Delia para los amigos y hasta hace apenas seis meses la señorita Effington, recogió un hilo del brazo del sofá, demasiado masculino, que había en el salón de la última casa de la ciudad de su marido, y se esforzó por dar un tono despreocupado a sus palabras—, ¿crees que mamá volverá a dirigirme la palabra algún día?

—La verdad es que en este momento no apostaría por ello. Ha llevado esto más lejos de lo que esperaba. —Cassandra Effington, la hermana menor de Delia tan sólo por dos minutos, alzó ambas cejas con actitud pensativa—. Ya sabes cómo es mamá. Se ha tomado todo esto como una afrenta a las estrellas, como un desafío al destino y ese tipo de cosas.

—Sí, así ha sido, no podía ser de otro modo. —Delia soltó un suspiro de resignación.

—Al final se le pasará. —Cassie se inclinó hacia delante y dio unos golpecitos en la mano de su hermana gemela—. En realidad creo que ahora que has vuelto de tu exilio…

—No fue un exilio, Cassie, estaba en el Distrito de Los Lagos.

Cassie se burló.

—El Distrito de Los Lagos en invierno me parece algo muy parecido a un exilio.

—En absoluto. Además, nuestros hermanos me visitaron y papá me envió cartas.

—Aún así, la mayor parte del tiempo estuviste hospedada con una pariente tan lejana que apenas habíamos oído hablar de ella.

—La tía abuela Cecily. Fue muy amable, aunque bastante reservada, cosa que me vino muy bien, porque lo que necesitaba era tiempo y distancia —dijo Delia con firmeza—. Estar apartada de Londres y del cotilleo y el escándalo.

—Tal vez deberíamos enviar a mamá al Distrito de Los Lagos. También a ella le vendría bien estar un tiempo apartada de…

—¿La ira? ¿El escándalo? ¿La vergüenza?

—Sí, por supuesto, de todo eso. —Cassie agitó la mano ante las palabras de su hermana como si éstas no tuvieran importancia—. Creo que mamá podría manejar la ira, el escándalo, la vergüenza, la humillación, la desgracia, el deshonor…

—Creo que yo no he usado las palabras «humillación», «desgracia» ni «deshonor» —murmuró Delia.

—Se usen o no, están presentes de todas formas —dijo Cassie con firmeza—. Sin embargo, la cuestión es que mamá podría arreglárselas con todo eso y mucho más. Ella es, aunque sólo sea por su matrimonio, una Effington. Y los Effington estamos muy acostumbrados a lidiar con los problemas mezquinos que traen los pequeños escándalos ocasionales.

—Entonces, ¿crees que es un escándalo menor? —Delia se enderezó un poco.

—Oh, por Dios, no. No en este momento, al menos. —Cassie negó con la cabeza con un poco más de entusiasmo del necesario—. No, una Effington que huye con un sinvergüenza con la reputación de lord Wilmont es claramente el mayor escándalo del año.

—Eso supongo. —Delia se hundió en su asiento, una parte

curiosamente sensata de su mente hizo que se recriminara a sí misma el adoptar aquella postura. La señorita Philadelphia Effington nunca tenía un aire desgarbado. Sin embargo, por lo visto lady Wilmont, sí.

—Es muy posible que éste sea el mayor escándalo que ha habido en los últimos años —añadió Cassie—. De hecho, me cuesta recordar un escándalo mayor. Aunque supongo…

—Ya es suficiente, gracias. —Delia suspiró de nuevo y se hundió aún más profundamente en el sofá. La postura perfecta que se espera de una joven de veintidós años bien educada no puede tener mucha importancia cuando una es el centro del mayor escándalo de los últimos años. O del mayor escándalo de todos los tiempos.

—Oh, querida, no te estoy ayudando en nada, ¿verdad? Muy bien. Quizás haya exagerado un poco. Con toda probabilidad únicamente parece algo tan enorme porque ocurrió en diciembre y en esa época hay pocas cosas de las que hablar. —Cassie le lanzó una mirada compasiva—. Debo disculparme, querida, simplemente es extraño para mí encontrarme en esta posición. Y, francamente, creo que es por eso que a mamá le está resultando tan difícil.

Delia alzó una ceja.

—¿Te refieres a que le resulta más difícil porque esta vez no se trata de ti?

—Exactamente. —Cassie asintió con firmeza—. Ella y todo el mundo han creído siempre que si alguna de nosotras tenía que verse envuelta en un escándalo de semejante magnitud, ésa iba a ser yo…

—Podía haber sido mucho peor. Al fin y al cabo, me casé con él —puntualizó Delia.

—En ese caso en particular, me atrevería a decir que eso empeora aún más las cosas —dijo Cassie—. Sigo sin entender por qué lo hiciste.

—Yo tampoco —dijo Delia por lo bajo.

No tenía ni idea de cómo explicar lo que sólo podía atribuir a la locura que la había embargado durante las semanas de la Navidad y finalmente la había conducido al escándalo y su actual y extraña posición de viuda reciente.

Seis meses. Parecía muy poco tiempo para que una vida cambiara tan completamente. Hacía seis meses ella no tenía nada de qué preocuparse en el mundo, más allá de la cuestión de si su hermana y ella encontrarían o no una pareja adecuada durante el próximo año.

—Tus cartas no aportaban mucha información, al menos no sobre nada importante. No hemos tenido oportunidad de hablar desde que todo ocurrió. —Cassie se encogió de hombros con actitud despreocupada—. Huiste tan rápido…

—Yo no huí. Yo… —Delia arrugó la nariz— me escapé. Fue una cobardía por mi parte, lo sé, pero me era difícil en aquel momento aceptar que había perdido la cabeza y había arruinado mi vida.

—No está del todo arruinada. Te casaste con él.

—Acabas de decir que en este caso eso aún empeora las cosas.

—¿Eso he dicho? Bueno, puedo haberme equivocado.

Delia soltó un bufido lleno de desdén y muy impropio de una dama, sobre todo de una dama como la señorita Philadelphia Effington, y sin embargo, muy apropiado viniendo de la viuda lady Wilmont.

Cassie estudió a su hermana detenidamente.

—He tenido mucha paciencia. Pero ya es hora de que me lo cuentes todo.

—¿Todo?

Cassie asintió.

—Absolutamente. Cada detalle. No te dejes ni una sola cosa. Es lo mínimo que puedes hacer. —Se cruzó de brazos, se echó hacia atrás en su sillón y observó fijamente a su hermana—. No tienes ni idea de lo que se siente al descubrir una mañana que tu hermana, tu hermana gemela, ha huido con un hombre…

—Charles —murmuró Delia.

Cassie la ignoró.

—… y tú no tenías ni idea de nada. No tenías ni la más mínima pista de qué estaba tramando. Puedo asegurarte que es muy angustioso. Además, no había ni un alma en toda la casa que me creyera cuando yo afirmaba que era completamente inocente y tan inconsciente de tus intenciones como cualquiera de ellos.

Delia hizo un gesto de dolor.

—Lo siento.

—Papá y mamá me interrogaron como si hubiera traicionado a la Corona.

—Me lo imagino.

—No, Delia. No creo que puedas imaginártelo. Tú nunca has estado en esa situación porque entre nosotras jamás ha habido secretos. Al menos yo nunca he tenido secretos para ti.

—Yo tampoco —se apresuró a decir Delia—. Hasta ahora.

Cassie sorbió por la nariz.

—Todavía no estoy segura de poder perdonarte.

—Pero yo lo siento. De verdad lo siento. —Delia no podía culpar a su hermana por estar preocupada, e incluso enfadada ante la falta de confianza que había demostrado.

—Puedes comenzar a arreglar las cosas contándomelo todo. Sin embargo, no tengo mucho tiempo. Mamá no sabe que estoy aquí.

—Es absurda la forma en que nos está separando, como si todavía fuéramos niñas. —Delia estudió a su hermana—. Debo decirte que tu buena disposición a la hora de cumplir con su edicto me resulta bastante sorprendente.

Cassie se rio, el hoyuelo de su mejilla izquierda era el perfecto reflejo del de Delia.

—Yo también estoy bastante sorprendida. Pero, como siempre he sido la hermana que se tambaleaba peligrosamente en el borde de la respetabilidad, y por lo tanto tú has sido siempre la preferida…

—¡Desde luego que no es así!

—Quizás. —Cassie se encogió de hombros—. Sea como sea, he disfrutado bastante de ser la hermana correcta durante tu ausencia. Es realmente muy agradable, aunque no del todo justo. Siempre he mantenido que las diferencias entre nosotras eran mínimas y sólo superficiales. —Sonrió abiertamente—. Y debo decirte que aprecio el hecho de que tú hayas demostrado que tenía razón.

—Me alegra haberte servido de ayuda —dijo Delia con ironía.

Cassie podría en efecto estar en lo cierto, aunque Delia jamás había pensado antes en aquello.

Las hermanas eran tan parecidas de aspecto como dos guisantes en una vaina, salvo que Delia era diestra y Cassie zurda. Durante mucho tiempo Cassie había creído que lo mismo ocurría con sus temperamentos y siempre había insistido en que la diferencia entre ellas no era más que una cuestión de grado. De matiz. Se consideraba a sí misma un poco más impulsiva, extrovertida y aventurera que su hermana mayor, pero sólo un poco. Delia no solía mostrarse en desacuerdo con ese juicio en voz alta, pero en privado pensaba que la diferencia no era tan poca. Ella se veía a sí misma mucho más tranquila, mucho mas reservada y muchísimo más prudente que su hermana.

—Ahora empieza por contarme exactamente cuándo conociste a Wilmont. —Cassie se echó hacia atrás en su sillón—. Adelante.

—Muy bien. —Delia soltó un suspiro de resignación—. ¿Recuerdas el baile de Navidad de lady Stanley? ¿Recuerdas lo horriblemente lleno de gente que estaba y lo sofocante que resultaba el ambiente?

—Todos los bailes están atestados de gente y tienen el ambiente cargado.

—El de aquella noche aún más. Sentí la necesidad de respirar un poco de aire fresco, así que salí a la terraza.

Entonces, ella había pensado que debía de haber algo especial en el aire de aquella fresca noche de invierno, en el brillo que lanzaban las estrellas, en la invitación de la primavera por llegar. Era la promesa de algo nuevo, desconocido y excitante. Quizás algo como un hechizo de magia, o más aún, quizás algo que ella había estado anhelando siempre pero que, sin embargo, hasta aquel momento no era capaz de reconocer.

—¿Y entonces fue cuando conociste a Wilmont?

—Sí.—Lord Wilmont. Barón Wilmont. Charles.

—¿Y?

—Y… intercambiamos los cumplidos de rigor. —Él había surgido de entre las sombras, casi como si hubiera estado allí esperándola.

—¿Los cumplidos de rigor?

—Supongo que puede considerarse una especie de coqueteo. —Él se había comportado de un modo escandaloso. Totalmente inapropiado y sin duda con excesiva confianza e intimidad. Se sacó la chaqueta y se la puso a ella sobre los hombros. Completamente escandaloso. Y completamente encantador.

Cassie alzó una ceja.

—¿Y tú correspondiste a sus coqueteos?

—Puede que sí. —Delia se encogió de hombros con ligereza. Aquella noche había respondido con una amabilidad, una confianza y un temperamento juguetón que no tenía nada que ver con su naturaleza reservada. En el fondo de su mente, se preguntaba qué demonios la había poseído, pero disfrutó de ello de todas formas—. Un poco, tal vez.

—Ya veo. —Cassie examinó a su hermana durante un largo momento. Delia se resistió a la urgencia de retorcerse en el asiento—. ¿Y después qué?

—¿Después?

—Sí, después. A menos que en aquel mismo momento en la terraza de lady Stanley decidieras que huirías con él, habría un después. ¿Cuándo volviste a verlo?

—Al día siguiente. En una librería, Hatchard, creo que se llama. —Él apenas la había reconocido; se había limitado a inclinar su sombrero y educadamente le había recomendado un libro de poesía, dejándolo en sus manos antes de salir. Dentro del libro ella había encontrado un trozo de papel con su firma y las palabras «hasta que volvamos a encontrarnos». Más tarde, le había vuelto a dar el mismo libro—. Y después en una velada en casa de lady Conord-Smythe.

Lord Wilmont, Charles, no era el tipo de hombre que generalmente atraería a la señorita Philadelphia Effington, lo cual, según lo veía ella ahora, lo volvía más atractivo. Su reputación como derrochador y jugador únicamente rivalizaba con la reputación que tenía como mujeriego. Corría el rumor de que había causado la ruina de más de una mujer y ninguna dama respetable debía dignarse ni tan siquiera a bailar con él. Sus frecuentes ausencias de Londres durante largos periodos en la última década únicamente habían contribuido a aumentar los rumores en torno a él.

Sin embargo, cuando Wilmont se dignaba a aparecer, los lazos que le unían a su impecable familia le permitían la entrada en el hipócrita mundo de la alta sociedad de Londres. Por supuesto, las damas no podían dejar de notar que era extremadamente guapo, con sus cabellos del color del oro, un brillo pícaro en sus ojos y una sonrisa capaz de hacer que una mujer se sintiera absolutamente única. Los caballeros, por otra parte, sabían que al margen de los defectos que pudiera tener, siempre pagaba sus deudas. Además, poseía una significativa fortuna y un antiguo y honorable título, aunque tal vez un poco empañado.

En cuanto a su reputación con las mujeres, todo eran rumores e insinuaciones. Delia, de hecho, no había conocido a ninguna mujer a la que él hubiera arruinado. Las historias que había oído acerca de él podrían muy bien no ser más que invenciones debidas a la envidia por su apariencia, por su riqueza o por su nombre.

No saberlo a ciencia cierta lo hacía aún más misterioso, peligroso y excitante.

Y él la deseaba. Desde el momento en que se habían conocido, ese simple hecho la había vuelto imprudente y osada, en contraste con su naturaleza habitual. Había gozado con aquella diferencia y había disfrutado también por la certeza de que aquel peligroso seductor la deseaba no porque ella fuera un buen partido como esposa, sino porque ella era toda una mujer y él todo un hombre. Ésa era la sensación más embriagadora que nunca había sentido. Y completamente irresistible.

—Y en el baile de año nuevo de lady Bradbourne, y… —Delia sonrió débilmente—. De hecho, me encontré con él bastantes veces.

—Dios santo. —Cassie se hundió en el asiento y la miró fijamente—. No puedo creerme que nadie se diera cuenta.

—Te sorprendería saber lo fácil que resulta escabullirse de un salón de baile abarrotado y retirarse a una biblioteca o un salón vacío. —Delia tamborileó con sus dedos nerviosamente sobre el brazo del sofá. Aquél había sido su secreto, suyo y sólo suyo durante tanto tiempo, que ahora le resultaba de lo más difícil revelarlo, incluso a Cassie, la única persona a la cual Delia nunca había ocultado nada.

—En efecto me sorprendería. Sospecho que puedes enseñarme muchas cosas, querida hermana. —Había en los ojos de Cassie una admiración reticente.

—Me resulta increíblemente difícil hablar de esto. —Delia se levantó y caminó de un lado a otro de la habitación, retorciéndose las manos sin darse cuenta a cada paso—. Creí que, dado el tiempo transcurrido, me sería fácil contártelo, pero veo que no soy muy buena para las confesiones.

—Dicen que es bueno para el alma —dijo Cassie con tono mojigato.

—Lo dudo. A mi alma no le sienta nada bien. Eso son sólo estupideces.

—Tonterías. Oh, no quiero decir que eso sean tonterías —se apresuró a corregirse Cassie—, tal vez un poco sí, pero probablemente no podías evitar enamorarte de ese hombre.

Delia se detuvo y observó a su hermana, sus palabras surgieron antes de que pudiera impedirlo.

—Pero, verás, yo no me enamoré.

Las cejas de Cassie se alzaron con asombro.

—Pero yo creía…

—Oh, lo sé. —Delia hizo un gesto para interrumpir a su hermana—. Yo hubiera pensado exactamente lo mismo: que alguien en mi lugar habría llegado a mi posición porque se habría enamorado locamente, perdiendo todo criterio respecto a lo que es un comportamiento apropiado.

—Me da miedo preguntar cómo fue exactamente.

—Fue… —Delia juntó las manos y trató de juntar valor—. Fue la cosa más excitante que nunca había imaginado. La aventura con la que siempre soñé.

—¿Aventura?

—No sé muy bien cómo explicártelo. —Delia buscó las palabras justas—. Fue algo muy parecido a galopar a caballo demasiado deprisa. Sabes que es peligroso y que es probable que acabes seriamente herida, pero es tan estimulante que en realidad no te importa.

Delia volvió a sentarse en el borde del sofá.

—Ya sé que esto no tiene ningún sentido, pero Charles no es para nada el tipo de hombre que normalmente se interesa por mí. Incluso tú debes admitir que mis pretendientes tenían un carácter sombrío, una tendencia a comportarse de manera formal y seria e interés en encontrar una esposa adecuada. Y eran mortalmente aburridos.

—Bueno, sí, eran bastante…

—En cambio, los caballeros que aspiran a tus favores son apuestos y apasionantes y a menudo tienen un aire peligroso.

—Sí, y yo nunca he acabado de entender por qué. —Cassie negó con la cabeza—. De aspecto somos exactamente iguales…

—Sí, pero hay algo en ti… —Delia examinó a su hermana, tratando de encontrar las palabras—. Por mucho que mirarte sea como mirarme al espejo, hay una diferencia. En tu mirada o tal vez en la inclinación de tu sonrisa. Algo que indica que puedes comportarte de manera totalmente inapropiada ante la más ligera provocación. —Suspiró y se echó hacia atrás en el sofá—. Yo, obviamente, tengo aspecto de ser incapaz de tener ni un sólo pensamiento inapropiado.

—Las apariencias pueden engañar mucho, pues yo en realidad nunca he hecho nada particularmente inapropiado salvo decir las cosas con franqueza. Y en cambio tú has conseguido convertirte en el centro del escándalo.

—Me casé con él.

—Y todo el mundo se pregunta por qué. Por Dios, Delia, la gente cree que Wilmont se casó contigo por la respetabilidad o por el dinero de tu familia…

—De hecho, mi abogado me ha escrito acerca de eso. Al parecer soy bastante rica —murmuró Delia.

—… o para salvar su honor. Por supuesto, eso lo convertiría a él en un hombre mucho mejor de lo que la gente sospecha y haría de ti…

El rostro de Delia enrojeció de repente.

—¿Delia?

Delia se levantó de un salto y cruzó la habitación en un intento inútil de impedir lo inevitable.

—¡Philadelphia Effington! —La voz de Cassie sonaba turbada—. No puedo creer…

Delia se dio la vuelta para mirar de frente a su hermana.

—¿No te había mencionado la excitación de cabalgar demasiado deprisa?

—¡Estabas hablando de una sensación! ¡Maldita sea, estabas hablando de un caballo! Al menos, yo creía que estabas hablando de un caballo. —Cassie la miró fijamente, perpleja—. Tú no lo harías, Delia, yo te conozco. Tú no podrías… Tú no lo harías.

—Tal vez lo haya hecho. —Delia fingía estar atenta a sus uñas—. Una vez.

Durante un momento el silencio reinó en la habitación. Delia contuvo la respiración.

—¿Cómo? —preguntó finalmente Cassie.

La mirada de Delia se encontró con la suya.

—¿Qué quieres decir con cómo?

—¿Cómo lo hiciste? —Cassie entrecerró los ojos—. Sin duda no acometiste ese pequeño galope a caballo…

—¡Cassie!

Cassie la ignoró.

—… en una biblioteca o en un salón vacío.

—Por supuesto que no. —Había un matiz de indignación en la voz de Delia—. Eso sería de lo más inapropiado.

Cassie levantó una ceja sin poder dar crédito a lo que oía.

Delia no le hizo caso.

—¿Recuerdas la noche en que fingí encontrarme enferma y tú y el resto de la familia acudisteis a no sé qué fiesta donde os esperaban?

—Vagamente.

—Yo había alquilado un coche para venir aquí. A la casa de Charles.

—Oh, aquí no podría ocurrir nada inapropiado. —Las palabras de Cassie estaban teñidas de sarcasmo.

Delia alzó las manos frente a ella en un gesto de impotencia.

—Y después de eso Charles insistió en casarse conmigo.

—Ya veo. —La expresión de Cassie era irritantemente evasiva.

—Y desearía que no te refirieras a ello como un galope a caballo. —Delia alzó ambas cejas—. Suena tan poco… decoroso.

—Y no querríamos que sonara así. —Cassie se puso en pie—. Por lo visto estaba equivocada. Fue una buena cosa que se casara contigo. Lástima que se matara al cabo de una semana.

—Sí, ha sido una lástima. —Había una punzada de dolor en

las palabras de Delia. Un lamento ante lo que podía haber sido y también un sentimiento de culpa ante el hecho de que él hubiera muerto y en realidad a ella no le importara tanto como siempre pensó que le importaría el hombre con quien se casara.

—Sin embargo —Cassie se colocó el sombrero con la debida inclinación—, en cierto sentido su muerte ha procurado algún beneficio.

—Me cuesta ver…

—De hecho, no necesitas verlo, porque ya lo veo yo. —Cassie se puso los guantes de una forma deliberadamente lenta—. Nadie sabe que ésta no ha sido una unión por amor, de hecho ni tan siquiera yo lo sabía hasta hace tan sólo unos minutos. —Lanzó a su hermana una mirada acusadora—. ¿He mencionado la poca información que dabas en tus cartas?

—Puede que lo hayas dicho.

—Sé que tu regreso ha vuelto a suscitar comentarios escandalosos, que habían disminuido considerablemente, debo añadir. Así que yo misma me encargaré de rectificar la situación.

—¿A qué te refieres con rectificar? —preguntó Delia lentamente.

—No se necesitará gran cosa, en realidad. Dejar caer cuidadosamente unas palabras aquí y allá y la manera en que el mundo comprende este incidente cambiará radicalmente. Ya no serás el centro del escándalo y la curiosidad, sino de la compasión.

—Cassie, ¿qué vas a…

—Es obvio que te sentiste arrebatada por ese bribón y que a él le ocurrió lo mismo. ¿De qué otro modo podría un hombre con una reputación como la de Wilmont casarse contigo? —La voz de Cassie sonaba orgullosa—. Ojalá lo hubiera pensado hace meses, pero no se me ocurrió hasta que supe que volvías a casa. Tú transformaste a ese sinvergüenza en un hombre virtuoso, pero antes de que ninguno de los dos pudieseis disfrutar de vuestro amor recién descubierto, él murió trágicamente. Entonces tú te exiliaste, llena de dolor…

—El Distrito de los Lagos no es ningún exilio.

—… hasta que has recuperado tus fuerzas para enfrentarte al mundo.

—Esa parte, al menos, es verdad, aunque ha sido la vergüenza más que el dolor…

—Sí, pero mi versión es perfecta, y muchísimo más romántica. La tragedia combinada con el amor es irresistible.

—No creo que…

—Puede que incluso mitigue los comentarios acerca de las sospechas de que Wilmont iba a abandonarte y que por eso se embarcó solo a Francia.

—Eso es absurdo —dijo Delia con firmeza—. Charles tenía negocios urgentes en Francia y no creía que fuera adecuado para mí acompañarle. —Delia odiaba tener que admitir que no conocía a su marido lo suficientemente bien como para saber si en efecto lo que le había contado acerca del propósito de su viaje era cierto. A juzgar por su comportamiento después de casarse, también ella se había preguntado si él iba a abandonarla. Fuera cual fuese la razón de su viaje, le había costado la vida cuando el barco había naufragado durante una tormenta en el Canal.

—Sea como sea, mi idea es brillante y tarde o temprano me la agradecerás. Puede que hasta facilite el perdón de mamá. Me atrevería a asegurar que prefiere ser la madre de una viuda afligida por la tragedia dispuesta a sacrificarlo todo por amor antes que la de una…

—De acuerdo, entonces —se apresuró a interrumpirla Delia—. Supongo que en cualquier caso vale la pena intentarlo.

Cassie le dedicó una sonrisa.

—Será más que un intento, querida hermana, reuniré a las mujeres Effington, excepto a mamá, naturalmente, en un valiente esfuerzo por torcer el rumbo de los cotilleos en tu ventaja. No tengo la menor duda de que podremos conseguirlo.

Por primera vez en mucho tiempo Delia sonrió.

—Será un esfuerzo realmente formidable.

Las damas de la familia Effington eran bien conocidas por la fuerza de su carácter y otras cualidades que podrían considerarse defectos o virtudes según el punto de vista que uno adopte. Hacía mucho tiempo que habían entendido que el poder que ostentaba su familia tenía tanto que ver con la tenacidad de los miembros femeninos como con la de los miembros masculinos.

Cassie se puso los guantes y se dirigió hacia la puerta.

—¿No irás a irte? —Una ráfaga de pánico recorrió a Delia—. Llevas muy poco tiempo aquí y esto es tan espantosamente solitario.

—No quiero irme, pero... —Cassie suspiró— mamá me tiene más vigilada de lo habitual. Está convencida de que si te hubiera tenido más controlada a ti, todo esto no hubiera ocurrido. —Examinó a su hermana por un momento—. Puedes venir conmigo, lo sabes. Papá te recibirá bien y a mamá le será fácil no dirigirte la palabra tanto si estás en casa como si te quedas aquí.

—Me gustaría, pero... —La idea era extraordinariamente tentadora. Volver a casa y hacer como si nada hubiera ocurrido. Pero durante todos aquellos meses de relativa soledad, una de las cosas que había comprendido era que su vida había cambiado para siempre y que no habría modo de fingir que no era así. Además, corría en sus venas la sangre de generaciones de mujeres Effington y ya era hora de comportarse con el coraje que correspondía a su nacimiento—. He escogido mi camino y ahora debo ser consecuente con eso.

—Sabía que dirías eso; me hubiera asombrado mucho que no lo hicieras. —Cassie sacudió la cabeza y sonrió—. Debo decir que te envidio bastante.

—¿Por qué demonios ibas a envidiarme?

—Como viuda no estás sometida a las limitaciones que gobiernan mi vida. Puede que en este momento no te des cuenta, querida hermana, pero eres libre.

—¿Libre? —Delia se cruzó de brazos—. No entiendo cómo puede hablarse de libertad con las restricciones que impone un luto. Simplemente he cambiado unas reglas por otras.

—Pero eso se acabará un día y entonces podrás hacer lo que tú quieras. —La mirada de Cassie era risueña—. Tal vez pueda casarme con un bribón rico que se muera pronto. Alguien lo bastante viejo, a punto de desplomarse, para asegurarme de que enviudaré lo antes posible.

—¡Cassie! —Delia trató en vano de reprimir la risa.

—Era sólo una idea y al menos te ha hecho reír. —Cassie dio un abrazo rápido a su hermana—. No sé cuándo podré visitarte otra vez, pero supongo que al menos podré escribirte y enviarte un criado con mis cartas. Cada día, si quieres.

—Eso sería maravilloso —dijo Delia aliviada—. Me siento muy sola aquí. Esta casa no es muy grande, pero está muy vacía.

—Pero seguro que Wilmont tenía criados.

—Sólo un ama de llaves, que también hace de cocinera, y un mayordomo, y se marcharon en cuanto fui informada de la muerte de Charles. Papá mantuvo la casa cerrada por mí mientras estuve fuera. En cuanto a mi propia criada... ¿recuerdas a Martha?

Cassie asintió.

—Conoció a un granjero durante mi ausencia y se casó con él cuando regresé a Londres, así que tendré que sustituirla. ¿Te conté que entraron a robar en la casa mientras yo no estaba?

Cassie dio un grito ahogado.

—Dios santo.

—Los ladrones lo dejaron todo hecho un desastre y te confieso que fue de lo más desconcertante. No dejaron ni un solo rincón sin tocar. Sacaron todos los libros de las estanterías, vaciaron los cajones hasta el más mínimo detalle, movieron todos los muebles. Era un auténtico caos.

—Delia, ¿estás segura de que estás a salvo aquí?

Delia agitó la mano como para acallar la pregunta.

—Por supuesto. Es normal que pasen estas cosas cuando una casa está vacía tanto tiempo. Afortunadamente, el mismo día de mi regreso llegó un nuevo mayordomo, enviado por una agencia de colocación, supongo. Lo contraté inmediatamente y él a su vez se apresuró a contratar a un ama de llaves y a un lacayo. Se han pasado los últimos días poniéndolo todo en orden mientras yo he estado tratando de descubrir si han robado algo.

—Es una suerte que tengas ayuda, pero ¿no te parece un poco extraño que esos criados hayan aparecido en la puerta de tu casa mágicamente?

—No tiene nada de mágico. Estoy segura de que los antiguos criados avisaron al servicio y ellos simplemente estaban esperando a que yo regresara para enviarme a alguien. —Delia negó con la cabeza—. Y a mí no me molestó lo más mínimo, dado el estado de la casa. Además, sus referencias son excelentes.

—Vi al mayordomo al llegar. Parece muy mayor.

—Y por eso mismo tiene muchísima experiencia. Servirá por el momento —dijo Delia con firmeza. Lo último que quería o que necesitaba era preocuparse por los criados—. Además, vino muy recomendado.

—Bueno, eso es algo, supongo. —Cassie comenzó a abrir la puerta, luego se detuvo y miró a su hermana a los ojos—. Delia, ¿cómo es eso?

—¿Eso?

—Eso. Sabes exactamente a qué me refiero. —Cassie la estudió detenidamente—. ¿Cómo fue con él?

Al comprender la pregunta Delia se ruborizó.

—Oh, quieres decir eso.

—¿Y bien?

—Fue… —Delia luchaba por encontrar las palabras— interesante. Bastante agradable, realmente…

—¿Es verdad que duele? —El tono de Cassie era despreocupado, pero la curiosidad brillaba en su rostro—. ¿La primera vez, quiero decir?

—En realidad, no. Es extraño y un poco incómodo, pero…

—¿Y después?

Delia no estaba dispuesta a admitir, ni siquiera a Cassie, que no había habido nada después de la primera vez. Ni siquiera se había dicho a sí misma que no había sido tan salvaje y magnífico como había esperado. Soltó un profundo suspiro.

—En general, diría que la experiencia tiene un gran potencial.

—¿Potencial? —Cassie alzó una ceja.

—Potencial —dijo Delia con firmeza.

—Potencial —murmuró Cassie—. Suena interesante. —Un momento más tarde, besó a su hermana en la mejilla y se marchó.

Delia permaneció en la puerta del salón lo bastante como para ver cómo el mayordomo, Gordon, despedía a su hermana, luego cerró la puerta y se apoyó contra ella.

Era terriblemente duro haber sido expulsada de la propia familia. Lamentaba eso, pero nada más.

Incluso ahora, Delia sabía que si pudiera volver el tiempo atrás y vivir de nuevo los días pasados, volvería a tomar las mismas decisiones. Oh, haría todo lo posible por evitar la muerte de Charles y también por convertir en afecto lo que había comenzado simplemente como pasión, pero no actuaría de un modo distinto.

Durante los veintidós años de su vida, había sabido que lo que les correspondía, a ella y a sus hermanas, era lucir tan encantadoras como fuese posible, aprender aquellas habilidades que las convertirían en buenas anfitrionas y señoras de la casa y, por supuesto, formar excelentes parejas. ¿Qué otra elección podía haber aparte del matrimonio para las hijas de lord William Effington, el hermano del duque de Roxborough?

Las hermanas en ocasiones habían discutido y a veces habían lamentado el capricho de la naturaleza que las había hecho nacer mujeres sin otro auténtico propósito en la vida más allá del matrimonio y la procreación. Envidiaban mucho a sus hermanos y primos varones, que eran libres para explorar el mundo, correr grandes aventuras y llevar vidas excitantes. Con la edad, descubrieron que había cierta dosis de aventura en las sonrisas coquetas que les lanzaba algún hombre guapo, y cierta excitación en las miradas lanzadas por algún caballero pícaro a través de un salón de baile lleno de gente. La aventura y la excitación no habían tentado realmente a Delia antes de conocer a Charles.

Retrospectivamente, se preguntaba si su rebelión no había estado siempre hirviendo a fuego lento sin saberlo bajo su calma exterior, como una peligrosa y desconocida necesidad de excitación y de aventura, y se preguntó también si el darse cuenta de que se acercaba a una edad en la que ya no podía seguir eludiendo un matrimonio conveniente, con o sin afecto, no habría despertado esa parte de su naturaleza.

A pesar de las consecuencias, aquélla había sido la aventura más grande de su vida.

Ahora simplemente tenía que vivir con ello.

Capítulo dos

La puerta se cerró tras la mujer Effington y él soltó un silencioso suspiro de alivio.

Maldita sea. ¿Qué diablos sabría él de la conducta de un mayordomo, más allá de que debería mostrarse completamente indispensable y a la vez prácticamente invisible?

Anthony Artemis Gordon Saint Stephens, el nuevo vizconde Saint Stephens, había estado en incontables situaciones peligrosas y difíciles a lo largo de su vida, pero ninguna le había resultado tan irritante como aquélla. Podía manejarse bien en las condiciones más pésimas y extremas, pero la conducta de un mayordomo adecuadamente preparado no estaba en su repertorio. Tal vez si los criados de su infancia en la casa de su padre no hubieran estado tan bien entrenados, al menos él habría podido estar más al tanto de sus actividades, aunque lo dudaba. De niño no era demasiado perspicaz.

Se alejó de la puerta y se encaminó hacia la sala de atrás. Al menos la señorita Effington… no, lady Wilmont, no tenía suficiente experiencia como señora de la casa para percatarse de su falta de entrenamiento. Al menos no por el momento. Sin duda el propósito por el cual él estaba allí sería logrado antes de que ella se diera cuenta de que había algo notablemente peculiar en su criado.

En un gesto inconsciente, se rascó la nuca, y entonces se dio cuenta de que debería limpiar de su chaqueta los restos de talco que se habrían desprendido de su cabello. Empolvarse el pelo para aparentar más edad era casi tan molesto como llevar un bigote falso, cejas postizas y gafas, o las pequeñas bolitas de algodón que se había puesto en la mandíbula para distorsionar su rostro; además tenía que estar siempre pendiente de recordar transformar el tono de su voz. Y para colmo los malditos polvos le daban picores.

En realidad la culpa era de Wilmont. Si hubiera cumplido con el plan, siguiendo los procedimientos apropiados, Tony para empezar no se encontraría en aquella situación. No era sólo que Wilmont, inesperadamente, se hubiera casado con Philadelphia Effington, sino que además había descubierto una valiosa información que iba mucho más allá de las pretensiones de su investigación. Lamentablemente, tanto sus razones para casarse como la información descubierta, supuestamente detalladas en un cuaderno de notas, se habían perdido tras su muerte.

Tony trató de ignorar la punzada de dolor que sentía cada vez que pensaba en la muerte de Wilmont. Uno podría pensar que se había acostumbrado a la muerte durante la guerra. O tal vez es un signo de humanidad que uno nunca acabe de acostumbrarse a la muerte, especialmente si se trata de la muerte de un amigo.

—¿Gordon? —lo llamó lady Wilmont desde la puerta del salón. Tony se ajustó las gafas, casi tan molestas como el bigote, apretó los dientes y se volvió hacia ella.

—¿Sí, milady?

—¿Puede reunirse conmigo en la biblioteca un momento?

—Por supuesto, señora.

Ella cruzó el vestíbulo y abrió la puerta de la biblioteca antes que él. Maldición. Debería haber sido él quien hiciera eso. Nunca se había dado cuenta de que los criados tuvieran que ser tan rápidos, y eso era especialmente necesario con un servicio como el de aquella casa, pues el personal, aparte de él, consistía en un ama de llaves y cocinera y en John MacPherson, el lacayo, y los dos tenían tan poco de criados como Tony. Sin duda Tony era consciente de que buscar un lacayo o dos o algunos criados sería muy práctico, especialmente debido al caos que había en la casa tras el regreso de lady Wilmont. Habían registrado concienzudamente todo el lugar. Pero por ahora, Tony, Mac y la señora Miller serían suficientes.

Sin embargo, Tony tendría que hacerlo mucho mejor. Sería un desastre ser despedido antes de tiempo. Claro que lady Wilmont también debería hacer mejor las cosas. Aunque... ¿qué podría esperarse de una mujer capaz de casarse con un hombre al que conoce desde hace menos de un mes? Una mujer que obviamente no tenía la más mínima noción de lo que era un comportamiento correcto. Una mujer como ésa tenía que ser increíblemente estúpida, terriblemente ingenua o espantosamente romántica. Probablemente, las tres cosas juntas.

Lady Wilmont se sentó ante el escritorio de su esposo, se cruzó de brazos con actitud nerviosa encima de una pila de papeles desordenados y soltó un profundo suspiro. Tony se situó ante el escritorio, juntó las manos detrás de la espalda, tratando de adoptar la postura de un buen mayordomo y esperó. Finalmente, ella levantó la vista hacia él tratando de sonreír, con los ojos muy abiertos y una seductora sombra de tristeza. Era curioso que hasta aquel momento él no hubiera notado lo seductores que eran sus ojos. Probablemente no era debido a nada más que a algún capricho de la luz que entraba a última hora de la tarde en la biblioteca. La misma luz responsable de envolver su pelo rubio con un halo dorado. Irónico, dado que él no albergaba la menor duda de que ella no tenía nada de angelical.

—Gordon, tengo que confesarle algo.

Los músculos de él se tensaron.

—¿Sí, milady?

—No sé muy bien cómo hablarle de esto. —Una expresión de impotencia se reflejó en su rostro y él supo, gracias al instinto que le había servido en el pasado, que aquella confesión no tenía nada que ver con el propósito que lo había llevado allí. Trató de endurecerse al verse sorprendido por una ráfaga de compasión. Fuera como fuese aquella mujer, había perdido a su esposo, y cualquiera podría dar por sentado que no se hubiera casado con Wilmont si no albergara algún afecto por él.

—¿Sí?

—Es sólo que... —agitó la mano señalando los papeles— todo esto. No tengo la más mínima idea de qué hacer con ello.

—Discúlpeme, milady, pero no estoy seguro de entenderla —dijo él lentamente.

—Todos estos papeles han estado esperando mi regreso y

debo ocuparme de ellos inmediatamente. Hay facturas y extractos de cuentas bancarias y documentos sobre los intereses y propiedades que Wilmont posee y Dios sabe qué más, y… —su voz sonó asustada— … y yo ni siquiera sé por dónde empezar.

—Tal vez el abogado de lord Wilmont podría…

—No, no. —Ella desestimó su sugerencia con un gesto de impaciencia—. Me reuní con él ayer y… bueno, no me gustó. No, eso no es del todo preciso. Yo no… —reflexionó durante un momento— no confío en él, supongo. Sé que parece una tontería, es obvio que lord Wilmont sí se fiaba, pero había algo en él…

Fueran cuales fuesen los defectos de aquella mujer, tenía excelentes intuiciones. Al menos respecto a eso. Por razones de seguridad, el abogado de Wilmont, el señor Edmund Danvers, se ocupaba también de las finanzas de Tony, y de las de los otros hombres con quienes trabajaba. En realidad, formaba parte del mismo departamento de Tony, pero Danvers era un tipo extraño y Tony no podía evitar sentirse un poco incómodo con él. Nunca había sido capaz de fiarse completamente de él.

—Tal vez su familia podría…

—No. —Alzó ligeramente la barbilla y había una chispa de desafío en sus ojos—. Preferiría no involucrarlos en nada que tenga que ver con mi esposo. —Bajó la mirada a los papeles del escritorio y su voz sonó resignada—. Además, no están especialmente orgullosos de mí en este momento.

El tono de su voz hizo que algo en él se ablandara, y tuvo el extraño impulso de ofrecerle consuelo. Apartó el pensamiento a un lado. Estaba allí para protegerla y, con suerte, para enterarse de lo que ella sabía del trabajo de su marido y lo que éste había descubierto, si es que sabía algo. Además, tenía que ser su criado, no su amigo.

—Sin duda bajo la adecuada…

—Gordon. —Lo miró a los ojos—. ¿Está usted al tanto de mi situación?

Por supuesto que él estaba al tanto de su situación. ¿Quién en Londres no lo estaba? Más allá de su conexión con Wilmont y toda la información personal que él tenía acerca de los acontecimientos de los últimos seis meses y de las últimas semanas en que él mismo había investigado a esa mujer, tenía que haber vivido en una isla desierta de los Mares del Sur para no haber oído nada acerca del escandaloso matrimonio de aquel miembro de la familia Effington.

Aun así, escogió cuidadosamente las palabras.

—Sé que ha perdido hace poco a su marido.

Ella se burló.

—Vamos, Gordon. Puede que yo no tenga ni idea de cómo poner en orden la economía doméstica, aunque me atrevería a decir que puedo ser eficaz organizando una cena, o una velada musical o haciendo un arreglo con flores. Habilidades bastante inútiles, lo reconozco. —Sonrió con ironía—. Pero sé que los criados hablan y que normalmente tienen tanta información como todo el mundo acerca de lo que ocurre, si no más.

—He oído rumores, milady. Pero no les he prestado atención.

—Entonces es usted el único. Lamentablemente, aunque la historia pueda haber engordado al contarse, los hechos son irrefutables. Mi matrimonio fue un poco repentino y… poco prudente por mi parte. Oh, por la suya también, sin duda. Y desgraciadamente él perdió su vida poco después. —Se detuvo un momento como si recordara, o tal vez lamentara, los acontecimientos que la habían llevado hasta aquel punto. Luego respiró profundamente—. Me siento muy sola, Gordon. No es que mi familia me haya repudiado exactamente, pero pasará algún tiempo antes de que su actitud, o más precisamente la actitud de mi madre, cambie y me acoja de nuevo en su seno. —Ella sonrió de nuevo y él se imaginó de qué manera esa sonrisa iluminaría sus ojos si no fuese tan irónica—. Debo pagar por mis pecados, ya lo ve. Y además debo lidiar con mi situación. —Removió los papeles que tenía ante ella y escogió uno—. He estado revisando sus referencias.

—¿Hay algún inconveniente, milady? —No debería haberlo. Sus referencias eran intachables. Totalmente falsas, pero perfectas. Gracias a la habilidosa mano del señor Alistair Pribble, nadie sería capaz de diferenciar sus falsificaciones de un documento verdadero.

—En absoluto. Sin embargo, esta referencia que proviene del encargado de la finca de lord Marchant… —Ella alzó la vista—. Me parece que no reconozco el nombre.

—Era un hombre muy mayor, milady, y sin descendencia. —La mentira surgió con naturalidad de su boca—. No tenía mucha vida social. No es sorprendente que el nombre le resulte desconocido.

Esto último era cierto, sobre todo teniendo en cuenta que lord Marchant no existía ni había existido nunca.

—Entiendo. —Ella estudió el papel—. Aquí dice que es usted extraordinariamente bueno con los cálculos y todo lo concerniente a la economía doméstica. Por lo visto su señor confiaba en usted absolutamente.

—¿Eso dice? —preguntó sin pensar. Condenado Pribble. El tipo era un genio falsificando documentos, pero tenía un peligroso sentido del humor. Era bien sabido en el departamento que Tony no tenía ninguna habilidad con los números. Con una buena dosis de esfuerzo podía llegar a ser aceptable, pero nada más. De todos modos, aquello era culpa suya. Nunca creyó que fuera necesario leer las referencias que le había dado Pribble. Tony nunca se había imaginado que las obligaciones de un mayordomo pudieran ser tan complicadas.

—Sí, eso dice —murmuró ella, todavía estudiando sus referencias.

—Eso fue hace bastante tiempo, señora —se apresuró a aclarar él—. Me atrevería a decir que mis habilidades no son tantas ahora. Estoy seguro de que he olvidado muchas cosas.

—Tonterías, Gordon —dijo ella con firmeza, alzando la vista para mirarlo—. Los números son una de las pocas cosas en el mundo que nunca cambian. Uno más uno siempre han sumado y sumarán dos.

—Es cierto, milady, pero…

—Soy consciente de que ya no es usted tan joven —dijo ella con amabilidad—, y sé que no lleva mucho tiempo como empleado mío, pero hasta ahora no ha habido nada que me haga pensar que contratarle pueda haber sido un error.

—¿Ah, no? —Por lo visto no era especialmente observadora.

—Parece del todo competente en su trabajo.

—¿Ah, sí? —No era nada observadora.

Ella asintió.

—En efecto, lo parece. Además, creo que su edad y su experiencia serán de gran ayuda mientras yo me vaya adaptando a llevar una casa y una nueva vida completamente sola.

—Estoy seguro de que su familia…

—Como le he dicho, no voy a contar con ellos de momento —dijo ella con cierta brusquedad—. Podremos arreglárnoslas entre los dos, Gordon. No voy a dejar las finanzas completamente a su cargo.

—¿Ah, no? —Luchó por ocultar el alivio en su voz.

—No, yo también soy muy buena con las cuentas. Sin embargo, esto es demasiado complicado y necesitaré un poco de ayuda. —Alzó las cejas con frustración—. Lo encuentro todo demasiado confuso, y cuanto más intento organizar las cosas, más me pierdo. Necesito su ayuda para hacer que todo esto tenga sentido y un orden razonable. Una vez lo consigamos, estoy segura de que podré arreglármelas sola.

Qué criatura tan impertinente. Era un descaro atreverse a hacerse cargo de los asuntos de Wilmont. Era de lo más molesto observar a esa intrusa, a esa mujer, inmiscuirse en la vida de su amigo. Sin embargo, una voz en su interior le decía que ella tenía todo el derecho a hacerlo. Puede que fuera una mujer entrometida, pero también era, por la razón que fuese, la esposa de Wilmont.

Ésa también era una pregunta sin respuesta por el momento.

—¿Gordon? —Ella inclinó la cabeza y lo miró, con una vaga sonrisa jugando en sus labios. Él volvió a pensar que debía de ser la luz la que hacía que sus labios lucieran tan rojos, intensos y atractivos—. Me doy cuenta de que no habría previsto tener que ocuparse de este tipo de asuntos…

—Le prestaré toda la ayuda que esté en mi poder prestarle, por escasa que pueda ser.

No tenía otra elección, dadas las referencias de Pribble. Además, el examen de las finanzas y los papeles personales de Wilmont podría reportarle algún beneficio, aunque era bastante improbable. Fuera como fuese Danvers, sin duda, era un excelente abogado y su lealtad hacia el departamento estaba fuera de toda duda. Si hubiera habido cualquier irregularidad, Danvers se lo habría comunicado a Wilmont inmediatamente.

—Excelente. —La voz de ella sonaba aliviada—. Le estaré eternamente agradecida, Gordon. Entonces, creo que podemos empezar…

—¿Disculpe, señora, desea empezar ahora? —Los años de entrenamiento ocultaron el pánico en su voz—. Es ya bastante tarde y creo que una tarea como ésta se presta más a ser comenzada por la mañana.

—Tal vez en otras circunstancias, pero… —Tan sólo por un instante su voz se tiñó de ese irritante matiz de impotencia. Pero enseguida se endureció—. Esto se hará más complicado cuanto más tiempo dejemos pasar. Preferiría comenzar cuanto antes. Además, tengo muy pocas cosas que hacer. Aunque tiene razón, se está haciendo tarde y trabajaremos mejor por la noche. ¿Puede pedirle a la señora Miller que prepare una comida ligera? —Miró el reloj que había sobre la repisa—. Dentro de unas horas, alrededor de las siete, y que la sirva aquí.

—Muy bien, señora. —Se volvió y se dirigió hacia la puerta.

Afortunadamente, estaba bastante preparado para asumir tareas que requieren cierta organización. Muchas veces en el pasado había recopilado información que no tenía ningún sentido y la había ordenado de manera lógica hasta conseguir dárselo, y también había hecho lo mismo con papeles o con su propia mente. En esas ocasiones examinaba todas las piezas como si fueran parte de un puzle y hallaba gran satisfacción colocándolas en su sitio. Y aunque su habilidad con los números era pobre, aun así, alguna tenía. Simplemente le llevaría algo de tiempo, y podría echarle la culpa a su avanzada edad.

—Gordon.

Él se volvió.

—¿Sí, milady?

—Dígale que prepare también un plato para usted. —Ella sonrió disculpándose—. Si le parece bien, quiero decir. Me doy cuenta de que es completamente inusual que le pida que cene conmigo, pero sospecho que la nuestra va a ser una familia bastante inusual, sobre todo mientras seamos tan pocos. Sin embargo, si se siente incómodo, entenderé que prefiera comer solo.

—Me encantará comer con usted, milady.

—Y yo le estaré muy agradecida. —Ella le sonrió aliviada y

él se sintió extrañamente conmovido por la gratitud que reflejaba su rostro.

Salió a grandes pasos de la habitación, se dirigió hacia las escaleras traseras y bajó a la cocina. Era una casa del tamaño justo, no muy grande pero perfecta para un hombre soltero que lo que necesitaba era un lugar para dormir en aquellas ocasiones en que residía en Londres.

El mayordomo y la criada de Wilmont habían abandonado su puesto no simplemente por la muerte de éste, sino porque ambos estaban también empleados en el departamento. Eran criados, pero estaban entrenados en algo más aparte de las habilidades domésticas y, tras la muerte de Wilmont, fueron asignados a nuevas misiones. Los hombres como Wilmont y Tony debían estar rodeados de personas que pudieran estar alerta ante cualquier cosa que pudiera ocurrir. Personas en las que pudieran confiar incondicionalmente, cuya lealtad estuviera fuera de toda duda.

Por supuesto, la casa había sido completamente registrada tras la muerte de Wilmont simplemente porque éste era el procedimiento habitual del departamento. No se había encontrado nada significativo, aunque no fue hasta la última semana cuando el departamento supo qué era exactamente lo que estaban buscando. Y no tenían ni idea de qué aspecto podía tener.

Empujó la puerta de la cocina.

—¿Señora Miller?

La mujer, que estaba sentada ante la mesa, alzó la vista y le sonrió.

—¿Sí?

La señora Miller era una de esas raras mujeres que pueden convertirse en cualquier cosa que deseen con un mínimo esfuerzo. Llevaba en el departamento tanto tiempo como Tony, y cuando se trataba de cambiar su aspecto, era tan buena como él, o posiblemente mejor. Él la había visto a veces increíblemente seductora y otras veces totalmente vulgar y sin ningún atractivo.

Para esta misión, tenía el aspecto de una mujer capaz de mezclarse en una multitud sin llamar la atención, sin que nadie llegara a fijarse en ella, sin que nadie se acordara después de su presencia. Aparentaba una edad totalmente indeterminada, entre los treinta y los sesenta años. Su pelo era de color anodino, su figura regordeta y su ropa demasiado suelta. En definitiva, había conseguido la apariencia de una mujer que nadie recordaría y, como siempre, Tony se sentía a la vez impresionado y envidioso de sus talentos.

—Lady Wilmont pide que se le sirva una cena ligera en la biblioteca más tarde. Yo la acompañaré.

La señora Miller levantó una ceja.

—Tú la acompañarás, ¿sí? Debo reconocer que está ocurriendo un poco más rápido de lo que anticipaba.

—Quiere revisar los papeles de Wilmont y desea comenzar cuanto antes. —Tony resopló, irritado—. En mis referencias, Pribble dijo que yo era un maestro en cuestiones de finanzas.

La señora Miller se rio.

—Pribble se divierte con sus bromas. —Estudió a Tony con aire reflexivo—. Y nunca se sabe lo que podrás descubrir.

Los ojos de Tony se cruzaron con los suyos.

—No tengo esperanzas de descubrir nada.

Sin duda hubo un momento la semana anterior en que surgió la idea de que Wilmont podría seguir vivo. Faltaba una tremenda cantidad de dinero, suficiente para tentar hasta al más fiable de los hombres. Por supuesto, pronto descartaron la idea. Trabajase en lo que trabajase, si Wilmont realmente estuviese vivo, ya habría aparecido. Su lealtad a la Corona nunca fue puesta en cuestión.

—De todos modos —dijo la señora Miller con lentitud—, las cosas no son siempre lo que parecen.

—Sé que Wilmont jamás traicionaría a su patria —aseguró Tony.

Charles Wilmont había sido su amigo más cercano, o mejor dicho su único amigo. Habían trabajado juntos durante la guerra y siguieron trabajando juntos en los años siguientes, salvándose la vida el uno al otro en varias ocasiones. Wilmont era un hombre gregario y sociable, mientras que Tony era reservado y solitario, y ambos habían encontrado un buen contrapunto en la personalidad del otro.

—Haz que Mac lleve la cena en cuanto esté lista. —Tony

sonrió con nostalgia—. ¿Existe la posibilidad de que pueda ser al menos mínimamente comestible?

La señora Miller le devolvió la sonrisa.

—Me temo que no.

Se había hablado en el departamento de la posibilidad de instruir a la señora Miller en las sutilezas del arte culinario, pero la mujer se había opuesto cada vez que el asunto se debatía. Si mejoraba incluso un poco su capacidad de cocinar, sabía que se encontraría atrapada para siempre en el papel de la criada en cuanto surgiera la ocasión. Hasta ahora había evitado el ámbito de la vida doméstica, pues un trabajo así definitivamente no era el motivo que la había hecho acercarse al departamento al comienzo, y por otra parte había otras destrezas suyas que se valoraban.

—Tal vez podríamos reclutar a alguien con un poco más de talento —dijo Tony con voz esperanzada.

Habría preferido a un buen cocinero desde el comienzo, pero se decidió que hacía falta otra mujer en la casa aparte de lady Wilmont y, dada la situación de los presupuestos en el departamento, la señora Miller era la única mujer disponible.

—En oficios como éste, es importante que un hombre pueda contar con una buena cena. —John MacPherson entró sin avisar en la habitación—. Me parece que un buen cocinero sería una buena inversión. —Le guiñó el ojo a la señora Miller—. Aunque es cierto que usted tiene otras cualidades que compensan esto con creces.

—Supongo que no estarás hablando de sus cualidades como ama de casa. —Tony no pudo reprimir una sonrisa.

—Si hubiese querido pasarme la vida cocinando y limpiando —dijo ella en un tono exageradamente dulce—, el señor Miller estaría con nosotros todavía.

Tony y Mac intercambiaron miradas. Desde hace mucho tiempo se preguntaba sobre el destino del mítico señor Miller, y se preguntaba incluso si éste habría existido realmente. En efecto, nadie sabía demasiado acerca de los antecedentes de la señora Miller, ni tampoco acerca de la época anterior a que entrara a trabajar para los ingleses, brillando en su capacidad de transmitir información por encima de las líneas enemigas. Hablaba varios idiomas con soltura, no tenía ni una gota de sangre nacional en sus venas e irradiaba un aura seductora que hacía que la mayoría de los hombres en el departamento envidiasen al desaparecido señor Miller.

Tony se aclaró la garganta.

—Simplemente hazlo lo mejor que puedas.

La señora Miller respondió con una carcajada.

—No hace falta poner esa cara, Saint Stephens. Hasta donde yo sé, todavía no he matado a nadie con mis platos.

—Siempre hay una primera vez —dijo Mac en voz baja.

Tony contuvo la risa. Si la señora Miller era un misterio, John MacPherson era un libro abierto. Tony y Mac habían servido juntos durante y después de la guerra, y Mac era una de las pocas personas en quienes Tony había confiado o confiaría su vida.

Tony regresó a la biblioteca. Enseguida sus pensamientos volvieron a la situación presente y sobre todo a la forma en que se había descontrolado de manera tan atroz.

En un primer momento habían acusado a Wilmont por haber descubierto la verdad respecto a los alegatos dirigidos contra miembros importantes de la familia Effington, y concretamente contra el propio duque y uno o más de sus hermanos. Supuestamente, la prueba de estos alegatos se encontraba en la correspondencia que estaba en manos de personas desconocidas que la ofrecían al gobierno a cambio de una gran suma de dinero. La influencia política y el poder de la familia Effington eran tales que, fuese verdadera o falsa, la información contenida en los que en el departamento se habían nombrado como los Documentos Effington provocaría un escándalo de proporciones inmensas y amenazaría la estabilidad misma del gobierno. No se contemplaba la posibilidad de efectuar el pago, pero el superior de Wilmont y Tony, lord Kimberly, y el hombre que era su jefe en esta rama tan secreta del Ministerio de Exteriores, estaban empeñados en descubrir si las acusaciones eran en realidad ciertas.

Se suponía que Wilmont tenía que cortejar a una de las muchachas solteras de los Effington con el propósito de convertirse en un visitante bien acogido en futuras reuniones familiares.

Un caballero que persiguiese activamente a una de las jóvenes hijas de los Effington tendría garantizado un sinfín de invitaciones a encuentros familiares, incluso tal vez una visita a Effington Hall, la casa de campo del duque de Roxborough. Y si dicho caballero era un hombre de reputación cuestionable, era más que probable que algún miembro de aquella familia tan poderosa tuviera ganas de conocer —o más bien de inspeccionar— al pretendiente. En el caso de Wilmont, la inspección sería recíproca.

Se decidió que una de las sobrinas gemelas del duque de Roxborough sería la más apropiada para este propósito. Al fin y al cabo, tenían una edad en la que debían de estar preocupadas por sus opciones de encontrar un marido y aburridas ante las posibilidades que se les presentaban. Un hombre como Wilmont, a pesar de su reputación, podría resultar atractivo a jóvenes como ellas.

Tony se sorprendió cuando vio que Wilmont dirigía su atención a la señorita Philadelphia Effington, que tenía fama de ser más seria que su hermana y por tanto probablemente se mostraría más escéptica ante las atenciones de un célebre vividor. Más de una moneda cambió de manos entre miembros del departamento el día en que la elección de Wilmont fue divulgada. Sus atenciones no debían haberlo llevado tan lejos.

A partir de ese momento, las cosas se desbocaron totalmente. Wilmont afirmó que alguien se había puesto directamente en contacto con él en relación a la venta de los Documentos Effington, tal vez porque él ahora era un Effington por matrimonio, e insistió en que se le permitía encargarse de la compra. Con este fin, le otorgaron la cantidad principesca de cincuenta mil libras en billetes. El intercambio tendría lugar en el barco a Francia, pero ni el dinero ni los documentos fueron recuperados después de la muerte de Wilmont. Tampoco hubo nuevos contactos con las partes involucradas, que a pesar de los intensivos esfuerzos del departamento, permanecían sin identificar. Se suponía que ellos, como Wilmont, habían muerto ahogados en La Mancha y se creía que el incidente estaba cerrado por completo.

Hasta que la semana anterior una investigación sin ninguna relación reveló la noticia de que se había visto a Wilmont con una mujer en el muelle de Dover, y que además él nunca había llegado a subirse al desafortunado barco. Ahora la investigación se había concentrado en la viuda y su casa. Y naturalmente había surgido la pregunta sobre si él estaba o no estaba de verdad muerto.

Inmediatamente se envió a varios hombres al pequeño pueblo cerca de Grassmere donde lady Wilmont estaba viviendo, para ver si su marido la había visitado o quizá estuviera allí con ella. No descubrieron nada irregular. De hecho, al parecer lady Wilmont había pasado esos últimos meses en una soledad interrumpida tan sólo por largos paseos al pueblo y visitas ocasionales de sus hermanos.

Sin embargo, su regreso a Londres coincidió con un informe que decía que la mujer vista con Wilmont también podría estar en Londres. Según las fuentes, esta mujer no se hallaba en posesión del cuaderno y estaba empeñada en recuperarlo. Lo que fuese que hubiera en ese cuaderno ya había conducido a la muerte de Wilmont y el departamento estaba convencido de que la vida de su mujer también podría estar en peligro. Dado que su viudez se debía a un error del gobierno y era, además, la sobrina de un duque poderoso, se resolvió emplear todos los medios necesarios para protegerla. La forma más discreta de hacerlo —y de averiguar, a la vez, cuánto sabía del asunto, y a lo mejor atrapar a quienquiera que buscase ese cuaderno, que probablemente sería además responsable de la muerte de Wilmont— era hacer que unos agentes de confianza se hiciesen pasar por sus criados. Sin que ella lo supiera, por supuesto.

La dama en cuestión estaba estudiando los documentos de Wilmont cuando Tony volvió silenciosamente a entrar en la habitación. Tenía que reconocer que era encantadora, al igual que su hermana. Ninguna de las dos era de una belleza excepcional, pero sí superior a la habitual. Se decía que Cassandra era la más impulsiva y franca de las dos, pero por lo que Tony había observado hasta el momento, eso podría ser una percepción errónea. Había una chispa en los ojos y una seguridad en el mentón de lady Wilmont que hacían pensar que estaba hecha de una materia mucho más consistente de lo que se sospechaba.

—Entonces, Gordon —dijo, sin levantar la mirada—, si tiene usted la gentileza de acompañarme, podremos comenzar.

Él se acercó al escritorio y vaciló un instante. Anthony Saint Stephens nunca en su vida se había sentido desconcertado respecto a cómo actuar, pero en ese preciso momento no tenía ni la menor idea de qué hacer. ¿Debería quedarse de pie? ¿Sentarse? ¿Inclinarse sobre el hombro de la dama? ¿Y eso no resultaría presuntuoso? ¿No sólo para un criado, sino también para cualquier hombre?

Intentó convencerse a sí mismo de que aquel papel era igual a tantos otros de los que había representado en el curso de su trabajo, pero un hecho flagrante saltaba a la vista: era totalmente distinto. Las personas que había engañado en el pasado, como parte de su servicio a la seguridad nacional, eran criminales o gente bajo el mando traidor de potencias extranjeras, y en cambio ahora se hallaba ante la hija descarriada de una de las familias más prestigiosas de Gran Bretaña. De golpe la mascarada se le antojaba no sólo deshonesta, sino también de algún modo éticamente reprobable.

—Siéntese, por favor, Gordon y deje de rondar a mis espaldas —dijo lady Wilmont en voz baja—. No soporto a la gente que ronda detrás de mí.

—Sí, milady. —Respiró hondamente, acercó una silla y se instaló al lado del escritorio y a la derecha de lady Wilmont, manteniendo una distancia discreta, pero lo suficientemente cerca para examinar los documentos que estaban dispuestos sobre el escritorio.

Ella le dirigió una mirada y sonrió.

—Excelente. —Su mirada volvió a los variados documentos—. Quiero comenzar con éstos. Por lo visto dan los detalles sobre algún tipo de propiedades, pero no llego a comprender del todo…

Resultaba todo mucho más complicado de lo que él había anticipado, y en unos pocos instantes se encontraba sumergido en la compleja tarea de desentrañar las finanzas de Wilmont. Las inversiones de éste eran más variadas y extensas de lo que había previsto Tony y cautivaron su atención. Casi logró olvidarse del intangible aroma floral del perfume que le llegaba con cada gesto de lady Wilmont, del azul desconcertante de sus ojos cada vez que su mirada perpleja se encontraba con la suya y del hoyuelo tan hechizante que le aparecía en la mejilla derecha cuando muy de vez en cuando sonreía.

Casi, pero no del todo.

En un rincón de su mente que no estaba ocupado con la complejidad de los documentos y los papeles legales, se preguntaba si no había unas profundidades en lady Wilmont que eran imposibles de ver en la superficie.

Y se preguntaba también por qué le resultaba todo tan cautivador.

Capítulo tres

—Bueno —dijo Delia, analizando tristemente el pedazo de queso que sujetaba entre los dedos—, ésta es una comida que no podía estropear.

Gordon resopló, mostrando que estaba de acuerdo, luego se sobresaltó por lo inadecuado de su reacción.

—Le ruego que me perdone, milady.

—No se preocupe, Gordon. Su reacción ha sido perfectamente aceptable, dada la dramática ausencia de talento culinario de la señora Miller.

Comió un trozo de queso, luego se acomodó en la silla e inspeccionó las fuentes de comida que el ama de llaves había preparado. Fiambres, queso y panes no eran exactamente lo que había imaginado Delia cuando pidió una cena ligera. En su casa el cocinero habría preparado un capón delicioso en una salsa ligerísima de nata con un toque exquisito de delicadísimas especias. Delia suspiró al recordarlo.

—Perdóneme si lo menciono, milady, pero quizá sería una buena idea si me diera permiso para buscar a alguien que ayudara a la señora Miller en la cocina. —La expresión de Gordon al decir esto era perfectamente neutra—. Mientras nos queden fuerzas para hacerlo.

Ella lo miró durante un rato, se rio y se dio cuenta de lo delicioso que era reírse sobre algo tan frívolo.

—Estoy segura de que nuestras fuerzas aguantarán un poco más, pero está claro que es muy poco competente.

—En la cocina desde luego sí, milady.

—Me ha decepcionado un poco, sobre todo teniendo en cuenta que usted me dijo que tenía unas referencias excelentes.

—Las referencias a veces engañan, milady —dijo con firmeza.

—Pues sí, me imagino que usted debe de ser un experto en esas cosas.

Unas cejas abundantes se movieron nerviosamente sobre sus anteojos.

—¿Milady?

—Si no me equivoco, usted se ha encargado de contratar a los criados en sus trabajos anteriores.

—Sí, por supuesto. —Hubo una sutil nota de alivio en su voz.

Delia lo contemplaba con aire reflexivo. Pobre hombre. Tal vez estaba perdiendo su criterio, pero no había visto indicios de ello en el trabajo que estaban haciendo esa noche. Parecía tener una mente tan aguda como la de un hombre mucho más joven. De todos modos, desde su llegada, ella se había dado cuenta de que parecía un tanto confuso respecto al cumplimiento de sus deberes. No se trataba de nada verdaderamente significativo, pero en muchas ocasiones era como si no supiera exactamente qué hacer a continuación.

Ella reprimió un suspiro. Aquella casa que había formado resultaba bastante anómala: una cocinera y ama de llaves que no sabía ni cocinar ni limpiar decentemente, un escocés con un brillo demasiado atrevido en sus ojos tratándose de un criado y un anciano medio renqueante. Le permitiría —no, le animaría— a buscar a alguien para encargarse de los deberes culinarios de la señora Miller, pero ésta podría mantener su puesto como ama de llaves, al menos por el momento. La señora Miller parecía una persona agradable, y aunque no fuese demasiado competente, un rostro amable en la casa servía como recompensa. Quizás le hacía falta un poco de tiempo para adaptarse, como parecía ser el caso, en realidad, con todos ellos. Cabía esperar que con el paso de los días sus habilidades mejoraran.

En cuanto a Gordon, él también podría seguir bajo el mando de Delia durante el tiempo que quisiese. Era gentil y bienintencionado, y era evidente que necesitaba el empleo. Dada su edad, seguramente sería el último. Quizá podrían encontrar un ayudante de mayordomo o asistente de criado. Al contratarlos, se había comprometido tanto con él como con la señora Miller y

MacPherson, y respetaría su compromiso. Había que tener cierta responsabilidad hacia la gente que se contrataba. En muchos sentidos, ellos formaban parte no sólo de la casa sino también de la familia. Aunque por ahora no conociera bien a ninguno de sus empleados, estaba totalmente convencida de que los tres sentían un mismo compromiso hacia ella.

Delia se echó atrás en la silla.

—¿Le puedo hacer una pregunta personal, Gordon?

Durante una fracción de segundo él dudó.

—Como usted quiera, señora.

—¿Por qué usa polvos en su pelo? Es un poco anticuado y le hace aparentar mucha más edad de la que tiene, como sucede también con su bigote. Además, usted tiene una cabellera abundante. Muchos hombres, entre ellos mi padre —lo dijo sonriendo— pagarían por tener un pelo como el suyo.

—Se lo agradezco, milady. —Se detuvo, sin duda para recomponer sus pensamientos—. Soy un hombre de una época, señora, en la que el uso de la peluca y el cabello empolvado fueron algo obligatorio para gente de mi condición. A lo mejor soy simplemente un hombre de costumbres fijas. En cuanto al bigote, se trata de una preferencia personal y sin duda un poco de vanidad de mi parte.

—¿Cuántos años tiene? —Hizo una mueca de arrepentimiento—. ¿Es demasiado personal la pregunta?

—De ninguna manera, señora —dijo, sin vacilar—. Tengo sesenta y un años.

—¿Tan mayor? —murmuró. La confesión la sorprendió. A pesar de que ostentara varios rasgos propios de su edad, ella se había fijado en que se movía con la gracia de un hombre mucho más joven.

—Aún soy capaz de cumplir con mis deberes, señora —dijo él con firmeza.

Ella se arrepintió enormemente de su comentario.

—Por supuesto que lo es. No he querido sugerir lo contrario. —De manera impulsiva se inclinó sobre el escritorio y puso su mano sobre la de él—. Y tendrá su puesto aquí durante el tiempo que quiera.

Él retiró la mano educadamente.

—Le estoy muy agradecido, milady.

—Cuando las cosas se tranquilicen un poco, podrá buscar a un cocinero que sustituya a la señora Miller en esa parte de sus tareas. Entretanto, tendremos que apañarnos con ella. —Hizo un gesto con la cabeza—. No va a ser fácil, pero estoy convencida de que resistiremos.

—Como usted quiera. —Delia no contuvo una sonrisa al oír el tono claramente sombrío en la voz de Gordon. Este mayordomo suyo no expresaba su opinión en voz alta, pero era evidente que le haría saber la exacta naturaleza de sus pensamientos sobre cualquier tema.

Se le ocurrió que Gordon podría ser tal vez la única persona con la que podía contar de verdad en aquel momento.

Él se levantó para recoger los platos y las fuentes, amontonándolos de manera alarmante y francamente peligrosa sobre la bandeja que había dejado MacPherson. Delia había pasado su vida hasta entonces rodeada de criados incuestionablemente eficaces. Era evidente que esa época se había terminado.

Se levantó de un salto.

—Espere, déjeme ayudarle. —Dio la vuelta en torno al escritorio y tendió la mano para ayudar a equilibrar la bandeja, rozándolo en el proceso.

Él arrancó la bandeja de sus manos y dio un paso hacia atrás, mientras los platos se tambaleaban amenazadoramente.

—Le agradezco su ayuda, señora, pero soy perfectamente capaz de hacer esto.

Giró sobre sus pasos y avanzó hacia la puerta, sosteniendo la bandeja incómodamente en una sola mano, abriendo la puerta con la otra y sujetándola con un pie. Antes de que ella pudiera decir ni una palabra, había desaparecido, dejándola de lo más sorprendida.

No cabía duda de que se desplazaba muy rápido para la edad que tenía. Además, le había parecido sorprendentemente robusto cuando involuntariamente lo había rozado al pasar. A pesar del efecto que los años habían ejercido en su mente, parecía mantenerse en muy buena forma física. Al menos no tendría que preocuparse por el peligro de que se derrumbara mientras servía el té. También había otra cosa peculiar en Gordon, pero no lograba precisar qué era. De todos modos, probablemente carecía de importancia.

Regresó a su silla y respiró con cansancio. De momento Gordon y ella habían conseguido organizar los documentos referidos a las inversiones de Charles. Por supuesto, quedaba mucho trabajo por hacer, pero ya tenía una comprensión básica de cuánto valía Charles; o de cuanto valía ella. Y era muchísimo más de lo que se había imaginado. Nada comparable con la fortuna de los Effington, desde luego, pero de todos modos impresionante. En realidad, ella era una mujer muy rica. Una mujer muy rica e independiente.

Una viuda muy rica, con todas las libertades que la viudez y la riqueza ofrecía.

De cualquier modo, lo cambiaría todo por la oportunidad de recuperar a su marido y enderezar lo que se había descarrilado de manera tan terrible.

Oh, sin duda él no era el gran amor de su vida, y era evidente que tampoco la había amado, pero a ella le gustaba. Y creía que ella también le gustaba a él. Hasta después de la boda.

Charles había conseguido una licencia especial y se casaron en privado muy temprano por la mañana dos días después de que ella hubiera compartido su cama. Luego él insistió en ir a ver a su familia. Hubo que sudar sangre durante el resto de ese día tan interminable. Su padre y sus hermanos con rostros sombríos y amenazadores, y su madre llorando y arrojándose por el cuarto en ataques de desesperanza ante el escándalo inminente de un matrimonio improvisado entre un Effington y ese... ese... hombre. Un matrimonio así estaba totalmente opuesto al orden de las cosas, y sólo podía terminar en el desastre. Luego estaba el manifiesto dolor de Cassie al verse excluida de cualquier conocimiento de la ruinosa aventura de su hermana. Charles se había portado con frialdad y seguridad, y Delia se sentía hasta orgullosa de su forma de presentarse ante la familia.

Fue sólo cuando Delia y Charles volvieron a estar solos que su personalidad pareció dar un cambio y ella se dio cuenta del error que había cometido. Oh, no por haber sacrificado su virtud. Probablemente, eso resultaba mucho más preocupante para los demás que para ella. Desde hacía tiempo sabía que la mayoría de los hombres que querían casarse con ella lo hacían principalmente por su familia y su posición y su dote, y no les iba a detener su estatus de mujer arruinada.

No, la magnitud de su error estribaba en no haber conocido a fondo la personalidad del hombre a quien se había atado para el resto de su vida. Charles se mostraba cada vez más preocupado e introvertido, como si fuese un hombre apremiado por asuntos urgentes. Asuntos que se negaba a compartir con ella. Pasaba mucho tiempo fuera de casa, y cuando estaba cerca de ella sus modales se hicieron bruscos y hasta fríos. Se mostraba reticente a la hora de hablar con ella y reacio incluso a estar en su presencia. Era como si, después de casarse con ella, ya no quisiera mantener ningún trato. Como si lamentara incluso haberla llegado a conocer. Y ella dormía sola.

Su semblante la confundía, la hacía sufrir y le daba bastante miedo. Cualquier esperanza que hubiera albergado de que el afecto y hasta el amor pudiesen crecer entre los dos se esfumó. Llevaba en su pecho un peso enorme y buscó alguna forma de escapar del terrible lío en que se había metido. Descartó la idea de volver con su familia; eso sería reconocer no sólo su error sino también su fracaso. Los Effington, incluso las mujeres Effington, no fracasaban nunca. No, ella se quedaría con Charles, y si eso significaba un matrimonio que no consistía en más que dos extraños viviendo juntos en la misma casa, pues que así fuese. De todos modos, confiaba en que fueran capaces, con el tiempo, de recuperar el afecto amistoso y la pasión que habían compartido.

Ni en sus peores sueños había pensado que no habría tiempo.

Nunca habría deseado su muerte, pero su fallecimiento tan prematuro la había librado de votos que no debería haber asumido. Al casarse con ella, él había transformado su vida por completo. Al dejarla viuda, su regalo fue la libertad y una vida totalmente nueva que podía ofrecerle lo que quisiese. Y si el precio de ese regalo era la culpa y un corazón lastrado con el arrepentimiento por lo que había hecho, ella sería capaz de sobrellevarlo. No tenía otra opción.

—Lady Wilmont. —Alzó rápidamente los ojos cuando la voz de Gordon le llegó desde el umbral de la puerta—. No quisiera ser presuntuoso, señora, y sé que usted sólo quería ayudarme, pero debe permitirme desempeñar mis deberes y… —Frunció las cejas por encima de los anteojos, mientras se acercaba—. Discúlpeme, señora, pero ¿se encuentra bien?

De repente, ella se dio cuenta de que tenía las mejillas empapadas de lágrimas que habían caído sin que ella se percatase. Se las secó con el dorso de la mano.

—Remordimientos, Gordon, nada más que remordimientos. —Bajó la mirada hasta los documentos que había sobre el escritorio y se puso a ordenarlos sin ningún propósito—. Y ya que hay poca cosa que se puede hacer con los remordimientos, son totalmente insensatos.

—Entiendo. —Su voz sonaba tan dulce que ella no estaba segura de si realmente había hablado.

Durante unos momentos barajó los documentos, en un intento de recomponerse. No había llorado desde el día en que le anunciaron la muerte de Charles, e incluso entonces se había preguntado si estaba llorando por él o por ella misma. Maldita sea, se había metido en un lío tremendo. Y ahora se sentía culpable respecto a todo, como si incluso la muerte de su marido hubiese sido de algún modo culpa suya. Como si el simple hecho de haberse casado con él, sin quererlo hubiese conducido de alguna manera a su fallecimiento. Si lo hubiese amado de verdad, ¿lo habría dejado emprender un insensato viaje a Francia? Todo aquello era absurdo, desde luego, su sentido de la ética y el deber no hacían más que atormentarla. Y al fin y al cabo Charles tampoco la había querido a ella. Además, ¿acaso no era cierto que la mayoría de la gente que ella conocía se casaba por motivos que no tenían nada que ver con el amor?

Respiró hondo y empezó a hablar con un tono brusco.

—Tiene toda la razón, Gordon, tendría que permitirle hacer su trabajo sin ayuda. Usted es extremadamente competente y yo no debería…

—Discúlpeme, milady.

Levantó la mirada. Gordon estaba de pie ante el escritorio, con un gesto entristecido y preocupado.

—Le pido perdón, señora. Tal vez sea demasiado consciente de mi edad para ser tan discreto como quisiera. Usted intentó ayudarme, y se lo agradezco.

—Acepto su gratitud. —Era, verdaderamente, un hombre muy entrañable, y si resultaba un poco confuso a veces o sensible respecto a su edad, había que aceptarlo como algo normal y olvidarlo—. Ahora bien…

—Discúlpeme, señora, pero… —Se detuvo, como si estuviese buscando las palabras precisas—. Me doy cuenta de que usted se encuentra en una posición muy difícil, y carece de cualquier consejo de parte de su familia, así que me gustaría ofrecerle mi ayuda en cualquier asunto en el que usted pueda necesitarla.

Ella le dirigió una sonrisa de agradecimiento.

—Es muy gentil de su parte, Gordon. Ya ha sido de una ayuda inestimable y estoy de verdad agradecida.

—Si sintiera la necesidad de hablar con alguien —enderezó ligeramente los hombros—, me honraría si me eligiese para confiarse a mí. Mi mejor virtud es la discreción. —Se detuvo—. Lord Marchant me consideraba su confidente más cercano.

Ella lo estudió durante un instante. Debía de haberle costado mucho a un hombre como Gordon hacer una sugerencia de ese tipo. Su experiencia le había enseñado que los criados de cierta edad y posición no solían hacer ofrecimientos de una naturaleza personal. Evidentemente la gentileza de su personalidad era superior a las restricciones de su formación.

O a lo mejor ella parecía una criatura tan patética que hasta el corazón más duro sería incapaz de resistirse. Y si este dulce anciano era capaz de hacer semejante ofrecimiento, ella no podía hacer menos que aceptarlo. Había disfrutado bastante de su compañía esa noche y apostaba que debía de ser una fuente de conocimiento y sabiduría sobre las cosas de este mundo.

Además, entre el luto y el escándalo, ella estaba viviendo casi aislada del resto de la sociedad y no sabía cómo pasar el tiempo. No tenía ningún interés particular en las labores de aguja y aún no encontraba nada llamativo en la biblioteca. Tenía su cuaderno de dibujo, pero los largos meses que había pasado en el pintoresco Distrito de los Lagos le había recordado que no tenía el mismo talento de su hermana con el lápiz y la pluma. De algún modo había logrado ocupar las horas interminables de su exilio —o tal vez «sobrellevar» fuese una palabra más apropiada que «ocupar»— pero no tenía ninguna idea de qué haría con su tiempo a partir de ahora. Fue un castigo de algún tipo, suponía ella, su propio purgatorio personal por haberse casado con un hombre que no quería y por estar ahora de luto, no tanto por el hombre en sí como por la promesa de ese hombre.

Dedicó al mayordomo su sonrisa más radiante.

—Lo tendré en cuenta, Gordon. Ahora —hizo un gesto hacia la silla que estaba vacía— quizá deberíamos volver al trabajo.

—Por supuesto, señora. —Gordon volvió a su silla y empezó a organizar las cuentas pendientes en montones separados correspondientes a los gastos de la casa, los de carácter personal y los que no cabían en ninguna de las dos categorías.

Ella lo observaba con un sentimiento de satisfacción. En un año en el que había tomado una infinidad de decisiones estúpidas, contratar a Gordon podría ser quizás la única cosa inteligente que había hecho. A pesar de su edad, de la leve confusión que manifestaba a veces y de su evidente vanidad en cuestiones de apariencia, era evidente que él entendía el arte de organizar las finanzas. Además, era un buen tipo, aunque un tanto extraño. De todos modos, estaba convencida de que iban a llevarse estupendamente. Y en efecto, si sintiese la necesidad de un confidente compasivo, no dudaría en contar con él.

En ese momento, era el único punto sin mancha en su vida.

Era un sinvergüenza. Un animal. Una criatura de la mayor vileza imaginable.

La cabeza de lady Wilmont seguía inclinada sobre los papeles que tenía ante ella; había estado trabajando sin descanso desde que iniciaron la tarea, hacía ya tres noches. La luz de la lámpara iluminaba los mechones de pelo que tenazmente se escapaban de su moño, un tanto despeinado pero completamente encantador. Su aspecto era incluso angelical en aquel momento.

Tony, en cambio, era un maleante, un monstruo, la encarnación del demonio.

Su desprecio por sí mismo aumentaba al ritmo de los truenos y del sonido de la lluvia que golpeaba contra la ventana, la violencia de la naturaleza que contrastaba radicalmente con el calor de la escena en la biblioteca de Wilmont.

Lady Wilmont estaba sola y vulnerable, y no tenía a nadie con quien hablar. Por lo que había oído, hasta las visitas de su hermana eran infrecuentes y, de hecho, desde que habían comenzado este trabajo de organizar las finanzas de Wilmont, esa insensible gemela no había aparecido ni una sola vez. Habían llegado un par de notas, pero nada más.

¿Cómo era posible que nadie de su familia la visitase? Era cierto que había sido el centro de un escándalo, pero de eso ya hacía meses. La mujer también había perdido a su marido, y lo más normal habría sido que eso en sí hubiese servido para que su familia la perdonase y se reuniese en torno a ella. Saltaba a la vista que todos los Effington eran tan desconsiderados como egoístas.

¿Y él, acaso, era mejor que ellos? ¿No se estaba aprovechando de la situación de ella para perseguir sus propios miserables propósitos, por muy legítimos que fuesen?

Oh, no cabía duda de que era un sinvergüenza de la peor calaña, un tipo de lo más desagradable. De hecho, los Effington, a su lado, eran unos santos.

Nunca se le había ocurrido que su opinión respecto a ella pudiera cambiar de manera tan radical y tan rápida, ni que pudiera haberse equivocado tanto, ni que fuera a sentirse tan culpable por estar engañándola. Durante los días en que Tony y lady Wilmont habían trabajado, uno al lado del otro, poniendo en orden los papeles de su marido, Tony se había formulado una imagen mucho más nítida de la mujer con la que se había casado su amigo. No tenía nada que ver con la mujer que él había imaginado, y estaba mucho menos dispuesta a compartir confidencias de lo que él había pensado. De hecho, era bastante reservada y propensa a quedarse en silencio durante largos minutos, en los que él intuía que estaba pensando en Wilmont.

Maldito sea ese hombre. Era ahora más que evidente para Tony que Wilmont se había excedido en su cortejo y probablemente había llegado a seducirla. No veía otro motivo posible para el matrimonio, aunque también era cierto que Wilmont nunca antes se había casado con ninguna de las numerosas mujeres que había seducido.

De todos modos, aunque no hubiese descubierto otra cosa, Tony había aprendido muchísimo de la personalidad de lady Wilmont. Era una mujer siempre gentil y amable. Ya que lo consideraba un criado anciano y bienintencionado, pero menos agudo de lo que había sido en el pasado —una percepción que él intentaba aprovechar—, lo trataba con bondad de corazón y cálida preocupación.

Demonios, era una mujer entrañable. Y sorprendentemente inteligente, lo cual significaba que su relación con Wilmont carecía de todo sentido. No era el tipo de mujer que se fuga impetuosamente con un hombre, y mucho menos con un mujeriego como Wilmont. De ningún modo se merecía el juego que había ensayado con ella, cualquiera que fuese.

¿Y él, acaso, era mejor que su amigo?

—Entonces ya está, ¿no? —Dejó el lápiz sobre el escritorio, golpeándolo con la mano, y se inclinó hacia atrás en la silla.

—¿Ya está el qué, milady?

—Hasta donde yo entiendo —se restregó la frente de un modo decididamente cansado—, hemos conseguido separar las deudas de Charles de sus créditos y ordenar la cantidad de flecos que acarrean. Las cuentas están en orden, las facturas pendientes han sido pagadas, y las inversiones y las propiedades identificadas. Visto lo cual, yo diría que sí, que ya está. —Le dirigió una sonrisa de agotamiento—. No habría sido capaz de hacerlo sin su ayuda, Gordon. Estoy realmente agradecida.

—Ha sido un placer, señora. —En cuanto hubo dicho esas palabras, se dio cuenta de lo verdaderas que eran. Había disfrutado esas largas horas en su compañía. Tony siempre había preferido las mujeres que piensan a las mujeres que no hacen más que reírse y coquetear. Las mujeres inteligentes eran un desafío que le encandilaba la sangre. Si además eran guapas, tanto mejor.

La insólita mujer que fuera capaz de ocupar tanto su mente como su cuerpo sería el tipo de mujer que algún día escogería como esposa.

Era una lástima que ésta en concreto fuera tan inalcanzable

como inapropiada. Reconocerlo le produjo una sensación extraña y perturbadora en el fondo de su estómago

—No me puedo creer lo agotador que ha sido todo esto. —Ella cerró los ojos y se acarició la nuca, dejando caer hacia delante la cabeza y la enmarañada melena de cabello rubio.

Él resistió la tentación de extender la mano y sentir los mechones sedosos entre los dedos.

—Me siento como si hubiese ido desde la casa de la tía abuela Cecily al pueblo y luego hubiera hecho el camino de vuelta —murmuró—. Varias veces.

Acariciar la tibia piel de su cuello de porcelana.

—De todos modos, no ha sido exactamente un trabajo físico.

Sentir cómo los músculos de sus hombros se relajan bajo la suave presión de sus manos.

—¿Y usted, Gordon?

—¿Yo? —La palabra sonó como el chillido de alguien tomado desprevenido. Se aclaró la garganta, esperando que ella no se hubiese dado cuenta de nada—. ¿Qué quiere decir, señora?

Ella alzó la mirada y le dirigió una sonrisa fatigada.

—¿No está cansado también?

—Para nada.

Lo miró con cara de no creerle.

—Usted tiene un aguante impresionante para un hombre de sus años, Gordon. ¿Lo atribuye a algo en particular?

Dijo la primera cosa que entró en su cabeza.

—Una vida honorable, milady.

—¿Una vida honorable? Qué interesante. —Permaneció en silencio, con una expresión pensativa en el rostro. De repente, su mirada se cruzó con la suya.

—Gordon, ¿sabe si hay algo parecido a un buen brandy en la casa? Juraría que lord Wilmont debía de tener algún tipo de licor en alguna parte y hay una impresionante selección de vinos en los sótanos, pero todavía no he tenido la oportunidad de indagar en todos los rincones y vericuetos de este lugar. Me estaba preguntando si usted se ha tropezado con algo interesante. —Dio un hondo respiro—. Por muy cansada que me sienta, estoy demasiado inquieta para acostarme. Soy como un resorte que ha sido apretado hasta el límite. El brandy siempre me ha ayudado a dormir, y últimamente he estado durmiendo bastante mal.

—Permítame, milady. —Se puso de pie, atravesó la estrecha biblioteca y abrió uno de los pequeños gabinetes que recorrían en serie la habitación y dividían las estanterías superiores de las inferiores. Cogió una licorera en una mano y una copa en la otra.

—Bien hecho. —Le dirigió una mirada llena de admiración—. Y por favor, acompáñeme. Éste ha sido su logro tanto como el mío.

—Como usted quiera, señora. —Unió torpemente una segunda copa a la primera y regresó para poner el brandy y las copas sobre el escritorio. Ella lo miró y reprimió una sonrisa. Maldita sea. Un mayordomo de verdad habría usado una bandeja. Gracias a Dios, ella atribuía su incompetencia a lo avanzado de su edad, y no simplemente, en fin, a la incompetencia sin más. Y gracias a Dios, tampoco se había preguntado cómo había llegado a saber exactamente dónde encontrar el brandy. Él había compartido muchas botellas con Wilmont en esa misma habitación.

Llenó ambas copas con mucho cuidado, luego volvió a su asiento.

Ella dio un trago de brandy y suspiró.

—Es excelente, y no me sorprende. Aunque supiese muy poco acerca de mi marido, sabía que su gusto por el buen licor sería exquisito. —Durante un largo rato contempló fijamente el líquido ambarino de la copa como si contuviese la respuesta a cualquier cantidad de preguntas sin respuesta sobre el hombre con el que se había casado—. ¿En qué consiste una vida honorable, Gordon?

—En la honestidad, sobre todo, supongo. —A menos que, se corrigió en silencio, la pura honestidad entre en conflicto con un propósito más alto como el servicio al Rey y a la patria—. En ser coherente con uno mismo y con sus principios. —Y esos principios debían ser guiados siempre por los intereses del Rey y de la patria.

—¿Usted cree que lord Wilmont vivió una vida honorable, Gordon?

Él eligió sus palabras con mucho cuidado.

—No me corresponde opinar, señora.

—De todos modos, usted me ha ayudado a poner en orden los restos de su vida. ¿No ha logrado formularse alguna impresión del hombre en cuestión?

—No me atrevería…

—Tonterías. —La impaciencia resonaba en su voz. Apoyó los codos sobre el escritorio, acunando la copa entre sus manos, y lo contempló—. Usted es un hombre con una experiencia enorme y es, sospecho, un agudo observador de la gente que tiene alrededor. ¿Hay algo en todo esto que ha visto que le permita pensar que mi marido vivió una vida poco honorable?

—No, milady. Absolutamente nada. —Era la cosa más verdadera que había dicho en toda la noche y le llegó como una sorpresa. Tony no había tenido ni idea de lo que iba a encontrar entre los papeles de Wilmont, pero desde luego no había anticipado una ausencia total de actividades dudosas. En fin, incluso algunas transacciones personales de Tony eran, a veces, no del todo legales.

—Él tenía una reputación terrible, como sabe. En cuestiones del juego, de la vida desordenada, del alcohol y —se encogió de hombros, sin ocultarlo— de mujeres.

—Las reputaciones no son siempre lo que parecen, señora —dijo Tony con firmeza. No podía defender a Wilmont en ese momento y, aunque no anduviese disfrazado, tampoco le habría sido fácil hacerlo. Era cierto que parte de la reputación de Wilmont había sido deliberadamente exagerada a fin de ocultar sus verdaderas actividades, pero una proporción importante de ella era bien merecida. Aun así, Tony se preguntaba si quizá no había juzgado a su amigo con excesiva dureza.

—Al fin y al cabo, se casó conmigo. —Había un tono distante en su voz—. A lo mejor eso habla en su favor. —De repente, se levantó de un salto y se puso a dar vueltas por la habitación.

Tony también dio un salto para seguirla.

—Oh, siéntese por favor, Gordon. —Hizo un gesto impaciente—. Por lo visto no logro quedarme tranquilamente sentada, pero no hace falta que usted esté tan incómodo como yo.

—No podría hacerlo, señora. —El tono conmovido en su voz no era del todo fingido.

Ella levantó los ojos hacia el techo.

—Muy bien.

Lady Wilmont dio lentas vueltas por la habitación, con el brandy aún en la mano, y escudriñó las estanterías como si estuviera buscando algún libro interesante, pero había cierta tensión en su cuerpo y algo en sus pasos indicaba que había en su mente algo más allá de la lectura. Se detuvo a examinar un estante, luego escogió un libro y levantó la vista para dirigirse a Gordon.

—¿Le gustan las obras de lord Byron?

—No me atrevería a decirlo, milady. —En realidad, creía que tanto ese hombre como sus poemas estaban sobrevalorados.

Ella soltó una risita.

—¿No se atrevería, verdad? —Tomó otro trago de brandy, colocó el vaso sobre un estante y a continuación abrió el libro—. Yo misma no estoy del todo convencida de su obra más política, pero algunas de sus poesías son bastante sugerentes. —Hojeó el libro y se detuvo en una página para leer en voz alta: «Ella avanza envuelta en belleza como la noche de regiones sin nubes y cielos estrellados; y todo lo mejor de la oscuridad y la luz se concentra en su rostro y en sus ojos».

—Es muy hermoso, señora. —Ése era uno de los pocos trabajos de Byron que efectivamente le gustaban, y sospechaba que apelaba a un aspecto romántico de su naturaleza normalmente oculto.

—¿Usted cree? —Ella continuaba concentrada en la página mientras fruncía el ceño—. «Las sonrisas que obtiene, los colores que resplandecen, revelan días llenos de bondad, una mente en paz con todo lo demás, un corazón cuyo amor es inocente.» —Lo miró—. ¿Cree que existe un corazón cuyo amor es inocente, Gordon? ¿Existe realmente algo como el amor?

—Me temo que estoy en una situación de desventaja, señora —dijo él con precaución—. No estoy del todo seguro de qué está preguntando.

Ella se rio sin muchas ganas.

—Yo tampoco, Gordon. —Cerró el libro y se lo ofreció—. ¿Por qué no se lo queda? Creo que lo disfrutará. Yo tengo otro ejemplar.

Se acercó a ella y aceptó el libro.

—Gracias, milady, lo cuidaré.

—Tendrá que decirme si le ha gustado. Sé que yo debería encontrar algo interesante para leer. Para mantener la mente ocupada. —Cogió el vaso de la estantería y suspiró—. Me atrevería a decir que mi humor alterado se debe nada más que al cansancio y a estar en esta casa oyendo la tormenta. O tal vez es el hecho de haberme dado cuenta de que al acabar de revisar los papeles de Charles hemos llegado al final de mi gran aventura.

Inmediatamente, él se puso alerta ante cualquier significado oculto que pudieran tener sus palabras.

—¿Gran aventura, señora?

—Yo... —Sacudió la cabeza—. Estoy divagando, Gordon, lo cual no es nada habitual. Nunca divago, bueno, al menos no acostumbro a hacerlo. Me sorprendo a mí misma haciendo un buen número de cosas que nunca suelo hacer. —Se acabó el brandy de un trago—. Estoy segura de que has advertido, al igual que yo, que ahora mismo poseo una considerable fortuna.

—Me he dado cuenta, milady. —Entre la fortuna de la familia Wilmont y un número de astutas inversiones, el hombre se había hecho asombrosamente rico. Las cincuenta mil libras que se habían perdido carecían de importancia ante una fortuna así, y, para bien o para mal, no debían de haber jugado ningún papel en sus decisiones.

—Tal vez debería usar el dinero para viajar. Nunca he estado más allá de las orillas de Inglaterra y allí hay un inmenso mundo que estará más que dispuesto a hacer sus ofrendas a una viuda rica. Y siempre he querido ver los canales de Venecia y las ruinas romanas.

»¿Lord Marchant viajaba, Gordon? ¿Le llevaba con él a ver castillos y catedrales, grandes montañas y enormes océanos? ¿Ha vivido aventuras en el extranjero?

—No, milady —contestó él sin vacilar.

En realidad había tenido muchas aventuras en muchos lugares lejanos durante los largos años de la guerra. Se había adentrado en los sombríos y oscuros callejones de las zonas nada respetables de París y Marsella, donde se compraba y se vendía información y un hombre se jugaba la vida sólo por pasar por allí. Había visto los campos de batalla de España y Portugal y las guaridas ocultas de los partisanos y los mercenarios ansiosos por prestar su ayuda a cambio de un precio, pagado con monedas o con sangre.

Incluso después de la guerra, cuando la inteligencia militar oficial se consideraba innecesaria, él había formado parte de una oficina con el inofensivo título de Departamento de Asuntos Domésticos e Internacionales. Allí tenía compañeros como Wilmont y Mac, a quienes él había confiado su propia vida en el intento de derrotar a Napoleón, y constituían el único servicio de inteligencia que protegía los intereses nacionales de las amenazas que provenían de dentro y fuera del país.

—Bueno, supongo que mañana habrá tiempo suficiente para pensar en qué haré durante el resto de mi vida. —Volvió hacia el escritorio y metió los documentos, ahora debidamente ordenados, en una gran carpeta—. Parece que voy a tener mucho tiempo por delante.

Había una actitud de resignada dignidad en ella que conmovió algo en el interior de él. Se sintió embargado por un intenso deseo de cogerla en brazos y consolarla. De decirle que en su vida todo iría bien. De asegurarle, de prometerle, que él y sólo él se encargaría de que así fuese. Y si sus labios podían encontrarse con los de ella en el proceso...

No podía, por supuesto. No podía atraerla a sus brazos y besar sus labios aún con sabor a brandy o calentarse con la proximidad de su cuerpo o sentir el latido de su corazón junto al de él. Ella era parte de su trabajo, nada más. Por muy desagradable que fuera, ella era una especie de cebo para atraer a la superficie lo que pudiera estar oculto. Y no importaba cuán tentadora pudiera parecerle, era todavía una viuda reciente, la viuda de su mejor amigo. Muerto o no, Wilmont merecía que Tony le guardara respeto. Sin embargo, en esa habitación, envueltos por la tormenta y con ese aire resignado en sus ojos azules, era fácil olvidar quién era él y para qué estaba allí.

Un agente del gobierno de Su Majestad, haciéndose pasar por un anciano mayordomo, cuyo único propósito era mantenerla a salvo. Sólo que él no era viejo, no era un criado y la única persona de quien ella necesitaba realmente estar a salvo era de sí mismo.

Capítulo cuatro

Delia se incorporó de golpe en mitad de la noche. Respiraba con dificultad. El corazón amenazaba con salírsele del pecho y sentía el pulso latiendo en sus oídos. La oscuridad la engullía, la envolvía y la abrumaba. Por un momento no supo ni dónde estaba y ni tan siquiera quién era; su existencia consistía sólo en el terror de hallarse completamente sola.

Apretó los puños, respiró profundamente y se esforzó por calmarse. Debería manejarse mejor con aquel estado: una inclasificable e irracional emoción parecida al miedo la asaltaba en mitad del sueño cada noche desde la muerte de Charles. Y cada noche permanecía despierta durante largas horas luchando por determinar qué era exactamente aquella horrible sensación que la sobrecogía.

En una parte racional de su mente, sabía que allí no tenía nada que temer salvo la horrible soledad de estar sin las personas y los seres queridos que siempre la habían rodeado. De hecho, había llegado a la conclusión de que, más que miedo, aquello era un abrumador sentimiento de culpa que podía ignorar durante el día pero ante el cual se hallaba indefensa mientras dormía. Sin embargo, identificar el problema no servía para superarlo.

Esa noche era diferente. Esa noche, a medida que su pulso se hacía más lento y su respiración se calmaba, se fue llenando de determinación. Y de ira. Una intensa, irracional e implacable ira. Había llegado la hora de ajustar cuentas con cosas que no tenían nada que ver con bancos, ni facturas ni propiedades.

Apartó las mantas y avanzó con paso airado por la pequeña habitación que se comunicaba con la de Charles a través del vestidor, dudó apenas durante una fracción de segundo y luego abrió de golpe la puerta que conducía a la habitación de Charles.

La tormenta había pasado, el cielo estaba despejado y la luz de la luna que entraba a través de las altas ventanas era suficiente para convertir aquella masculina habitación, con sus costosos y macizos muebles y sus caros tapices de damasco, en una tenue acuarela de variadas sombras de grises plateados y azules oscuros. Ella no había estado en aquella habitación desde la única noche en que había compartido la cama con él.

La furia la condujo hasta el mismísimo centro de la habitación.

—Es suficiente, Charles, ya he tenido suficiente. —Las palabras salían por su propia cuenta.

»No continuaré jugando a este juego. Te he entregado seis meses a cambio de una sola noche. Mi deuda está pagada. Tú estás muerto y lo lamento, pero yo no tengo la culpa. No pienso seguir sintiéndome culpable por tu muerte ni un sólo minuto más. Y tampoco quiero seguir atormentándome a mí misma por el hecho de que no hubiera amor entre nosotros. Creo que al menos, aunque sólo fuese por mi parte, hubo afecto.

»Yo estaba dispuesta a ser contigo una esposa excelente. Hubiera hecho todo cuanto estuviese en mi poder para conseguir que nuestra vida juntos fuese feliz. —Se envolvió con sus propios brazos y clavó la vista en la oscuridad—. ¿Por qué te casaste conmigo? Yo no te lo pedí. Ni siquiera lo esperaba. Era muy consciente de lo que hacía cuando vine aquí y me metí en la cama contigo. No soy tonta, tenía muy claro las consecuencias que eso me podía traer. Y ese conocimiento te exime a ti de la culpa.

»Me hiciste descubrir una parte de mí que no conocía. Desde el principio, contigo me sentía una persona distinta. Sacaste de mí algo que ni tan siquiera sospechaba que existía. —Alzó la voz con rabia—. Yo estaba confiada, y coqueta y... maldita sea, Charles... contigo sentía pasión. No sólo en tu cama, sino en mi vida. Me hacías sentir como si nunca antes hubiera vivido, y me gustaba. Me gustaba el secreto y la aventura y lo prohibido. Me gustaba tomar mis propias decisiones, escoger mi propio camino y mi propia actitud hacia las restricciones que impone el decoro. Era magnífico. No renunciaré a eso ahora y no dejaré que tú me lo quites. No volveré a ser la criatura callada y reservada que era antes de conocerte. ¡Nunca!

»¿Tratas de quitarme ese derecho, verdad? ¿Por qué? —Bajó el tono de voz—. Cuando nos casamos me tratabas como si yo no tuviera ninguna importancia. Como si yo no te importara lo más mínimo. No esperaba amor, Charles, pero esperaba... —buscó las palabras—, algo más allá del simple trato educado. Algo parecido al encanto y el deseo que habíamos compartido hasta entonces. En aquel momento no entendía tu actitud y sigo sin entenderla ahora. ¿Te arrepentiste de tu matrimonio en el mismo momento en que nos casamos? ¿Te diste cuenta entonces del terrible error que habías cometido? ¿Yo te disgustaba tanto que ni siquiera soportabas mi presencia? ¿Ibas a dejarme?

Se detuvo para recuperar el aliento. Tal vez más que la culpa era la ira el sentimiento que la arrancaba de sus sueños cada noche.

Se esforzó por dar un matiz de calma a su voz.

—Me has dejado una inmensa fortuna, Charles, lo bastante sustancial como para poder vivir mi vida con independencia. Ahora no tendré que casarme con ningún caballero mortalmente aburrido. Me has dado la oportunidad de tomar mis propias decisiones, y por eso te estaré eternamente agradecida. Guardaré luto por ti, por supuesto, pero no por un hombre que, ahora me doy cuenta, no conocía en absoluto. Estaré de luto por lo que tú y yo nunca compartimos, por lo que nunca tuvimos la oportunidad de compartir. Y por esa pérdida, mi errante marido, sí te culpo. Podíamos haber hecho muchas cosas juntos. Con el tiempo, tal vez hubiéramos podido llegar a amarnos. Me gustabas mucho, y creo que yo a ti también te gustaba.

Alzó la barbilla desafiante.

—Ahora te has ido, y yo voy a decirte aquí y ahora por última vez que lamento tu muerte, pero tengo una vida entera esperándome. Y no tengo ninguna duda de que quiero vivirla.

Repentinamente sintió la urgencia de hacer algo y, sin pensar, caminó hacia la cama, agarró las cortinas que colgaban del dosel y tironeó con fuerza. La tela resistió durante un momento y luego se desgarró con un satisfactorio sonido que hizo eco en el silencio de la noche. Delia rompió todas las telas que colgaban de la cama hasta que éstas formaron una pila sobre el suelo. Sacó la colcha y las almohadas de la cama y las apartó a un lado, luego se dirigió hacia las ventanas y quitó también las cortinas. Deseaba romper hasta el papel de las paredes con sus dedos desnudos. Y con cada acción, con cada tirón de la tela que flotaba hasta el suelo lentamente y con una ligereza que parecía más producto del sueño que de la realidad, el peso que la había estado oprimiendo durante seis largos meses se iba poco a poco aligerando.

Se detuvo en medio de la habitación para recuperar el aliento y contemplar su obra. Aquello era completamente ridículo, por supuesto. No tenía ni idea de cómo se le había ocurrido. Nunca había sido propensa a las exhibiciones de violencia o de ira. Pero había cambiado, Charles la había cambiado, y pasara lo que pasase a partir de entonces, le estaría eternamente agradecida por eso.

La tela se amontonaba sobre el suelo de la habitación, bajo la luz de las estrellas, dando lugar a una escena que transmitía una extraña sensación de paz. Una paz que invadió su alma.

Desde algún lugar distante, o posiblemente tan sólo dentro de su mente, oyó una alegre risa. La risa de Charles. No la del frío y distante marido en que se había convertido, sino la del seductor que la había conquistado en salones secretos y había bromeado con ella en sus encuentros furtivos y la había llevado a escondidas a aquella habitación, capturando, si no su corazón, al menos su deseo. Y la embargó la extraña confianza de que él le daba su aprobación. De que, a pesar del extraño comportamiento que había tenido al final, él quería que ella continuara con su vida.

La sola idea de que su marido quería que ella destrozara esa habitación era completamente absurda. Sin embargo, ¿acaso todo lo que había sucedido entre ellos desde el momento en que se conocieron no había sido absurdo?

—Charles… —Sacudió la cabeza y sonrió—. Nunca sabré lo que era auténtico contigo y lo que era falso, ¿verdad?

Se encaminó lentamente hacia su habitación. Por la mañana, comenzaría una nueva vida y, por primera vez desde su matrimonio, ansiaba que llegar a ese nuevo día.

Llegó hasta la puerta del vestidor y echó una mirada a la habitación de su marido. Mañana la convertiría en suya.

«Gracias, Charles», se dijo suavemente, y cerró con firmeza la puerta tras ella.

Estaba espantosa vestida de negro.

Delia estudió su reflejo en el gran espejo de la habitación de Charles... no, de su propia habitación. O al menos sería suya en cuanto volviera a empapelar las paredes, cambiara las telas e instalara además muebles nuevos.

Fueran cuales fuesen las causas de su comportamiento durante la pasada noche, lo importante es que ahora se sentía una mujer nueva. Una mujer preparada para enfrentarse al intimidante mundo de la alta sociedad de Londres. Lady Wilmont. Y mientras la señorita Philadelphia Effington hubiera vacilado a la hora de incumplir con las convenciones a las que se había atenido durante toda su vida, lady Wilmont no tenía tales reservas.

Lanzó una sonrisa pícara a su imagen en el espejo, luego hizo una mueca. El negro no le sentaba nada bien. No favorecía el tono de su rostro, pues volvía su tez pálida mortalmente blanca. Parecía... un zombi. ¿Por qué no lo había advertido antes? Había vestido de negro durante meses. De hecho, después de casarse, no había tenido ni tiempo de desempaquetar las ropas enviadas de casa de sus padres cuando ya tuvo que vestirse de luto. Los vestidos que había llevado antes de casarse y de enviudar estaban todavía guardados en los baúles apilados en su habitación. Suspiró resignada. Deberían permanecer allí durante el resto del año.

Claro que ella ya era objeto de escándalo y cotilleo. ¿Qué podía empeorar si ignoraba las convenciones y se vestía de colores? Arrugó la nariz. Las cosas sí empeorarían, y la verdad es que no valía la pena. A pesar de su resolución, no estaba del todo convencida de estar preparada para enfrentarse al mundo como la escandalosa lady Wilmont. Aunque, ya que su reputación había quedado destruida, debía ser capaz de disfrutar de ello. La cuestión era precisamente cómo conseguirlo.

Unos discretos golpes sonaron en la puerta.

—Pase —dijo ella.

La puerta se abrió y el reflejo de Gordon apareció en el espejo. Entró en la habitación y se detuvo. Paseó la mirada alrededor con un aire de preocupación en su rostro que rápidamente reemplazó por su habitual falta de expresión. Ella reprimió una sonrisa. La habitación de Charles tenía aspecto de haber sido desvalijada. El desorden se veía aún peor a la luz del día.

—Me temo que esto está un poco desordenado, Gordon. —Se volvió hacia él e hizo un gesto con la mano señalando la habitación—. Anoche tuve una especie de revelación.

—¿Esto es una revelación, milady? —dijo él con escepticismo.

—Así es —asintió ella con firmeza—. Mi vida ha cambiado dramáticamente en los últimos meses y he creído que necesitaba venir aquí para enfrentarme cara a cara a ese hecho. —Caminó arriba y abajo por la habitación de manera imprevisible, esquivando las pilas de tela esparcidas por el suelo—. La culpa es del todo mía, por supuesto, y no tengo ninguna excusa. Sin embargo, ha llegado el tiempo de cambiar. Soy una viuda rica y propietaria, y con una vida entera por delante. Ha llegado el momento de comenzar a vivirla.

—¿Y cómo se propone usted… —se aclaró la garganta— vivirla, milady?

—Para empezar… —Se detuvo y miró en torno a la masculina habitación—. Ahora ésta es mi casa y voy a intentar sentirla mía. Ésta y cada una de las habitaciones. He elaborado una lista. —Caminó hacia la cama, cogió su cuaderno de notas y examinó las palabras cuidadosamente escritas—. Quiero que busques carpinteros. Aunque estos muebles son de excelente calidad, son demasiado toscos y demasiado anticuados para el gusto moderno. También quiero ver telas para colchas y cortinas y tapices y alfombras y… oh, sí… muestras de papel para las paredes y pintura. —Alzó la vista hacia él—. ¿He olvidado algo?

Él tenía una expresión de lo más extraña en sus ojos, como una criatura acorralada en un bosque, pero su rostro permanecía imperturbable.

—Parecería que no, milady.

—Entonces pongámonos en marcha, Gordon, tenemos mucho que hacer. —Le sonrió satisfecha y se dirigió hacia la puerta.

»Deberemos ir habitación por habitación anotando los cambios que quiero hacer. Quiero que ésta sea mi casa, pero no quiero que se vuelva excesivamente femenina. Nunca he sido partidaria de las florituras y los motivos florales, aunque en realidad nunca he podido opinar demasiado en la decoración de mi entorno. Creo que usted va a serme de gran ayuda, aportando una perspectiva masculina, y valoraré altamente su opinión. —De pronto se detuvo y se volvió bruscamente. Él se paró en seco unos pocos pasos detrás de ella—. Espero que no dude en mostrarse completamente sincero conmigo.

—Lo haré lo mejor que pueda, milady. —Su voz era contenida, pero por detrás de sus gafas, su mirada distaba mucho de parecer relajada.

—Vamos, Gordon. —Ella sonrió—. No será tan desagradable. En realidad creo que puede ser muy divertido. Oh, ya sé que no se trata de ninguna aventura, por supuesto, pero al menos será algo que mantendrá mi mente ocupada durante los próximos meses. —Se volvió y de nuevo avanzó hacia la puerta. Dispongo de mucho tiempo y creo que lo mejor es que lo use de una forma productiva.

—¿Su revelación sólo tiene que ver con el mobiliario de la casa, milady?

—Ése es sólo el principio, Gordon. —De nuevo se detuvo y se volvió hacia él, tan rápidamente que él casi se tropieza con ella. De pronto, ella advirtió que su mayordomo era notablemente más alto de lo que creía y por su mente pasó la extraña idea de que debía de haber sido un hombre muy atractivo en su juventud. Él inmediatamente dio un paso atrás y ella alejó esa inquietante idea de su mente.

—No, Gordon, mi revelación tiene que ver con la naturaleza de mi nueva vida, además de con el carácter de mi marido. —Alzó las cejas—. Verás, yo no conocía a lord Wilmont lo suficiente como para casarme con él y en ese sentido debo admitir que cometí un error. La mayor parte de lo que sabía acerca de su carácter me había llegado sólo a través de su reputación, y la verdad es que lo desestimé como si no fuera más que fruto de rumores y cotilleos. Era atractivo y encantador, y yo creí que nos teníamos bastante afecto. Al menos antes de casarnos. Después… —Sacudió la cabeza y apartó a un lado los recuerdos de su breve matrimonio.

»Es suficiente con decir que el recuerdo del hombre que conocí antes de casarme es el que yo retengo, y ese caballero no querría que yo languideciese llevando un luto que es más que nada una cuestión de convención social. El Charles que… —buscó las palabras adecuadas— me cautivó era conocido por su comportamiento imprudente, por derrochar su fortuna y por sus aventuras con las mujeres. Aunque no tengo ninguna intención de seguir su ejemplo enteramente, gastaré su dinero… mi dinero, quiero decir, como considere oportuno. Estoy completamente segura de que él lo aprobaría, y mientras que no salga de la tumba para decirme lo contrario, actuaré guiada por esa convicción.

—Entiendo. —Gordon la examinó durante un momento—. ¿Puedo hablarle francamente?

—Por favor, hágalo.

—Desearía saber, milady, ¿hasta dónde exactamente está dispuesta a seguir su ejemplo? Estas reformas que propone en relación con el mobiliario no me parecen ni inapropiadas ni escandalosas, aunque es probable que la gente murmure acerca de una viuda que acaba de hacerse rica y que se ha puesto a malgastar el dinero de su marido, fallecido hace tan poco tiempo…

—¿Sabe cómo llaman en estos tiempos que corren a las mujeres que se casan por dinero, Gordon?

—No me atrevería a decirlo —respondió él de manera altiva.

—Las llaman inteligentes. —Le lanzó una rápida sonrisa y luego se encogió de hombros—. Aunque yo no tenía ni idea de la riqueza de mi marido. Y, entre mi dote y la fortuna de mi familia, no necesitaba su dinero. Por tanto dudo que nadie me considere especialmente inteligente, pero su dinero me brinda la oportunidad de ser independiente. —Inclinó la cabeza y entrecerró los ojos—. ¿Tiene algo más que decirme, Gordon?

—Simplemente me estaba preguntando, milady, si las intenciones respecto a su nueva vida incluyen actividades de naturaleza más escandalosa. Debo señalar que hay ciertas normas respecto al comportamiento de las viudas, y de todas las mujeres, que la sociedad no está dispuesta a pasar por alto.

—Soy muy consciente de eso, y no estoy muy segura de que me importe. Durante mucho tiempo mi vida se ha ceñido estrictamente a las normas que dicta el decoro, al menos hasta hace poco. Me parecería una pena volver atrás ahora. —Arrimó el cuaderno de notas a su pecho y se apoyó en el marco de la puerta—. Sin embargo, para ser honesta, he de confesar que mis pensamientos no han ido mucho más allá de esta casa. He sido durante más tiempo viuda que esposa, y espero desempeñar el rol que ahora me toca mejor de lo que lo hice con el anterior. Pero no lo haré amoldándome a otras normas que no sean las mías.

Se enderezó y levantó la mirada.

—En este momento, no sé qué es lo que pretendo exactamente, pero si algo he aprendido en los últimos meses, es que tengo un deseo de aventura y de excitación que nunca había sospechado. Y Charles me ha proporcionado los medios para conseguir ambas cosas. Estoy embarcándome en una gran aventura, Gordon, la aventura de mi vida. —Se detuvo—. Al menos necesitaré un equipo estable en la casa. Si he herido su sensibilidad, Gordon, si usted no se siente cómodo con lo que podrían ser unas circunstancias inusuales, aceptaré su dimisión y le permitiré seguir su camino con una buena indemnización y excelentes recomendaciones.

Gordon la miraba fijamente, obviamente afectado, y Delia se sintió aguijoneada por la culpa. No tenía ninguna intención de despedir al anciano criado. En realidad, su presencia era para ella un consuelo y su silenciosa dignidad la tranquilizaba. Sin embargo, en aquel momento se sentía preparada para enfrentarse a cualquier crítica que viniera de fuera, pero no toleraría ser desaprobada en su propia casa.

—Me quedaré aquí tanto tiempo como usted desee, milady —dijo él con firmeza—. Con una condición.

Ella alzó una ceja.

—¿Una condición, Gordon?

—Dijo usted que podía hablarle con libertad.

—Así es. Continúe.

—Desde que estoy empleado aquí, en una ocasión usted mencionó que valoraba mi experiencia y consejo, así como la sabiduría que debía haber adquirido en el transcurso de mi edad.

—En efecto.

—Muy bien. Mi condición es simplemente que continúe permitiéndome hablar con franqueza y que además haga caso a cualquier consejo que yo pueda ofrecerle pensando en sus mejores intereses.

Ella se rio.

—Acepto sin ningún reparo la primera parte de su condición. En cuanto a la segunda, atenderé de buen grado a sus consejos y los tendré en consideración, pero no puedo prometer seguirlos ciegamente. —Se inclino hacia él y lo miró directamente a los ojos—. Debo vivir mi vida como yo crea conveniente, Gordon, y estoy segura de que cometeré algunos errores, pero debo ser libre de cometerlos. ¿Me privaría usted de eso?

—No la privaría de nada si eso pudiera hacerla infeliz o le causara algún daño, milady —respondió él sin vacilar.

La asaltó una ráfaga de cálido afecto por aquel hombre mayor. Era adorable.

—Gracias, Gordon. ¿Se quedará conmigo, entonces?

—Tanto tiempo como pueda serle de utilidad. —Había una extraña intensidad en su tono que ella atribuyó a la lealtad. Realmente había sido un acierto contratarlo.

—Estupendo. Ahora, si no hay nada más…

—Lo hay, milady. —Le ofreció un papel que llevaba en la mano y ella ni había visto—. Llegó hace cinco minutos.

Ella le pasó el cuaderno de notas, cogió el papel con impaciencia y lo desdobló.

—Es de mi hermana.

Mi querida Delia:

La marea se está serenando. Ayer, mientras paseaba por el parque, lady Heaton y su hija se me acercaron y me pidieron si podía transmitirte su pésame por la muerte de tu esposo. La joven remarcó lo trágicamente romántica que era tu situación y su madre mostró también mucha compasión, diciendo que el curso del verdadero amor podía verse tristemente interrumpido. Éstos no fueron los únicos comentarios que recibí durante mi paseo.

Debo decir que me costó reprimir mis muestras de satisfacción. Mi plan está funcionando mucho mejor y mucho más rápido de lo que esperaba. Tú, querida hermana, te estás convirtiendo rápidamente en el símbolo del amor perdido, y pronto superarás a la mismísima Julieta. Incluso mamá parece estar ablandándose, aunque tal vez eso sea más atribuible a un cambio en las estrellas, la irritación de papá ante su actitud inflexible y al hecho de que, aunque se niegue a reconocerlo, te echa de menos.

Hay más buenas noticias. Recibimos una carta de la abuela insistiendo en que vengas a Effington Hall durante el fin de semana. La carrera de caballos es dentro de dos días, y el baile de la abuela, como siempre, la noche siguiente. Mamá protestó, por supuesto… todo ese asunto del duelo, ya sabes… pero no puede oponerse a los deseos de la abuela. La abuela escribió diciendo que no era el momento de que estuvieras apartada de tu familia, y además desea hablar contigo personalmente. Enviará un coche privado a recogerte.

Yo salgo hacia el campo hoy mismo, y esperaré ansiosamente tu llegada.

Hasta entonces, me despido, afectuosamente tuya,

Cassandra

—Maravillosas noticias, Gordon. —Sonrió satisfecha al mayordomo—. Voy a ir al campo durante unos días, por petición de mi abuela.

—Entonces todo está arreglado con su familia, milady —dijo él con cautela.

—Se arreglará. —Su voz sonaba decidida. Effington Hall era el sitio perfecto para enfrentarse a su madre. Había llegado la hora de que lady William, Georgina, aceptase que su hija, equivocada o no, tenía derecho a vivir su vida. O a arruinarla. Y al diablo con las estrellas—. Estoy segura de que se arreglará.

»La carrera de Roxborough es dentro de dos días, Gordon. —Se encaminó hacia el vestíbulo, dirigiéndose a él por encima del hombro—. Es una competición de caballos en la que mi familia participa cada año. La carrera es una prueba donde cuenta tanto el caballo como el jinete y es tan divertida como el baile de mi abuela, que se celebra la noche siguiente. Dudo que yo compita este año, pero tal vez sí. —Se volvió hacia él—. Ayer, ni siquiera me hubiera atrevido a pensarlo, pero hoy, me encuentro de un humor estupendo y el mundo me parece lleno de posibilidades. ¿Cómo está hoy su humor, Gordon?

—Prudente, milady.

Ella se rio.

—Por supuesto. —Al momento comenzó de nuevo—. Mientras estoy fuera, me gustaría que comenzara a organizar todas las citas respecto a la restauración del mobiliario y, ah, sí, debemos contratar más criados. Necesito urgentemente una mucama personal y me gustaría contratar también algunas criadas y uno o dos lacayos. Y comience a buscar también un buen cocinero. Francamente, me muero de ganas de comer algo sabroso.

Entró resueltamente en la siguiente habitación, con Gordon siguiéndola un paso por detrás. Ella tomaba notas acerca de la casa y hacía rápidos bocetos de una ventana o de algún mueble, pero sus pensamientos estaban distraídos. La pregunta de Gordon permanecía en el fondo de su mente y no conseguía ignorarla.

«¿Las intenciones respecto a su nueva vida incluyen actividades de naturaleza más escandalosa?»

¿Cuál era su respuesta?

Había hablado sinceramente al contestarle que no había pensado en ello. Pero hablaba de verdad al decirle que viviría su vida de acuerdo únicamente a sus propias normas. ¿Acaso esas normas serían cuestionables? ¿Acaso no se había metido en la cama de Charles totalmente de acuerdo consigo misma, sin ninguna expectativa de casarse y plenamente consciente de las repercusiones que eso tendría?

Delia no deseaba volver a contraer matrimonio. Apenas acababa de empezar a probar su independencia y le estaba gustando mucho. Sospechaba que llegaría a gustarle todavía más.

«¿Exactamente hasta qué punto pretende usted seguir su ejemplo?»

¿Hasta qué punto?

La respuesta era a la vez escandalosa y deliciosa.

La independencia no era la única cosa que había podido probar. También le habían gustado las relaciones con su marido, aunque breves, y sospechaba que además podían ser mucho mejor. Como le había dicho a su hermana, hacer el amor tenía su potencial. Un gran potencial. Tenía la suerte de no haberse quedado embarazada, y estaba segura de que una mujer experimentada podía evitar tales complicaciones. Es cierto que ella todavía no era una mujer experimentada, pero a los ojos del mundo, su estatus de viuda le otorgaba experiencia.

Tal vez la mejor manera de comenzar la gran aventura del resto de su vida era convertirse en lo que el mundo suponía que ya era.

Una mujer experimentada.

Capítulo cinco

—Creo que aquí podría ir bien el azul.

—El azul quedaría extraordinariamente bien, milady —murmuró Tony, mientras por dentro se estremecía. «El azul quedaría extraordinariamente bien, en efecto.» Toda aquella farsa era absurda. Ridícula. Y estaba metido en ella hasta el fondo.

—Un azul oscuro, tal vez. —Lady Wilmont permanecía de pie en medio del dormitorio que estaba al lado del de su esposo y observaba la habitación pensativa—. No tan oscuro como el cielo de la noche ni tan luminoso como el de la mañana, sino algo más parecido a... ¿a qué, Gordon?

«A sus ojos, milady.»

—¿Al mar, tal vez?

—Al mar, eso era exactamente lo que estaba pensando. Gracias. —Suspiró con melancolía—. Oh, adoro el azul del mar.

«Queda bien con el color de su pelo.»

—¿Puedo sugerirle, milady, que use el azul en la habitación que va a ser la suya y emplee aquí un agradable —se esforzó para que le salieran las palabras— amarillo luminoso?

—¿Amarillo? No había pensado en el amarillo. —Hizo un gesto hacia la ventana—. Aunque aquí sólo hay una ventana y el amarillo daría mucha luz. Sí, amarillo entonces. —Le dedicó una sonrisa que iluminó su rostro como ningún color sería capaz de iluminar la habitación, y luego hizo otra anotación en su cuaderno.

¿En qué estaba él pensando? Aquel tipo de cosas sólo lo metería en más problemas y ya había perdido bastante los papeles.

Continuaba haciéndose reproches a sí mismo cuando entró en la habitación de Wilmont y vio el desastre que reinaba allí.

No la había oído la noche pasada porque su habitación estaba al otro lado de la casa y en la planta baja. Además, maldita sea, tras largos días y noches lidiando con las finanzas de Wilmont se encontraba agotado. En realidad, no tenía excusa. Debería haber estado en guardia.

—Los muebles de esta habitación están también espantosamente pasados de moda y…

Cualquiera podría deslizarse allí en mitad de la noche sin ser notado. A partir de esa misma noche, cuando ella ya estuviera en la cama, él iría a dormir a una de las habitaciones de ese piso.

—… la alfombra está muy gastada y es prácticamente inservible…

No había habido incidentes, nada inusual desde la llegada de lady Wilmont, y era muy probable que cualquiera que hubiese registrado la casa antes de su regreso ya hubiera encontrado el cuaderno.

—… y yo diría que ya no se necesita…

Sin embargo, si el cuaderno todavía continuaba desaparecido, era también muy probable que quien lo quisiera diera por supuesto que ella sabía dónde estaba.

—Creo que lo dejaremos aquí por el momento. —Alzó la vista hacia él—. ¿He olvidado algo?

—Yo diría que no, milady.

Ella sonrió y negó con la cabeza.

—¿No está disfrutando con esto, verdad?

—No se me ocurre nada que pudiera preferir hacer, milady —dijo él con seguridad.

Era mentira solamente en parte. No le resultaba para nada agotador ir tras ella de habitación en habitación, con su falda oscura agitándose provocativamente al caminar, aunque le era difícil concentrar su mente en otra cosa que no fuera el cuerpo exuberante que esa falda ocultaba.

—No miente usted muy bien, Gordon. —Ella se rio, le cogió la mano y bajó la voz con actitud confidencial—. Sin embargo, le agradezco que trate de tranquilizarme.

Nunca le habían entusiasmado las mujeres que vestían de negro, pero el negro a ella le sentaba muy bien. Su tez pálida contrastaba con la severidad del tono y le daba una apariencia frágil y vulnerable, a la vez que exquisita. Sus ojos azules eran todavía más intensos sobre su piel de porcelana y su pelo rubio brillaba con luz propia. Era mucho más encantadora de lo que él había creído al principio. ¿Acaso lo habría advertido Wilmont? ¿Se habría casado con ella por alguna razón más allá del honor? ¿Se había sentido tan enamorado de sus encantos y de su insospechada inteligencia como para perder la cabeza?

Tonterías. Wilmont no era el tipo de hombre que caería en la trampa del matrimonio por una cara bonita y una actitud inteligente.

Ella apartó la mano y salió de la habitación.

—En cuanto acabemos con este piso, iremos abajo y veremos qué puede hacerse con las habitaciones de invitados. Creo que en un futuro tendré ganas de muchas diversiones y necesitaremos…

La observó caminar por el pasillo, con sus caderas moviéndose seductoramente, tan apetecibles bajo la tela negra. La parte de su brazo donde ella había apoyado la mano estaba tibia y sintió que se le cerraba el estómago. Respiró profundamente. Tal vez debía reconocerlo.

Ella lo había hechizado por completo. Y la deseaba como nunca antes había deseado a otra mujer. Pero nunca antes había tenido escarceos con la esposa de un amigo, y más allá de que su amigo estuviera vivo o muerto, no tenía ninguna intención de hacerlo ahora. Aunque sospechaba que con lady Wilmont, Philadelphia, Delia, no podría tratarse de un mero escarceo. Sería algo mucho más importante, más rico, más profundo. Algo para siempre.

¿Sería eso lo que Wilmont habría pensado?

—¿Alguna sugerencia respecto a esta habitación, Gordon? —Delia estaba de pie en el pasillo e inclinaba la cabeza hacia la siguiente habitación.

—Rojo —dijo él sin vacilar.

—¿Rojo? —Alzó ambas cejas y examinó la habitación—. Rojo. Qué idea tan interesante.

—El rojo sería como… una declaración, milady —murmuró. No le importaba un pimiento que ella usara el rojo, el morado o el dibujo de una tela escocesa, ni en aquella ni en ninguna otra habitación. Había dicho simplemente lo primero que le había venido a la mente, una mente ocupada en cuestiones más pertinentes.

—En efecto, lo sería. Me gusta bastante la idea —dijo ella pensativa—. Me pregunto si podré persuadir a mi hermana para que me ayude con todo esto. Su sentido artístico siempre ha sido muy superior al mío.

En aquel momento, su deber era tan sólo vigilar a esa mujer y nada más. Seguramente, el deseo que sentía hacia ella era únicamente debido a la proximidad. Probablemente hubiera sentido exactamente lo mismo hacia cualquier otra mujer moderadamente atractiva si tuviera que estar permanentemente en su compañía. No podía, no debía, dejar que las aguas se enturbiaran con su irresponsable deseo. No permitiría que se le fuera la cabeza, no importa lo deliciosa que pudiera encontrar a Delia, a Philadelphia, lady Wilmont.

—Se lo pediré cuando la vea. —Lady Wilmont asintió decidida—. Por supuesto, eso estaría en contra del decreto de mi madre, pero me atrevería a decir que dentro de una semana Cassie ya se habrá cansado de ser la hija perfecta. Además, tengo esperanzas en mi visita a Effington Hall. Con un poco de suerte, estaré prácticamente reconciliada con mi familia a mi regreso.

Se volvió hacia él.

—Haré una lista con las citas que me gustaría que fijase durante mi ausencia. Confío en que no tendrá dificultades con eso, ¿verdad?

Maldita sea. Había olvidado lo del viaje al campo. No podía perderla de vista y, sin embargo, iba a ser imposible acompañarla. O, al menos su mayordomo no podía acompañarla.

—Ningún problema, milady.

Claro que la duquesa viuda enviaría su coche privado para llevar a lady Wilmont y ésta viajaría durante el día. Estaría protegida. Sin embargo, debería encargarse de que hombres del departamento la siguieran y de que otros se hicieran pasar por criados durante su estancia en Effington Hall. Seguramente, hacer de lacayo o mozo de cuadra no sería tan difícil como representar el papel de mayordomo. En cuanto al baile de la duquesa…

Gordon no podría acudir, pero lord Saint Stephen sin duda sí. Sería bastante fácil conseguir una invitación. Tony nunca había participado mucho en la alta sociedad. Había comenzado a servir a la Corona antes de alcanzar su mayoría de edad y no tenía expectativas de recibir ningún título. No hasta que la reciente muerte de su hermano mayor le había dado la posibilidad de convertirse un día en el vizconde Saint Stephens. Lo asaltó el pensamiento de que debería haber hecho algo con su herencia y lo que ésta acarreaba. Pero todo había sucedido tan rápido que simplemente no había tenido tiempo. Tal vez lo haría cuando aquel asunto acabara.

El departamento podría conseguir su invitación y, durante su ausencia, hacerse cargo también de todas esas tonterías de las citas con los ebanistas y todas esas personas que lady Wilmont deseaba ver. Desde lord Kimberly y el señor Pribble hasta el secretario del departamento, todos eran veteranos y hábiles. Cada uno de ellos contribuía a formar un equipo profesional, serio y competente. Podrían sin duda encargarse de los detalles concernientes a una simple reforma en la casa.

Se preguntó cómo se sentiría Wilmont si pudiera ver lo que su esposa estaba haciendo en la casa. Por primera vez desde la muerte de Wilmont, pensar en su viejo amigo lo hizo sonreír.

—¿He dicho algo divertido? —Ella le lanzó una mirada extrañada.

—En absoluto, milady. —Buscó una excusa convincente—. Simplemente me estaba imaginando lo estupenda que quedará la casa cuando haya acabado con las reformas.

Ella se echó a reír.

—Como le he dicho antes, Gordon, es usted muy mal mentiroso. Sin embargo, dejaré que se reserve sus pensamientos, por muy divertidos que puedan ser.

—Gracias, milady —dijo él con un verdadero suspiro de alivio.

—Tenemos muchas cosas de qué encargarnos y me gustaría tener al menos una idea de qué podría dejar hecho antes de irme.

Cruzó el vestíbulo y entró en otra habitación, todo el tiempo sin dejar de hablar de colores y telas y Dios sabe qué más. Él la siguió y fingió estar atento, asintiendo en los momentos oportunos, murmurando alguna tonta sugerencia de vez en cuando.

Aquellas reformas eran, a su modo de ver, un completo despilfarro de tiempo y de dinero. ¿Había realmente una diferencia significativa entre los distintos tonos de verde? Y aunque así fuera ¿quién iba a notarlo?

Ella sí. Y en aquella absurda tarea femenina ella exhibía una pasión que era de lo más embriagadora. Si es que él se permitía ser embriagado, cosa que no haría. Sin embargo, no podía dejar de pensar qué pasaría cuándo se encontrasen en el baile de la duquesa. Él confiaba en que no lo reconocería bajo su disfraz. No sospecharía ni por un momento que él no era exactamente quien decía ser.

Y tampoco podía dejar de pensar en la pasión que ella exhibía en la simple elección de una tela.

Y qué otras formas de pasión podría exhibir.

Delia odiaba comer sola.

Pasó distraídamente el dedo por el borde del vaso de vino de Madeira. Realmente odiaba estar sola, y ni siquiera después de todos aquellos meses había logrado acostumbrarse.

En su casa familiar en muy raras ocasiones se hallaba sola. Sus padres o su hermana o alguno de sus tres hermanos estaban casi siempre presentes, y había además una buena plantilla de empleados. Siempre se había considerado una persona solitaria y valoraba sus pocos momentos de privacidad, pero esos momentos hasta entonces habían sido siempre elegidos. Ahora en cambio no tenía elección. En aquel lugar resonaba el vacío. Eso en parte cambiaría, naturalmente, cuando Gordon contratara más criados, pero por el momento, ella podía oír hasta sus propios pensamientos.

Ahora esperaba ansiosamente el viaje a Effington Hall. La visita anual al campo durante las fiestas que se celebraban con motivo de la carrera de Roxborough estaba siempre llena de diversión. Era el único momento del año en que prácticamente todos los Effington vivos se reunían bajo el mismo techo. No habría oportunidad de estar sola ni sentirse sola en Effington Hall.

Delia podía hacer un recuento de su vida de acuerdo con los acontecimientos ocurridos cada año en que se celebró la carrera. Hubo el año en que su primo Thomas se cayó tratando de escalar por la hiedra que cubría la pared del vestíbulo y todo el mundo creyó que iba a morir. Y el año en que Cassie había comprobado lo trágica que podía ser la vida al enterarse de que el primer marido de su prima Gilliam había muerto luchando contra Napoleón. Y más recientemente, el año en que su prima Pandora había jugado un ridículo juego con un encantador conde y perdió. O más bien ganó, ya que se casó con el atractivo lord.

Delia suspiró resignada. Aquél sería el año que ella, y que todo el mundo, recordaría como el año del desgraciado matrimonio de Delia.

Y al acabar, debería regresar allí. A su propia casa. A su nueva vida. Consistiera en lo que consistiese esa nueva vida.

Contempló el vino dentro de su vaso. El cristal zumbó por la caricia de su dedo. Decidió que convertirse en una mujer experimentada era a la vez excitante y abrumador. ¿Cómo diablos hace una tal cosa? No iba a arrojarse a los brazos del primer hombre que se presentara ante ella, aunque confiaba bastante en que habría hombres interesados en una joven viuda rica. Esperaba que no fuesen tan aburridos como aquellos que la habían cortejado antes de su matrimonio. No, sin duda esos caballeros aburridos y respetables cumplirían con las restricciones que impone el luto y evitarían encontrarse con ella. Se alegró ante el pensamiento. El tipo de hombre con quien ella deseaba adquirir experiencia no pensaría demasiado en las reglas que imponen las convenciones.

—¿Esto es todo por esta noche, milady?

Ella levantó la vista. Gordon se alzaba ante ella. Ya había recogido los platos de lo que sólo siendo muy optimista podía considerarse una cena. De nuevo, ella prestó atención a su altura. Realmente imponía bastante.

—Creo que sí. —Suspiró de nuevo y se puso en pie.

Había sido un día muy largo. Ella y Gordon habían evaluado cada una de las habitaciones de la casa, excepto la de la señora Miller, la de MacPherson y los otros cuartos de los criados del piso superior, la habitación de Gordon en el piso principal y las cocinas de abajo. Estaba segura de que todas necesitarían, al menos, una mano de pintura. Ella no tenía ni idea de cómo se las arreglaba Charles antes de casarse, pues sólo tenía dos criados. Los muebles que ella estaba desechando serían más que utilizables en otras partes de la casa y tal vez podrían emplearse para las habitaciones de los criados. Es decir, cuando tuviera criados.

Cogió su vaso y se dirigió a la biblioteca. Ya había reemplazado el libro de poemas que le había entregado a Gordon por el ejemplar que Charles le había regalado. Ésa era la única cosa que había sacado de sus baúles. Más allá de ése, y de un puñado de libros que ya había leído, no encontraba nada que le pareciera interesante en las estanterías. Sin embargo, había un buen número de libros y seguramente algo podría antojársele. Estaba demasiado inquieta como para acostarse, y confiaba en que si se metía tarde en la cama, se dormiría más profundamente. No quería volver a despertarse en mitad de la noche asaltada por miedos innombrables.

—Entonces, si no hay nada más, milady…

—No, nada. —Pasaría alrededor de una hora examinando lo que le ofrecía la biblioteca hasta que estuviera lo bastante cansada para dormirse. Un pensamiento la asaltó de pronto y se detuvo—. ¿Gordon, usted juega al *backgammon*?

—A veces, milady.

—¿Le gustaría jugar una partida?

Él vaciló.

—Soy consciente de que una vez más me estoy saltando los límites que imponen nuestros rangos y, bueno… —respiró profundamente.

»Maldita sea, Gordon, estoy aburrida y sola y no puedo dormir y voy a volverme loca si continúo un solo minuto más sin poder hablar con nadie más que conmigo misma y…

—En tal caso, considero que mi deber es hacerle compañía. —Hizo una pausa—. Con una condición.

—¿Otra condición, Gordon? —Sacudió la cabeza divertida—. Y yo que creía ser la única que me estaba saltando los límites.

—Y lo es, milady —dijo él, con una corrección de mayordomo casi excesiva—. Y puesto que lo hace, me gustaría pedirle que se abstuviera de usar expresiones como «maldita sea». Las encuentro muy angustiosas, y nada adecuadas para una mujer de su posición.

—Tiene toda la razón. —Reprimió una sonrisa. Obviamente era su independencia recién descubierta la que provocaba semejante lenguaje, aunque tanto ella como su hermana en ocasiones empleaban un lenguaje inadecuado y hallaban cierta satisfacción al hacerlo. Sin embargo, teniendo en cuenta la edad, la experiencia y el sentido del decoro de Gordon, no podía reprocharle que la regañara un poco—. Prometo contenerme en el futuro. —Se dirigió de nuevo hacia la biblioteca, volviendo la cabeza para mirarle—. Sin embargo, debo advertirte que, aunque sé jugar, sólo lo hago de tanto en tanto, así que no soy demasiado buena.

—Estupendo, milady. —Habilidosamente pasó ante ella para abrirle la puerta. Su velocidad y agilidad nunca dejaban de sorprenderla—. Yo soy realmente muy bueno.

Las comisuras de sus labios bajo su bigote se alzaron ligeramente hacia arriba dando como resultado algo parecido a una sonrisa.

—¿Es posible que eso sea una broma, Gordon?

—Es posible.

Cinco minutos más tarde estaban sentados el uno frente al otro ante una mesa de *backgammon* junto al final de la pequeña biblioteca. Era un equipo de juego excepcionalmente elegante: las fichas eran de ébano y marfil y la mesa tenía incrustaciones de caoba y palo de rosa. Ella no esperaba menos de Charles. Aunque planeaba cambiar la mayoría de los muebles de la casa, tenía que reconocer que todo era de una excelente calidad. Al parecer, Charles había gastado su dinero en algo más aparte de la vida salvaje.

Jugaron en silencio durante unos minutos, el juego avanzó rápido y era mucho más equilibrado de lo que ella había insinuado.

—Me ha mentido usted, milady —murmuró él, sin levantar la mirada del tablero.

—¿Lo he hecho? —Sonrió para sí.

—Juega usted mucho mejor de lo que me hizo creer.

—Yo también disfruto de una buena broma, Gordon.

—En efecto. —Él tiró el dado—. Sin embargo —dijo mientras movía pieza y dejaba fuera de juego una de las fichas de ella—, éste es un juego no sólo de habilidad sino también de azar. La suerte también cuenta. La habilidad consiste en saber cómo sacarle el mejor partido.

Ella puso el dado en el cubilete, tiró y luego volvió a colocar su ficha en el tablero, tratando de no sonreír.

—¿Se refería a esto?

—Exactamente. —Toda la concentración del mayordomo estaba puesta en el tablero.

—Debería saber que los Effington se niegan a perder. Lo llevan en la sangre.

—Entonces ésta va a ser una nueva experiencia para usted, milady.

Unos pocos movimientos más tarde estaba claro que él, en efecto, había sabido aprovechar la suerte del dado. Y también quedaba claro que la suerte estaba de su parte. Ella encontró un escaso consuelo en el hecho de que no le ganase con una gran ventaja.

—¿Otra partida, milady? —Su voz sonaba inocente, y una vez más ella creyó advertir el amago de una sonrisa.

—Desde luego que sí —respondió con firmeza. Nunca había sido una buena perdedora. No conocía a ningún Effington que lo fuese.

Colocaron las fichas y comenzaron de nuevo. Él era bueno, pero ella también. Lo observó mover sus fichas sin vacilar; sus manos eran fuertes y seguras y no parecían en absoluto las manos de un hombre mayor. Ella había jugado muchas veces con su padre, y sus manos reflejaban la edad mucho más que las de Gordon, a pesar de que su padre era un hombre más joven. Era extraño cómo la edad podía afectar de modos tan diferentes a la gente. Su abuela tenía ochenta años y su mente era aguda y clara como la de Gordon en todo lo referente a juegos y finanzas; sin embargo, Gordon parecía un poco confuso en cuestiones que tenían que ver con el cargo que había desempeñado durante toda su vida.

—¿Tiene usted familia, Gordon? —preguntó ella distraídamente.

—Estoy solo en el mundo, milady —murmuró él, con la atención concentrada en el juego.

—Oh, lo siento. —Incluso ahora, ella no podía imaginarse lo duro que sería no tener familia.

—Es simplemente un hecho en mi vida.

—¿Siempre quiso ser mayordomo?

—Mi padre era mayordomo, igual que lo fue su padre antes que él. —Estudió el tablero—. Nunca consideré la idea de hacer otra cosa.

—¿Le gusta?

—Siento gran satisfacción en el servicio, milady. Mis años con lord Marchant fueron muy satisfactorios. —Hablaba sin pensar, como si estuviera recitando, sin duda porque estaba concentrado en el juego—. Estoy muy contento con mi vida.

—Pero ¿si hubiera podido hacer otra cosa, qué le habría gustado hacer? —insistió ella.

—Me hubiera gustado navegar los mares y explorar zonas del mundo desconocidas —dijo él de un tirón.

Ella lo miró sorprendida.

—¿En serio?

Él alzó la vista, asustado, como si no se hubiera dado cuenta de lo que acababa de decir.

—¿Por qué no lo hizo entonces?

—Yo... —Por un momento pareció desconcertado, como si pensara en cosas tan lejanas que ya no podía ni recordarlas—. Era simplemente un deseo adolescente de aventura, milady, sin ningún fundamento.

—Pero ¿ni siquiera lo intentó?

—Se me pasó con la edad —dijo firmemente, como para ponerle punto final al asunto.

—Mi hermana y yo teníamos ansia de aventuras. Pensábamos que era muy injusto que sólo los chicos tuvieran esa oportunidad. —Se detuvo—. ¿Por qué no hizo usted con su vida lo que quiso?

Él la miraba fijamente como si estuviera al menos un poco mal de la cabeza.

—Uno tiene responsabilidades. Hacia su familia y sus empleadores en particular. Siento que he hecho lo que he querido con mi vida. —Volvió a mirar el tablero—. Es su turno.

Ella lanzó el dado y movió una pieza.

—¿Y qué voy a hacer yo con mi vida, Gordon? —dijo ella por lo bajo.

—Creía que iba a reamueblar la casa. —Su tono era suave.

—Me quedarán unos cuantos años por vivir cuando haya acabado con las reformas de la casa. Todavía no estoy en la tercera edad. —El hombre estaba siendo un poco terco. Por lo que hasta ahora sabía de su mayordomo, tenía opiniones muy claras. El truco estaba en cómo conseguir que las expusiera—. No es una casa especialmente grande y no me llevará más que unos pocos meses acabarlo todo. ¿Qué haré después?

—No soy yo quien deba decirlo, milady.

—Sin duda usted tiene algunas ideas sobre el asunto. —Soltó un bufido de exasperación—. Me gustaría mucho oírlas.

—Es su turno.

Ella agitó el cubilete con más violencia de la necesaria y lanzó el dado sobre la mesa, luego movió una ficha.

—¿Está segura de que desea oírme?

—Sí —respondió ella con brusquedad.

Él la miró alzando una ceja.

—¿Ocurre algo?

Ella lo miraba con rabia en silencio.

—Debo decir que es usted un poco testaruda, milady. Muy bien. —Se echó hacia atrás en su silla, cruzó los brazos y los apoyó sobre la mesa—. Admito que su declaración de esta mañana acerca de su deseo de vivir una gran aventura, a mi entender, puede conducirla a todo tipo de peligros que usted ni siquiera ha considerado. Dejando eso a un lado, siempre he creído que uno debería vivir su vida de la forma marcada por la naturaleza y la tradición. Yo estaba destinado a seguir los pasos de mi padre y del padre de mi padre.

—¿Y a qué estoy destinada yo?

—A ser una buena esposa, y si Dios quiere, una buena madre. Para eso la ha preparado su familia, su herencia y su naturaleza. Si de verdad desea saber lo que yo creo que debe hacer en su vida, le aconsejaré que se case de nuevo. Una dama no debe vivir su vida sola. Necesita un marido que le proporcione consejo y guía.

Delia sintió un intenso deseo de sacudir a su querido y anciano criado hasta hacerle sonar los dientes. Por supuesto jamás lo haría, aunque el irritante tono mojigato de su voz la estaba sacando de quicio.

—Sospechaba que era usted testarudo, pero no tenía ni idea de que además era remilgado y de mente estrecha.

—La felicito por su astuto juicio sobre mi carácter, milady.

Ella lo miró fijamente, luego se echó a reír.

—Me alegro mucho de haberle animado a hablar libremente.

—Y yo me alegro mucho de no haber dicho nada que pudiera ofenderla.

—En absoluto. Disfruto mucho de una buena discusión. —Se detuvo para ordenar sus pensamientos—. ¿Y qué pasa si no deseo volver a casarme? ¿Qué pasa si deseo hacer lo mismo que usted cuando era un muchacho?

—Tonterías. Puras tonterías. —Resopló con desdén—. Usted misma lo ha dicho: la aventura no es para las mujeres. Demasiado peligroso e incierto para el bello sexo. No, el matrimonio es el único verdadero propósito en la vida de las mujeres.

Lo observó durante un momento.

—¿Ha estado casado, Gordon?

—No, no lo he estado.

—Ya veo. Entonces ha impedido a alguna pobre mujer que cumpliera con el auténtico propósito de su vida —dijo ella con tono inocente.

—Quizás. —Él alzó una ceja—. O la he librado de compartir su vida con un marido testarudo, remilgado y de mente estrecha.

Ella se rio.

—¿Nunca ha deseado casarse?

Él negó con la cabeza.

—Nunca.

—¿Tampoco se ha enamorado nunca?

—No, milady.

—¿Hubo alguna criada atractiva en su pasado?

—Hubo varias, milady —dijo él serenamente—. Pero ninguna me capturó el corazón.

Ella sonrió abiertamente.

—A su pesar, sin duda.

—Sin duda.

—Me cuesta creer que no haya sucumbido a los encantos de alguna mujer. Alguna cautivadora ama de llaves, por ejemplo. O una cocinera pechugona…

—Sin duda nosotros a estas alturas podríamos aceptar una cocinera de cualquier forma o figura —murmuró él.

Ella se rio, ya no estaba molesta con él; era demasiado divertido.

—Creo que se empeña demasiado en negarlo, Gordon. No puedo creer que no haya habido un amor perdido en su pasado. —Apoyó los codos en la mesa y sostuvo su barbilla entre las manos—. ¿Tal vez la hija de un granjero?

—No.

—Ya sé. —Sonrió pícaramente—. ¿La hermana de un cura?

Él torció las comisuras de sus labios como si luchara por no sonreír.

—No, que yo recuerde.

—¿Una institutriz, entonces?

—Ni una.

—¿La viuda de un comerciante?

—No.

—¿Una campesina?

—No

—¿La señora de una casa?

Su mirada se topó con la de ella. Por un momento, su fachada de mayordomo contenido desapareció y también sus años parecieron abandonarlo.

Por un momento, su mirada permaneció clavada en la de ella y había en sus ojos una intensidad que la dejó sin respiración. Por un momento, ella vio un destello del hombre que debía de haber sido. Éste se desvaneció tan rápidamente como había aparecido.

—No. —Bajó la mirada hacia la mesa. Lanzó el dado y siguió jugando como si no hubiera ocurrido nada importante entre ellos.

Pero sí había ocurrido.

Ella había traspasado la barrera entre señora y criado. No, había saltado por encima de ella. El pobre hombre sin darse cuenta le había revelado su alma. Por su actitud fisgona, el más privado de sus secretos había quedado expuesto.

Por la expresión de sus ojos, ella sabía muy bien que él una vez se había enamorado de una mujer que estaba por encima de su rango. Una mujer que obviamente le había roto el corazón. Una oleada de compasión la atravesó.

Lanzó el dado y se esforzó por dar un tono despreocupado a su voz.

—¿Ella también se interesaba por usted?

—Su afecto estaba comprometido en otra parte. —Su tono era seco.

—Ya veo. —Movió una ficha siete espacios. Estaba en una excelente posición, pero apenas le importaba. Su atención estaba centrada en el hombre que tenía delante—. ¿Entonces ella estaba enamorada de otro?

—Lady Wilmont. —Gordon colocó las manos sobre la mesa y la miró con firmeza—. Eso ocurrió hace muchísimo tiempo y apenas recuerdo los detalles. Es algo que pertenece al pasado y prefiero que allí se quede.

—Por supuesto —murmuró ella, y guardó silencio. Debería dejarlo. Gordon no deseaba hablar de eso. Sin embargo…

—Entonces, ¿ella estaba enamorada de otra persona?

Él movió la mano sin mirarla.

—Era una viuda que todavía estaba enamorada de su marido fallecido.

—Entiendo. —Trató de contener su lengua, pero no pudo—. ¿Y abandonó la esperanza de que con el tiempo…?

—Las circunstancias eran poco comunes. No abandoné la esperanza, acepté la situación tal como era. Es algo diferente. —Colocó el dado con firmeza frente a ella—. Si vamos a analizar los traumas de mi pasado, debería decirle que siempre me ha gustado jugar al *backgammon* con cierta tranquilidad. Y en silencio.

—Qué curioso. —Ella cogió el cubilete y lo agitó, hablando en tono ligero—. Yo siempre he encontrado la conversación tan estimulante como el juego.

—Imagínese mi sorpresa al notarlo, milady —murmuró él.

Ella reprimió una sonrisa. Se diera él cuenta o no, resultaba de lo más divertido. Qué extraño giro estaba dando su vida. Su mayordomo se estaba convirtiendo rápidamente en su mejor amigo.

Tal vez era por lo avanzado de la noche, o por la acogedora intimidad de la biblioteca, o por las bromas que acompañaban su juego, pero lo cierto es que la sorprendía que la sincera relación que estaba forjando con aquel anciano era muy parecida al relajado compañerismo que ella esperaba encontrar con un hombre algún día, con un hombre mucho más joven. Podía verse a sí misma jugando al *backgammon* a altas horas de la noche, hablando, riendo y bromeando con aquel todavía desconocido caballero. Aún no tenía rostro, puesto que no existía todavía de verdad en su vida, pero ya podía ver sus manos: eran fuertes, seguras y confiadas.

Muy parecidas a las manos de Gordon, excepto, naturalmente, que pertenecerían al hombre que amaba.

Capítulo seis

Delia entró en Effington Hall y respiró profundamente. Los aromas de los recuerdos de la infancia la envolvieron. Los curiosos y reconfortantes aromas de las casas antiguas, con vagas notas de canela y clavo, de aceites esenciales de limón y de cera, de días que se han ido pero permanecen para siempre en el recuerdo.

Por muy bueno que fuera volver a estar allí, no podía ignorar un persistente temor. Era de esperar, por supuesto; aquella era la primera vez en que vería a la mayoría de miembros de su familia después de su matrimonio y no tenía ni idea de cómo sería recibida. Sin duda su abuela deseaba su presencia allí, pero ¿qué opinarían los demás?

Suponía que sería como una especie de examen.

Por muy atractiva que le resultase la idea de ignorar las convenciones y desafiar las reglas que impone el luto, Delia no estaba enteramente segura de tener el coraje para hacerlo.

—No puedo creer que hayas tardado tanto tiempo en llegar. —Cassie apareció majestuosamente en la entrada y abrazó a su hermana—. He estado esperándote durante dos días y tenía miedo de que finalmente no vinieras.

—La abuela requería mi presencia y difícilmente hubiera podido ignorarlo. Al margen de mis otros crímenes, eso sería imperdonable. —Delia se liberó del abrazo de su hermana y dio un paso atrás—. Supongo que mamá también está aquí.

—Por supuesto. —Cassie lanzó una ojeada a su hermana y alzó las cejas con asombro—. Por Dios, estás horrible de negro. Ya me di cuenta el otro día, pero no me atreví a decirte nada.

—Gracias por contenerte.

—Bueno, bueno, no necesitas emplear ese tono. —Cassie sonrió—. Simplemente me sorprende, porque yo estoy bastante guapa de negro.

Delia le devolvió la sonrisa dulcemente.

—Entonces podrías ser tú la viuda.

—Precisamente eso es lo que tenía en mente —murmuró Cassie con ojos pícaros.

—¿Qué quieres decir con eso exactamente? —Delia había visto aquella mirada antes y no le gustaba nada.

—Ya habrá tiempo para explicaciones más tarde. —Cassie agarró a su hermana del brazo y la llevó hacia las escaleras—. Tu habitación está preparada; es la que conecta con la mía para que podamos ponernos al día de todo lo que ha pasado.

—Eso nos llevará un momento o dos. —Delia suspiró y comenzó a subir las escaleras junto a su hermana—. A mí no me ha pasado nada desde la última vez que hablamos. Únicamente, que he decidido gastar el dinero de Charles en reamueblar la casa y me gustaría que me ayudaras.

—Qué divertido. Lo haré encantada. Por lo poco que he visto de tu casa, diría que ciertamente necesita una reforma. Es todo demasiado oscuro y tosco, para mi gusto. Imagino que también para el tuyo. Además, ahora es tu casa, y estás en todo el derecho de hacerla tuya.

—Aun así, me siento un poquito culpable.

Cassie se detuvo y la miró fijamente.

—¿Por qué demonios tendrías que sentirte culpable? Charles te arruinó y luego se le ocurrió matarse. Yo diría que gastarte su fortuna como te venga en gana es lo mínimo que puedes sacar de todo esto.

—¡Cassie!

—Oh, querida, suena bastante interesado y nada comprensivo, ¿verdad?

—Así es.

—Lo siento, querida, pero yo lo veo así. Fuiste maltratada por ese hombre…

—Se casó conmigo.

—Y al hacerlo, te permitió heredar toda su fortuna. Muy decente por su parte, y para ser francos, el único favor que te hizo. —Cassie continuó subiendo las escaleras—. ¿Quieres que sea honesta contigo, verdad?

—En realidad, no —murmuró Delia.

Su hermana se echó a reír.

—Dejaré que te instales y te refresques después del viaje y, oh, se me olvidaba —su tono era aparentemente despreocupado—, la abuela está esperando para verte.

—¿Cómo? —Delia se detuvo y la miró con incredulidad—. ¿Ahora?

—Bueno, no en este mismo momento, pero —Cassie arrugó la nariz— lo antes posible. Desde el momento en que vio tu coche a lo lejos, la abuela me envió a esperarte y a reuniros a ti y a los demás…

—¿Los demás? —Delia alzó la voz—. ¿A quién te refieres con los demás?

—Bueno, no todos los demás. No me refiero a papá, ni al duque ni a ninguno de los otros tíos, ni al primo Thomas o a…

—¿A quién entonces? —preguntó Delia, aunque pensaba que ya sabía la respuesta.

—Tía Katherine, por supuesto; ella es la actual duquesa, después de todo. Y la tía Abigail y la tía Grace y…

—¿Mamá?

Cassie asintió.

—Cielo santo. —Delia sintió una presión en la boca del estómago. Debería haber sabido que eso iba a pasar. En el momento en que supo que la duquesa insistía en que estuviera presente en Effington Hall, debería haber sospechado que la familia entera estaría allí. Especialmente los miembros femeninos.

—Y Gilliam y Pandora y Marianne también.

—Por supuesto que ellas están incluidas, ¿cómo no iban a estarlo? —En la voz de Delia había un tono sombrío—. Son los miembros más nuevos del exclusivo club de féminas de Effington. —Subió las escaleras penosamente, como si fuera un reo yendo hacia el patíbulo.

Cassie iba tras ella.

—Tal vez ellas sientan más compasión por tu…

—¿Por el desastre que he hecho con mi vida?

—Yo desde luego no iba a expresarlo de esa manera... Vamos, Delia, no debes inquietarte para nada por esto. —El tono de Cassie no era tan optimista como pretendía—. No es más que el deseo de tu familia de...

—Es el tribunal, Cassie —dijo Delia, apretando los dientes. ¿Cómo había sido tan estúpida de no darse cuenta antes? Si hubiera sopesado por un momento lo que la esperaba no habría venido—. Tú lo sabes tan bien como yo.

—«Tribunal» es una palabra demasiado dura —murmuró Cassie—. Para empezar no deberíamos llamarlo así. «Reunión» es una palabra mucho más agradable. La reunión de damas. Como si se tratara de una asociación. Un club, o algo así. Ya lo tengo... la Sociedad de las Damas Effington. Sí, eso es, así me gusta mucho más. Suena muy bien.

—Aunque suene tan bien como el canto de un petirrojo a mí eso no me sirve de nada. —Delia dejó escapar un hondo suspiro—. Estoy condenada.

Delia y Cassie se habían dado cuenta hacía algunos años de que su abuela reunía a sus hijas políticas juntas siempre que había un asunto de importancia respecto a algún miembro de la familia, usualmente un miembro femenino. En efecto, los hombres Effington nunca formaban parte del Tribunal y Delia imaginaba que ellos se sentían agradecidos por esa exclusión.

Las hermanas, por influencia de sus estudios franceses, habían escogido en privado el nombre de «Tribunal», en parte porque éste les parecía bastante imponente, y en parte porque fuera lo que fuese lo que pasara en esa habitación entre sus parientes femeninas, quedaba siempre estrictamente dentro de los límites de esa habitación. Ni su abuela, ni su madre, ni sus tías, habían dejado escapar jamás una pista acerca del desarrollo de la reunión. Lo cual lo hacía todo todavía más siniestro, pues un secreto entre Effington, y sobre todo entre mujeres Effington, era algo excepcional.

—«Condenada» es una palabra bastante dura también. —Cassie suspiró—. Por si te sirve de algún consuelo, deberías saber que yo estaré de tu parte. De hecho, estoy empeñada en ello.

—¿Por qué?

—Porque soy tu hermana y tu mejor amiga. —Cassie alzó la barbilla con gesto noble—. Porque a pesar de lo que hayas hecho, yo estaré siempre a tu lado, porque hay un lazo entre nosotras que nada puede romper. Porque…

—¿Porque nadie se cree que tú no tengas nada que ver con mi comportamiento escandaloso? —dijo Delia con ironía.

—Bueno, por eso también. —Cassie se encogió de hombros—. En cualquier caso, tú y yo siempre habíamos creído que si alguna de nosotras iba a tener algún día un asunto serio con el Tribunal, ésa sería yo. Ya que tú prometiste estar de mi lado, yo no puedo hacer menos por ti.

De golpe, la inquietud de Delia disminuyó. Ella y su hermana siempre habían sido una especie de equipo, compañeras del caos o del delito, siempre aliadas. Con Cassie a su lado podía realmente enfrentarse a cualquier cosa. Incluso al Tribunal. Impulsivamente, dio a su hermana un abrazo rápido.

—Soy incapaz de expresar lo mucho que esto significa para mí.

—Además —Cassie sonrió—, ésta es mi única oportunidad de averiguar qué es lo que pasa realmente en ese salón sin tener que hacer alguna fechoría para ganarme ese privilegio.

Delia la contempló por un momento, luego se echó a reír.

—Debería haberlo imaginado.

—Sabes que estoy bromeando, aunque, supongo que, como siempre creí que un día me vería en esa posición, yo estoy mejor preparada que tú para enfrentarme a ello. Siempre creí que sería inevitable para mí, en cambio en tu caso…

—Sí, sí. —Delia suspiró—. Yo soy aquella a quien nadie esperaba ver descarriarse.

Las mujeres llegaron al final de las escaleras y se dirigieron hacia el largo pasillo lleno de retratos de generaciones y generaciones de Effington. Cuando eran muy jóvenes, Delia y Cassie pensaban que esos rostros que las miraban fijamente eran intimidantes y las estaban censurando, como si esas mujeres estuvieran juzgando a sus descendientes y las encontraran deficientes.

Pero al hacerse mayores, fueron capaces de advertir el deje de una sonrisa por ahí y una expresión divertida por allá. Prestaron más atención a las historias de aquellas mujeres que las habían precedido, a aquella duquesa o aquel duque en particular. Historias sobre triunfos y tragedias, éxitos y escándalos. Y habían aprendido, porque era su deber hacerlo, pero también por placer, cosas sobre la herencia y la tradición que había convertido a los Effington en lo que eran hoy en día. La herencia que había contribuido a que Delia y Cassie fueran las que eran y también las que podrían llegar a ser.

Y aunque un día aquellos rostros que las observaban hubiesen sido abrumadores, hoy les transmitían una especie de fuerza. Como si ya no fueran críticos, sino alentadores. Como si las supiesen capaces de cometer errores, pero a la vez dijesen: ¿y quién no los comete? Era una idea ridícula, desde luego. Sin embargo... sonrió a sus antepasadas.

—No obstante, ahora que me he sumado a la categoría de los Effington que no vivieron sus vidas tal y como se esperaba... —Delia enderezó los hombros y miró a su hermana a los ojos—, el primer paso hacia la gran aventura de mi nueva vida será armarme de coraje para enfrentarme a las consecuencias de cualquier error que haya podido cometer.

Cassie la estudió con cautela.

—¿Gran aventura?

Delia sonrió y cogió a su hermana del brazo.

—He tenido mucho tiempo para pensar en mi soledad, y te lo explicaré más tarde. Por ahora, me gustaría refrescarme un poco antes de enfrentarme al Tribunal.

—Las dos nos enfrentaremos al Tribunal —dijo Cassie con firmeza.

Delia apretó el brazo de su hermana con afecto.

—Como te enteraste de esto antes que yo, ¿he de suponer que tienes algún plan de defensa? ¿Algunas palabras sabias que sugerir?

—En realidad, no. Por lo que he oído, uno nunca debe revelar miedo cuando se enfrenta a la adversidad. Más allá de eso, sospecho que sería prudente evitar cualquier mención del término... —Cassie sonrió— Tribunal.

Y

Delia y Cassie intercambiaron miradas cautelosas. Estaban sentadas juntas en un pequeño sofá frente al resto de miembros femeninos de la familia. Alguien sin más información, podría creer que la disposición de los asientos no tenía nada de siniestro y obedecía únicamente al propósito de sostener una charla informal.

En realidad, en un primer momento no tenía nada de intimidante. Por el contrario, en apariencia tenía más que ver con una reunión social de damas que con un tribunal que tiene, metafóricamente, el poder de la guillotina en sus manos.

La abuela estaba sentada, tan regia como siempre, en el sofá de damasco, con la tía Katherine, la duquesa, a su derecha y la tía Abigail, lady Edward a su izquierda. Tía Grace, lady Harold, estaba apoyada en el brazo del sofá y su madre se hallaba de pie detrás de las demás, obviamente demasiado alterada para sentarse. La esposa del primo Thomas, Marianne, lady Helmsley; la prima Gilliam, lady Shelbrooke; y la prima Pandora, lady Trent, estaban sentadas a un lado. Pandora se topó con la mirada de Delia y le guiñó un ojo en señal de apoyo.

Para tratarse de una fiera devoradora de hombres no tenía un aspecto demasiado intimidante.

—No tienes por qué mostrarte tan nerviosa —le dijo tía Katherine con una sonrisa agradable—. Como si fuéramos a juzgarte. Ésa no es para nada nuestra intención.

—¿Y cuál es vuestra intención? —preguntó Delia sin pensar.

—Hablar sobre tu vida, Philadelphia —dijo su abuela.

—Lo sospechaba, abuela, y siento el escándalo y...

—Tonterías. —La abuela agitó la mano con desdén—. El escándalo ya pasó, no tiene apenas importancia.

—La verdad es que ha sido más impresionante que cualquier cosa en la que yo haya estado envuelta —le dijo Pandora en voz baja a Gilliam, quien le lanzó una mirada reprobatoria.

La abuela ignoró el intercambio.

—Nuestra aprobación respecto a la elección de tu marido en este momento no tiene ninguna importancia, ya que el pobre hombre está muerto, pero la forma en que te casaste y el comportamiento que te ha conducido hasta esta situación es de lo más doloroso para nosotras.

—Lo sé, abuela, yo nunca quise…

—Sin embargo —continuó la abuela—, no hay nadie entre nosotras que no haya exhibido, en algún momento de su juventud, un comportamiento inadecuado, imprudente o escandaloso.

—¿Incluso la tía Katherine? —preguntó Cassie.

La abuela asintió.

—Especialmente la tía Katherine.

—Yo no usaría la palabra «especialmente» —murmuró la tía Katherine, que parecía más bien una colegiala a la que acabaran de regañar, y no la actual duquesa de Roxborough.

—Sin duda, tú nunca… —dijo Delia sin pensar—. Lo que quiero decir es…

—Mi querida Philadelphia, aunque tal vez resulte difícil creerlo, no siempre he sido tan sabia y anciana como ahora parezco. —Un brillo malicioso apareció en los ojos de la abuela—. Yo también tuve mi parte de… digamos aventuras… en mi juventud. Sobreviví y tú también lo harás.

Delia estudió a la anciana mujer por un momento. Escogió las palabras con gran cuidado.

—Me temo que no lo entiendo, abuela. Si no estás enfadada conmigo…

—Oh, nunca nos hemos enfadado contigo, Delia —se apresuró a decir la tía Abigail—. Comprendemos muy bien la impulsividad de tu juventud.

—Mamá, no —señaló Cassie.

A la vez, todas las miradas, salvo la de la duquesa viuda, se volvieron hacia Georgina, que resopló y se cruzó de brazos.

—Por supuesto que lo comprende —dijo la abuela con serenidad—. Además, ella no es mejor que el resto de nosotras.

—¿De verdad? —Delia miró fijamente a su madre.

—Tal vez —dijo ella con tono altivo.

La tía Grace reprimió la risa. Las tías Katherine y Abigail intercambiaron miradas de complicidad. La abuela parecía inocente y era obvio que la mujer más joven no tenía ni idea de a qué se refería la mujer mayor. Delia no estaba del todo segura de querer saber qué posibles indiscreciones habrían cometido sus tías en su juventud o qué aventuras habría vivido su abuela, y la sola idea de saber algo acerca de las posibles transgresiones que su madre había dejado hace mucho tiempo atrás le provocaba un extraño malestar de estómago. Sin embargo, había algo reconfortante en el hecho de saber que fuera cual fuese la extraña locura que había conducido a Delia hasta aquel punto, era algo que llevaba en la sangre.

—Al parecer, tu mala conducta responde a una cuestión de tradición familiar —dijo Cassie por lo bajo a su hermana—. Y es obviamente algo inevitable.

—Nada es inevitable, Cassandra, salvo la muerte. —La abuela lanzó a Cassie una mirada severa. Cassie tuvo la habilidad de parecer apropiadamente disgustada—. No te tomes lo que has oído hoy como una autorización para que os comportéis de forma inapropiada. El mero hecho de que la ligereza de espíritu de la juventud sea algo que todas hayamos compartido no implica que sea también algo digno de aprobación.

—No, madame —murmuró Cassie, con rubor en las mejillas. Delia le apretó la mano en señal de silencioso apoyo. Pobre Cassie. Su mayor falta, aquella que la metía en problemas la mayor parte de las veces, era su falta de habilidad para controlar su lengua y reservar para sí sus pensamientos.

—Mi querida Cassandra, no sé por qué tienes que preocuparte. Nunca me ha preocupado especialmente tu futuro. —La abuela se inclinó ligeramente hacia delante, como si ella y Cassie estuvieran a solas, y le habló en un tono confidencial—. Las que nos sorprenden son siempre las tranquilas. Y tú nunca has sido nada tranquila. Eres honesta, sincera e inteligente. En realidad, siempre me has recordado mucho a mí misma de joven. —Se enderezó y lanzó a su nieta una sonrisa de complicidad—. Tal vez, en el fondo sí haya algo de qué preocuparse.

»Sin embargo, hoy no nos hemos reunido aquí para hablar de tu comportamiento ni de tu futuro. —La mirada de la abuela se deslizó hacia Delia—. Philadelphia, ¿has pensado en tu futuro?

Delia empujó con firmeza a un rincón de su mente su plan de convertirse en una mujer experimentada. A pesar de la tolerancia de su abuela y de los errores que pudiese haber cometido en su juventud, Delia estaba bastante segura de que no se sentiría demasiado complacida si oía sus ideas acerca del futuro.

—La verdad es que no, abuela.

—Ya veo. Bien, era de esperar. Tú vida se ha transformado muchísimo en muy poco tiempo. —La abuela la estudió durante un largo momento y lo único que Delia pudo hacer fue permanecer sentada y quieta. Al fin, la abuela asintió con la cabeza como si hubiera logrado determinar algo que sólo ella podía notar—. Si alguna vez necesitas consejo o ayuda en cualquier sentido, ten en cuenta que todas y cada una de nosotras podemos serte útiles por alguna razón. Somos tu familia y debes sentirte libre para acudir a nosotras.

»Todas creemos que tu matrimonio ha sido una tontería, si hubieras tenido la precaución de pedirnos consejo, hubiéramos intentado disuadirte de esa unión con lord Wilmont, pero lo que está hecho ya no puede deshacerse. Sin embargo —la voz de la abuela era firme—, creo que hace falta una disculpa.

—Por supuesto —Delia respiró profundamente—. Lamento profundamente…

—No, no, querida —dijo la abuela—. No se trata de tu disculpa.

Una vez más, todos los ojos se volvieron hacia Georgina.

—Muy bien. —La madre de Delia levantó los ojos hacia el cielo como si pidiera ayuda a las estrellas, enderezó los hombros y se encontró con la mirada de su hija—. Yo… quiero decir…

Delia se puso en pie de un salto, cruzó corriendo la habitación y se lanzó a los brazos de su madre.

—Mamá, lo siento.

—No, querida, la culpa es mía —sollozó su madre—. Yo debería haber permanecido a tu lado, en lugar de abandonarte…

—Pero yo me merezco tu actitud. Te engañé y te decepcioné…

—Tú eres mi niña, y a pesar de lo que puedas haber hecho, siempre serás mi niña. —La voz de su madre reflejaba impotencia—. Simplemente estaba tan preocupada de que desafiaras el destino escrito en las estrellas…

—La superstición es una tontería —murmuró la abuela.

—En absoluto —dijo Georgina con un profundo suspiro—. Algunos de los pensadores más avanzados de nuestro tiempo reconocen la influencia de las estrellas en nuestras vidas.

—Basura —murmuró la abuela.

Georgina lanzó una mirada de odio a su suegra. La naturaleza supersticiosa de Georgina, y en particular su dependencia de la astrología, siempre había sido un hueso de discusión entre ella y el resto de la familia. El padre de Delia consentía a su esposa, como también lo hacían sus hijas, pero la abuela y otros Effington pensaban que la pasión de Georgina por la astrología y otras diversas formas de leer el futuro era absurda. Y especialmente dado que madame Prusha, la astróloga de Georgina, no tenía nada que ver con lo que uno podría esperar de una vidente. Era una agradable mujer de mejillas sonrosadas que vivía en una acogedora cabaña en un pueblo tranquilo a las afueras de Londres.

—La culpa, querido Brutus, no está en nuestras estrellas sino en nosotros mismos —murmuró tía Grace.

—Tal vez, pero las estrellas tienen mucho que ver con todas esas culpas —le espetó Georgina.

—Tonterías —la voz de la abuela resonó en la habitación—, no permitiremos que el escándalo ni el deshonor se cierna sobre esta familia, digan lo que digan los cielos.

Georgina asintió a la duquesa viuda.

—Tienes razón, por supuesto, como siempre.

La abuela le lanzó una sonrisa afectuosa.

—Lo sé, querida.

La habitación soltó un suspiro colectivo de alivio.

—Ahora entonces... —La abuela hizo un gesto a las personas reunidas—. Si fuerais todas tan amables de salir, hay algunas cosas que me gustaría hablar con mi nieta.

Las damas vacilaron apenas durante uno o dos segundos, por la natural curiosidad que les hacía no querer perderse algo que podría ser muy interesante, luego se pusieron de pie, murmuraron sus resignadas despedidas y salieron en fila, dejando en su estela retazos de conversaciones.

—Debo decir que estoy bastante decepcionada —le dijo Pandora a Marianne—. Ésta es la primera vez que he sido incluida en este tipo de reuniones y esperaba algo más emocionante.

Marianne se encogió de hombros.

—Tal vez el próximo escándalo sea más impresionante.

—Siempre podemos poner la esperanza en Cassie. —Gilliam sonrió a su prima.

—Intentaré cumplir con vuestras expectativas —dijo Cassie con ironía.

Georgina volvió a abrazar a Delia.

—Hablaremos más tarde, corazón mío. —Saludó con la cabeza a su suegra y luego siguió a las otras mujeres. Tía Katherine fue la última en salir y cerró la puerta firmemente tras ella.

—¿Te has metido en un buen lío, verdad? —La abuela hizo un gesto a Delia para que se sentara.

Delia regresó al sofá y se hundió en él.

—Ya puedes decirlo.

La anciana levantó una ceja.

—Sí. —Delia soltó un profundo suspiro—. Me he metido en un lío.

—Gracias a los esfuerzos de tu hermana, tu comportamiento impulsivo se interpreta ahora como una actitud muy romántica. Y tú te has convertido en una trágica heroína.

—Sí, bueno... —Delia tironeó de la tela de su sillón. No estaba del todo segura de que le gustase la idea de que el resto del mundo creyera que era algo que no era.

—Realmente es una vergüenza pasar por todo esto. El escándalo, el luto y todo.

—Tal vez —murmuró Delia. Era una especie de penitencia, y probablemente la merecía. Sin embargo, la abuela tenía razón: era una vergüenza y parecía que iba a durar para siempre.

—Sería diferente si hubieras amado a ese hombre.

La mirada de Delia se dirigió bruscamente a su abuela.

La anciana continuó sin detenerse.

—Porque entonces, por supuesto, habrías quedado destrozada.

Delia escogió las palabras con cuidado.

—¿Qué te hace pensar que no estoy destrozada?

—Mi querida muchacha, puede que engañes al resto del mundo con esa historia de amor irresistible, pero a mí no me vas a engañar. Te conozco demasiado bien. —La abuela cruzó las manos de forma remilgada sobre su regazo—. Para empezar, tus ojos no están enrojecidos, por lo tanto, todas las lágrimas que hayas podido derramar se secaron hace tiempo.

—Lloré por él —dijo Delia indignada. «O tal vez por lo que pudo haber sido.»

—Por supuesto que lo hiciste, querida, me sorprendería que no hubiera sido así. La muerte de alguien que conocemos siempre nos afecta. Pero cuando uno pierde un amor, se produce un vacío y un dolor en el alma que no se alivia en… ¿cuánto tiempo hace que murió?

—Ahora, más de seis meses. —Al responder, Delia se dio cuenta del poco tiempo que había pasado.

—¿Tanto tiempo? —murmuró su abuela, diciendo, sin decirlo, que seis meses no es nada para alguien que ha perdido un amor—. En segundo lugar, conozco bien a tu madre y es una buena persona, aunque un poco peculiar respecto al tema de las estrellas y todas esas cosas. Una madre sabe cuándo el corazón de su hija se halla comprometido. Nunca se hubiera mostrado tan inflexible si hubiera pensado que realmente estabas sufriendo.

»Y en tercer lugar, aunque has reconocido voluntariamente tu error, nunca has achacado al amor la culpa de tus actos. Ni siquiera has mencionado la palabra.

—Tal vez simplemente no me gusta hacer alarde de mis emociones.

La abuela sonrió de una forma tolerante.

Delia suspiró.

—Muy bien, lo reconozco: no quedé destrozada por la muerte de Charles, aunque hubiera deseado que no ocurriera. —Se puso en pie y dio vueltas por la habitación—. Probablemente, merece mejor suerte que una esposa cuyo corazón no puede estar de luto por él. Me siento fatal al pensarlo.

—Entonces, ¿no lo amabas?

—Es cierto. —Delia se envolvió con sus propios brazos—. Ni siquiera lo conocía. De verdad, no.

—Mucha gente se casa casi sin conocer a su cónyuge, sin amor. El amor llega con el tiempo.

—Eso era lo que yo esperaba, pero no tuvimos tiempo y… —Sacudió la cabeza—. Yo no sé realmente qué pasó, abuela, una cosa llevó a la otra, y… —Miró a su abuela a los ojos—. Es difícil de explicar.

—Y ha pasado mucho tiempo desde que yo tenía veintidós años y era cortejada por hombres muy correctos sin una chispa de excitación en sus ojos o un toque de aventura en sus almas —dijo la abuela como si expusiese una cuestión de hecho y de verdad hablara de un recuerdo.

Delia la miró fijamente.

—No deberías sorprenderte tanto. La gente joven siempre piensa que ellos y sus circunstancias son únicos. Que nadie en el mundo ha experimentado lo mismo que ellos. Tal vez seas peculiar por el hecho de que no hayas confundido lujuria y amor, pero no eres la primera mujer joven que anhela excitación o busca aventura en los brazos de un guapo libertino.

—¡Abuela! —Delia dio un grito ahogado.

—Sin duda no te he asustado tanto. —La abuela entrecerró los ojos y la estudió detenidamente—. Pero ¿tal vez tu caso no tiene nada que ver con eso?

—No, no, fue exactamente así —dejó escapar Delia. Sus mejillas enrojecieron—. Es sólo que suena un poco extraño oírte a ti hablando de estas cosas.

—Soy vieja, querida niña, pero todavía no estoy muerta. A menudo recuerdo mejor los días de mi juventud que lo que hice la semana pasada. —Guardó silencio, obviamente recordando días lejanos, luego sonrió de una manera nada propia de una abuela—. Lo pasé muy bien.

Delia se echó a reír y se hundió en el sofá junto a su abuela.

—He cometido un terrible error.

—Por supuesto que sí, querida. Pero te casaste con él, y en este mundo, uno puede cometer infinidad de errores y ser perdonado siempre y cuando rectifique conforme a las reglas que la sociedad impone sobre tales cuestiones. Las mujeres jóvenes que buscan aventuras ilícitas…

—Abuela —murmuró Delia, sintiendo de nuevo que sus mejillas enrojecían.

—Deben pagar con el matrimonio. De hecho, ésta es una de las reglas más ventajosas para las mujeres que para los hombres, así que no podemos protestar demasiado. —Dio unas palmaditas en la mejilla de su nieta—. En cuanto al escándalo, incluso cuando ocurrió no era tan grande como puede haberte parecido. Y hay todo tipo de cotilleos más sabrosos brotando como las flores en primavera. Precisamente hoy, Abigail me habló de un incidente ocurrido en Londres que involucraba al pobre querido lord Bromfield y a la viuda lady Forrester, que posee demasiadas riquezas y no sabe qué hacer con ellas. Lo cual me recuerda a mí misma. —La abuela se interrumpió y frunció el cejo—. Por lo que he podido averiguar, Wilmont te dejó bien provista.

Delia asintió.

—Ya veo. —Su abuela la estudió durante un largo momento, pensativa—. Eres rica, independiente y joven. Ésa es una combinación muy potente. Y también está llena de todo tipo de peligros y tentaciones.

—Abuela, yo…

—Te animo a usar la inteligencia que te corresponde por nacimiento a la hora de navegar las aguas que tienes por delante. Sé cuidadosa, querida. —La abuela la miró a los ojos y le sonrió sabiamente—. Aunque no lo serás, por supuesto.

—¿Acaso te has unido a mamá y su manía de pronosticar el futuro? —se burló Delia—. ¿Por qué dices una cosa así?

—Porque me recuerdas mucho a mí misma

—Creí que era Cassie la que te recordaba a ti misma.

—Te des cuenta o no, el parecido que guardas con tu hermana va bastante más allá de la apariencia física. Cassandra siempre ha sido muy consciente de su espíritu. A ti te ha llevado más tiempo encontrar el tuyo. Yo me veo reflejada en las dos.

La abuela sonrió con actitud arrepentida.

—Y espero que el cielo nos asista a todas.

Capítulo siete

Tony nunca había prestado mucha atención a la cuestión de la conciencia; ni siquiera había considerado que tuviese una. Sin embargo, en aquel momento, aquella molesta faceta de su mente o de su alma le daba la lata colándose en sus pensamientos día y noche.

Ajustó el intrincado nudo del pañuelo que un ayuda de cámara de los Effington había dispuesto para él, y sonrió ante su reflejo en el espejo de la habitación que le había sido asignada en Effington Hall. Hacía tiempo que prescindía de los servicios de un ayuda de cámara, porque le parecía tanto innecesario como indiscreto. Sin embargo, si iba a moverse en la alta sociedad, tendría que adaptarse a sus normas. Le sorprendía que aquel mundo, en el que no se había interesado hasta ahora, fuera de la mano con el título que había heredado y en el cual tampoco se había interesado. De algún modo, inevitablemente era también su mundo.

Aquélla era, en realidad, la primera aparición en público del vizconde Saint Stephens. Un extraño estremecimiento nervioso le recorrió la espina dorsal. Era ridículo, por supuesto. Había enfrentado un buen número de situaciones peligrosas en el pasado en las cuales una sola palabra equivocada podría costarle la vida y no había sentido nunca un gran temor. Lo de ahora no era más que un simple baile de pueblo.

Claro que ella estaría allí. Delia. Por mucho que lo intentara ya no podía pensar en ella como lady Wilmont. Aquella noche se encontrarían cara a cara y sin ningún disfraz ni fingimiento que se interpusiera entre ellos. Bueno, fingimiento sí iba a haber.

Él se había perdido el día anterior la famosa Carrera de Roxborough. Le había llevado mucho tiempo asegurarse de que todos los preparativos que debían llevarse a cabo durante su ausencia estaban bajo control. Para el departamento no fue difícil disponer de hombres que siguieran el coche de Delia y se infiltraran entre los criados de Effington Hall. En efecto, lord Kimberly había conseguido procurarle a Tony no sólo entrada al baile de la duquesa viuda, sino además una invitación personal para alojarse en el ala de invitados de Effington Hall.

Por la aparente facilidad que lord Kimberly había exhibido, Tony no podía dejar de preguntarse por qué simplemente no había hecho lo mismo con Wilmont para evitar cualquier necesidad de cortejar a Delia. Aquel desagradable matrimonio podía haberse evitado. Podían haber dejado tranquila a la mujer para que hiciera la vida que hubiese sido capaz de hacer sin la intromisión de Wilmont.

Apretó la mandíbula. Ella no merecía aquel trato. Y ahora merecía algo mucho mejor que su engaño. En algún momento descubriría la verdad y él no quería ni siquiera pensar en su reacción.

Al menos la verdad no saldría a la luz aquella noche. Examinó su imagen en el espejo. Si alguien se fijara bien, podría fácilmente notar que lord Saint Stephens y el mayordomo Gordon tenían un vago parecido, particularmente en torno a los ojos. Pero el bigote que usaba como Gordon ocultaba su labio superior, el relleno de algodón que se había metido en el paladar distorsionaba su mandíbula, el talco del pelo ocultaba su color oscuro natural y las cejas y las gafas oscurecían sus ojos. Además, la experiencia le había enseñado que la gente muy raramente se fijaba en aquello que no esperaba ver. No, Delia nunca lo reconocería.

No es que planeara estar cerca de ella. Observaría, nada más.

Respiró profundamente, se ajustó los puños del abrigo y se dirigió hacia la puerta.

Tony había tenido una larga discusión con lord Kimberly y le había sugerido que tal vez era hora de idear alguna estratagema. O al menos la hora de informar a la dama en cuestión de la verdadera identidad de Tony y de cuál era su propósito real para estar en la casa. Él había señalado que más allá del registro de la casa no había habido ninguna otra señal que indicara que ella estaba realmente en peligro. Lord Kimberly había tenido el mérito de escuchar y admitir que Tony tal vez tuviera razón. Pero por el momento, Tony había recibido órdenes de quedarse exactamente donde estaba, aunque sólo fuese por precaución.

A aquellas alturas, Tony ya estaba seguro de que Delia no sabía nada del trabajo de Wilmont, los documentos Effington o el cuaderno desaparecido. Era completamente inocente con relación a aquel asunto. Sin embargo, eso por sí solo no lo habría hecho recapacitar. No, era la mujer misma la que lo llevaba a cuestionarse su deber.

Era tan endemoniadamente buena. Lo trataba a él, su mayordomo… un criado, por el amor de Dios… como si tuviera un valor más allá del servicio que le proporcionaba. Como si fuera un valioso miembro de su familia. Como si se interesara por él. ¿Qué tipo de mujer se interesa por aquellas personas que llevan empleadas menos de un mes? O era tonta de remate o se trataba de la criatura más buena que jamás había conocido. Y desde luego no era tonta.

Recorrió el largo pasillo hacia el sector principal de la casa. Otro invitado hubiera sentido la necesidad de un guía, pero Tony había advertido cada vuelta y cada entrada y cada punto de referencia la primera vez que le mostraron sus habitaciones.

¿Cómo se sentiría ella cuando supiera la verdad? La verdad sobre su marido, sobre su mayordomo y sobre el vizconde Saint Stephens.

Lo odiaría y él no podía culparla. No es que realmente importara. Cuando todo estuviera resuelto, ella continuaría con su vida, su gran aventura, cualquiera que fuera la forma que ésta adquiriese, y él continuaría también con lo suyo. Sus caminos muy probablemente no volverían a cruzarse.

Hasta el momento en que él abandonara su trabajo en el departamento y asumiera las responsabilidades derivadas de su título. Aquello era algo en lo que también prefería no pensar. No obstante, la idea de encontrarse con Delia en un futuro sin la tela de mentiras que ahora había entre ellos le resultaba sorprendentemente atractiva. Aunque nunca podría derivarse de ello nada bueno. Si le contaba la verdad, ella nunca lo perdonaría, ¿por qué habría de hacerlo?

Descendió un tramo de las escaleras, uniéndose a la multitud que ya se arremolinaba ante la entrada del salón de baile, luego esquivó con destreza a un criado que anunciaba los nombres de los invitados y se deslizó dentro del salón. No deseaba que su nombre se anunciase en público. Oh, desde luego algunos de la familia sabían de su presencia; de lo contrario no habría podido estar allí. Simplemente, no quería hacer una entrada ostentosa. Eso no sería adecuado para su propósito. Además, no estaba del todo cómodo con su nuevo título. Le parecía una farsa tan grande como la de su papel de Gordon.

Aceptó un vaso de *champagne* de un camarero que pasaba y dio una vuelta distraídamente por la habitación, tomando nota de las entradas y salidas y recorriendo la multitud en busca de caras sospechosas. Intercambió miradas con varios hombres del departamento repartidos por la sala. Lo más probable era que no fuese a ocurrir nada aquella noche. Sin embargo, era prudente estar preparado.

Distinguió a Delia casi inmediatamente. Estaba de pie junto a una mujer mayor, probablemente la duquesa viuda, y llevaba un vestido de encaje negro a la última moda. Maldita sea, ella era una visión en negro. Su piel brillaba y su pelo tenía un matiz claro y etéreo. Parecía frágil y delicada, y un poco inquieta. Quería vivir una gran aventura, sin embargo, era obvio que se hallaba incómoda en aquel escenario. Había aquella ligera sonrisa en su rostro y mantenía la barbilla en alto en un gesto que reconocía. A él le dio un vuelco el corazón. Suponía una gran dosis de coraje desafiar las normas que imponía el luto y aparecer en público, incluso aunque fuera en la casa de su familia y en el campo. También se necesitaba mucho coraje para reconocer los propios errores y seguir avanzando a pesar de ello. Sin duda ella merecía algo mejor de lo que había recibido hasta ahora. De Wilmont y de él.

Observó que su hermana se acercaba a ella y un momento después las dos mujeres estaban riendo. Formaban un cuadro sorprendente. Una vestida de verde pálido con una tela espumosa, la otra de oscuro y con aire vagamente exótico.

—¿Milord? —sonó una voz tras él

Tony se volvió.

—¿Sí?

Un lacayo de la familia Effington le hizo una reverencia.

—Su excelencia ha solicitado que se reúna con él en la biblioteca.

¿El duque de Roxborough? Sintió un nudo en el estómago, pero no permitió que la sorpresa se reflejara en su rostro.

—Muy bien.

—Si tiene la amabilidad de seguirme, milord. —El lacayo se volvió y se abrió camino con habilidad a través de la multitud, sin volverse ni una sola vez para comprobar si efectivamente Tony lo seguía. ¿Y por qué habría de hacerlo? El pedido de un duque únicamente era superado en importancia por una orden del Rey.

El lacayo cercó el borde de la habitación y abrió una puerta que a primera vista parecía igual que cualquier otra de las que decoraban las paredes. Ni oculta ni evidente, aquella entrada podría ser calificada de circunspecta y Tony se reprochó a sí mismo no haberla notado. Siguió al criado a lo largo de un pasillo hasta una puerta que, según supuso, conduciría a la biblioteca. El lacayo abrió la puerta, se hizo a un lado para dejar entrar a Tony, y luego cerró la puerta tras él.

Tony se detuvo. Recorrió con la mirada la enorme habitación llena de libros. La biblioteca de Effington Hall hacía que la biblioteca de Saint Stephens pareciera un simple anexo de ésta. Estaba perfectamente ordenada. Altas ventanas llenaban la pared del final. Retratos de generaciones de Effington lo miraban fijamente con desaprobación.

—¿Inspeccionando en busca de asesinos, Saint Stephens?

La mirada de Tony se topó con el alto caballero que estaba de pie ante un imponente escritorio caoba. No lo había visto antes, pero no le cabía duda de que se trataba del duque de Roxborough.

—Nunca se es demasiado cauto, Su Excelencia, particularmente en un lugar donde no se está previsto que vaya a ocurrir nada adverso.

—En efecto. —El duque se rio—. No esperaba menos de usted.

—¿No?

—Estoy muy informado de su trabajo y he visto su expediente. Es ejemplar. Muy impresionante.

—Gracias, Su Excelencia. —La mente de Tony se aceleró. Sabía que aquél no era un simple encuentro social.

—Entre y tome asiento. —El duque señaló con la cabeza un par de sillones que había ante el escritorio—. Le aseguro que no voy a morderle. —Sonrió con amabilidad—. No todavía.

Tony se dirigió hacia los sillones y se sentó con cuidado. El duque levantó una licorera que había sobre el escritorio, sirvió dos vasos y le ofreció uno a Tony.

—Parece el tipo de hombre capaz de apreciar un buen brandy.

—Sí, señor. —Tony aceptó el vaso y tomó un trago—. Es excelente, señor.

—Por supuesto que lo es. —El duque apoyó una cadera en el escritorio, bebió un trago y estudió a Tony por encima del borde de su vaso. Su posición exigía que Tony tuviera que levantar la vista de la forma más desconcertante para mirarlo directamente a los ojos. Tony se dio cuenta de que aquello era precisamente lo que el duque pretendía. Aún así, le fue difícil resistir la urgencia de retorcerse en su asiento para mirarlo—. ¿Sabe usted el nombre del superior de lord Kimberly? ¿O del hombre que está por encima de él?

La pregunta fue abrupta e inesperada. ¿Qué sabía el duque acerca del trabajo de Kimberly? Tony fue precavido en su respuesta.

—No, señor.

—Ni debería saberlo. —El duque le sonrió abiertamente—. Confío en que usted entienda, digamos… la discreta naturaleza del Departamento de Asuntos Nacionales e Internacionales.

—Por supuesto, señor.

—Daría mi vida por este país y por su Rey, pero la estupidez de aquellos que ostentan el poder muchas veces me deja sin habla. —El duque negó con la cabeza—. La idea de que no es necesario que el servicio de inteligencia se reúna durante los periodos de paz es de alguien con poca vista, por decirlo suavemente, yo diría, de hecho, que sólo puede ser idea de alguien bastante imbécil. ¿Sabía usted que el Depósito de Conocimiento Militar se ha convertido en poco más que un almacén de mapas y planos atendido nada más que por un simple oficinista?

—Sí, señor.

El duque dejó escapar un suspiro de frustración.

—Inglaterra tiene enemigos tanto dentro como fuera, muchacho, y la mejor manera de protegerse ante ellos es saber exactamente en qué andan metidos. Doy gracias a Dios por la previsión de aquellos pocos en los servicios públicos que son lo bastante inteligentes para darse cuenta de esto. Nuestro departamento es la mejor manera de defender el país contra aquellos que socavan la estabilidad del gobierno mismo.

—¿Nuestro departamento, Su Excelencia?

—Me hubiera sentido muy decepcionado si no hubiera captado ese detalle. —El duque dio un trago de brandy y examinó a Tony durante un largo momento—. Efectivamente, estamos en el mismo barco, Saint Stephens. En cuanto a la pregunta sobre desde cuándo me hallo dentro de la jerarquía de todo esto, es suficiente con decir que he estado involucrado desde mucho antes del principio.

¿El duque de Roxborough? ¿Involucrado en el servicio de inteligencia? ¿Un espía? Seguramente, no. Al menos no ahora, pero ¿lo habría sido alguna vez?

—Tiene usted una mente notable para resolver enigmas que examinados en su superficie parecen no tener solución, pero se lo advierto, no intente averiguar éste. Acepte, por el momento, que yo sé más que usted acerca de los trabajos de este departamento, sus preocupaciones, sus metas y sus investigaciones.

—¿Es así, Excelencia? —Maldita sea. La familia del duque era el objeto de la investigación que había dado comienzo a todo aquel asunto. El hecho de que él perteneciera al departamento no probaba necesariamente su inocencia. Escogió las palabras con cuidado—. Entonces debo suponer que está usted al tanto de la naturaleza de mi actual misión.

—Además sé también lo que le condujo hasta ella. Presuntamente había unos papeles... correspondencia, creo, que indicaban que alguien de mi familia estuvo dando de alguna manera soporte a Francia alrededor de 1814. Lord Liverpool era el primer ministro entonces, igual que ahora.

»Aunque pienso que ha manejado los actuales asuntos nacionales de manera nefasta, en detrimento del país, también creo que, en el momento presente, es el hombre más adecuado para desempeñar el puesto. O, al menos, el mejor que ahora tenemos. Tuve grandes esperanzas cuando Wellington se unió a la administración, pero... —El duque negó con la cabeza—. Los políticos son extremadamente extraños, Saint Stephens. Un hombre que uno considera provisto de visión e inteligencia, muy a menudo demuestra ser estrecho de mente, caduco e incapaz de aceptar que el mundo está cambiando rápidamente.

»Pero no estamos aquí para hablar de la naturaleza del actual gobierno.

—¿Y para qué estamos aquí, Excelencia? —Tony mantuvo la voz serena.

—Me he enterado de ese desagradable esfuerzo para vender los presuntos documentos incriminatorios tras la muerte de Wilmont. Verá, Saint Stephens —la dura mirada azul del duque se encontró con la de Tony—, aunque mi participación en el departamento no es conocida por todos, yo me siento responsable de las vidas de cada uno de los hombres que están en este servicio. Desde el principio, siempre que alguno era asesinado, lo he sabido. Lord Kimberly y sus subordinados me han contado todo lo ocurrido.

—¿Y estaba usted enfadado, Excelencia? —preguntó Tony sin pensar.

—Sí y no. —El duque hizo una pausa para escoger las palabras—. No me resulta agradable saber que yo o cualquier otro miembro de mi familia pueda ser sospechoso de asociarse con enemigos de Inglaterra y, sin embargo, me complace que la integridad de esta oficina sea tal que ni siquiera yo esté libre de sospecha.

Era obvio que el duque no sólo estaba involucrado en el departamento, sino que además estaba a la cabeza de éste. Tony escogió sus palabras con cuidado.

—Entonces, ¿da usted por terminado todo este episodio, señor?

—En absoluto. Estoy convencido de que esos documentos, si es que realmente existen, son falsos. No dudo ni por un momento de la lealtad de mis hermanos, o de mí mismo, a este país.

No obstante, sea falsa o no, por causa de los estrechos lazos de mi familia con la actual administración y con el primer ministro mismo, la revelación de esta correspondencia provocaría un enorme daño, un terrible escándalo que posiblemente haría venirse abajo el actual gobierno. La oposición tendría una poderosa herramienta en sus manos. Aunque no estoy demasiado orgulloso de la administración en este momento, la estabilidad es lo que necesitamos desesperadamente, más que ninguna otra cosa, ahora mismo.

—Wilmont era el encargado de hacerse con esos documentos, señor.

—Y no sabemos si lo consiguió antes de morir.

—No, señor. —Tony se inclinó hacia delante—. En realidad, no tenemos ni idea de si fue hecho el intercambio, si los papeles estaban en posesión de Wilmont o si el dinero fue robado. Ni los documentos ni el dinero que él iba a ofrecer para conseguirlos han sido encontrados. Hemos dado por supuesto que se perdieron junto con Wilmont. Ahora parece que Wilmont no llegó a embarcar, y no tenemos ni idea de dónde pueden estar los Documentos Effington. Aunque, hasta el momento, no han sido ofrecidos para venderse.

—¿Los Documentos Effington? —La voz del duque sonaba escéptica—. ¿No le parece un poco dramático llamarlos así?

Tony hizo una mueca.

—Sí, señor.

—¿Y tampoco tiene todavía información acerca del significado de ese misterioso cuaderno que presuntamente descubrió Wilmont?

—No, señor.

—Supongo, dado que se hace pasar por el mayordomo de mi sobrina…

Tony intentó no encogerse ante el tono del duque.

—… supongo que habrá registrado concienzudamente su casa.

—Fue registrada justo después de la muerte de Wilmont, señor, y alguien cuya identidad no hemos podido revelar, volvió a registrarla antes del regreso de lady Wilmont. Tenemos la esperanza de que quien sea que esté buscando el cuaderno regresará creyendo que está todavía en la casa o incluso entre las posesiones de lady Wilmont.

—¿Y es así?

—No hasta donde sabemos, señor, pero tal vez ella pudiera poseerlo o tener información sin ni siquiera saberlo.

El duque lo estudió detenidamente.

—¿Cuál es su valoración de la situación, Saint Stephens?

Tony puso en orden sus pensamientos

—Al enterarnos de que Wilmont no había llegado a embarcarse, pensamos que tal vez, por alguna razón, puede haber estado fingiendo su muerte. Sin embargo, al ver que han pasado más de seis meses sin que haya aparecido, hemos descartado esta idea.

—Tal vez simplemente esté esperando la oportunidad adecuada.

—Es posible. —Tony asintió—. Sin duda era imprudente e impredecible en su vida personal, aunque nunca advertí esas cualidades en su labor profesional. Aunque la paciencia nunca fue una de sus virtudes, era muy bueno en su trabajo y no había nada que reprocharle.

—Soy muy consciente de eso.

—Sin embrago, no llevó a acabo esta misión tal como estaba planeada. —Tony trató de juntar ánimo—. Su tarea era que cortejara a su sobrina con la idea de acercarse a los miembros de la familia y de ese modo determinar si esos documentos podían ser o no legítimos.

—Una idea de lo más estúpida, Saint Stephens —dijo el duque de manera terminante.

—Visto en retrospectiva lo es. —Tony respiró profundamente—. Admito que yo tuve ciertos escrúpulos, pero no veíamos otra opción para descubrir la verdad a tiempo y era importante descubrir exactamente con qué estábamos tratando. Nunca hubo ninguna intención de perjudicar a… lady Wilmont.

—Para darle a Kimberly y a usted y a quienquiera que participase en el proyecto el beneficio de la duda, supongo que el matrimonio no formaba parte del plan.

—No, señor. Rotundamente no. —Tony negó firmemente con la cabeza—. No tengo ni idea de cómo ocurrió. No tuve la oportunidad de hablar mucho con Wilmont después de su matrimonio. Pero noté que su comportamiento era extremadamente raro. No era el mismo de siempre, parecía encerrado en sí mismo, como si tuviera muchísimas cosas en la cabeza. Además, se mostraba reticente a hablar conmigo de lo que estaba haciendo. Eso por sí solo ya resultaba sospechoso.

Tony hizo una pausa para escoger las palabras.

—Para ser honesto, señor, Wilmont era mi amigo, y si creyese que está vivo también tendría que creer que fingir su muerte obedece a algún propósito vil. Eso es algo que no puedo aceptar, por lo tanto estoy seguro de su muerte.

—Pero ¿si estuviera vivo y se hallara en posesión de los papeles, los haría públicos?

—Nunca he considerado esa posibilidad. Sin embargo —Tony se esforzó por pronunciar las palabras— si en efecto está vivo, entonces no es el hombre que yo creía conocer y por tanto no tengo ni idea de lo que sería capaz de hacer.

—Supongamos por un momento que su amigo, hasta este momento un agente leal, está en efecto vivo. —El duque entrecerró los ojos—. ¿Para qué podrían servirle a él los Documentos Effington?

—Le darían poder —dijo Tony sin vacilar—. Sé que no necesita dinero; su fortuna es muy considerable. Por tanto el poder es la única respuesta. ¿Tal vez tenga que ver con la formación de un nuevo gobierno?

—Eso temía —dijo el duque seriamente—. El hombre que pueda darle a la oposición los medios para formar un nuevo gobierno recibirá de buen grado la oferta de desempeñar un papel significativo en éste. ¿Alguna vez expresó Wilmont ambiciones políticas?

—No, que yo recuerde. —Tony escogió las palabras con cuidado—. He pensado mucho en esto, señor, y sospecho que el matrimonio tal vez puede transformar a un hombre, incluso a un hombre como Wilmont. No puedo encontrar una explicación lógica de por qué se casó con su sobrina, a menos que su afecto estuviera comprometido. Y si estamos tratando con emociones que van más allá de la lógica —Tony sacudió la cabeza—, no podemos prever cuál puede ser el siguiente paso.

—¿Cree que mi sobrina corre peligro?

—No de Wilmont, señor —dijo Tony con firmeza—. Estoy seguro de que si siguiera con vida, ya nos lo hubiera hecho saber. En el pasado le hubiera confiado mi vida, y ahora apostaría mi vida a que está muerto.

El duque lo estudió durante un largo momento.

—¿Prefiere creer que está muerto antes que pensar que es desleal?

—Preferiría no creer ninguna de esas dos cosas, señor, pero sí.

—Ya veo. —El duque pensó durante un momento—. Entonces, ¿usted cree que el peligro para mi sobrina proviene de lo que sea que haya en ese cuaderno que Wilmont poseía?

—Me temo que sí, señor.

—Pero ¿usted no tiene ni idea de cuál es el contenido?

—No, señor.

—Esto no me gusta, no me gusta nada. —El duque paseó arriba y abajo por la habitación—. No me gusta que se haya casado con ese hombre, que podría o no estar muerto. No me gusta que usted viva en su casa haciéndose pasar por mayordomo o por lo que sea. No me gusta usarla como cebo para quienquiera que esté buscando ese cuaderno, obviamente la misma gente que puede haber matado a su marido, si es que en efecto está muerto. Y no me gusta todo este engaño que la rodea.

—Señor. —Tony se puso en pie—. He sugerido a lord Kimberly que se lo expliquemos todo a lady Wilmont. Que pidamos su ayuda.

El duque lo miró fijamente como si se hubiera vuelto loco.

—¿Usted no sabe nada de las mujeres, Saint Stephens?

—Me atrevería a decir que sé…

—Lo dudo. ¿De verdad se propone decirle a mi sobrina que su marido era un agente del gobierno británico que la cortejó como parte de un plan para descubrir las traiciones secretas de su padre o de su tío?

—Dicho de esa forma no suena muy bien…

—Y además le explicaría que su mayordomo no es un viejecito renqueante…

Tony hizo una mueca de dolor.

—Entonces también sabe lo del disfraz, señor.

—Sé todo lo que hay que saber sobre este asunto —le espetó—. O al menos sé tanto como usted.

—Sí, señor.

—Y el golpe final sería decirle que su vida puede correr peligro por culpa de un maldito cuaderno de contenido y paradero desconocido. —El duque resopló con desdén—. ¿Cree usted que todo eso provocaría su cooperación?

—Tal vez no. —Por supuesto que no. ¿Acaso había perdido todo sentido común en lo concerniente a Delia? Es cierto que era buena persona, pero una revelación como ésa podría sacar de sus casillas a la más buena de las mujeres.

—Además, ella es una hembra de la familia Effington. Ellas son muy tercas, testarudas y propensas a hacer exactamente todo lo que les plazca. —Se bebió el resto del vaso—. No sé cuál es la locura que posee a los hombres de esta familia, pero ninguno de nosotros ha querido casarse con una mujer sumisa. Sospecho que tiene que ver con que nos gusta el desafío. El juego constante que se da entre una pareja de opuestos. —Una sonrisa reticente curvó las comisuras de sus labios—. No hay nada como eso. —Su momento de diversión se desvaneció—. Mi sobrina no se tomaría esto nada bien, ¿y sabe quién tendría que soportar la peor parte de su cólera, verdad?

—¿Usted, señor? —dijo Tony esperanzado.

El duque lo miró fijamente durante un momento, luego estalló a reír.

—Es de lo más divertido. Hacía mucho tiempo que no me reía así. —Contuvo otra risita—. Ni mi sobrina ni nadie en mi familia tendrá la menor idea de que yo he tenido algo que ver con esto. Nadie está al tanto de mi conexión con el departamento, ni siquiera mi esposa, ni mi hijo ni mis hermanos, y nunca lo estarán. Mi esposa cree simplemente que estoy extraordinariamente bien informado. Usted, Saint Stephens, es ahora una de las pocas personas selectas que están al tanto de mi trabajo. —Entrecerró ligeramente los ojos—. ¿Entiende lo que le estoy diciendo?

No era exactamente una amenaza, pero sí estaba muy cerca de serlo.

—Sí, Su Excelencia.

—De momento no se le dirá nada a mi sobrina. Usted continuará desempeñando su cargo de mayordomo, pero el departamento proporcionará más criados, todos de nuestra gente, por supuesto. Quiero que encuentren ese maldito cuaderno y que cualquiera que vaya detrás de él sea detenido. —El duque lo miró directamente a los ojos—. Yo también preferiría creer que Wilmont está muerto antes que verlo como un traidor, pero está vivo, y quiero que lo cojan a él también.

—Por supuesto, señor.

—Entienda que no me agrada nada de lo que está ocurriendo. La farsa que usted desempeña me parece tan absurda como el plan original de Wilmont. Sin embargo, por el momento no puedo pensar en nada mejor. Cuando uno está profundamente hundido en el fango de una situación insostenible, no puede hacer nada más que luchar por salir adelante. Y entienda también, Saint Stephens, que lo considero personalmente responsable de la seguridad de lady Wilmont.

—Yo mismo siento esa responsabilidad.

—¿Es consciente de que si alguien revela su verdadera identidad, la reputación de ella quedará destrozada?

—Disculpe, Su Excelencia, pero ¿esa observación no está de más? ¿Acaso su reputación no ha quedado ya totalmente destrozada?

—¿Ah, sí? —Frunció el ceño—. Creo haber oído algo acerca de una unión por amor, reformar a un mujeriego y todo eso. Muy romántico y muy trágico, según parece.

—Por supuesto, señor.

—Más allá de lo ocurrido en su pasado, no tendría ninguna oportunidad de redimirse, si se supiera que el vizconde Saint Stephens, bajo cualquier disfraz, ha residido en su casa a solas con ella. No quiero que vuelva a ser objeto de un escándalo. Supongo, por lo tanto, que si efectivamente su verdadera identidad fuera descubierta, usted haría lo correcto.

—¿Lo correcto, señor?

El duque levantó su vaso. Una sonrisa engreída curvó sus labios y había un extraño brillo en sus ojos, de pícara diversión y a la vez de advertencia.

—Bienvenido al juego, muchacho.

Capítulo ocho

—Creo que no me he sentido tan incómoda en toda mi vida —masculló Delia sin abrir los labios, mientras mantenía fija en su rostro una sonrisa encantadora—. Todo el mundo me está mirando.

—No seas ridícula —dijo Cassie, que exhibía la misma sonrisa—. No todos.

—Sabía que no debía venir —murmuró Delia. Le había costado decidirse a ponerse el vestido que Cassie y su abuela habían encargado para ella y aparecer en el baile de la duquesa viuda. El vestido de encaje negro era modesto, aunque no excesivamente recatado. De hecho, al mirarse al espejo, le pareció que tenía el aspecto de una mujer experimentada. Ese color tan austero no le daba en esta ocasión un aspecto tan fantasmal como de costumbre. No obstante, ahora que aparecía en público por primera vez, no estaba del todo segura de poseer el coraje necesario para emprender ese camino hacia la experiencia, comenzando por el ultraje de las convenciones. Tuvo que hacer acopio de fuerzas para no darse la vuelta y huir en ese mismo instante de la sala.

—Tonterías, hija mía, ésta es la casa de tu familia y tú tienes todo el derecho del mundo a estar aquí —dijo su abuela con firmeza.

—Dudo que ése sea un sentimiento compartido, abuela. Se supone que debería estar todavía de luto, ya que mi marido murió hace poco más de medio año.

—Pero no es como si estuvieras bailando sobre su tumba. En realidad, has pasado mucho más tiempo como viuda que como esposa. Nadie espera que seas una ermitaña. —Su abuela sonrió, satisfecha de sí misma—. Además, no creo que nadie, ni aquí ni en Londres, se atreva a cuestionar tu presencia si yo le he dado mi aprobación, como es el caso. Tu período de luto no ha terminado, pero en mi casa las únicas reglas que importan son las mías. Por otra parte, muchas veces he pensado que las reglas que nos impone el luto fueron instituidas por hombres sólo para asegurarse de que a sus mujeres no se les ocurra liquidarlos.

—¡Abuela! —Los ojos de Cassie se habían abierto de par en par, tan divertidos como sorprendidos—. No me puedo creer que hayas dicho una cosa sí.

—¿Te he escandalizado, Cassandra? Formidable. —La abuela se rio entre dientes—. Me encanta escandalizar a la gente joven. Me hace sentirme joven. O tal vez simplemente me hace sentir inteligente, que es algo igualmente agradable. Ahora bien, ¿qué estaba diciendo?

—Algo sobre mujeres que liquidan a sus maridos —dijo Delia con voz trémula.

—En efecto —asintió la abuela—. Yo no creo que ninguna mujer cuerda fuera capaz de acabar con la vida de su marido sabiendo que luego la obligarán a vestirse de negro… ya sabes que no les sienta tan bien a todas… y que además tendrá que evitar todo tipo de diversión durante un año entero.

—A mí, desde luego, saber que voy a tener que estar fea me disuadiría de matar a mi marido —murmuró Cassie.

—Y estoy convencida de que en algún lugar habrá un hombre que ande más tranquilo sabiéndolo. —La abuela señaló con un gesto a los que estaban bailando—. ¿Por qué no bailas, Cassandra? Deberías estar divirtiéndote, en vez de estar con nosotras.

—Yo bailaría si tuviese la oportunidad. —Delia intentó, sin lograrlo, esconder el tono de tristeza en su voz. Si realmente tuviera ganas de tener grandes aventuras y no le importasen los posibles escándalos que acarreasen, el simple hecho de bailar estando de luto sería algo insignificante. Quizá, en realidad no tenía madera de mujer aventurera.

—Pero a mí me encanta estar en vuestra compañía, abuela. —Cassie se inclinó y le plantó un breve beso en la mejilla a su abuela—. Tienes una manera de ver el mundo que siempre me parece fascinante.

—Es cierto. Y el premio por haber vivido tantos años es que puedo decir exactamente lo que pienso. Es el mayor, por no decir el único, beneficio de la ancianidad.

—Creo que probablemente eres la persona más joven que conozco —comentó Delia, mirando a su abuela con una sonrisa llena de afecto.

—En mi espíritu, querida, tal vez sí.

—Por eso, las demás te estaremos eternamente agradecidas —dijo Delia—. No obstante, creo que mi propio espíritu ha tenido suficiente por esta noche y voy a retirarme.

—Es demasiado temprano para que des por terminada tu primera reaparición en sociedad, Philadelphia —respondió su abuela, serenamente—. ¿Ya te ha abandonado tu coraje?

—Sí. —Delia se encogió de hombros—. Era más difícil de lo que me imaginaba fingir que la vida continuaba como siempre.

—Es el resultado de ir vestida de negro. —La mirada de Cassie recorrió a su hermana—. Aunque ese vestido te queda mejor que todos los demás que te he visto llevar, aun así el color no te sienta bien.

—Le sentaría estupendamente ese color que llevas tú, Cassandra. —La abuela miró a Cassie—. ¿No te parece?

—Desde luego que sí —respondió Cassie, con voz firme.

El vestido de Cassie era de un verde delicado, el color de mares cálidos y poco profundos, y había sido cortado según la última moda. La tela parecía rielar con vida propia. Delia no pudo reprimir un suspiro.

—Tal vez algún día.

—Si nos permites, abuela, creo que acompañaré a mi hermana a nuestras habitaciones —dijo Cassie de pronto—. Acabo de recordar que hay algo que quería mostrarle.

—¿Y tenéis planes de volver? —preguntó la abuela.

Cassie se apresuró a responder.

—Por supuesto. Queda mucha noche por delante y yo aún no estoy satisfecha. Al fin y al cabo, hay muchos caballeros que todavía no me han invitado a bailar. —Al sonreír, se le marcaba un hoyuelo en la mejilla—. No me gustaría nada arruinarles la noche.

—A nosotras tampoco nos gustaría que lo hicieras.

La mirada escrutadora de la abuela iba y venía entre Cassie y Delia.

—Te doy entonces las buenas noches. —Delia se inclinó para darle un beso a su abuela y le susurró al oído—. Gracias por todo.

—Mi querida niña, ojalá pudiera hacer algo más por ti. Pero tal vez tu hermana… —La abuela miró a Cassie, que sonreía de un modo nada inocente. La anciana apartó la mirada—. Me niego a consentir ni a condenar nada esta noche.

—¿Qué diablos significa eso? —Delia juntó las cejas, confundida.

—Nada —dijo la abuela, apartándolas con un saludo—. Ahora retiraos y dormid bien.

Las hermanas murmuraron sus despedidas y se alejaron hacia la entrada, saludando aquí y allá con un movimiento de la cabeza o una sonrisa. Abandonaron la sala de baile y empezaron a subir las escaleras.

—¿Qué es, exactamente, lo que quieres mostrarme? —Delia lanzó una mirada oblicua hacia su hermana.

—Paciencia, mi querida hermana. —Cassie sonreía de un modo misterioso que no auguraba nada bueno. Se negó a decir otra palabra hasta que estuvieran dentro de su habitación y con la puerta bien cerrada.

—Bueno. —Delia cruzó los brazos sobre su pecho—. ¿Qué querías mostrarme?

—Sólo esto. —Cassie hizo un gesto hacia la cama con una sonrisa.

Delia avanzó un paso y se quedó sin aliento. Miró, incrédula.

—¿Qué es esto?

—Esto —Cassie levantó con cuidado un vestido de color verde espuma de mar, tan fino como reluciente, que era idéntico al suyo— es para ti.

—¿Qué quieres decir, exactamente? —preguntó Delia, muy despacio.

—Tú sabes perfectamente lo que quiero decir.

Delia negó con la cabeza.

—No podría hacerlo.

—Oh… —Cassie le tendió el vestido, tentándola—. Claro que puedes.

—Yo jamás…

—Pero lo harás. —Cassie se le acercó, sosteniendo el vestido como si fuese un manjar prohibido.

Delia extendió una mano y tocó, insegura, la delicada tela, sintiéndola suave y sedosa bajo sus dedos.

—Definitivamente no tiene nada de negro, y se supone que yo tengo que vestirme de luto…

—Pero yo no… —La voz de Cassie sonaba seductora.

Delia miró fijamente a su hermana.

—Sería una buena aventura, ¿no es cierto?

Cassie asintió.

—¿Y no me decías que querías vivir una vida de grandes aventuras?

—Sí, desde luego, pero… —Los ojos de Delia volvieron al vestido. La maldita prenda la estaba llamando.

—Nadie lo sabría, Delia.

—Aun así… —Le estaba haciendo señas.

—Yo me quedaré aquí, sin moverme, hasta que regreses —dijo imitando la voz de su hermana—. ¿Qué sería…?

—Cassie.

—No, espera. —Cassie frunció el ceño—. Mejor, me meteré en la biblioteca. Así, si tuvieras cualquier problema…

—¿Qué tipo de problema?

—En fin, es cierto que no he sido la protagonista de ningún escándalo, pero he hecho gran cantidad de nuevas amistades últimamente y, evidentemente, uno siempre renueva viejas amistades durante la temporada, y…

—¿Hay alguien en particular que debería conocer?

—En realidad, no. Los caballeros que mencioné anoche, quizá, pero no han sido más que breves coqueteos, en su mayoría. Hasta donde yo recuerdo… —Cassie se quedó pensando durante un rato, luego negó firmemente con la cabeza—. No, estoy segura de que no hay nada de qué preocuparse.

—Nunca has sido muy buena a la hora de recordar detalles.

—Aun así, suelo recordar a los hombres. De las dos, siempre he sido la más interesada en el matrimonio, y por tanto la más atenta a los méritos y defectos relativos de cualquier caballero. Y si no recuerdo a un hombre, es porque no valía la pena recordarlo.

—Bien dicho —murmuró Delia.

—Sin embargo, si te encuentras en una situación incómoda, simplemente inclina la cabeza, abre bien los ojos y di: «Señor, se está usted aprovechando de mi debilidad».

—¿Y eso funciona?

—Siempre.

—¿Por qué no me lo has dicho antes?

—Nunca te ha hecho falta. Recuerda que antes de lord Wilmont, tus pretendientes eran completamente respetables…

—Y aburridos —susurró Delia.

—… y por eso nunca te encontrabas en situaciones muy complicadas, ni tenías la oportunidad de afinar las destrezas del arte del coqueteo. Ahora tú vas a ser yo, así que necesitas saber cómo comportarte. —Cassie sonrió—. Va a ser una verdadera aventura.

—No sé. —Delia hizo un gesto de duda—. Es tan…

—Vamos, Delia. —Cassie la miró, desafiante—. Llevas meses vistiendo únicamente de negro y sin hacer nada mínimamente divertido. Te has recluido y te has convertido en una viudita intachable, pero es absurdo que hayas estado unos pocos días casada y luego te veas condenada a pagarlo para siempre. Además, hasta la abuela lo estaba insinuando…

—Basta —exigió Delia.

—No, no basta —le espetó Cassie—. Por supuesto que no basta. Y estoy convencida…

—Cassie —respondió Delia con una voz fría y serena que contrastaba con los nervios que sentía en su estómago—. Si no te callas ahora mismo y no me ayudas a vestirme —sonrió al decirlo—, llegaré tarde al baile.

«Bienvenido al juego.»

Tony volvió a la sala de baile, mientras la frase no dejaba de darle vueltas en la cabeza de manera inquietante.

«Bienvenido al juego.»

Importaba bien poco, por supuesto; nadie jamás descubriría su disfraz de Gordon. Pero por otra parte, ¿acaso sería tan espantoso verse obligado a hacer lo correcto con respecto a Delia? ¿No sería más bien… maravilloso?

No pudo reprimir una sonrisa al imaginar lo maravilloso que sería, luego se adentró en la sala de baile y estuvo a punto de chocar contra la hermana de Delia.

—Discúlpeme. —Ojos azules y abiertos, del mismo color que los de su hermana, lo miraban. ¿Cómo era posible que fuesen tan parecidas dos mujeres? Hasta llevaba el mismo perfume que Delia—. Le ruego que me disculpe. Me temo que andaba distraída.

—No se preocupe, señorita Effington —respondió él, con voz firme—. De hecho, me corresponde a mí disculparme.

—¿Por qué motivo?

—Por no darme cuenta de dónde está la más hermosa de las mujeres en todo momento. —Tomó su mano, cubierta por un guante, y se la llevó a los labios.

Ella lo miró un instante, luego se echó a reír. El sonido lo conmovió.

—Sus palabras son tan brillantes como sus modales, caballero. —Ella retiró la mano—. Ahora, si me disculpa…

—Pero ¿no puede ser que se retire antes de que hayamos tenido nuestro baile? —Las palabras se le escaparon antes de poder controlarse. Aunque, ¿por qué no podía compartir un baile con la señorita Effington? A lo mejor podría aprender algo útil acerca de su hermana.

—¿Nuestro baile? —Algo que podría haber sido pánico brilló en sus ojos, pero casi enseguida se transformó en una mirada resuelta y una leve inclinación de su barbilla—. Ni en sueños se me ocurriría irme sin que tengamos nuestro baile. —Le dirigió una sonrisa radiante que resaltó el hoyuelo de su mejilla—. Pero debe perdonarme, no recuerdo su nombre.

—Anthony Saint Stephens —dijo él despacio. Claro que no recordaba su nombre, si nunca se habían conocido—. O, mejor dicho, vizconde Saint Stephens. —Movió la cabeza, intrigado. Había algo en ella…—. Ahora es usted quien debe perdonarme. Hace muy poco que acabo de heredar mi título y me temo que sigo sin acostumbrarme a él.

—A mí también siempre me han parecido un poco difíciles los títulos. Hay tantas reglas relacionadas con quiénes somos, o más bien con lo que somos, y cómo se nos debería llamar. Si no hubiese sido así desde nuestro nacimiento, nunca seríamos capaces de entenderlo, e incluso ahora —otra vez, al sonreír, apareció el hoyuelo en la mejilla derecha—, puede ser de lo más confuso.

—Es cierto, mila… —Logró controlarse, sorprendido al darse cuenta de que en algún lugar oscuro de su mente había intuido la verdad—. Señorita Effington.

Salvo que aquélla no era la señorita Cassandra Effington. Ese hoyuelo se lo decía, y la mirada en sus ojos también, además de la inclinación de su barbilla y la fragancia de su perfume.

Aquella trampa debía haberle escandalizado, esa indiferencia flagrante hacia el decoro. Pero por el contrario, un sentimiento extrañísimo de expectación se apoderó de él. Las primeras notas de un vals llenaron el aire y su sangre empezó a galopar ante la idea de tomarla entre sus brazos.

—Creo que éste es nuestro baile. —Él le ofreció su brazo.

—Así es, milord. —Ella le dirigió una sonrisa y dejó caer la mano suavemente sobre su brazo.

Se colocaron entre los bailarines. Ella se amoldaba a sus brazos como si estuviese hecha para él, como si los dos estuviesen hechos el uno para el otro. Él resistió la tentación de apretarla contra él.

Practicaron los distintos pasos del baile con asombrosa facilidad. Ella se mostraba grácil y flexible, aunque antes sólo sabía bailar de una manera simplemente correcta; quizás era que hasta aquel momento no había hallado la pareja perfecta. Era como si hubiesen bailado juntos antes. Como si estuvieran destinados a bailar juntos. Aquella noche y siempre.

Ella lo miró con una sonrisa curiosa.

—Usted baila bastante bien, milord.

—Juntos bailamos bien, señorita Effington. —La miró sonriente y no podía resistir la tentación de jugar con ella—. Pero a fin de cuentas, siempre ha sido así.

Hubo un instante de desconcierto en sus ojos, pero no vaciló.

—¿Lo ha sido?

—Claro que sí. Y me convenzo más y más cada vez que bailamos. Volví a pensar lo mismo cuando bailamos en la fiesta de lady Locksley, y antes de eso en el baile de lord y lady Chalmers y, por supuesto, en el cumpleaños de la señora Huntly. De verdad, creo que bailar juntos es nuestro destino.

—¿De verdad lo cree, milord? En realidad, yo lo atribuiría más bien… —sonrió de un modo inocente— a la práctica.

Él se rio.

—Está usted tan encantadora como siempre, señorita Effington.

—Y usted tan atrevido como siempre. —Hubo un claro tono de desafío en su voz, y él se dio cuenta de repente de que ella estaba disfrutando de su juego. ¿Y por qué no? ¿Acaso no se merecía unos minutos de entretenimiento?

¿Y él no los merecía también?

—La culpa es totalmente suya, señorita Effington. —Suspiró de manera muy exagerada—. Usted saca lo peor de mí. Suelo ser extremadamente correcto y, de hecho, alguna vez han llegado a llamarme remilgado y de mente estrecha.

Ella se rio.

—No me lo puedo imaginar.

—Es cierto. —Sus miradas se cruzaron—. Aunque debo decir que me gusta bastante lo que usted saca de mí.

Ella levantó las cejas.

—¿Ah, sí?

—De verdad. —Durante un largo rato se miraron directamente a los ojos. El corazón de él se agitaba en su pecho. La sala a su alrededor parecía perder sus contornos y desvanecerse. El mundo, con todo lo que contenía, dejaba de tener importancia. Nada importaba más allá de ellos dos.

Cuando la música se detuvo él apenas se dio cuenta. A regañadientes la soltó y dio un paso atrás.

—Qué extraño, me está costando recuperar el aliento —murmuró ella—. Hace tanto tiempo que no bailo un vals. —Percibió en el acto su error y le lanzó una sonrisa juguetona—. Un cuarto de hora, por lo menos.

—En ese caso, tal vez le apetezca un poco de aire fresco. —Le ofreció su brazo—. ¿Me acompañará a la terraza?

—Suelo meterme en problemas en las terrazas —dijo, dirigiéndose más a sí misma que a él.

—Es una noche bellísima —respondió él, tentándola.

—Tiene toda la razón, milord, pero —se inclinó hacia él, confidencialmente— usted se habrá dado cuenta de que si nos ven a usted y a mí saliendo juntos, mi reputación quedará totalmente arruinada.

—Desde luego. —Él le dirigió una sonrisa de resignación y la apartó, desilusionado. No podía reprochárselo. Al fin y al cabo, no se trataría de su propia reputación, sino de la de su hermana.

—De todos modos… —Ella se detuvo y él pudo leer en sus ojos una multitud de pensamientos. La indecisión y la tentación y, por fin, un destello de resolución. Sus esperanzas crecieron.

—Sin embargo… —le sonrió, de una manera un poco demasiado inocente—, si usted necesita un poco de aire fresco, le animo a retirarse a la terraza. —Sus miradas se cruzaron y ella agitó su abanico delante de su cara de un modo lento y seductor que era incapaz de mover el aire pero que hacía cosas bastante impresionantes en sus entrañas—. Nunca se sabe si a alguien más le surgirá una urgencia parecida.

—Ya entiendo —asintió él con voz reflexiva—. ¿Y tal vez debería llevar conmigo una copa de champán?

—O dos. Para fortalecerse, por supuesto, contra el aire nocturno.

—En efecto. —Le tomó la mano y la llevó hasta sus labios, sin dejar de mirarla en ningún momento. Aspiró la fragancia que podría reconocer incluso estando dormido, sintió el calor de su piel a través del guante, se perdió en el azul profundo de sus ojos, en la ligera confusión, el atisbo de temor y la cautelosa anticipación que veía en ellos.

Sus miradas quedaron encerradas entre sí e, inesperadamente, el instante se transformó, alargándose, extendiéndose sin fin. Él quería estrecharla entre sus brazos allí mismo, en ese mismo momento, saborear sus labios, sentir el calor de su carne bajo sus manos, amoldar su cuerpo contra el suyo. Allí mismo, en ese mismo instante, y al diablo con el resto del mundo. Le daba igual la incorrección o el tío de ella o su propio trabajo o el marido de ella o que éste hubiera sido su amigo. Y sabía, por la mirada de sus ojos y su aliento contenido y el calor que relampagueaba entre los dos, sin ninguna pregunta, sin ninguna duda, que ella sentía, la misma escandalosa conexión.

Él sostuvo su mano un instante más allá de lo debido. Ella la retiró un momento más tarde de lo debido.

—Yo... —Ella hizo un pequeño gesto con la cabeza, como para despejarla, y él resistió el impulso de hacer lo mismo—. Tal vez volvamos a encontrarnos, milord.

—Espero que sea pronto.

Ella asintió con la cabeza, sonrió y se alejó, dejando en su estela un claro aire de confusión. A él le hubiera resultado satisfactorio de no haberse hallado ya bastante aturdido.

¿Qué era exactamente lo que acababa de ocurrir? Estaban jugando algún tipo de juego, lleno de coquetería y totalmente frívolo. Al menos, había comenzado como un juego. Un juego peligroso, además.

De todos modos, ¿había algo de malo en querer estar con ella en su propia piel y no en la de un criado anciano? ¿Había algo malo en preguntarse hasta dónde podían llegar las cosas entre los dos? ¿Y cuál sería el resultado final entre lady Wilmont y el vizconde Saint Stephens? Quizá no fuese particularmente inteligente, pero ¿había algo de malo en ello? La verdad es que él no tenía ni idea. Pero era simplemente inevitable.

Caminó hacia la terraza y sonrió por dentro, reprimiendo un curiosísimo impulso de silbar.

«Bienvenido al juego.»

Capítulo nueve

—No estaba del todo seguro de que nos hubiéramos conocido anteriormente.

—Yo tampoco estaba totalmente segura de que nos hayamos conocido.

Delia bebió un sorbo de champán y estudió con curiosidad al vizconde. ¿A qué estaba jugando ese hombre? En realidad no le importaba. Disfrutaba bastante de todo aquello.

Se había tomado el tiempo suficiente para encontrarse con Cassie en la biblioteca e interrogarla acerca del encantador vizconde. Cassie ni siquiera podía recordar su nombre y, señaló de nuevo, que si no podía recordar el nombre de un caballero, era porque éste no merecía ser recordado.

En aquel caso concreto Delia sospechaba que Cassie se equivocaba.

Permanecieron entre las sombras en la esquina más alejada de la terraza, justo fuera del foco de luz que proyectaban los candelabros situados a lo largo de la balaustrada de piedra. Delia y Cassie eran conscientes desde hacía años de las ventajas de aquel lugar. Era discreto pero no demasiado retirado, con un banco de piedra oportunamente situado. Si uno quería dejar a un lado la cautela, había ciertos lugares en el jardín, particularmente los laberintos, así como otros bancos bien situados, que proporcionaban una mayor privacidad. En cualquier caso, aquel lugar en la terraza era la ubicación perfecta para una cita si una no quería que se le fuera de las manos. Especialmente cuando una fingía ser la hermana de sí misma y, gracias a la pobre memoria de dicha hermana, no tenía ni idea de lo lejos que ésta había llegado con el caballero en cuestión.

Saint Stephens se rio entre dientes, un sonido muy agradable que a ella le recorrió todo el cuerpo.

—No estoy seguro de si me siento aliviado o desilusionado por sus dudas.

—¿Aliviado, milord? —Ella levantó una ceja—. ¿A causa de ese carácter remilgado y de miras estrechas que tiene usted?

—Es mi mayor defecto —dijo él suspirando exageradamente.

—No sé por qué, pero lo dudo —repuso ella con ironía.

No podía ser tan remilgado como decía. Si lo fuera, no estaría en aquel momento en plena cita privada con una mujer soltera.

Realmente era bastante divertido aquel hombre desconocido que por lo visto estaba en el transcurso de un coqueteo con su hermana. O al menos eso le pareció.

Ella y Cassie habían estado charlando hasta altas horas la noche anterior, y Cassie le había hablado de algunos pretendientes que tal vez acudieran a la fiesta a coquetear, pero no había mencionado a Saint Stephens. Eso significaba que el afecto de Cassie no estaba ni siquiera levemente comprometido. Las intenciones de Saint Stephens, en cualquier caso, permanecían ocultas.

—¿Y por qué habría de desilusionarse?

Sin embargo, resultaba realmente misterioso que a Cassie se le hubiera olvidado mencionar a Saint Stephens, aunque fuera de pasada. Desde luego era demasiado guapo para pasar desapercibido, y maravillosamente alto. Sus ojos tenían un brillo de lo más fascinante, como si pudiera ver a través de ella y conocer todos sus secretos.

—La razón de eso, mi querida señorita Effington, es obvia.

Y al parecer le gustaba lo que veía.

—¿Sí?

—Anhelo la oportunidad de estar a solas con usted.

—¿Por qué?

—¿Por qué? —El caballero arqueó las cejas como si la pregunta de ella hubiera sido pronunciada en un idioma extraño.

—Sí. —Ella reprimió una sonrisa. Nunca se había mostrado atrevida con un hombre antes de conocer a Charles. Ahora le parecía que el atrevimiento era una manera totalmente natural de manejar situaciones como aquélla. Y resultaba sumamente divertido—. ¿Por qué anhela usted la oportunidad de estar a solas conmigo?

—Bueno... —Él pensó la respuesta durante un momento, como si buscase desesperadamente una razón apropiada para estar a solas con una mujer en la oscuridad de una terraza, aparte de robarle un beso. Delia sospechó, o quizás tuvo la esperanza, de que ésa fuera al menos parte de su respuesta.

—Es usted preciosa.

—Vaya, vaya, milord. —Ella sacudió la cabeza, fingiendo consternación—. ¿Eso es lo mejor que se le ocurre? Esperaba algo más original por su parte.

—¿De veras? Muy bien. No quiero decepcionarla. —Apoyó la copa en el banco, se reclinó sobre la balaustrada y cruzó los brazos sobre el pecho—. Déjeme pensar un momento.

—¡Caramba, eso es muy halagador! —Delia arrugó la nariz y bebió un pequeño sorbo de champán.

—No es nada difícil. Simplemente, disfruto mucho del placer de su compañía.

—Ya veo. ¿Acaso mi conversación le resulta estimulante? —Cassie había mantenido siempre que el modo más exitoso de flirtear con un hombre era incitarle a discutir sobre su tema favorito, generalmente su propia persona.

—Sin ninguna duda —asintió Saint Stephens.

—¿Tiene algo que ver con mi conocimiento de los temas de actualidad? —El interés de Cassie en lo que sucedía en el mundo no iba más allá del último cotilleo y la moda más novedosa.

—Desde luego.

—¿Y también le atrae mi comprensión sobre el funcionamiento de la naturaleza?

—¿El funcionamiento de la naturaleza? —Él frunció el ceño—. No estoy seguro...

—Oh, ya sabe. —Miró hacia arriba—. Las estrellas, la luna, ese tipo de cosas.

—De ninguna manera.

—¿No? Estaba segura de que se saltaría esa razón.

—No. —Su voz era firme—. Cuando estoy en una terraza,

en una noche como ésta, con usted, señorita Effington, apenas reparo en otra cosa que no sea usted. Sólo percibo las estrellas por la manera en que se reflejan en sus ojos.

—¿Mis ojos?

—Por supuesto. —Se enderezó y se acercó unos pasos—. No puedo ver su color en este momento, pero sé, porque los he mirado antes, que sus ojos son azules como el océano. Y aquí, en medio de la noche, las estrellas brillan en ellos como lucecitas de colores sobre el agua.

—¿Lucecitas de colores, dice usted? —No era más que una muestra de coquetería, pero era difícil resistirse al encanto de sus palabras. Y todavía más difícil resistirse al tono extrañamente serio que subyacía en aquéllas.

—Siempre me han gustado las lucecitas de colores —murmuró, acercándose. La miró fijamente—. Y después está la luna, por supuesto. La manera en que la luz de la luna acaricia sus cabellos, un beso de magia, quizás.

—¿Ha dicho magia? —Él era muy bueno con aquel juego—. Pero si esta noche no se ve la luz de la luna, milord.

—Ya lo sé. —Su voz era suave, seductora… irresistible.

Inclinó su cabeza hacia la de ella. Ella se estiró para encontrarse con él.

De pronto se dio cuenta de que antes había estado precisamente en esa misma posición.

Respiró profundamente, se alejó unos pasos y apuró el resto del champán.

—Señor. —Apoyó con firmeza el vaso en la balaustrada—. Me temo que estoy en una posición de desventaja frente a usted.

Él entrecerró los ojos, sin duda confundido.

—¿Qué?

—He dicho —tragó saliva—, que me temo que estoy en una posición de desventaja frente a usted. —Pestañeó para dar énfasis a sus palabras.

Él frunció el ceño:

—¿Se le ha metido algo en el ojo? —Se acercó—. ¿Puedo ayudarla?

—Por supuesto que no se me ha metido nada en el ojo. —Ella se mostró ofendida y se alejó—. Lo intentaré de nuevo. —Se enderezó—. Señor, me temo que estoy en una posición de desventaja frente a usted.

—Demonios, señorita, ¿de qué está usted hablando? —La miró—. Desde luego no me siento como si la tuviera en desventaja, de ningún modo. La verdad, señorita Effington, es que me temo que es al revés: soy yo el que está en desventaja respecto a usted.

A ella le chocó lo absurdo de la situación y comenzó a reírse:

—Quizás sea así, milord. ¿Cómo se siente?

—Confundido. Irritado. Molesto. —Sonrió de mala gana—. Intrigado.

—Si se siente intrigado, debería apreciar la situación. —Respiró hondamente—. Tengo una confesión que hacerle y no puedo hacerlo a la ligera.

—Entonces me siento honrado de que me haya elegido a mí para sus confidencias.

—Espero que continúe sintiéndose honrado más que insultado. Como ve, señor, la memoria me ha fallado. —Hizo una pausa para cobrar ánimos. Ya era suficientemente malo que se hiciera pasar por una persona que no era, prefería no agravar sus pecados con más fingimientos. Además, lo cierto era que Cassie no se acordaba de él—. Le muestro mis más sinceras disculpas, pero no recuerdo que nos hayan presentado.

Los ojos de él se abrieron con incredulidad.

—¿No recuerda nuestros bailes juntos?

Ella negó con la cabeza.

—Lo siento, pero no.

—Pero seguro que recuerda que ésta no es la primera vez que nos retiramos juntos a una terraza…

—¿Ah, no?

—Desde luego que no. —Movió la cabeza y suspiró decepcionado—. Le advierto, señorita Effington, que me dejará destrozado si me dice que no recuerda haberme besado en una terraza como ésta bajo la luz de las estrellas.

—Me temo que no. —O, mejor dicho, Cassie no lo recordaba—. ¿Está usted seguro?

—No tengo la más mínima duda.

—A lo mejor me está confundiendo con otra persona. ¿Puede ser?

—No —respondió él con firmeza.

—No puedo creerme que alguien pueda olvidar algo como un beso —murmuró ella.

—Yo tampoco. No es muy halagador que digamos, ¿sabe? A un hombre le gusta pensar que sus besos son memorables.

Debería estrangular a su hermana nada más verla.

—No sé qué decir.

—Ni yo. Estoy destrozado. —Se encogió de hombros y lanzó un suspiro exagerado, después se puso erguido—. Quizás sólo necesite usted refrescar la memoria. —Le cogió la mano y la acercó a sus labios. Clavó los ojos en los suyos y se apoderó de ella la misma sensación extraña y angustiosa que había sentido cuando él la había mirado por primera vez esa noche, como una venganza. Su voz era grave, intensa, íntima—. Sé que yo nunca lo olvidaré.

Por un momento, o quizás por una eternidad, ella lo miró a los ojos. Había cometido un terrible error con un hombre que le había cambiado la vida por completo y verdaderamente le aterrorizaba la idea de cometer otro (no importaba lo atrayente que fuese la idea de convertirse en una mujer experimentada). Una voz en lo profundo de su cabeza, la misma voz que le había advertido contra su relación con Charles, gritaba que este hombre era igual de peligroso. Posiblemente, más. Sin embargo, algo en algún lugar profundo de su interior, algo quizás más cercano al corazón, le animaba a seguir adelante, y tuvo la extraña sensación de que aquello no era un error.

Aquello estaba bien.

Sus labios se rozaron, y ella cerró los ojos. Su cuerpo se estremeció con la simple aproximación de los labios de él, y supo que estaba perdida.

Y no le importaba.

Él hizo una pausa y le susurró al oído:

—Me temo que también tengo algo que confesarle, señorita Effington.

Ella abrió de repente los ojos.

—¿Ahora, milord?

—Me temo que sí. —Ninguno de los dos se movió.

Apenas los separaba el aliento.

—¿Está seguro?

—Desgraciadamente, sí. —Su voz tenía un deje de lamento. Si hiciera el más leve movimiento hacia delante, sería ella quien lo besaría. ¿Seguiría insistiendo en confesar, en ese caso?

—Si me dice que está en desventaja respecto a mí, no lo creeré.

—No es eso, aunque supongo que, en verdad, la he tenido en desventaja desde el principio.

Ella apoyó las manos en su chaqueta. Sus músculos se tensaron por debajo de su roce.

—¿Por qué no me besa primero y luego se confiesa?

—Dios mío, sí.

—Excelente. —Presionó sus labios contra los suyos.

Dudó, y después se apartó ligeramente.

—Pero no puedo. Su memoria no le falla, señorita Effington. —Sintió sus músculos tensos contra ella y se preguntó si se estaba resistiendo—. De hecho, no nos hemos visto antes. —Contuvo el aliento.

—Ya entiendo —dijo ella despacio—. Entonces, ¿por qué…

—No lo sé. —Suspiró—. Al principio fue muy divertido y tenía curiosidad por saber cuánto iba a tardar en admitir que no me recordaba. Ha tardado mucho, ¿sabe?

—Estaba intentando no ser descortés —dijo ella de manera altanera.

—Ha sido usted muy amable. Era un juego tonto, pero aun así muy divertido. —Sonrió tímidamente—. Me dejé llevar, y lo lamento mucho.

Se sintió molesta con esa decepción, pero a la vez aliviada y más bien satisfecha. Una cosa era flirtear con el hombre que había besado a su hermana, y algo totalmente distinto besar a un hombre que no conocía para nada a su hermana.

—Entonces, ¿no hemos bailado nunca antes de esta noche?

—No.

No obstante, bailaron juntos con una facilidad prodigiosa, resultado más de la disposición natural que de la práctica. Como si estuvieran destinados a bailar juntos.

—¿Tampoco nos hemos conocido en una terraza bajo las estrellas?

Él negó con la cabeza:

—Lo siento mucho, pero no.

A pesar de todo, aquél era un encuentro sin la incomodidad de la mayoría de las primeras citas. Como si de hecho se hubiesen visto antes y hubiesen hablado antes.

—¿Y nunca nos hemos dado un beso?

—No. Muy a mi pesar, no.

—Ya veo.

Podía ponerle fin a todo aquel asunto. Ahora, en ese mismo instante. Darse la vuelta y marcharse, y ni siquiera él podría reprochárselo. Sin embargo, su sentido de la honestidad no le permitía besarla bajo falsos pretextos. Era un acto muy honroso y realmente impresionante. Bueno, el hombre merecía ser recompensado. O, por lo menos, debía dársele una oportunidad para expiar sus pecados.

—Entonces éste, milord —deslizó sus manos por encima y alrededor de su cuello—, puede ser el primero. —Sus labios se encontraron.

Él dudó durante apenas un latido, luego envolvió sus brazos alrededor de ella y la atrajo hacia él. Sus labios eran cálidos y firmes y sabían deliciosamente a champán, o quizás a la luz de las estrellas. A pesar de la naturaleza anterior de sus actos y su obvio deseo, el contacto entre ellos era suave, tímido, prudente. La última vez que la habían besado se habían dejado llevar por la pasión y el escándalo. Ahora no estaba segura de adónde la llevaría aquello. Los labios del caballero se apretaban fuertemente contra los suyos y se dio cuenta de que no le molestaba para nada. El deseo y la necesidad la arrastraron, y su autodominio se quebró. En cuanto a lo que podía pasar entre ellos, ella deseaba que ocurriese, lo deseaba a él. Deseaba sus labios unidos a los suyos, su lengua encontrando y uniéndose con la suya, su cuerpo firme y fuerte contra el suyo.

Él extendió su mano en torno a la cintura de ella y la sostuvo enérgicamente contra sí. Las manos de ella se agarraron a su nuca y se abrazó a él como si fuera la respuesta a sus plegarias. Como si se aferrara a su propia vida. Inclinó su boca más fuertemente hacia ella, y un beso se convirtió en otro y otro, hasta que pensó que seguramente se iba a desmayar del puro éxtasis de tener su boca en la suya, de estar entre sus brazos.

Por fin, lentamente levantó la cabeza.

—Bueno…

—¡Cielos! —Una extraña nota de asombro sonó en la voz de ella.

—Estoy seguro de que recordaré esto —murmuró él.

—Yo también lo haré. —Ella suspiró, y sólo deseaba permanecer en el calor de su abrazo. Para siempre.

Él la soltó con una reticencia compartida. Caminaron separados y ella se esforzó por recuperar el aliento.

El silencio se hizo entre ellos y se mantuvo, largo y violento. No estaba completamente segura de lo que acababa de pasar, pero obviamente aquello había sido mucho más que un beso. Le temblaban las rodillas y los latidos de su corazón resonaban en sus oídos. Ya había conocido la pasión y el deseo anteriormente, pero esto era distinto. Esto le llegaba muy adentro, iba más allá de la mera pasión y el deseo ordinario y se convertía en algo más profundo, rico y aterrador. Llegaba quizás hasta el fondo de su alma. ¿Quién era ese hombre?

Lo miró y se preguntó si esas mismas emociones eran las que asomaban a sus ojos. ¿O se trataría simplemente de las sombras? ¿Sentiría él también que lo que acababa de pasar entre ellos era mucho más importante que un beso robado bajo las estrellas? ¿O era tan sólo otro momento de coqueteo?

Desde luego había mucho que decir; ella tenía mucho que decir o por lo menos había mucho que debería decir, y mucho que tenía miedo de decir. Respiró profunda y firmemente. Seguramente una mujer con experiencia no estaría nada confundida, sino que se mostraría indiferente a la poderosa naturaleza de un beso o al temblor en las rodillas o al hormigueo en el estómago. Pero quizás no tenía el tipo de carácter que hacía falta para ser verdaderamente una mujer con experiencia.

—Bueno, probablemente debería… —Dio un paso hacia la luz.

—Sin duda. —Él se aclaró la garganta—. Yo también debería…

Ella dio otro paso. No estaba segura de si quería que él la detuviese o la dejase marchar. No estaba segura de nada.

—Creo que será lo mejor…

—Quisiera volver a verla —soltó él de repente, estrechando la distancia entre los dos. Su mirada buscó la de ella, e incluso bajo aquella luz tenue ella pudo percibir que la intensidad iba mucho más allá de un mero beso compartido en un momento impulsivo.

Una intensidad que era a la vez excitante y sobrecogedora y que además ambos compartían.

Dio un paso atrás y forzó una nota burlona y festiva en su voz:

—En una terraza, bajo las estrellas, ¿quizás?

Soltó un profundo respiro, acompañando el tono de ella.

—O en cualquier otro lugar, señorita Effington.

Había una miríada de declaraciones calladas o promesas o preguntas suspendidas entre ellos.

¿Qué haría en ese momento una mujer experimentada?

—Me niego a hacer promesas más allá de este momento. Nunca se sabe lo que nos deparará el mañana. —Su voz era sorprendentemente firme—. En cuanto a volverle a ver —se encogió de hombros de manera displicente—, ya veremos, milord. —Le lanzó su sonrisa más coqueta, se dio la vuelta y se dirigió hacia el salón de baile.

Una risita flotó tras ella.

—Claro que nos veremos, señorita Effington, claro que nos veremos.

Resistió la tentación de mirar hacia atrás o, peor aún, la de volver sobre sus pasos. Desde luego quería hacerlo. Para lanzarse a sus brazos y besarle y ser besada hasta que él la tomase en volandas y la llevase hasta su cama. Hasta su vida.

Curiosamente, había sentido un deseo similar con Charles, pero a la vez aquello era algo completamente distinto. No estaba segura de cuál era exactamente la diferencia, pero sabía que era distinto con la misma certeza con la que sabía su propio nombre. Quizás era la diferencia entre la curiosidad y la excitación y… algo más. Algo más profundo. Algo mejor. Algo especial.

Ridículo, por supuesto. Ese hombre era un completo desconocido incluso aunque no pareciera un extraño. Aun así, había tenido la extrañísima sensación de haberlo conocido o hablado con él o incluso compartido secretos con él anteriormente. Era una sensación absurda, por supuesto. Con toda certeza de haberlo conocido se acordaría de Saint Stephens.

Lo cierto era que Delia apenas conocía a ese vizconde. Podía perfectamente no ser más que un medio para convertirse en una mujer experimentada. De hecho, él podría ser sencillamente otro error. Exactamente como Charles.

No. El error no había sido compartir la cama con Charles. Al menos no era ése el error del que se arrepentía. El error estaba en haber creído, aunque fuera sólo por un instante, que lo que ellos compartían era algo más que simple lujuria y deseo. Y no volvería a cometer ese error.

No era un problema llevarse a aquel hombre a la cama.

El problema era dejarlo entrar en su corazón.

Capítulo diez

Mi queridísima Cassie:

Confieso que estoy muy impaciente y con ganas de saber si has descubierto algo de interés en relación con mi amigo, como te pedía. Me gustaría mucho renovar mi amistad con él cuanto antes.

Hasta ahora, siempre me he considerado una persona paciente. Por lo visto, ésa es una de las virtudes que he perdido durante los últimos meses…

—¿Color salmón o crema color mantequilla? —murmuró Delia para sí. Estaba de pie en el centro del salón, examinando las paredes que en aquel momento estaban cubiertas por un empapelado de un marrón verdusco y apagado.

Salmón o crema color mantequilla… eso ahora la tenía sin cuidado. Suspiró con frustración. Su mente no podía concentrarse en colores ni en telas ni en nada de lo que le había parecido tan interesante antes de su estancia en Effington Hall. Durante los tres días que habían pasado desde su regreso a Londres, seguía sin decidir nada respecto a su casa. En cambio, sí había llegado a tomar una decisión con respecto a su vida.

Lady Wilmont deseaba al vizconde Saint Stephens.

No sabía precisamente para qué lo deseaba, o si sus intenciones podrían ser consideradas honorables o enteramente vergonzosas, pero definitivamente lo deseaba y deseaba definitivamente descubrir por qué lo deseaba. Tampoco estaba del todo segura de cómo conseguirlo y ni siquiera de cómo encontrarlo. Cassie le había prometido que haría algunas indagaciones discretas, pero Delia seguía sin noticias suyas.

Delia tomó un libro de muestras de empapelado, lo ojeó por

enésima vez sin ver nada que le llamase la atención y luego lo dejó caer en el sofá. Redecorar la casa no le apetecía lo más mínimo en ese instante. Lo único que ocupaba su mente era el alto, moreno y demasiado misterioso vizconde y la estupidez de su propio comportamiento. Oh, la estupidez no consistía en haberlo besado en la terraza, sino en el hecho de haber huido después como un cervatillo atemorizado.

¿Qué diablos le había pasado? No era más que un beso. Nada más significativo que eso. Incluso antes de Charles, sabía lo que era ser besada. No demasiadas veces y no indiscriminadamente y probablemente mucho menos que Cassie, pero sí en más de una ocasión.

Los besos de Charles habían sido una promesa de emoción y aventura. Los de Saint Stephens también le tendían un ofrecimiento de aventura y emoción, pero prometían además algo etéreo e intangible, algo que no lograba apresar del todo. Además, ese hombre que apenas conocía tenía un extraño aire de familiaridad. En el tono de su voz, quizás, o en sus movimientos. Como si se hubieran conocido antes. Como si su encuentro fuese cosa del destino o el designio de los astros. ¿Y acaso eso no le habría encantado a su madre?

—¿Qué diablos estás haciendo? —La voz de Cassie sonó desde la puerta del salón.

—Estoy intentando decidir entre el salmón —Delia hizo una mueca— o el crema mantequilla.

Cassie arrugó la nariz.

—¿Para la cena?

—No, para las paredes. —Delia señaló un enorme libro de muestras de pinturas que estaba equilibrado peligrosamente sobre un montón de catálogos esparcidos sobre una mesa—. Estaba intentando escoger un color.

—El salmón es demasiado rosado para esta habitación y un tono crema de mantequilla resultaría espantosamente claro. —Cassie avanzó con grandes pasos hasta el centro del salón, dejando caer al pasar un nuevo catálogo sobre el montón que ya se tambaleaba sobre la mesa, se quitó el sombrero, se alisó el pelo y contempló la habitación—. Si se trata de decidir entre el rosa o un tono claro, querida, he llegado en el momento oportuno. —Se quitó un guante con aire reflexivo, mientras recorría las paredes con la mirada—. La cuestión del color es fundamental, sobre todo en esta habitación. De hecho, es precisamente por ahí por donde debemos empezar.

Delia miró a su hermana con sorpresa.

—Al parecer, has estado pensando mucho en ello.

—Alguien tiene que hacerlo. —Cassie se quitó el otro guante, con la cabeza aparentemente en otro lugar—. Salmón o crema mantequilla. —Resopló con disgusto.

—El salmón me gusta bastante —murmuró Delia.

—En un plato de pescado, quizá, pero no para una habitación. Tú eres la dueña de esta casa y sus habitaciones deben servirte de complemento. Sobre todo ésta, ya que es la más abierta al público. Dijiste, si no me equivoco, que querías recibir a mucha gente en el futuro. ¿No?

—Me sienta bastante bien el salmón —dijo Delia con voz altiva.

—Efectivamente. Pero te da un aspecto demasiado, en fin… —Cassie golpeó la palma con sus guantes— demasiado inocente.

Delia miró a su hermana.

—Y no queremos confundir a nadie, ¿no es cierto?

—Vamos, Delia, no es eso lo que quería decir, o al menos, eso no es todo lo que quería decir.

Delia cruzó los brazos sobre su pecho.

—Entonces, ¿qué querías decir?

—No hace falta que te pongas tan sensible. Simplemente quería decir que eres una mujer independiente con dinero, y tu entorno, tu manera de vivir, debería reflejarlo. Nada pretencioso, por supuesto, sino más bien… —una vez más Cassie contempló la habitación— clásico. Elegante. Mira, déjame mostrarte.

Tomó el libro que había traído, sin hacer caso del tambaleo de los catálogos de más abajo, y empezó a hojearlo.

—Éste es un catálogo de los muebles diseñados por el señor Hope. Puede que una parte sea un poco extremada para tus gustos, y es realmente importante que cambiemos eso en el futuro, pero muchas de sus cosas son maravillosas. Se me ocurrió que podría darte ideas sobre el tipo de elecciones que quieres hacer.

—Puede que no se me note, pero te agradezco mucho tu ayuda. —Delia dio un suspiro y movió la cabeza, desolada—. Debo confesar, sin embargo, que tengo muy poco interés en esta casa desde que volví del campo.

Cassie entrecerró los ojos.

—Por favor, no me digas que sigues pensando en ese vizconde.

—Pues muy bien. No te lo diré. —Delia chocó con la mirada insistente de su hermana y se estremeció—. Aunque la verdad es que sí.

—¡Delia!

Delia no le hizo caso.

—¿Te has enterado de algo sobre él?

Cassie dudó durante un instante tan ínfimo que sólo alguien que la conocía tan bien como la conocía su hermana sería capaz de advertirlo. Negó firmemente con la cabeza.

—No.

Delia la escrutó con ojos incrédulos.

—Sí.

Cassie apretó los labios con una expresión obstinada y se abrazó al libro.

—Te aseguro que no.

—A mí no me puedes mentir.

—Sólo porque no tengo tanta experiencia mintiéndote como tú la has tenido mintiéndome a mí —le espetó Cassie.

Durante un instante las dos hermanas se miraron con rabia. Finalmente, Delia respiró profundamente.

—No es que yo te mintiera exactamente…

—Las mentiras por omisión son igualmente malas.

—Muy bien. A partir de ahora, entonces, procuraré no volver a mentirte por omisión. Lamento todo eso. Lo sabes, ¿verdad?

—Claro que lo sé. Y siento lo que te he dicho. Pero no podía evitar pensar que si yo hubiera sabido de Wilmont, si no me hubieras engañado, todo podría haber terminado de una manera muy distinta. Y ahora hay este nuevo caballero que evidentemente te ha mareado la cabeza después de un solo baile, una sola conversación y un simple beso.

—Fue un beso impresionante. —Delia podía negárselo a sí misma todo lo que quisiera, pero el simple beso de Saint Stephens había pervivido en su mente y en sus sueños.

—Poco importa que haya sido el mejor beso desde que Adán besó por primera vez a Eva. Fue un solo beso, Delia. No puedes cambiar tu vida por un simple beso.

—No se trata solamente del beso, por mucho que haya sido un beso tan excelente. —Delia dio vueltas por el perímetro de la habitación, intentando organizar sus pensamientos—. No sé si seré capaz de explicarlo. Cuando estaba con él, mientras hablábamos o cuando me besó, tenía la extrañísima sensación de que... había algo de inevitable en aquel encuentro. De que tal vez era cosa del destino. Y además tenía la curiosa sensación de que nos habíamos conocido antes, que habíamos hablado antes. Y que yo había mirado antes esos ojos oscuros. —Miró a su hermana—. ¿Te he mencionado lo oscuros que eran sus ojos?

—Varias veces.

—¿Y su altura?

—Más de una vez.

—¿Y cómo bailamos juntos tan perfectamente como si nuestro destino fuese bailar juntos?

—Sí, sí, también me has mencionado ese detalle.

—Sé que piensas que me estoy comportando de una manera absurda. Acabo de conocer a ese hombre y es muy posible que él sea el error más grande de mi vida...

—Me parece que Wilmont es el dueño de ese honor en particular —dijo Cassie para sí misma.

Delia hizo un gesto de desolación.

—Pero si él no es un error... Saint Stephens, quiero decir... y lo dejo escapar, nunca podré saber si el destino es que él y yo estemos juntos. Podría seguir durante el resto de mi vida sin saber que el espíritu en que algún día me convertiré...

—Heredó su título hace unos dos meses, tras la muerte de su hermano. —La resignación impregnaba la voz de Cassie—. Su hermano era bastante mayor, quizás le llevaba diez años o más, me parece. Saint Stephens sirvió con honor en el ejército durante la guerra, no sé en qué regimiento, la información al respecto es un poco vaga, pero creo que recibió diversas distinciones.

—¿Cómo diablos descubriste todo eso tan rápido? —Delia miró a su hermana, admirada.

—No me costó demasiado esfuerzo. —Cassie se encogió de hombros—. Es un hombre soltero y, por lo que me has comentado, una y otra vez, no del todo carente de atractivos…

—De ningún modo carente de atractivos. Con una sonrisa devastadoramente malvada.

—Ya lo sé. —Cassie soltó un suspiro de gran sufrimiento, luego continuó—. Saint Stephens no ha sido muy activo en la sociedad, y tampoco lo fue su hermano, al parecer; sin embargo, el mero hecho de que exista y de que tenga una fortuna respetable, debo añadir, y una finca en Surrey o Sussex o Hampshire, la verdad es que no recuerdo muy bien dónde… es más que suficiente para que cada madre en Inglaterra con una hija soltera a su cargo se haya dado cuenta y se haya puesto a urdir planes. O a apuntar. Aunque parece ser extremadamente huidizo —dijo Cassie, con voz meditabunda—. El baile de la abuela es la primera ocasión en la que la gente recuerda haberlo visto, aunque tiene que haber alguien en la familia que lo conozca bastante bien.

—¿Por qué?

—Se alojó en el ala de invitados de Effington Hall.

—¿Estaba alojado al fondo del pasillo y yo no lo sabía? Una ola de decepción inundó a Delia.

—No te habría servido de nada, aunque lo hubieras sabido —dijo Cassie, con firmeza—. Según tengo entendido, partió muy temprano por la mañana después del baile.

Delia frunció el ceño.

—¿Cómo sabes todo esto?

—Me enteré de gran parte de todo esto antes de que abandonáramos Effington Hall. A través de la tía Katherine, sobre todo.

—¿Por qué no me lo dijiste, entonces?

—Porque… —mientras estudiaba a su hermana, la preocupación le arrugó el ceño— me preocupas.

Delia la observó con cautela.

—¿Por qué?

—Porque no sé qué vas a hacer de un momento a otro. Primero me dices que has decidido convertirte en una mujer experimentada, lo cual no me pareció nada inquietante al comienzo. Después de todo, casi tuve que amenazarte para que simplemente te pusieras un vestido de lo más decoroso y fingieras ser yo durante unos pocos minutos.

—¿Te lo he agradecido? —Delia dirigió a su hermana una sonrisa exageradamente inocente.

—Sí, pero no debí haberte animado a hacerlo —respondió Cassie, con tono airado—. Lo siguiente que descubro es que estás perdiendo el tiempo con un extraño en la terraza…

Delia soltó una risa.

—Te aseguro que no perdí el tiempo.

—… y no paramos de hablar de este… este… Lord Misterioso…

—¿Lord Misterioso? —repitió Delia, riéndose—. Me gusta mucho como suena eso.

Cassie no le hizo caso.

—… y de lo maravilloso que es…

—Puede que no sea maravilloso, Cassie, pero me gustaría mucho tener la oportunidad de descubrirlo.

—Delia. —Cassie observó a su hermana con cuidado—. Si hubieras sabido que se estaba alojando en la casa, no habrías hecho nada descabellado, ¿verdad? —Un tono de aparente indiferencia sonaba en la voz de su hermana—. No te habrías metido en su cama o algo así, ¿no?

—Por supuesto que no, lo acababa de conocer. Te aseguro que no estoy preparada para meterme en su cama ni en la de nadie. Aunque —lanzó una mirada pícara hacia su hermana— la imagen de la cama de lord Misterioso se me hace extremadamente tentadora.

—Dios mío. —Cassie se hundió en el sofá y se quedó mirando a su hermana—. Me encantaría que todos los que piensan que yo ando encaminada hacia la ruina pudieran oírte ahora a ti.

Delia sonrió.

—Es un poco escandaloso, ¿no?

—Y peligroso, también.

—¿Por qué? —Delia se dejó caer en una silla cercana—. Si

voy a convertirme en una mujer experimentada, Saint Stephens sería el paso perfecto para iniciarme. Lo encuentro ferozmente atractivo. Parece bastante respetable en cuanto a su familia, su título y todo eso. Me dijiste que tiene dinero, así que no se interesaría en mí por el mío. Y es evidente que cualquiera que bese tan bien debe de haber tenido mucha experiencia ensayando.

Cassie soltó un gemido.

—Simplemente estoy siendo pragmática. Podría elegir comienzos infinitamente peores que Saint Stephens. —La voz de Delia sonaba reflexiva—. Supongo que si alguien quiere convertirse en una mujer experimentada, la mejor forma de hacerlo es con un hombre experimentado. Probablemente aprendería muchísimo.

—¡Philadelphia Effington! —Cassie la miraba con asombro e incredulidad—. Soy incapaz de imaginarme lo que tienes en la cabeza. Es claro que tu desafortunado matrimonio, y el escándalo, además de tu exilio en los últimos confines de la tierra han carcomido tu cerebro. Toda esa tontería de la mujer experimentada es tan estúpida como absurda y… y… —Se detuvo y sus ojos se abrieron de par en par como si acabara de asaltarla una idea atroz—. Y jamás en mi vida me he sentido tan celosa de nadie.

—¿Cómo?

—Acabo de darme cuenta. —La voz de Cassie temblaba con el asombro—. Estoy completa y enteramente llena de envidia por ti.

—¿De verdad? —Delia sonrió, encantada—. ¡Qué maravilla!

—No, no lo es. Estás en el camino del escándalo y la ruina.

—Ya estoy arruinada, y también estoy en el centro del escándalo. Haga lo que haga a partir de ahora, nada se acercará al interés de lo que ya he hecho.

—Es completamente injusto. Tú tienes independencia y dinero y libertad. —Cassie la miró con ira—. Maldita sea, Delia, ¡tienes una enorme manada de caballos en tu futuro y sospecho que tienes toda la intención de cabalgarlos!

Delia miró fijamente a su hermana y luego soltó una gran carcajada. Cassie enterró la cara entre sus manos.

—No me puedo creer que haya dicho eso.

—Yo tampoco.

Cassie levantó la cabeza.

—No quería decir exactamente lo que parece.

Delia se limpió los ojos e inspiró profundamente.

—Gracias a Dios.

—Realmente estás dispuesta a… —Cassie hizo un gesto de impotencia.

—¿A cabalgar indiscriminadamente? —Delia imprimió un tono inocente a su voz.

Cassie respondió con una mueca.

—Por falta de una expresión mejor.

Delia contempló a su hermana durante un rato, luego suspiró.

—No lo sé. Como tú me has señalado, costó bastante trabajo simplemente convencerme de que fingiera ser tú. No estoy convencida de que tenga el coraje de ser una mujer experimentada.

Cassie suspiró, aliviada, y luego frunció el ceño.

—Que me lo digas es reconfortante, pero también decepcionante.

Delia se echó a reír.

—Lo siento. Si te hace sentir mejor, aunque cabalgar indiscriminadamente no forme parte de mis planes por el momento… —respiró hondamente— tengo toda la intención… de hacer algo con Saint Stephens.

—¿Estás segura?

—No he estado tan segura de nada en muchísimo tiempo.

—Muy bien. Entonces necesitarás esto. —Cassie abrió su libro y sacó una hoja doblada—. Esto llegó hoy para mí, pero en realidad es para ti. Debo decir que tuve un largo debate conmigo sobre las ventajas o desventajas de dártela. —Le pasó la nota a su hermana—. Es de tu lord Misterioso.

—No es mi lord Misterioso… —Delia tomó la hoja y la desdobló— todavía. —Echó una ojeada al mensaje—. ¿Lo leíste?

—Iba dirigido a mí.

—Claro —murmuró Delia, y volvió a leer las breves líneas. Lanzó una mirada a su hermana—. ¿Te gustaron las flores?

—Eran bellísimas. Siempre me han gustado las rosas. Las

habría traído, pero... —Cassie se encogió de hombros, como sin darle importancia al asunto— decidí que merecía alguna recompensa por todo esto.

—Quiere encontrarse conmigo en la recepción de lord y lady Puget esta noche. —Alzó las cejas—. ¿Cómo diablos voy a conseguir ir allí?

—Del mismo modo que conseguiste estar en el baile la primera vez que lo viste. —Cassie movió la cabeza, incrédula—. Irás en mi lugar.

Delia negó con la cabeza.

—No creo...

—No obstante, ésta va a ser la última vez, y tengo mis condiciones.

—¿No las tenemos todas? —murmuró Delia—. ¿Cuáles son?

—Primero, que no se te olvide, mi querida hermana, que es mi reputación la que tienes entre tus manos. Y por mucho que envidie tu independencia y todo lo que ésta conlleva, sigo teniendo esperanzas de conseguir un buen partido, preferiblemente con un hombre que ame. Quizás tú quieras perseguir experiencias, pero yo sigo persiguiendo la posibilidad del matrimonio. Y en estos momentos no tengo la más mínima intención de seguir tus pasos.

—Protegeré tu reputación como si fuese la mía.

—Oh, por favor, haz algo más que eso.

—¿Hay algo más?

—Sí. —Cassie se inclinó hacia su hermana, su tono de repente era serio—. Quiero que consideres tu encuentro con Saint Stephens como una especie de prueba.

Delia frunció el ceño.

—¿Qué tipo de prueba?

—Una prueba de su naturaleza, de su carácter, si quieres. —Cassie reflexionó durante un instante—. Él no tiene ni idea de que eres una viuda; cree que tú eres yo. Un encuentro secreto en la terraza, incluso unos cuantos besos, son perdonables, pero el tipo de hombre que iría más lejos atreviéndose a un comportamiento que pondría en riesgo la reputación de una dama y, de hecho, se acercaría peligrosamente al escándalo, es...

—Igual que Charles —dijo Delia con franqueza.

El remordimiento ruborizó a Cassie.

—Dios mío, no quería decir…

—No, tienes toda la razón. —Delia escogió las palabras con cuidado—. Yo conocía la reputación de Charles desde el inicio, pero me divirtió bastante la naturaleza secreta de nuestros encuentros. Mi aventura, si recuerdas bien. Así que, en gran medida, la culpa de todo lo que sucedió después es mía. La cuestión es si un hombre verdaderamente honorable, hubiese permitido que nuestras aventuras clandestinas continuaran.

—Pero al final él hizo lo correcto. Se casó contigo y, al hacerlo, te salvó de tu ruina. —Cassie se detuvo—. ¿Salvándose a sí mismo, también, quizás?

—Quizás.

Y convirtiéndose a la vez en alguien frío y distante.

—¿Crees que el matrimonio cambia a los hombres, Cassie?

—La abuela diría que siempre nos queda la esperanza.

Delia se rio.

Cassie la contempló por un instante con actitud pensativa.

—Hay muchas cosas de ti y Wilmont que todavía no has querido contarme. ¿No es así?

Delia se encogió de hombros.

—Nada importante.

—Me dijiste que lo que…

—Y es cierto —la interrumpió Delia, antes de suspirar—. Pero podría haberlo hecho fácilmente, y probablemente sí lo habría hecho al final.

—¿Y Saint Stephens?

—No lo sé. Es una de las muchas cosas que me gustaría descubrir acerca de ese hombre.

Cassie se detuvo.

—Tienes que decirle quién eres, ¿sabes?

Delia levantó una ceja.

—¿Ésa es otra condición?

—Sin ninguna duda —asintió Cassie—. Si es verdaderamente un hombre honorable… y más allá de tus intenciones, supongo que no quieres involucrarte con un hombre que no lo sea… cuanto más sigas con el engaño, más enfadado se mostrará al enterarse de la verdad. Podrías perderlo del todo.

—Tienes razón. No se me había ocurrido. Y sí tengo la intención de decirle la verdad.

—¿Cuando?

—¿Cuándo llegue el momento?

Cassie entrecerró los ojos.

Delia suspiró.

—Y sospecho que ese momento surgirá más temprano que tarde.

—Te lo recordaré. Además, no me apetece quedarme en casa mientras tú vas ocupando mi lugar en bailes y fiestas.

—Claro que no, no sería nada justo. Prometo que ésta será la última vez. Por otra parte... —Delia dedicó a su hermana una sonrisa de complicidad— no podré convertirme en una buena mujer experimentada si sigo fingiendo ser tú.

Se trataba de un plan complicado que incluía vestidos rotos, dos eventos sociales distintos y Dios sabe cuántas cosas más. Tony se alejó silenciosamente de su discreta posición detrás de la puerta del salón, ligeramente entreabierta, e intentó reprimir una sonrisa.

Fuera lo que fuese lo que las mujeres planeaban para intercambiar los papeles aquella noche funcionaría a la perfección. De hecho, Delia y su hermana eran formidables y, en circunstancias muy distintas, las dos habrían tenido bastante éxito en otro tipo de trabajo.

Le hizo un gesto al lacayo que esperaba abajo en el vestíbulo al lado de las escaleras del fondo. El hombre ocupó de inmediato su posición cerca de la puerta principal. Era uno de la media docena de nuevos criados que Delia había hallado a su regreso, aunque parecía hacerles muy poco caso.

Había criados y criadas y un ayudante de mayordomo, así como una asistente de cocinero que sólo acudía durante el día. De acuerdo con las órdenes del duque, todas las nuevas adiciones a la casa formaban parte del empleo del Departamento y habían sido encargadas para garantizar la protección de Delia... con la excepción de la asistente de cocinero. Ella estaba contratada para proteger la digestión de todos, y la señora Miller estaba más que dispuesta a dejar que la otra mujer hiciese casi todas las labores en la cocina.

La vida en la casa de Delia era agitada, con todos esos nuevos criados que no eran criados pero que desempeñaban su papel con eficacia, y con las reuniones que mantenía con diversos comerciantes a los que en el fondo hacía muy poco caso. Pero, sobre todo, aquello era marcadamente aburrido en comparación con las otras misiones que había tenido. Y le gustaba que fuera así por el momento. Nada extraordinario había ocurrido y en realidad no había ningún indicio de que Delia pudiese estar en peligro. Tony se preguntaba si el Departamento se había dejado engañar. De todos modos, su misión consistía en quedarse, y en efecto se quedaría.

Delia se mostraba preocupada desde su regreso del campo, lo cual le convenía. Él había vuelto a Londres sólo un día antes. Había tenido que apresurarse para cumplir con las órdenes del duque en relación con los criados, y al mismo tiempo con las órdenes de Delia respecto a citas y reuniones. Lo que mandaba el duque era más fácil de cumplir. Las órdenes de Delia, en cambio, resultaban ser mucho más complicadas para él y el Departamento.

Entró en la biblioteca, cerró la puerta y cruzó la habitación para sentarse ante el escritorio. Delia estaría ocupada con su hermana durante al menos media hora más y él tenía que atender su correspondencia personal. Y tomar unas cuantas decisiones.

Desplegó su correspondencia sobre el escritorio y la examinó sin asimilar nada.

Le gustase o no, lo más probable era que éste fuera su último trabajo. Oh, no cabía duda de que el duque de Roxborough era capaz de dirigir un departamento secreto del gobierno británico y a la vez manejar las responsabilidades de su título. Pero el duque tenía recursos muy superiores a los de Tony, entre ellos la extensa familia Effington y cuatro hermanos tan leales como competentes. Tony, en cambio, estaba solo en el mundo. El duque había crecido sabiendo perfectamente que algún día el título de Roxborough y las responsabilidades correspondientes serían suyos. Con esa meta había sido criado, educado y entrenado. Tony, por su parte, nunca imaginó que el hermano que apenas conocía sucumbiría a una enfermedad repentina y moriría sin hijos.

Una de las cartas que le habían remitido desde su finca provenía del encargado de la propiedad de su hermano… no, de su propiedad, formulando preguntas a las que Tony no tenía ni idea de cómo responder. Siempre se había creído un hombre competente, con talento y capaz de enfrentarse a cualquier situación. Sabía entrar inadvertido en una ciudad ocupada por el enemigo o asumir una nueva identidad con tanta meticulosidad que ni su propia madre sería capaz de reconocerlo, o, si fuese necesario, matar a un hombre sin que se oyera ni un sonido. Pero no tenía la más mínima noción de cómo ser un lord inglés.

No podía seguir aplazándolo mucho más. Siempre había mostrado una lealtad total hacia su país y su Rey. Pero ahora había gente cuya existencia nunca había contemplado pero que dependían de él. De sus acciones y sus decisiones y su apoyo. Criados y arrendatarios y Dios sabe cuánta gente más.

Respiró hondamente y se pasó una mano por el pelo. Ya era hora de que aprendiera qué acarreaba precisamente el hecho de ser el vizconde Saint Stephens. Cuáles eran exactamente sus nuevas responsabilidades hacia su familia, o más bien hacia su patrimonio, su título y, en fin, su futuro. Un futuro que le exigía asegurarse de que su linaje y su título no terminaran junto a él. Le gustase o no, encargarse del futuro significaba una cosa, y nada más que una cosa: una mujer.

Hasta el momento, nunca había pensado demasiado en la idea de casarse. En sus casi treinta años de existencia la verdad es que nunca había visto la utilidad de una esposa. Simplemente había asumido que se casaría algún día con una mujer sumisa y agradable que pasaría los días cuidando sus necesidades. Pero su vida había tomado un giro inesperado. Desde ese instante tenía responsabilidades más allá de sí mismo. Una mujer ya no era una vaga noción situada en la lejanía sino una posibilidad muy real, por no decir una necesidad.

¿Wilmont había pensado lo mismo? ¿Él también se había dado cuenta de que había llegado la hora de enfrentar las responsabilidades de su posición? ¿Había decidido que Delia sería parte de aquello?

Tony tamborileó con sus dedos sobre el escritorio, con aire

meditativo. Seguía siendo un misterio por qué Wilmont se había casado con Delia. Pero si había decidido que ella sería una estupenda esposa, no simplemente para un agente de la Corona británica sino para un barón con responsabilidades, riqueza y tal vez la necesidad de una conexión con una familia poderosa, entonces su matrimonio tenía sentido. Y si Wilmont había llegado a esa conclusión, quizás había tomado la misma decisión que Tony.

¿Wilmont también tendría la impresión de estar en su último trabajo?

Era una idea interesante y quizás explicara el extraño y reticente comportamiento del hombre entre el día de su boda y el de su muerte. ¿Por qué todo se torció tanto? Tony sabía perfectamente que el plan inicial no contemplaba el matrimonio y, sin embargo, el resultado final fue el matrimonio. A no ser que… Tony dejó de tamborilear con los dedos.

A no ser que Wilmont se encontrase atrapado en su propia red…

Los múltiples pedazos del rompecabezas que habían estado dando vueltas en la cabeza de Tony durante seis meses se unieron de golpe.

El barón Wilmont, Charles, se había enamorado de Philadelphia Effington. Era la única cosa que tenía sentido. Lo más probable era que Tony no se hubiera dado cuenta hasta el momento porque no la conocía. Ahora podía ver con claridad cómo hasta el más decadente de los hombres sucumbiría a su encanto y a su risa y la forma en que se dejaba caer en sus brazos.

Ella tenía realmente todo lo que Tony siempre había deseado en una mujer. Maldita sea, tenía todo lo que siempre había deseado en una esposa… salvo esa cuestión de la sumisión, aunque el desafío de casarse con una Effington sería recompensa suficiente. Al menos eso era lo que pensaba el duque.

Lo reconociese ella o no, y a pesar de todas esas tonterías de la viuda independiente que había estado comentando con su hermana, Delia… y en realidad cualquier mujer… necesita de alguien que la cuide. ¿Por qué no podía ser él? Si ella había pasado mucho tiempo pensando en él desde ese encuentro en la terraza, él había pasado por lo menos el mismo tiempo pensando en ella. Soñando con ella.

Además, Tony era el amigo de su antiguo marido, y lo mínimo que podía hacer por Wilmont era cuidar de su esposa. Visto así, le parecía que aquel asunto no tenía ni remotamente el más mínimo parecido con una traición, sino que más bien se trataba de un deber solemne. Por otra parte, era una cuestión de azar que se le hubiese encargado a Wilmont, y no a él, la misión de cortejarla. De hecho, ¿el dramático trastorno en la vida de ella no era, en parte, por culpa de Tony? Y vistas las cosas desde esa perspectiva, era perfectamente factible considerar que su responsabilidad era... ¿cuál?

¿Casarse con ella?

Sintió una sacudida en el estómago. El matrimonio era una institución extraordinariamente permanente. A pesar de los cambios en su propia posición y de su reconocimiento de su necesidad de una mujer, aún no estaba demasiado seguro de estar preparado para el matrimonio. Aún no. Sin embargo, no estaba dispuesto de ningún modo a permitir que la mujer que podría tal vez casarse con él se largase para convertirse en una mujer experimentada. No sin contar con él. En fin, era casi su deber protegerla de sí misma y de cada uno de los repelentes hombres que vivían al acecho de una encantadora, solitaria y rica viuda. La mejor forma de protegerla podría ser que él mismo ocupara su tiempo y ojalá sus pensamientos y, si se llegase el caso, también su lecho. Era casi su obligación hacia ella.

Ya que ella, al parecer, lo había seleccionado como su punto de partida en el camino hacia la experiencia, lo mínimo que él podía hacer era cooperar, empezando esa misma noche. De hecho, si ella buscaba a un hombre honorable, él se aseguraría de que lo consiguiera. A pesar del engaño en que estaba inmerso, él era, en realidad, un hombre de honor y tenía toda la intención de comportarse como tal esa noche. ¿Y cómo respondería Delia a eso? Sonrió. Tenía muchas ganas de que esa noche llegara por fin.

Además, la sencilla verdad era que quería estar con ella sin disfraces. Se había divertido bastante hablando con ella y bailando con ella y, sobre todo, besándola. Habían pasado tiempo suficiente juntos y, por muy extraño que pareciese, con el paso de los días se estaba poniendo bastante celoso de Gordon. De sí mismo. Y con el transcurrir del tiempo se iba haciendo cada vez más difícil no tomarla entre sus brazos.

Ella tenía un efecto muy extraño sobre él, desde el primer momento en que miró sus ojos azules. La deseaba, por supuesto, del modo en que los hombres desean a las mujeres que son guapas y listas y divertidas. Siempre lo había reconocido. Pero había algo más que el simple deseo. Y descubrir qué era exactamente ese algo podría resultar la cosa más emocionante que jamás había hecho. Y la más peligrosa.

Si Wilmont la había amado de verdad, eso explicaba por qué se casó con ella. Pero aunque Wilmont se hubiese casado con Delia por amor, ¿ella se habría casado con él por el mismo motivo? ¿Había estado enamorada Delia de su marido?

Y peor aún, ¿seguiría amándolo?

Capítulo once

Aquello podría ser un enorme error. O una aventura verdaderamente grande.

Delia entró discretamente en el enorme salón de lady Puget y adoptó el aire inconfundible de alguien que acaba de regresar del cuarto de las damas y no de alguien que acaba de llegar. Sonrió con la sonrisa confiada de Cassie, se unió al río de invitados que deambulaban por el exterior de la sala, luego se escapó del flujo de la muchedumbre y entró en una gran alcoba de forma circular. Unas ventanas que llegaban desde el suelo hasta el techo arrojaban luz sobre la colección de tiestos de palmeras y plantas exóticas que ocupaba el centro de la alcoba. Durante las horas de luz, las ventanas ofrecían un panorama magnífico de los impresionantes jardines de lady Puget.

Delia había asistido antes a las fiestas de lord y lady Puget y sabía que aquél era el lugar perfecto para contemplar la sala. Era incluso posible participar en una conversación privada sin salir de la vista del resto de los invitados, a menos que se prefiriese observar los jardines desde las ventanas y uno fuese entonces detrás de las palmeras, que podría ser un sitio ideal para un poco de intimidad. A fin de cuentas, Delia tenía que considerar la reputación de Cassie, aunque en realidad le sorprendía que a Cassie le preocuparan esas cosas. Lo que le resultaba más sorprendente era descubrir que en realidad no lo sabía todo acerca de su hermana. La cuestión era que sin duda aquél era un lugar muy abierto al público y nadie podría reprocharle a una joven que hablase allí con un caballero. En el caso, por supuesto, de que esa joven encontrase a dicho caballero.

Delia escudriñó la sala de baile en busca de un hombre alto

y de cabello oscuro. Lord Misterioso. Sonrió para sus adentros.

Era un nombre realmente perfecto para Saint Stephens. Oh, estaba claro que Cassie había logrado descubrir los detalles básicos de su vida, pero al parecer nadie conocía verdaderamente bien a ese hombre. Delia no tenía muy claro si eso era un problema o una ventaja. Le gustaba bastante la idea de un caballero que no arrastraba detrás de sí su pasado. Le atraía bastante la imagen de lord Misterioso.

Un caballero misterioso era más que apropiado para aquella noche, dadas las estratagemas que ella y Cassie habían urdido para conseguir su objetivo.

Cassie y sus padres pensaban ir a la recepción de los Puget, pero tenían la intención de aparecer sólo muy brevemente, ya que luego debían acudir a otra reunión. En el último momento, Cassie dijo que se le había rasgado el vestido, insistió en que sus padres se adelantaran sin ella y prometió encontrarse con ellos en la segunda reunión. Acompañada por su criada, había viajado en carruaje a la casa de Delia, donde ésta ya estaba esperando preparada con un vestido que había sacado de su casi olvidado baúl. Cassie se quedó allí y Delia acudió a la recepción, prometiendo regresar al cabo de dos horas.

Delia contuvo el impulso de reírse en voz alta. Hasta el momento aquélla ya había sido una noche bastante emocionante, y definitivamente una aventura. No se había divertido tanto desde sus encuentros clandestinos con Charles, y le parecía que hacía décadas de aquello. Pero esto era algo totalmente distinto.

Con Charles, desde los primeros instantes, había comprendido completamente sus emociones. Para bien o para mal, lo había visto como una última oportunidad de aventura y se había adentrado en la relación con los ojos bien abiertos. En realidad, había sido bastante pragmática.

Con Saint Stephens, en cambio, no sabía exactamente lo que sentía; no sabía clasificar aquel dulce y atroz anhelo que yacía muy dentro de ella. No era simplemente un deseo físico de saber más de esas cosas que Charles le había descubierto durante tan poco tiempo, aunque tenía que confesar que algo de eso también había. Pero no sólo era eso, sino que se trataba de algo más profundo. Algo exquisito y bastante aterrador. Había un peligro inherente en sus contactos con Saint Stephens que iba mucho más allá de la amenaza del escándalo.

—Una vez más, temía que no viniera. —La voz de Saint Stephens sonó desde el otro lado de las palmeras y un temblor de anticipación subió como un rayo por su columna vertebral.

—Y una vez más le he sorprendido. —Ella le dirigió una mirada fugaz y pensó que sus huesos estarían a punto de derretirse ante el ardor que encontró en sus ojos. De todos modos, no convenía que él se diese cuenta. Siguió estudiando la muchedumbre e impuso en su voz un tono aparentemente despreocupado.

—¿Cómo podría resistir una invitación tan encantadora?

—¿Le gustaron las flores, entonces?

—Eran maravillosas. —En efecto, ¿había visto alguna vez una rosa que no fuese maravillosa?—. Me encantan las rosas.

—Esperaba que le gustasen. —Avanzó un paso hacia ella—. Creí que el color le sentaría bien.

Ella no permitió que asomara ni una sonrisa a su rostro.

—Hace mucho tiempo que es mi color favorito.

—¿De verdad? —Él la estudió con curiosidad—. Siempre pensé que el rojo era el color que preferían casi todas las mujeres.

—Casi todas, quizá, pero le puedo asegurar… —adoptó un tono confiado que desmentía el hecho de que no tuviera ni idea del color de sus flores, no, de las flores de Cassie; y no tenía ninguna intención de desperdiciar el tiempo precioso que le quedaba con él hablando de ellas—. Yo no soy como casi todas las mujeres.

—No lo he dudado ni por un momento. —Él se rio de una manera infinitamente demasiado íntima y seductora para ser correcta.

Ella lo premió con una sonrisa cómplice, luego caminó hacia las ventanas y se puso a contemplar el jardín, que estaba iluminado todavía por linternas colocadas estratégicamente entre las plantas.

—Observe, milord. Lucecitas de colores en el jardín.

—Siempre me han gustado las lucecitas de colores —murmuró.

Ella se encontró con sus ojos en el reflejo de la ventana.

—Ni las has mirado.

—En el jardín, no. —Movió lentamente la cabeza—. ¿Por qué iba a hacerlo, pudiendo mirarla a usted a los ojos?

Ella siguió mirando durante un instante interminable, hipnotizada por el encuentro de sus ojos en el sombrío reflejo de la ventana contra el fondo de las luces de la sala de baile y la muchedumbre detrás de ellos, cautivada por el hechizo de algo demasiado especial. Algo mágico.

Se obligó a liberarse del embeleso y se volvió hacia él, forzando un tono de despreocupación en la voz.

—¿Y qué le parece Londres, milord?

Él la miró con aire divertido, como si supiera exactamente por qué cambiaba de tema. Como si supiera exactamente lo que ella estaba sintiendo.

—He encontrado Londres más o menos igual que siempre.

—¿Pasa mucho tiempo aquí, entonces?

—Bastante. —Avanzó hacia ella, atrapó su mano y se la llevó a los labios—. Me gustaría pasar mucho más tiempo aquí. Hay muchas cosas admirables en esta ciudad.

—Oh... —Un temblor de emoción le recorrió el brazo al sentir su tacto, pero mantuvo la frialdad en su voz—. ¿Y qué es exactamente lo que usted admira?

—Las vistas, señorita Effington. —Hablaba en voz baja—. Encuentro que me gustan bastante las vistas de Londres.

A regañadientes pero con firmeza ella apartó su mano.

—¿Algunas vistas en particular?

—Una, muy en particular, ha atraído mi interés. —La miró fijamente.

—¿Ah, sí? —Había un extraño tono en su voz, como si estuviese sin aliento.

—Señorita Effington, tengo una pregunta que hacerle. —La mirada de él recorrió la suya, y ella se sintió como si tuviese el corazón prendido en la garganta.

—¿Sí?

—Me gustaría muchísimo...

«¿Llevarme a los jardines y poseerme ahora mismo? ¿En este mismo momento?»

—¿Sí?

Él enderezó ligeramente los hombros y durante un breve instante ella tuvo la impresión clarísima de que lord Misterioso estaba nervioso.

—Me gustaría mucho poder hablar con su padre y pedirle permiso para visitarla formalmente.

Durante un rato ella no pudo hacer más que quedarse con los ojos abiertos.

—¿Señorita Effington?

—¿Por qué? —espetó.

—¿Por qué? —Él frunció el ceño—. Porque eso es lo que se hace en una situación como ésta.

Ella lo estudió con suspicacia.

—¿Una situación como cuál?

—Una situación en la cual —dio un hondo respiro, como si en ese mismo instante lo estuviese decidiendo— un caballero ha conocido a una dama sin la cual seguramente sería incapaz de seguir viviendo.

—¿De verdad? —Ella lo miró con alegría.

—De verdad. —Asintió con la cabeza, de una manera muy directa, y dio un paso hacia ella—. En efecto, señorita Effington, parece que soy incapaz de sacarla de mi cabeza.

—¿Incapaz? —Sin darse cuenta, ella dio un paso atrás.

Él se acercó otra vez con paso decidido y hasta entusiasmado.

—Día y noche, lo único que mi cabeza logra es pensar en usted. Ha llegado usted incluso a invadir mis sueños. Ya no soy capaz de descansar por la noche. Es suficiente para volver loco a un hombre.

—Me gusta bastante esa idea de volver loco a un hombre. —Se encogió de hombros, como si no la impresionara, y volvió a apartarse. Por mucho que deseara algo más que un simple beso de ese hombre, era quizá demasiado pronto para más—. ¿Y usted está loco, milord?

—Sí, maldita sea, estoy totalmente fuera de mí. —Echó un vistazo hacia atrás y ella se dio cuenta de que su extraño baile los había conducido detrás de las palmeras hacia un sitio de relativa intimidad—. Y usted, señorita Effington —la agarró de los hombros— es la razón de mi locura.

La atrajo hacia él y le dio un largo beso, hasta que ella sintió que los dedos de sus pies se hacían un ovillo y que el resto de su cuerpo iba a deslizarse hacia el suelo como una masa amorfa. Al fin y al cabo, quizá no fuese demasiado pronto.

La soltó abruptamente y ella captó el reflejo de los dos en las ventanas, advirtiendo en el fondo de su mente que cualquier persona que estuviera en los jardines habría podido ser testigo de su beso. De todos modos, en ese instante, la reputación de Cassie no era lo que ocupaba principalmente su cabeza.

Delia lo miró, casi sin aliento.

—¿Lo soy?

—Sí, lo es. —Se ajustó los puños de la camisa como si fuesen de extrema importancia, pero ella sospechaba que necesitaba tanto tiempo como ella para recuperar el aliento.

—Y es por eso, señorita Effington, por lo que insisto en conocer a sus padres.

—No creo que les gustara demasiado un beso detrás de las palmeras —murmuró ella, aún deliciosamente aturdida por el beso. Su segundo beso, aunque mucho más breve que el primero, había sido igual de maravilloso, y esperaba con ansia el tercero y el cuarto y todos los siguientes.

—Excelente, ya que no tengo ningún deseo de besar a sus padres detrás de las palmeras ni en ningún otro sitio. —Hizo un gesto con la cabeza, como si quisiese apartar una conversación tan absurda—. Debo confesar que no tenía ninguna intención de decir todo esto hoy, pero…

—¿Será la locura, milord? —preguntó ella, con voz ingenua.

—Evidentemente. —Esbozó una sonrisa triste y le tomó la mano—. Y me parece que va a ser una aflicción permanente.

—Qué encantador lo que acaba de decir. Usted tiene un verdadero don con las palabras.

—Gracias. —La observó con cuidado—. Ahora, con respecto a la conversación con su padre…

—Preferiría que no tuviese lugar. —Ella negó con la cabeza—. Pero le agradezco mucho su intención. Habla muy bien de su carácter. De hecho, yo daría a cualquier hombre que se porta como usted una nota realmente altísima. —Le dirigió una sonrisa radiante.

—Me alegra poder satisfacer sus exigencias, señorita Effington, pero aún más que su aprobación me interesa... Quiero... es decir, preferiría... o más bien, deseo... —La miró con gesto irritado—. Maldita sea, señorita Effington, creo que es muy posible que quiera pedir su mano.

—¿Mi mano? ¿Quiere decir para que nos casemos? —Hubo un extraño tono de horror en su voz.

Él parecía estar tan asombrado por su declaración como ella.

—Pues sí, creo que estoy refiriéndome al matrimonio. —Movió la cabeza, incapaz de creer que había dicho semejante cosa—. Tampoco era exactamente mi intención.

Ella lo observó, con sorpresa.

—Al menos de momento. Usted tiene la tendencia de perturbar la mente masculina, señorita Effington.

—Primero, lo vuelvo loco, luego perturbo su mente. —Cruzó los brazos sobre el pecho—. ¿Está seguro de que quiere casarse con una mujer así, milord?

—Para nada. Usted no tiene nada que ver con el tipo de mujer con el que pretendía casarme, pero, en fin, me da lo mismo. —La miró de frente y ella veía que estaba totalmente decidido—. Maldición, señorita Effington, ¿por qué no? A lo mejor es inevitable. Cosas del destino y todo eso. Lo supe la primera vez que la vi. Y sé también que usted siente exactamente lo mismo.

Avanzó hacia ella y ella volvió a apartarse. Necesitaba una cabeza despejada para esa conversación en particular, y su cabeza estaría de cualquier manera menos despejada si él le llegara simplemente a rozar la mano.

—Aceptaré la posibilidad de que quizá sienta...

—Ahhh... —Él resopló con incredulidad—. No hay nada de posible. Lo veo en su forma de mirar. En el tono de su voz. —Habló con más suavidad—. En el entusiasmo con el que besa.

—Besaría con el mismo entusiasmo a cualquiera que besara tan bien como usted —le espetó ella.

—Cuidado, señorita Effington. No olvide su reputación —dijo él de una manera autosatisfecha y sumamente irritante—. ¿Qué opinaría la gente si supieran que usted besaría con el mismo entusiasmo...

Ella abrió los ojos de par en par, asombrada.

—¿Usted no se atrevería a…?

—Jamás —dijo él con firmeza, luego sonrió con aire juguetón, y toda la irritación que había sentido ella se esfumó—. Pero le agradezco sinceramente el cumplido y, se lo prometo, tengo la intención de mejorar con la práctica. De hecho, mi intención es practicar muchísimo.

—Dios… —Miró su rostro, conteniendo el impulso de decirle lo maravillosa que le sonaba esa idea de practicar muchísimo. Hizo acopio de fuerzas y levantó la barbilla—. Por mucho que le agradezca su resolución, debo decirle, milord, que no me interesa demasiado el matrimonio en este momento.

Él le respondió con una carcajada.

—No sea ridícula. Todas las mujeres tienen interés en el matrimonio.

—Yo no —dijo ella sin inmutarse—. Al menos por ahora.

—¿Por qué no?

—Porque… —Reprimió las palabras justo a tiempo. De ningún modo podía contarle que no estaba interesada en el matrimonio porque su primer matrimonio había durado menos de una semana y que su antiguo marido había muerto hacía poco más de medio año. O que no estaba interesada en el matrimonio con ninguna persona que acabara de conocer, por muy idóneo y natural que pudiera parecer con él. O que no estaba interesada en el matrimonio porque casarse la primera vez había sido el error más grande de su vida y ella no tenía ganas de cometer otro igual.

Y por supuesto no podía contarle que no estaba interesada en el matrimonio porque acababa de iniciar la vida de una viuda independiente y seguía sin convertirse en una mujer experimentada.

—Es simplemente que no veo ni el encanto del matrimonio ni las ventajas.

—¿Las ventajas del matrimonio? Pensaba que serían evidentes para una mujer. La protección que ofrece el apellido de un hombre, por lo menos. Una posición respetable durante la vida. Niños. Compañía. Afecto. —La estudió con curiosidad—. ¿Usted no quiere afecto?

—Sin duda, pero…

—¿Ha estado enamorada alguna vez, señorita Effington?

Ella negó con la cabeza.

—No.

Él se detuvo, sorprendido.

—¿No?

—No. ¿Y usted?

—No, pero confío en saber reconocer el amor ahora que lo siento.

—Un momento, señor. —Se plantó delante de él y le puso una mano sobre el pecho para detener su avance—. ¿Está intentando decirme que está enamorado de mí?

Él reflexionó un instante.

—Me parece que es muy posible.

—Pero ¿no está seguro?

—Por supuesto que no lo estoy. —Frunció el ceño, irritado—. En nombre de todo lo sagrado, ¿cómo diablos quiere que esté seguro? Jamás en mi vida me he sentido así. Pero si no estoy enamorado… —Agarró su mano, la llevó hacia sus labios y le dio un beso en medio de la palma. Su mirada se cruzó con la de ella—. Entonces debo de estar loco de verdad.

Ella no hizo caso al impulso que tenía de lanzarse directamente a sus brazos, y retiró su mano con violencia.

—Hay una posibilidad muy grande de que así sea, lo cual supone un pequeño problema, pienso yo.

—Para usted. —Una chispa de picardía se encendió en los ojos de él.

—De ninguna manera, yo… —Su mirada se cruzó con la de él y dejó de resistirse tanto—. Muy bien, entonces, para mí. Para los dos.

—Es bueno comprobar que estamos de acuerdo en algo. —Él se rio—. Nos llevaremos estupendamente, señorita Effington.

—Una declaración encantadora, pero usted no me conoce lo suficiente para saber si nos llevaremos bien o no. —Por mucho que una parte de ella quería olvidarse de la cautela y arrojarse de bruces a la vida de ese hombre hasta llegar al matrimonio, no estaba dispuesta a cometer otro error. Un error que podría seguir pagando durante el resto de su vida.

—Oh, claro que la conozco. Conozco la gentileza de su carácter y la destreza con la que usa las palabras. Sé que es pensativa, generosa e inteligente. Conozco el placer de oírla reír y admiro el tono de resolución que suena en su voz. Conozco el…

Ella lo miró con los ojos abiertos y su voz se quebró.

Se encogió de hombros y sonrió disculpándose.

—O a lo mejor no la conozco en absoluto. A lo mejor simplemente imagino que la conozco.

—Me siento muy impresionada, milord, y halagada, y… —Delia movió la cabeza tristemente. No estaba en condiciones de comprometerse en matrimonio, pero tenía muchísimas ganas de que él formara parte de su vida. Y ¿quién sabía qué pasaría en el futuro? Nunca había conocido a un hombre que pudiera estar enamorado de ella. O loco. Además, más allá del hecho de que él estuviese verdaderamente enamorado o verdaderamente loco, nunca había conocido a un hombre que la hiciera sentirse como él la hacía sentirse.

Por supuesto, no podía hacer absolutamente nada antes de contarle la verdad.

—Milord. —Lo miró con firmeza—. Debo hacerle otra confesión.

—¿Ah, sí? —Él le sonrió con actitud juguetona—. Tenía entendido que no las hacía ni a la ligera ni con destreza.

—Es cierto, pero estoy mejorando. Es la práctica, sin duda —murmuró. Respiró hondo y enderezó los hombros—. Debería contarle…

—¿Cassandra? —Una voz conocida sonó a sus espaldas.

El corazón de Delia se hundió. Dirigió a Saint Stephens una mirada llena de disculpa y se volvió lentamente.

—Buenas noches, madre.

William y Georgina Effington, lord y lady William, estaban de pie al lado de las palmeras. La madre de Delia tenía un aire inconfundible de irritación. Su padre llevaba esa sonrisa sufrida que solía adoptar cuando se vestía de frac.

—No esperaba encontrarte aquí, querida —dijo su madre, mientras su mirada calculadora iba y venía entre Delia y Saint Stephens—. Sobra decirlo, pero cuando alguien que merodeaba por los jardines afirmó haberte visto en lo que podría ser una situación más que comprometedora, yo le contesté que era imposible que fueses tú, puesto que no estabas aquí. —Estudió a su hija con actitud pensativa—. Te podrás imaginar mi sorpresa al descubrir mi error.

—En efecto... —dijo Delia, con un hilo de voz.

—De todos modos, yo... —Su madre aspiró violentamente y abrió los ojos de par en par—. Dios santo. Phil...

—Lady William —dijo Saint Stephens con voz segura, dando un paso adelante—. Le puedo asegurar que nada irregular ha sucedido aquí esta noche. Su hija y yo hemos estado disfrutando de una conversación muy agradable, y sospecho que cualquiera que alegue haber visto otra cosa habrá visto, en realidad, nada más que una imagen distorsionada por una copa de más.

Delia volvió a respirar.

—Muy bien —murmuró el padre de Delia—. Nos atendremos a ello, entonces.

Saint Stephens se volvió hacia el padre.

—Señor, no sé si me recordará, pero nos conocimos la semana pasada en Effington Hall.

El padre de Delia entrecerró los ojos y luego asintió con la cabeza.

—Desde luego que sí. Saint Stephens, si no me equivoco. Mi hermano habla muy bien de usted.

—Me honra, señor. Tenía la intención de visitarlo en una fecha posterior, pero el momento presente parece tan oportuno como cualquier otro. —Saint Stephens dirigió hacia Delia una breve sonrisa—. Me gustaría recibir su permiso para visitar a la señorita Effington.

—¿La señorita Effington? ¿Se refiere a Cassandra? —Fulminó a Delia con la mirada y ella respondió con una sonrisa nerviosa. Desde siempre había sido capaz de distinguir entre sus dos hijas. Decía que se trataba de algo que había en sus ojos. Reprimió algo que podría haber sido tos, pero que probablemente era más bien una carcajada.

—¿Señor? —dijo Saint Stephens—. ¿Se encuentra bien?

—Hace muchos años que no me encuentro bien. —Miró fijamente a su hija—. Desde que tuve hijos. Hijas, sobre todo. Criaturas terriblemente difíciles. Harían envejecer prematuramente a cualquiera.

—Gracias, padre —murmuró Delia.

—Lo tendré en cuenta, señor —dijo Saint Stephens—. Ahora bien, en relación con esta hija en particular…

—No tengo nada que decir en relación con esta hija en particular por el momento. —Fijó la mirada en su hija—. Creo que le corresponde a ella decir muchas cosas antes de que me toque a mí.

—Más bien explicar muchas cosas. —Su madre la miró con ira.

—Y tengo entendido que hay excelentes habanos en la biblioteca, que es el lugar donde preferiría estar en este momento. Así que, si me disculpan… —Su padre le tomó las manos y se inclinó hacia ella, hablando en voz baja para que sólo ella se enterara—. Sabes que te van a poner de vuelta y media, y eres perfectamente consciente de por qué. ¿Realmente vale la pena este hombre?

—Si te digo la verdad, padre, no lo sé, pero tengo muchas ganas de saberlo.

—Ten cuidado, querida. —Indagó en sus ojos—. Pero ya sé que lo tendrás. Has tenido que pagar muy caros tus errores y no me cabe duda de que habrás aprendido mucho en el proceso.

Delia suspiró.

—Espero que sí, padre.

Sonrió y dio un paso atrás.

—Pensándolo bien, por muy excelentes que sean los habanos de lord Puget, me temo que tendré que prescindir de ellos. Tenemos otro compromiso esta noche y deberíamos estar yéndonos. ¿Georgina?

La madre de Delia la atravesó con una mirada comprometedora.

—Supongo que nos acompañarás.

—Tonterías —interrumpió rápidamente su padre—. Debe de tener un carruaje esperándola afuera y sin duda podrá volver a casa de la misma manera en que ha venido.

—Gracias, padre. —Delia sintió una oleada de alivio.

—Muy bien —dijo su madre, con un suspiro de resignación—. Ya que se está haciendo tarde, hablaremos de esto mañana.

—Sí, por supuesto. —Delia impostó una sonrisa agradable. Además, ¿por qué no aprovechar el momento para sonreír? El día siguiente no sería un día de sonrisas.

—Lo espero con ansiedad.

Su madre se inclinó para besarle la mejilla.

—Más te vale que no.

Sus padres se despidieron y se dirigieron hacia la salida.

—¿Son siempre tan enigmáticos sus padres? —preguntó Saint Stephens.

—Suelen ser bastante directos, como yo también debería serlo. Pero mi madre tenía razón. Se está haciendo tarde, más de lo que pensaba, y tengo que irme.

—Pero ¿su confesión? No puede ser que me deje así con el alma en vilo. ¿Sería capaz de jugar conmigo de ese modo?

—Oh, pero disfruto mucho jugando con usted, milord. —Hablaba con aparente indiferencia, a pesar de la turbulencia que estaba sintiendo por dentro.

Habría sido todo muchísimo más sencillo si le hubiera explicado, antes de que llegaran sus padres, que no era en realidad ningún tipo de señorita, sino lady Wilmont. Ciertamente, había sido su intención. Pero ahora que había pedido permiso para visitarla, la confesión resultaría muy incómoda. El hombre podría sentirse terriblemente avergonzado, y hasta humillado. De hecho, era muy posible que no tuviera ganas de verla otra vez después de enterarse de la verdad. Oh, no tanto porque fuera una viuda con un pasado manchado por el escándalo, sino porque le había mentido. Él era, por todo lo que había visto, un hombre con un claro sentido del honor.

Lo mínimo que podía hacer ella era asegurarse que se librara de otra humillación en público.

Se quedó pensando durante unos instantes.

—Mi… mi hermana está organizado una cena para mañana por la noche, y me gustaría que usted asistiera.

—Con una sola condición.

—¿Usted también? —suspiró. ¿Todo el mundo le iba a imponer condiciones?—. Muy bien.

—Asistiré sólo si me promete confesarlo todo, aunque no pueda imaginarme cuáles de sus pecados podrán requerir más que una mención casual. Su última confesión no se debía más que a una mala memoria, y en realidad —lo dijo con una sonrisa ingenua— la culpa fue mía. A no ser, por supuesto —su mirada la perforó— que me quiera confesar que no siente nada por mí.

—¿Y si ésa fuese, en realidad, mi confesión?

—Me rompería el corazón, señorita Effington. —Suspiró de una manera exageradamente dramática—. Y no me dejaría otra alternativa que…

—¿Que qué?

Movió la cabeza con remordimiento fingido.

—Me vería obligado a montar una campaña que haría que las de Wellington se volvieran insignificantes en comparación.

Ella respondió con una risa.

—Me gustaría verlo.

—Oh, si hace falta, lo verá, señorita Effington.

Se inclinó hacia ella, sus ojos oscuros eran ardientes. Ella contuvo el aliento.

—Verá… los Effington no son los únicos que se niegan a perder.

Capítulo doce

Si uno tuviera la fortuna suficiente de contar con los recursos de un departamento del gobierno británico y la inteligencia suficiente para prever problemas y dejar un carruaje y conductor lo suficientemente lejos como para evitar el atasco de vehículos a la entrada de la mansión de los Puget, uno podría conseguir regresar a casa mucho tiempo antes que los demás. Algo especialmente necesario si uno necesita además tiempo de sobra para dejar de ser un vizconde joven y convertirse en un mayordomo anciano.

Tony se echó un vistazo en el espejo dorado cercano a la entrada y asintió con satisfacción. No se hallaba ni un pelo fuera de lugar sobre la cabeza de Gordon. Intercambió una mirada con Mac, que estaba de pie junto a la puerta principal. El hombre le hizo un gesto casi imperceptible de aprobación. Tony contuvo el impulso de sonreír. Más bien, resistió el impulso de soltar una carcajada.

La noche con Delia había resultado mucho mejor de lo que había soñado. Era evidente que no lo había reconocido y había sido maravilloso poder estar con ella siendo él mismo. Y ese absurdo encuentro con sus padres… contuvo la risa. En fin, se lo merecía. Fingiendo ser su hermana y ultrajando todas las convenciones de la sociedad por aparecer en público. Oh, por supuesto, era lo mismo que había hecho en Effington Hall, pero bien mirado podría decirse que eso no era del todo público. Al fin y al cabo, se trataba de la casa familiar.

Mac abrió la puerta y entró Delia, radiante.

—Buenas noches —se le detuvo un instante el corazón—, milady.

—Buenas noches, Gordon. —Ella asintió bruscamente con la cabeza—. ¿Está mi hermana en la alcoba?

—Sí, señora.

—Excelente. —Ella se dirigió hacia la alcoba. Él llegó justo a tiempo de abrirle la puerta. Ella cruzó el umbral y se detuvo en seco.

—¿Usted sabe quién soy?

—Por supuesto, lady Wilmont.

Lo miró con suspicacia.

—¿Cómo?

—La mirada en sus ojos, señora... —dijo en su mejor, imperturbable tono de mayordomo—. Es inconfundible.

—Qué encantador —susurró ella, y se volvió para entrar en la alcoba. Él cerró la puerta detrás de ella, dejándola ligerísimamente entreabierta, con mucha discreción, para captar todo lo que pudiera de su conversación, y luego asumió su posición al lado de la puerta.

—¿Entonces? —La voz de la señorita Effington se oía desde la biblioteca. ¿Fue...?

—Fue estupendo, en parte, pero la noche no resultó exactamente como yo preveía. —Delia no pudo reprimir un suspiro—. Me encontré con un problema inesperado.

Él era capaz de imaginar la mirada en el rostro de la hermana.

—¿Qué tipo de problema? ¿No me habrás arruinado para siempre?

—Por supuesto que no, no seas tonta. —Delia se detuvo, evidentemente para hacer acopio de sus fuerzas—. Siéntate, Cassie. Tengo muchas cosas que decirte. —Delia bajó la voz y, por mucho que Tony se esforzara, fue incapaz de descifrar las palabras. Anticipó un grito de su hermana en cualquier minuto.

Estaba convencido de que la señorita Effington quedaría inquieta después de los problemas inesperados que su hermana se había encontrado, aunque era evidente que ella era tan responsable de la situación como Delia. Aquélla podía ser una buena lección para las dos respecto a las consecuencias del engaño y las suplantaciones.

Dejó pasar la hipocresía de su crítica. Después de todo, él estaba involucrado en un engaño y una suplantación que habían llegado incluso a invadir la casa de Delia, su intimidad, y hasta su confianza. Tenía plena conciencia de que ella consideraría sus propios pecados mucho menos significativos que los de él, por mucho que él pudiese argumentar que, mientras ella se disfrazaba por motivos exclusivamente personales, él lo hacía por motivos superiores, y principalmente para protegerla. De hecho, hasta podría decir que su engaño tenía como motivo la propia seguridad de la patria. En fin, si se miraran las cosas desde esa perspectiva, su deber patriótico era mentirle a Delia.

De todos modos, ella nunca se lo perdonaría.

Un peso plúmbeo se instaló en la boca de su estómago. Lo más probable era que lo detestara. Y en realidad, ¿quién se lo podría reprochar? La había engañado, le había mentido, desde el primer instante en que entró en su casa. Aprovechó el engaño para conseguir su confianza y hasta su afecto. Y esa noche, no había hecho más que agravar sus pecados.

Una ráfaga de risa sonó desde la alcoba. Tony y Mac intercambiaron miradas. Tony no tenía ni idea de si la risa era una señal positiva o, más bien, terriblemente negativa.

Él no había tenido la intención de decirle a Delia que quizá la amaba; en realidad, ni él mismo había llegado a aceptarlo del todo. Y era clarísimo que no había planeado mencionar la posibilidad del matrimonio. Sólo pensar en el matrimonio, la permanencia, el compromiso y la pérdida de libertad era capaz de enfriarle el alma, aunque tratándose de Delia, ni el matrimonio, ni la permanencia, ni el compromiso, ni la pérdida de libertad sonaba tan mal. De hecho, tenía un encanto bastante curioso. Aun así, no estaba demasiado seguro de por qué había mencionado el tema, aunque ciertamente había estado dando vueltas por su cabeza últimamente. La respuesta más fácil y obvia era que se había dejado llevar por la situación. Había sobreactuado con esa insistencia en conocer a sus padres y en pedirle permiso a su padre para visitarla, todo para poder presentarse a sí mismo como un hombre de honor. Se estremeció al recordarlo. Era cierto que tenía un concepto bien claro de lo que era el honor, pero Delia seguramente no lo vería así.

Se podría considerar afortunado si ella simplemente lo dejaba seguir con vida después de todo aquello. Tony había estado en situaciones peligrosas antes, pero ninguna potencialmente tan mortífera como esta en la que se hallaba involucrado con Delia.

«Bienvenido al juego.»

¿Era tal vez culpa del duque? ¿Acaso Su Excelencia había plantado conscientemente la idea de matrimonio en la cabeza de Tony? Sería perfectamente capaz de hacerlo, vista la ira que le produjo desde el inicio ver involucrada a su sobrina en aquella historia. Probablemente era su forma de vengarse. El hombre era, realmente, una especie de diablo.

No, la culpa no era del duque. Tampoco de Delia, ni de su hermana, ni de nadie, en realidad. La culpa era del destino, quizás, y de la extraña secuencia de acontecimientos que había comenzado hacía medio año con Wilmont y los había llevado a la situación actual. El hecho puro y duro era que él se había enamorado de la mujer a la que estaba engañando y, además, quería pasar el resto de su vida con ella.

Una vida en conjunto que podría llegar a un final totalmente abrupto en cuanto ella se enterara de la verdad. Lo más probable es que fuese tan diabólica como su tío. Sólo hacía falta ver el plan tan retorcido, y casi exitoso, que ella y su hermana habían urdido aquella noche. Lo diabólico corría, al parecer, por sus venas.

No parecía fácil salir del lío. Una confesión por parte suya podría conducir a un asesinato por parte de ella. El duque esperaba que Tony hiciera lo correcto si se divulgaba el engaño, y por muy dispuesto que estuviese él, apostaría toda su fortuna a que ella se negaría. Ahora que ella poseía dinero e independencia, Tony no dudaba ni por un instante que ella no estaría dispuesta a hacer nada en contra de sus propios deseos.

Y ella deseaba convertirse en una mujer experimentada, no en una esposa.

De todos modos, a pesar de esas intenciones, él confiaba en que no era el tipo de mujer que gozaría de los aspectos carnales de la experiencia sin estar involucrada emocionalmente también. Si él la ayudaba a conseguir sus objetivos, con un poco de suerte, cuando llegase el momento de contarle la verdad, ella estaría tan enamorada de él como él de ella.

Dios mío, ésa era la respuesta. Montaría una campaña en pos de su corazón que estaría verdaderamente a la altura de la lucha de Wellington por vencer a Napoleón. Por muy reacio que fuera a reconocer que ella se había instalado en su corazón, lo cierto era que la amaba y que no quería perderla. Podía ver con total claridad que Wilmont también la había amado.

De todos modos... La idea lo hizo enderezarse. Ella no había amado a Wilmont. Así se lo había dicho esta noche. Si era verdad, era lógico deducir que se había casado con él, no por su propia voluntad, sino porque se había visto obligada a hacerlo. Porque Wilmont la había arruinado y no veía otra opción. Tony ya había concluido que existía al menos una posibilidad de afecto de parte de Wilmont, pero se preguntaba ahora qué fue anterior: la seducción o la emoción.

Si Delia no estaba sufriendo por la muerte del hombre que había querido, entonces era muy posible que tuviese espacio en su corazón para Tony.

El murmullo de voces en la biblioteca aumentó de volumen y Tony se alejó de la puerta. Un momento después, la puerta se abrió y Delia y su hermana se asomaron.

La señorita Effington le dirigió una sonrisa agradable.

—Me alegro de verlo, Gordon. Confío en que se encuentre usted mejor.

—En efecto, señorita. Gracias por preguntar —respondió Tony con educación.

Delia frunció el ceño.

—¿De qué está hablando? ¿Está usted enfermo?

—Otro de los criados me informó que Gordon no se encontraba bien y que se había metido en la cama. No lo he visto en toda la noche. —La señorita Effington lo escudriñó con cuidado y él no pudo evitar preguntarse si se creía la historia o si lo consideraba una especie de vago.

—Lo siento. —Delia lo miró con ansiedad—. ¿Se encuentra bien ahora? ¿No debería estar en la cama?

—Estoy perfectamente bien, señora. No era nada. —Su voz se mantuvo firme—. Debe de haber sido algo que comí.

—Yo pensaba que la comida había mejorado mucho —murmuró ella, examinándolo con una atención excesiva que lo incomodaba—. Pero en fin, si está seguro… —Delia se volvió otra vez hacia su hermana—. Gracias, de nuevo. Si me necesitas…

—Oh, yo no voy a necesitarte —sonrió la señorita Effington—. Soy perfectamente capaz de encargarme de mamá. En realidad, me apetece bastante. Además, ya me he cansado de ser considerada la hermana buena.

—Pensé que se te pasaría pronto —dijo Delia con ironía.

Unos instantes más tarde, la señorita Effington se marchó.

—¿Fue bien… —se aclaró la garganta— la noche, señora?

—La noche no ha carecido de atractivos. —Delia se cruzó de brazos—. Usted no aprueba mi conducta. ¿Me equivoco?

—No me corresponde aprobar o desaprobar nada, milady.

—Entiendo. —La voz de Delia era reflexiva. Se volvió y se dirigió hacia la biblioteca—. ¿Le apetecería acompañarme para tomar un brandy y jugar a algo, Gordon? Me siento demasiado agitada para dormir. Tomar un poco de brandy y perder un par de partidas lo arreglarán.

—Como usted quiera. —Tony se adelantó a la puerta, la abrió un instante antes de que Delia llegara, se felicitó a sí mismo por su dominio del tiempo y la siguió. Ella se dirigió hacia la mesa de *backgammon*, mientras que él fue hacia el gabinete de licores. Sirvió dos copas y se acercó a mesa.

Con aire distraído ella sorbió el brandy que él le pasó. Habían iniciado la partida en cierto silencio y avanzaron lentamente por las jugadas. Para ser alguien que se declaraba demasiado agitada para dormir, estaba sorprendentemente contenida, lo cual resultaba particularmente molesto para Tony. De hecho, se había vuelto curiosamente silenciosa desde su vuelta a Londres. En su papel como Gordon, Tony pensó que debía dominar el arte de la paciencia, y hasta ese momento no la había presionado para que le contara nada, pero al parecer su paciencia tenía un límite.

—¿Le he ofendido de algún modo, lady Wilmont? —impostó en su voz un tono de distancia.

—¿Aparte del hecho de que me ha ganado en cada partida durante cada una de las tres últimas noches? Pues no. —Delia miraba fijamente la mesa de *backgammon*—. ¿Por qué lo dice?

—Usted ha estado notablemente callada desde que regresó del campo, y está notablemente callada esta noche también.

—Pensaba que prefería el silencio mientras jugaba.

—El silencio de usted, milady, perturba más que el ruido.

Lo miró brevemente.

—Perdóneme, Gordon, pero últimamente mi mente ha estado muy ocupada con otras preocupaciones.

—Perdóneme a mí, milady, si me he excedido.

—De ningún modo —dijo ella con firmeza—. Y le he dado permiso para decir lo que piensa. No tengo ninguna intención de cambiar de opinión por el simple hecho de encontrarme preocupada.

—¿Sería demasiado atrevido por mi parte preguntarle si ha ocurrido algo mientras estuvo usted en Effington Hall? ¿O tal vez algo esta noche?

—Una cantidad considerable de cosas sucedieron en Effington Hall. —Bebió el brandy a sorbos, con aire meditativo—. Descubrí que mi familia estaba mucho menos molesta que yo misma en relación con mi matrimonio y el escándalo que éste suscitó. De hecho, descubrí que tal escándalo no era tan grande como creía. Curioso, ¿no le parece?

—Al contrario. Todos somos protagonistas de nuestros propios dramas.

—Supongo que sí. Qué astuto es usted, Gordon.

—Se lo agradezco, milady. —Reprimió una sonrisa—. Me esfuerzo por serlo.

Ella se rio, y daba gusto oírla.

—Gordon —dijo, con voz espaciosa, mientras seguía ponderando su próxima jugada—. ¿Se acuerda de cuando me dijo que debería buscar un marido y yo le dije que no tenía demasiado interés en encontrar uno?

—Perfectamente.

—Pues, para decirle la verdad, no sé si quiero otro marido. No lo descarto por completo, pero no estoy segura de querer arrojarme de bruces en otro matrimonio. Al menos por el momento. Sin embargo, me parece terriblemente triste vivir sola. Lo que sí creo que quiero es… en fin… quiero decir…

—¿Sí? —le dijo.

—Un hombre, Gordon. —Soltó un suspiro de resignación—. Me gustaría muchísimo tener un hombre en mi vida.

—Algún hombre en particular, señora, ¿o cualquier hombre serviría?

—La verdad es que tengo en mente a alguien. Definitivamente, sí. —Se echó a reír de una manera extraña, como si no supiera muy bien si lo que estaba a punto de decir era divertido o molesto—. Y creo…, además, que él me tiene a mí en mente también.

—¿Y eso le molesta?

Giró la cabeza bruscamente para mirarlo.

—No. En realidad es algo bastante maravilloso. Él es, en realidad, alguien bastante maravilloso.

—Lo entiendo. —Asintió con la cabeza, con actitud reflexiva.

—Ya que lo entiende usted, ¿podría hacerme el favor de explicármelo?

—Usted está inquieta porque siente algo por ese hombre a pesar de que su marido haya muerto hace menos de un año.

—¿A su juicio tengo entonces un sentimiento de culpa? —Se echó atrás en su silla y lo contempló—. Su reflexión está muy bien, Gordon. Es incluso, si me atrevo a decirlo, ¿astuta? Es muy posible que me sienta un poco culpable, pero… —Se detuvo durante un largo rato—. Mi matrimonio fue un error espantoso. Apenas conocía a mi marido.

—Y no quiere volver a cometer el mismo error…

—No, por Dios, claro que no. —Terminó las últimas gotas de brandy, colocó la copa de golpe sobre la mesa y se inclinó hacia él—. De ninguna manera volveré a cometer un error tan atroz. Me niego. Al fin y al cabo, el matrimonio es un estado permanente. Y no se puede contar con la muerte oportuna del marido tan pronto después de la boda.

Abrió los ojos de par en par y ahogó un grito de sorpresa al oír sus propias palabras.

—No quise decir… o sea, yo nunca… Dios mío… —Sepultó la cara entre sus manos—. Soy odiosa.

Tony se puso de pie, fue en busca de la licorera con el brandy y volvió a su asiento.

—Yo diría, señora, que es usted bastante normal.

—Ya… —Ella gimió, mientras que su cabeza seguía oculta entre sus manos—. Entonces el mundo está lleno de gente odiosa.

—Tengo la sospecha de que todo el mundo muestra rasgos desagradables de vez en cuando —dijo él con suavidad, mientras volvía a llenarle la copa—. Y muchas veces es una cuestión muy relativa. Lo que a uno le parece… en fin, digamos… poco honorable, puede ser visto por otra persona como un mal necesario. Como servicio a la patria o algo así.

Ella levantó la cabeza y lo miró, con aire confuso.

—¿De qué está hablando?

—Un pensamiento aleatorio, milady, nada más. —Le pasó la copa.

—Siempre me he considerado una persona bastante simpática. Es desconsolador darme cuenta de que me equivoqué. —Movió la cabeza y bebió un largo y reconfortante sorbo de brandy—. No puedo creer que haya dicho una cosa semejante. Ni puedo creer que haya llegado incluso a pensarlo. ¿Qué tipo de mujer diría algo así?

«Una mujer que nunca amó al hombre con el que se casó.»

—Una mujer odiosa. —Señaló hacia él con la copa—. Eso es.

—De ninguna manera. Una mujer joven dice cosas así, milady —dijo él con voz firme—. Una mujer joven que se encuentra en una situación insostenible sin ninguna escapatoria.

—¡Pero le aseguro que yo no quería que él muriese!

—Desde luego que no. —La examinó cuidadosamente—. Sin embargo, es una parte de la naturaleza humana ver las ventajas inherentes hasta en las peores circunstancias.

Ella arrugó la nariz.

—¿Más astucia filosófica, Gordon?

—Se hace lo que se puede. —Por mucho que le sirviera la información de ese diálogo, no era precisamente lo que él quería—. ¿Le puedo preguntar qué tiene todo esto que ver con el caballero en cuestión de ahora?

—El caballero en cuestión de ahora es… —Se detuvo durante un largo rato para escoger bien sus palabras o quizás para ordenar sus pensamientos. Tony contuvo el aliento—. Por mucho que tema estar cometiendo otro error con mi vida, por mucho que me dé cuenta de que, en realidad, lo conozco incluso menos de lo que conocía a mi marido cuando me fui... cuando me casé con él, es como si lo conociera en realidad muy bien.

Apoyó el codo sobre la mesa, haciendo caso omiso de las piezas del juego, y apoyó la barbilla en su mano libre.

—No sé lo que es, Gordon, pero hay algo en él que me resulta increíblemente familiar. Algo en su manera de moverse, quizá... es un hombre extremadamente alto.

Inconscientemente, Tony se hundió un poco en su silla.

—Es el tono de su voz, o tal vez la cadencia de sus palabras.

—Entiendo —dijo, haciendo que su voz sonase más grave de lo normal.

—O a lo mejor la forma de mirar. Sus ojos son del color marrón más oscuro que he visto en mi vida. Son como los de usted —dijo ella con aire pensativo—. Aunque cueste verlos detrás de sus anteojos.

—Un aspecto desafortunado de los años, me temo. —Tony envió una oración silenciosa hacia los cielos en agradecimiento por su previsión a la hora de añadir los anteojos a los demás elementos del disfraz.

Ella dio vueltas al brandy que quedaba en el fondo de la copa.

—Y cuando hablamos los dos, tengo la extraña sensación de haber hablado con él antes. Conversaciones largas e íntimas. Sé que nunca nos habíamos conocido. De todos modos... —suspiró—. No es sólo desconcertante, sino también bastante agradable.

Lo último que Tony quería era que ella siguiera rumiando sobre por qué él le parecía tan familiar y descubriera la verdad por su propia cuenta. Ya sería lo suficientemente difícil cuando él llegara a decírselo, pero entonces, por lo menos, tendría un control de la situación. La experiencia le había enseñado que no había nada peor que una revelación inesperada.

—Hay personas —dijo, reflexivamente— que creen que el alma nunca muere. Que vuelve a nacer una y otra vez y que nosotros vivimos nuestras vidas de manera cíclica.

—La reencarnación. —Ella asintió con la cabeza—. Mi madre me ha hablado de ella. Es una de las muchas cosas en las que cree.

—Afirman que aquellos que conocemos en nuestra vida ya

los conocíamos de antes, y simplemente los volveremos a conocer. Se dice que ésa es la razón por la cual hay gente que nunca hemos conocido y que, sin embargo, nos resulta muy familiar.

—¿Porque los hemos conocido en otra vida? Nunca he pensado demasiado en el tema, pero es una idea estupenda. Entonces, aquellos que amamos en esta vida…

—Los hemos amado antes.

—Es maravillosamente romántico. Obligados por el destino a estar juntos por toda la eternidad. Aunque supongo que el destino también nos puede obligar a cometer los mismos errores una y otra vez.

—Tal como lo entiendo yo, en cada nueva existencia, uno tiene la oportunidad de expiar los pecados del pasado.

—Me alegra oírlo. —Le envió una sonrisa radiante—. De todos modos, le quita un poco de emoción al asunto, ¿no le parece? Quiero decir que si toda la gente que vamos conociendo es gente que ya hemos conocido, alguien que el destino quiere que conozcamos, le quita un poco de aventura a la vida.

—La aventura quizá sea lo que nosotros hacemos con las situaciones, señora.

Delia se rio.

—Usted me alegra el espíritu, Gordon.

—Entonces he cumplido con mi trabajo por esta noche —dijo él con ligereza. Le gustaba bastante alegrar su espíritu, aunque lo hiciese siempre como mayordomo en vez de como él mismo. Le gustaba la manera en que lo escuchaba, como si él tuviese todas las respuestas a todas las preguntas de la vida. Una vez más, sintió un extrañísimo impulso de celos hacia Gordon.

—Ahora, respóndame una cosa más.

—Haré todo lo posible.

—Descontando la idea de que el caballero en cuestión y yo podríamos habernos conocido en cualquier punto de tiempo anterior sobre la tierra, en este momento en particular yo necesito encontrar una manera de explicarle… en fin… —Arrugó la nariz.

—¿Que usted no es su hermana?

Ella asintió con la cabeza.

—Si me permite ser tan atrevido como para sugerirle algo un tanto escandaloso…

—Las sugerencias escandalosas desde siempre han sido mis favoritas. ¿Qué me propone usted?

—Contarle la verdad, milady.

Ella torció el gesto.

—Eso sí que es escandaloso.

—Le sorprendería saber hasta qué punto los caballeros estiman la honestidad. Si él es el hombre que usted espera, si resulta ser merecedor en cierta medida del afecto de usted, será generoso en su reacción.

—¿Lo cree de verdad?

—Milady, apostaría un mes de sueldo que será así.

Lo examinó con cuidado durante un largo rato.

—Usted tiene razón, pero en realidad estoy empezando a creer que siempre la tiene. Intenté explicárselo, pero… —se encogió de hombros— las cosas no sucedieron como había planeado. De hecho, no veo otra manera de proceder que no sea entregárselo a mi hermana y permitir que ella continúe con mi farsa. Y preferiría evitar eso a toda costa. —Ella se echó atrás en su silla y levantó la barbilla en esa forma tan resuelta que tenía—. Le desnudaré mi alma mañana por la noche. Se lo confesaré todo y esperaré que sea para bien.

—Confío en que todo salga bien, milady.

De hecho, se lo podía garantizar. Haría todo lo posible para que todo saliera bien sin revelarle sus propios secretos. Aparentaría sorpresa ante su confesión pero sin dejarse ofender por la trampa. Se portaría de un modo generoso, encantador y hasta divertido. Probablemente se reirían del asunto. Sería una noche de lo más provechosa y entretenida.

—Por lo visto he desordenado las piezas del juego. —Delia contempló el tablero, luego sonrió—. En cierto sentido, me gusta bastante la idea de desordenar el tablero. Ahora, mi sugerencia es que volvamos a empezar la partida. Tengo muchas ganas de jugar y debo advertirle que tengo la intención de ganar. Además… —había una chispa de picardía en sus ojos— no voy a quedarme callada ni un instante.

Capítulo trece

Mi querida Delia:

Por mucho que me gustaría decir que no estoy nada sorprendida, debo confesarte que hoy me he quedado bastante asombrada. Es el comportamiento de nuestros padres lo que me ha dejado así, una ironía que sigo siendo incapaz de asimilar.

No estoy del todo segura de qué es exactamente lo que ha sucedido entre los dos, pero si es que no lo he entendido mal, papá le ha dicho a mamá que tú ya has alcanzado la edad de ser responsable y te has ganado el derecho de cometer tus propios errores. Además, a pesar de que yo siga sin casarme y siga viviendo bajo su techo, papá ha declarado que yo también tengo edad suficiente para cometer mis propios errores, aunque te puedo asegurar que no tengo ninguna intención de hacerlo.

Mamá lo ha tomado con una serenidad de espíritu que pocas veces he visto en ella. Sólo puedo intuir que los astros deben de haber cambiado su lugar en el cielo, o que está haciendo mucho frío en el Hades, o bien que los cerdos están a punto de volar…

—Carmesí o cáscara de huevo —dijo Delia para sí misma, mientras daba vueltas por la alcoba y se retorcía las manos.

Aquello era absurdo. Durante un instante de idiotez se le había ocurrido que enfocar su atención en la cuestión del color dominante para la redecoración de esa habitación, o de cualquier otra de las habitaciones, serviría para distraerse del hecho de que Saint Stephens debía de estar a punto de llegar. Tenía que haberlo sabido. Únicamente una manada de caballos desbocados en el vestíbulo o los cerdos voladores a los que su hermana hacía alusión, sería capaz de distraerla de la llegada inminente de Saint Stephens.

Delia no podía, de todos modos, estar mejor preparada. Llevaba puesto el vestido de encaje negro que había usado en el baile de su abuela y sabía que sería imposible lucir mejor vestida de negro. De hecho, la expectación o aprensión ante la noche que se aproximaba había teñido sus mejillas de un encantador tono rosado. Además, había pasado gran parte del día repasando una y otra vez doce versiones diferentes de lo que le iba a decir y de cómo lo iba a decir. La lástima era que en ese instante ya no se acordaba de ninguna.

—Carmesí o cáscara de huevo.

¿Y si hubiera decidido simplemente no venir? Pero habría enviado un mensaje si no podía o no quería venir. No era el tipo de hombre que acepta una invitación y luego no se presenta. Saint Stephens se consideraba demasiado remilgado para algo así. Ella sonrió al considerar la idea. El hombre no tenía nada de remilgado, y quienquiera que fuese que lo había llamado así debía de estar loco.

—Carmesí o cáscara de huevo. Carmesí o cáscara de huevo...

Por supuesto, si había descubierto que ella no era la señorita Effington, quizá se sentiría demasiado enfadado para venir. O humillado. Podía comprender perfectamente cómo el engaño sería capaz de hacer que se sintiera estúpido, sobre todo después del encuentro con sus padres. Además, podría llegar a creer que ella no estaba haciendo más que jugar a algún tipo de juego de coqueteo con él. Dios mío, el hombre había hablado del matrimonio y la posibilidad del amor, que sin duda debían de ser asuntos difíciles para que un hombre los mencionara en voz alta incluso bajo las circunstancias más favorables. Sintió un nudo en la garganta ante la idea de que quizás nunca más volvería a verlo.

Lord Misterioso. No cabía duda de que era un nombre muy oportuno. Era evidente que él tenía unos cuantos secretos propios. Saber tan poco de él lo hacía tanto más interesante. Era muy posible que él fuese el comienzo de su nueva vida de grandes aventuras. Pensar en ello la emocionaba y a la vez la aterraba. Aunque sospechase que Saint Stephens no se resignaría a ser simplemente el punto de partida en su camino de la experiencia. Y sospechaba, también, que ella tampoco quería eso. Curiosamente, ese pensamiento le resultaba igualmente emocionante.

—Milady. —MacPherson entró en la alcoba—. Lord Saint Stephens acaba de llegar.

—Excelente —dijo ella, suspirando aliviada—. Hágalo entrar, por favor.

El criado se volvió hacia la puerta. Delia se situó al lado de la chimenea, una posición elegida de antemano para ofrecerle el trasfondo más atractivo, juntó las manos, adoptó la sonrisa que había ensayado varias veces ese día ante el espejo y se dio cuenta de que faltaba algo.

—Un momento. ¿Dónde está el señor Gordon?

—Indispuesto, milady —dijo MacPherson sin inmutarse.

Ella frunció el ceño.

—¿Es algo grave?

—No creo, señora. Debería… —MacPherson contuvo un ataque de tos—. Perdóneme, señora. El señor Gordon espera estar recuperado mañana por la mañana.

—Gracias.

MacPherson asintió con la cabeza y salió.

De todos modos, Delia se ocuparía de que alguien viera a Gordon más tarde esa noche. Ella misma lo haría, aunque sería un poco excesivo ir a su habitación. Ya había cruzado las fronteras entre criado y señora de muchas formas distintas, pero sospechaba que hasta el querido Gordon consideraría excesivo que lo visitase en su habitación. No, su propia dignidad no le permitiría un comportamiento semejante.

Él se había convertido últimamente en su mejor amigo. Oh, sin duda, ahora que se había congraciado otra vez con su familia, podía hablar con Cassie y otros parientes la visitarían. Pero Cassie y el resto de su familia no vivían con ella en esa casa, y por muy divertido que fuese recibir visitas, inevitablemente terminaban volviendo a sus propias casas. Le parecía que estaba casi tan exiliada allí como lo había estado en el Distrito de los Lagos. Y le parecía también que ambos exilios eran su propia elección.

A lo mejor su aventura de la noche anterior fue algo mucho más importante que un simple deseo de volver a ver a Saint Stephens. Y quizá Saint Stephens era algo más que su primera aventura. Tal vez era realmente el comienzo de una nueva vida.

—¿Lady Wilmont? —Saint Stephens entró a grandes pasos en la habitación con una sonrisa que a ella le llegó hasta el alma.

—Lord Saint Stephens. —Respiró hondamente y le devolvió una sonrisa de lo más acogedora—. Me alegra mucho que haya podido aceptar mi invitación.

—¿Cómo podría declinar una invitación de una anfitriona tan encantadora? —Le tomó la mano y la levantó hasta sus labios, sin dejar de mirarla.

—Tiene un verdadero don con las palabras, milord. Se me subirán los humos. —Procuró una risa ligera que desmentía el tumulto que sentía por dentro.

Él miró a su alrededor.

—¿Soy el primero en llegar, entonces?

—Sí, en fin, en cuanto a eso…

—Perdóneme que la mire así, lady Wilmont. —La escudriñó con atención—. Pero la semejanza entre usted y su hermana es realmente increíble.

Esta vez su risa fue genuina.

—Eso lo he oído durante toda mi vida, milord, pero hay en realidad diferencias entre las dos. No somos idénticas, sino más bien reflejos una de la otra. Como los reflejos de un espejo. Por ejemplo, yo soy diestra y mi hermana zurda.

—¿Ah, sí? —Frunció el ceño—. Me considero un buen observador, y estaba completamente seguro de que la señorita Effington era diestra.

—Usted es, en efecto, un buen observador, pero mi hermana es zurda —dijo ella con firmeza, dándose cuenta de que si él comprendiera las implicaciones de esas palabras, al final quizás no haría falta confesar nada. Y la confesión no se hacía más fácil, a pesar del entrenamiento—. Yo soy la diestra entre las dos.

—Temo sentirme un poco confundido. —Él entrecerró los ojos—. O quizá debería decir: «Me temo que estoy en una situación de desventaja».

—Bueno, pues me toca a mí, ¿no? —susurró, luego respiró

hondamente, enderezó los hombros y lo miró directamente en los ojos—. Tengo que hacerle una confesión, milord.

—¿Usted también?

Ella frunció el ceño.

—¿Yo también… qué?

—Su hermana me dijo anoche que ella tenía que hacerme una confesión.

Ella rechazó el comentario con la mano.

—Somos una familia llena de secretos. —Delia se volvió y empezó a dar vueltas por la habitación en un intento de recuperar su coraje. Tenía que haberlo soltado de golpe hacía unos instantes. Tenía que haberlo dicho sin vacilar desde el comienzo. Ya estaría terminado. Estaba pensando demasiado en cómo reaccionaría y cómo ella pediría perdón y cuáles serían las consecuencias y…

—¿Entonces?

—Entonces, ¿qué?

—La confesión —le recordó.

—Ah sí, la confesión. —Le echó un breve vistazo—. ¿Le comenté que no sé confesar ni a la ligera ni con destreza?

—Su hermana mencionó algo parecido. —Él se cruzó de brazos y se apoyó contra la repisa—. Debo decirle, lady Wilmont, que encuentro todo esto muy divertido.

—¿Oh? —Se paró en seco, sorprendida—. ¿Qué es exactamente lo que encuentra divertido?

—Usted, milady, se está esforzando mucho. Es realmente bastante encantador.

—Me alegra saber que uno de nosotros se está divirtiendo. —Su voz salió un poco más afilada de lo que quería y se dio cuenta de que la irritación había puesto fin a la ansiedad—. Ahora bien, milord…

—Creo que debería ahorrarle mayores esfuerzos.

Ella entrecerró los ojos.

—Aunque le agradezca de verdad su generosa oferta, ¿cómo diablos podría usted hacer eso?

Él se encogió de hombros.

—Para empezar, podría decir que no hay ninguna necesidad de que confiese nada, ya que sé precisamente lo que le está costando tanto decir.

—¿Lo sabe? —A ella le dio un vuelco el corazón.

—En efecto. —Una sonrisa cómplice elevó las comisuras de sus labios—. Me quiere decir que la mujer con la que bailé en Effington Hall y con la que volví a encontrarme anoche, la mujer que yo conozco como la señorita Effington, la señorita Cassandra Effington, era, en realidad, lady Wilmont, la antes conocida como señorita Philadelphia Effington. Y ella sería usted.

Ella respondió con una mueca.

—Pues sí, eso es, más o menos, el meollo del asunto. ¿Desde cuándo lo ha sabido?

—Sólo desde hace un instante, cuando insistió en que su hermana es zurda. Estoy orgulloso de mi capacidad de observación, lady Wilmont, y sé que la mujer con la que he estado es diestra.

Ella se sentía aliviada pero a la vez un poco enfadada ante la arrogancia de su tono.

—Usted tiene una gran confianza en sí mismo, milord.

Él le respondió con una sonrisa de picardía.

—Tiene toda la razón.

Ella lo consideró con atención.

—No parece nada enfadado.

—Oh, reconozco que sentí una pizca de irritación cuando me di cuenta del engaño. Pero soy un hombre racional y hay muchísimas más ventajas en perseguir a una viuda que a una mujer que nunca se ha casado. —Frunció el ceño—. A no ser, por supuesto, que todo esto haya sido alguna especie de juego cruel por parte suya y de su hermana.

—Le puedo asegurar que jamás haría algo así —se apresuró a responder ella—. En realidad, en Effington Hall estaba intentando abandonar la sala de baile cuando nos conocimos, porque no estaba del todo convencida de tener el coraje necesario para fingir que era alguien que no era.

—Me alegro mucho de que no se fuera. —Su tono era ligero, pero una extraña intensidad subyacía en sus palabras y el corazón de Delia se estremeció.

—Yo también. —Le sonrió—. Debo confesarle que estoy aliviada. No tenía ni idea de cómo reaccionaría, y… —Se detuvo para observarlo—. ¿Cuáles son las ventajas?

Se echó a reír.

—Para empezar, no hace falta pedirle permiso a la familia para visitarla.

—Aunque en su caso, ya lo ha hecho —respondió ella con voz remilgada.

—Y su padre me respondió que él no tenía nada que decir acerca de esta hija en particular. Debería haberme percatado de la verdad entonces. —Hizo una mueca con aire de abatimiento—. Lo cierto es que usted me podría haber ahorrado muchos problemas. Le puedo asegurar que mi corazón se encontraba no muy lejos de mi estómago en ese instante. ¿Tiene alguna idea de lo difícil que es pedirle permiso a un padre para visitar a su hija?

Ella respondió con una sonrisa.

—Pero lo hizo estupendamente bien.

—Y no volveré a hacerlo jamás —dijo, intencionadamente—. Una vez fue más que suficiente.

—A lo mejor le ha hecho bien. Habrá sido bueno para su carácter, o algo así —Señaló con un gesto de cabeza la licorera y las copas dispuestas convenientemente sobre un alféizar cercano—. ¿Le apetece una copa de jerez?

—Gracias.

—Dígame, entonces, milord. ¿Hay otras ventajas en perseguir a una viuda más allá de no tener que pedir permiso a los padres? —Le sirvió una copa para él y otra para sí misma—. ¿Y cómo es que lo sabe tan bien?

Le pasó una copa y sus dedos se rozaron. Un temblor recorrió el brazo de Delia. Dio un breve sorbo y se ahogó.

—Pero esto es brandy.

Saint Stephens tragó un poco y asintió.

—Tiene toda la razón. Además, es un brandy excelente.

Ella escudriñó la copa y frunció el ceño.

—Le dije con toda claridad a Gordon… —Gordon es mi mayordomo— que dejara aquí una licorera de jerez.

—Quizás simplemente se dio cuenta de que los hombres en general prefieren el brandy.

—Quizás. —Movió la cabeza con tristeza—. No se ha encontrado bien últimamente, e incluso antes de eso me he fijado en que se confunde en ciertas partes de sus deberes. Ya es un hombre mayor y debo confesar que estoy un poco preocupada por él.

—Seguro que estará bien —dijo Saint Stephens con firmeza.

—Sí, claro que sí. —De todos modos, ella se aseguraría de eso más tarde esa noche.

—Y cuando yo lo vea, le aseguro que le estaré agradecido por haberme ahorrado el jerez. —Saint Stephens sonrió, algo que a ella la resultaba muy contagioso.

En unos pocos instantes había conseguido ahuyentar todas sus aprensiones. Había asimilado su confesión muchísimo mejor de lo que jamás había soñado y se había olvidado del engaño como si no le concediese ninguna importancia. Era extremadamente gentil por su parte. No estaba del todo convencida de que ella reaccionaría tan bien si los papeles se invirtieran.

Quizás él era simplemente mejor persona que ella. Su reacción esa noche, junto a su comportamiento tan honorable la noche anterior cuando insistió en hablar con su padre, le reconfortaba el corazón. Este lord Misterioso suyo era, en todos los sentidos, un caballero encantador.

Bebió el brandy a sorbos y se encontró con la mirada de él sobre el borde de su copa.

—¿Cuáles son las otras ventajas?

—¿De perseguir a una viuda?

Asintió con la cabeza.

—¿Cualquier viuda, o alguna viuda en particular? —Su voz se mantenía fría, pero la mirada penetrante despertó en Delia una ráfaga de calor en la cara y un atrevimiento en sus formas.

—Alguna viuda en particular, digamos.

—Ah, las ventajas de perseguir a la encantadora lady Wilmont son demasiado numerosas para que las enumere, pero intentaré hacerlo. —Siguió bebiendo su brandy mientras la observaba con gran intimidad, como si la estuviera viendo sin el encaje negro. A ella le gustó bastante—. Como viuda, usted tiene más libertades que otras mujeres solteras. Es independiente. Tiene su propia casa y no suele necesitar llevar acompañante. Usted puede, en muchísimos sentidos, vivir según sus propias reglas.

—De todos modos, una se siente atada por algunas reglas de

la sociedad —dijo ella con voz altiva—. No me gustaría nada suscitar escándalos.

Él levantó una ceja. Evidentemente sabía de su pasado.

—Quiero decir que no me gustaría suscitar más escándalos.

—En vista de su última mascarada, me cuesta mucho creerlo.

—Tonterías, fui muy discreta y mi actuación fue impecable. —Le dirigió una sonrisa orgullosa—. Usted, milord, ni sospechaba la verdad.

—Para mi eterna humillación. —Levantó su copa para brindar con ella—. Y lo más probable es que usted no me dejará olvidarlo jamás.

—Jamás. —Se rio—. Le confieso que no me preocupa excesivamente el escándalo. Lo he probado y he sobrevivido. Y he llegado a darme cuenta de que la opinión que cualquier otra persona pueda tener sobre mis acciones no es tan importante como la mía propia. Tengo la firme intención de vivir mi propia vida en busca de mi propia aprobación y no de la de los demás.

—Me parece muy bien. —Su tono reflejaba la admiración que sentía por ella.

—No obstante, me temo que es más fácil decirlo que hacerlo. No estoy del todo segura de tener el coraje suficiente para romper totalmente con las reglas de la sociedad según las cuales he vivido durante toda mi vida.

—Eso también me parece bien.

—¿Por qué?

—Pues porque no me gustaría nada ver a mi futura esposa involucrada en un escándalo tras otro. —Movió la cabeza con una actitud sombría que ella habría creído si no fuese por la chispa de humor en sus ojos—. Piense en cómo afectaría a los niños.

—¿Qué niños? —Lo miró con asombro—. Yo no he dicho que vaya a casarme con usted. Tampoco recuerdo, a no ser que mi memoria resulte tan pobre como la de mi hermana, que usted me lo haya propuesto.

—Pues sí, creo que tiene razón. —Abrió los ojos de par en par, fingiendo sorpresa—. No me creo capaz de olvidar algo tan importante como pedirle que se casara conmigo. Muy bien, entonces, lo retiro.

—¿Retira el qué?

—Le doy permiso para ser tan escandalosa como quiera.

—Oh, gracias por concederme algo tan gentil —le contestó ella con sequedad.

—De nada. —Hizo un gesto de amabilidad—. De hecho, tengo ganas de ser testigo de su comportamiento escandaloso. —Se inclinó hasta tener los labios a escasos centímetros de los suyos. ¿Estaba a punto de besarla?—. Siempre que limite dicho comportamiento escandaloso a mí.

—¿A usted, milord?

—Anthony —le dijo, mientras su mirada iba y venía entre los ojos y los labios de Delia—. Mis amigos me llaman Tony.

—¿Seré yo una amiga, entonces? —No cabía duda de que deseaba que la besara.

—Lo serás. —Se inclinó más hasta que sus labios casi tocaron los de ella.

Y ese beso en particular sería totalmente diferente del último.

—Delia —dijo, sin pensar—. O Philadelphia, en realidad. Pero Delia es el nombre que usan mis amigas más cercanas y mi familia. Si yo voy a llamarte Tony, tú debes llamarme Delia.

El de ahora sería un beso entre lady Wilmont y lord Misterioso.

—Muy bien, Delia. —Dijo su nombre como si fuera un regalo o la respuesta a una oración.

Philadelphia y Anthony.

—Por supuesto, se trata de algo extraordinariamente incorrecto. Llamarnos por nuestros nombres propios, quiero decir. Delia y Tony.

—Estás delirando, Delia. —Su sonrisa se mostraba lenta y seductora.

—Nunca deliro. —¿A qué esperaba para besarla?

—Quizás ha llegado la hora de que hagas muchas cosas que no has hecho jamás. —Su voz sonaba grave y seductora.

—Quizás. —Ella examinó sus ojos oscuros y ansió tener todo lo que prometían—. ¿Qué me estás sugiriendo?

—Bueno, como un primer paso, ya me entiendes, yo sugeriría un beso.

—Ah, pero yo he besado antes. De hecho, tú ya me has besado.

—Es cierto —asintió él con aire meditativo—. Pero nuestro beso en Effington Hall apenas cuenta porque no creía estarte besando a ti. Además, a fin de cuentas fue un primer beso, y tú sabes lo inconsecuentes que son.

—Inconsecuentes. —La mirada de ella bajó hacia sus labios—. Yo no lo llamaría exactamente inconsecuente. Me pareció bastante significativo.

—Que sea significativo estriba primordialmente en su lugar como beso primero.

—Yo no lo recuerdo así —murmuró ella.

—De todos modos, yo no diría que ha sido mi mejor logro.

—Yo pensé que cumplías estupendamente con tu tarea.

—Me halagas, pero soy capaz de cosas mucho mejores.

—Estoy segura de ello. —Se rio—. Y sospecho que el segundo beso resultó demasiado rápido para ser mínimamente digno de ese nombre…

—Exactamente. Casi no vale la pena ni mencionarlo.

—¿Así que eso nos deja con…?

—Con nada. —Se encogió de hombros—. Absolutamente nada.

—Dios mío, qué lástima.

—Sin embargo, de este modo el hecho de besarme queda en la lista de cosas que no has hecho nunca. —Dejó su copa encima de la mesa, le quitó la suya de su mano y la dejó también sobre la mesa.

—Tienes toda la razón. —Su corazón latía con la expectación.

—Y ya es hora de que le pongamos remedio a eso.

La envolvió con sus brazos y la atrajo hacia él. Su boca se encontró con la de ella, con suavidad y enseguida con firmeza. Los labios de él eran cálidos y tenían sabor a brandy y secretos y promesas. Ella deslizó los brazos en torno a su cuello y él respondió con un beso más profundo. Los labios de ella se abrieron bajo la presión de los suyos y las dos lenguas se encontraron y se acoplaron. El ardiente pulso del deseo surgió dentro de ella y advirtió vagamente que aquel beso era algo diferente. Era de algún modo más profundo, más rico… más. Se apretó duramente contra su cuerpo, sintiendo en los oídos los latidos de su propio corazón y en la sangre los latidos del corazón de él. Quería perderse en su abrazo, en la emoción de su boca conectada con la de ella y de su cuerpo ceñido al de ella. Lo quería… todo.

Él apartó sus labios y le rozó el cuello.

—Supongo que eso compensa con creces cualquier insuficiencia que puedas haber notado.

Ella luchó por recuperar el aliento.

—Estoy complacida.

—¿Qué otra cosa hay que no hayas hecho nunca, Delia? —murmuró él contra su cuello.

—¿Aparte de compartir tu cama? —dijo ella sin pensar.

Él levantó la cabeza y la miró sorprendido.

—Pensé que debería tardar un poco más antes de llegar ahí. —Pestañeó de una manera verdaderamente perversa—. Aunque me gustaría ponerlo en mi lista.

—Oh, no sólo puedes sino que debes ponerlo en la lista.

Atrajo otra vez los labios de él hacia los suyos. Quería saborearlo, beberlo, ahogarse en la sensación de estar tocándolo y de estar siendo tocada por él. Quería perder en él su alma. Ahora. Y para siempre. Él apartó sus labios de los de ella y le besó la comisura de la boca.

—A propósito, y por simple curiosidad… —Besó el contorno de su mandíbula y un punto delicioso justo por debajo del lóbulo de su oreja—. ¿Qué extensión tiene esa lista y en qué lugar se encuentra ese elemento que hemos mencionado?

—No lo sé. —La voz de Delia sonaba extraña, como si le faltara el aliento—. Pero sospecho que va subiendo.

Las manos de Tony recorrían su espalda y más abajo, hasta llegar a su trasero.

—¿Estás segura de que no hay más cosas?

Los dedos de ella se enredaron en su pelo y ladeó la cabeza para que él entrara de manera más fácil.

—Sí, pues… —La boca de Tony bajó hasta la base de su garganta y ella no pudo contener un gemido—. Siempre he querido tener… una vida de grandes aventuras.

—¿Ah, sí? —Una mano de él se desplegó contra la parte baja de su espalda mientras que la otra subía lenta y deliberadamente por su costado—. ¿Qué clase de aventuras?

—Grandes —susurró.

—Ya me lo dijiste. Pero ¿qué específicamente?

—Me gustaría… mmmm… —Era imposible tener un solo pensamiento racional y dijo la primera cosa que se le cruzó por la cabeza—. Montar en camello… —Una mano suya le acarició el pecho y ella contuvo el aliento.

—Qué interesante. —Sentía el aliento de él cálido sobre su cuello—. ¿Algo más?

—Yo… —Sintió los pezones endurecerse debajo de la tela de su canesú—. Descender… por el Nilo… —Y se preguntó si él llegaría a arrancarle el vestido de su cuerpo.

—Me han dicho que el Nilo es bastante agradable en esta época del año.

Y cómo podría animarlo a hacerlo.

Él le tomó un pecho en su mano y Delia sintió que le temblaban las rodillas.

—¿Y hay algo más?

—¿Más? —Su aliento llegaba entrecortado y su mente estaba en un estado de aturdimiento—. Pues sí… en fin… podría ser… yo… —Volvió a unir sus labios a los de él y apretó el cuerpo estrechamente contra el suyo. La excitación de él era evidente entre las capas de ropa. Y ella todavía deseaba…

Él separó la boca de la suya.

—¿Qué más? —La voz de Tony reverberaba contra su oído—. ¿Qué cosa más hay que no hayas hecho nunca?

—¿Cómo…? —Era casi incapaz de pensar—. Nunca he… nunca… —«Nunca he compartido tu cama.» ¿Por qué era la única cosa que le venía a la mente?

Él se apartó para examinarla.

—¿Qué más?

Ella movió la cabeza y levantó los ojos para mirarlo.

—¿Quieres una respuesta seria? ¿Ahora? ¿En este mismo instante?

Sonrió débilmente.

—En el nombre de Dios, creo que sí quiero.

—Es posible que tu capacidad de observación no sea tan buena como creías —dijo ella en un murmullo.

¿Acaso aquel hombre no veía que podía hacer lo que quisiese con ella en ese momento?

Las sensaciones que le provocaban sus labios y sus manos eran increíbles. No era simplemente que no fuera a resistirse, sino que estaba dispuesta y ansiosa. Le honraba el hecho de que no se aprovechara de su vulnerabilidad. Era un hombre verdaderamente honorable. Lástima.

—Bueno... —Respiró hondamente y a regañadientes se apartó de él—. Las cosas que nunca he hecho son muchas más de las que he hecho, aunque supongo que nunca les he prestado demasiada atención hasta ahora.

Él cogió la copa de ella y se la pasó.

—Entonces ahora es tu oportunidad para hacerlo.

—Supongo que sí. Si insistes... —Bebió un rápido sorbo de brandy, sintiendo no sólo el temblor de su mano, sino un temblor muchísimo más intenso de necesidad insatisfecha en lo más profundo de su cuerpo—. Me temo que suenen ridículas.

—La experiencia me ha enseñado que las grandes aventuras siempre suenan ridículas cuando se habla de ellas.

—¿Oh? ¿Has tenido muchas grandes aventuras, entonces?

Él bebió un sorbo con un aire conscientemente perverso.

—Un par de ellas.

—Cuéntamelas.

Tony soltó una carcajada y negó con la cabeza.

—Mejor que no. Además, en este momento estamos hablando de lo que tú quieres hacer.

—Muy bien. —Reflexionó durante un instante—. Nunca he recitado a Shakespeare en un escenario.

—¿Y?

Ella le sonrió.

—Nunca he cenado con un jeque.

—Tiene que haber algo más.

Puesta a pensar en esas cosas, se dio cuenta de que había mucho más.

—Nunca he salido de Inglaterra. Nunca he recibido una serenata en público. —Las palabras emergían más rápido de lo que quería—. Nunca he visto mi nombre en un libro. —Abrió los ojos de par en par—. Nunca he escrito un libro.

Él sonrió.

—¿Eso es todo?

—Pues no, me parece que no.

—Tu lista se está alargando un poco.

—Es culpa tuya por haberme animado. —Frunció el ceño e intentó poner orden en el millar de ideas emocionantes que llenaban su cabeza—. Nunca he posado sola para un cuadro, sin mi familia y mi hermana. Y nunca lo he hecho salvo estando vestida.

Tony se echó a reír.

—Qué bueno saberlo.

—¿Por qué?

Él levantó una ceja.

—No importa. —Ella le dirigió una sonrisa traviesa—. Yo sé por qué. De todos modos —tomó una postura de estatua— creo que debe de ser bastante emocionante que te pinten sin ropa, como una diosa griega.

—¿La Diosa del Amor, quizás?

—A no ser que haya una Diosa de la Gran Aventura. —Surgió de sus entrañas una cascada de risas.

—¿Y dónde se colgaría un retrato así, me estoy preguntando? —murmuró él.

Ella se inclinó hacia él y rozó los labios contra los suyos.

—En el dormitorio, se me ocurre.

Él soltó una risa y le tendió las manos. Ella se escabulló.

—Paciencia, paciencia, milord. Fuiste tú quien empezaste.

—Y tengo ganas de terminar —rugió con una voz amenazadora pero al mismo tiempo tremendamente excitante—. ¿Hay algo más que nunca hayas hecho y que te gustaría hacer?

—Sí —dijo ella, con voz decidida—. Todo tipo de cosas, en realidad.

Tony soltó un gemido y alzó los ojos hacia el techo.

—Me temo que he abierto la caja de Pandora.

—Tienes toda la razón. —Vació las últimas gotas del brandy, apartó la copa y fue enumerando con los dedos.

—Nunca he participado en una carrera de carruajes por las calles de Londres. Nunca he bailado en una fuente…

—¿Con o sin ropa?

—De ninguna de las dos maneras. Y en cuanto a la ropa,

nunca me he vestido como un hombre ni me he deslizado en las habitaciones secretas de un club de caballeros.

—Ahora sí que me has escandalizado —dijo él con sequedad—. ¿No es el deseo secreto de todas las mujeres invadir esos espacios que les son prohibidos?

—A lo mejor, aunque no es una cuestión que me atraiga particularmente; pero, ya que es algo que nunca he hecho y se trataría de una buena aventura, pensé que debería mencionarlo. —Le lanzó una mirada—. ¿O mi lista debería consistir no simplemente en lo que no he hecho, sino en lo que quiero hacer?

—Yo creo que sí. Hay que establecer límites en algún punto.

—Los límites, mi querido lord Saint Stephens… Tony… no tienen ningún lugar en una lista de grandes aventuras. —Se quedó pensando unos instantes, luego sonrió—. Por ejemplo, me encantaría ponerme de pie en la cima del mundo y ver cómo el sol se levanta o se pone o cualquier cosa más. Y tocar las estrellas, quizás. Es poco probable que lo consiga, por no decir imposible, pero es un deseo de todos modos.

Él la tomó del brazo y la estrechó contra sí.

—Entonces, ahora que has recopilado tu lista de aventuras…

—De grandes aventuras, por favor.

—¿Qué es exactamente lo que convierte una aventura en una gran aventura y no en una simplemente ordinaria?

—No me puedo imaginar ninguna aventura verdadera que fuese ordinaria. En cuanto a lo que las hace grandes, no lo sé muy bien, pero estoy segura de que lo reconoceré cuando suceda. Supongo que el hecho de no haber hecho nunca una cosa la convertiría en grande… —Lo observó con aire reflexivo—. ¿Te das cuenta de que éste no es más que un borrador de lista? Confío en que podré añadir muchísimas más aventuras.

—¿Y en qué lugar se encuentra ahora lo de compartir mi cama? —La miró sonriendo—. ¿He subido en la lista o me has echado por falta de espacio?

—Es difícil decirlo —le dijo, juguetona, mientras lanzaba los brazos en torno al cuello—. Si te cuento que has llegado a la cumbre, esa naturaleza tuya tan confiada en sí misma sólo te hará más arrogante. Además, es posible que me creas demasiado atrevida y supongo que los hombres no valoran lo que les llega con demasiada facilidad.

—En este caso, un hombre así sería un idiota.

—Sin embargo, si te cuento que has caído por debajo de un paseo a camello, es posible que quedaras un poco decepcionado.

—Me decepciona cada instante en el que no estás entre mis brazos. —La volvió a besar con una ferocidad que la dejó sin aliento, luego la soltó con reticencias.

—No quisiera verte decepcionado —murmuró ella. Él tenía un efecto realmente devastador sobre su capacidad de respirar—. En cuarto lugar —dijo de pronto.

—¿Cuarto? —Frunció el ceño, con aire confundido.

—En mi lista… —sonrió— estás en el cuarto lugar.

—El cuarto. Ya veo. —Asintió, reflexionando sobre el asunto—. Eso es algo solucionable.

—¿Qué quieres decir?

—Ahora tengo que irme —dijo, con voz decidida.

—¿Irte? ¿Ahora? ¿Antes de…? —Lo miró incrédula—. Ahora soy yo la decepcionada. No me puedes besar así y luego desearme las buenas noches.

—Créeme, es tan difícil para mí como para ti. Sin embargo —sonrió—, será bueno para tu carácter.

—Pero aún no hemos tenido… —«Un glorioso y apasionado encuentro bajo las sábanas»—. La cena. Sí, por supuesto, todavía no hemos cenado. Te había invitado a cenar. —No quería que se fuese. Ahora no, todavía no. Nunca.

—Encuentro que mi apetito para… —despejó la garganta— la cena ha desaparecido. Y tengo planes que hacer.

—¿Qué clase de planes? —Lo examinó con cautela.

—Planes para grandes aventuras. —Le tomó la mano y la acercó a sus labios—. Una parte de la gracia de las aventuras es la sorpresa intrínseca que conllevan. No me gustaría estropearte eso.

—No creo que seas capaz. —Sus miradas se cruzaron y lo que encontró en los ojos oscuros de Tony prometía muchas más aventuras que las que cualquier lista sería capaz de contener.

—Dentro de tres días… no, dentro de cuatro… dentro de cuatro días volveré y…

—¿Cuatro días? —Agarró su chaqueta y lo miró con furia—. ¿Cuatro días enteros? ¿Estás loco?

Le dirigió una sonrisa débil.

—Probablemente.

—¿Cuatro días? Me parece una vida entera.

—Delia. —La envolvió con sus brazos y la estrechó contra su cuerpo—. Tu vida ha cambiado mucho en este último año. Aunque quizás no te des cuenta del todo, tu deseo de grandes aventuras, tu intención de hacer todo lo que quieras y prescindir de las consecuencias, podría causarte un daño irreparable.

—No me importa ni mi reputación ni el escándalo ni…

—A mí sí me importa. No quiero que arrojes a la ligera algo imposible de recuperar. Más allá de eso… —Su mirada indagó en la de ella—. Maldita sea, Delia, yo te deseo más de lo que he deseado a una mujer en toda mi vida, y dejarte ahora, en este instante, es una de las cosas más difíciles que he hecho nunca. Pero siento que es lo más correcto.

—Quizás te equivoques —dijo ella, esperanzada.

—No me equivoco. —Negó con la cabeza—. No quiero que lamentes nada de lo que pase entre nosotros. Tú no conocías bien a tu marido cuando te casaste con él. Quiero que a mí me conozcas antes de decidir si quieres casarte conmigo. Quiero que estés segura de querer pasar el resto de tus días a mi lado, y te advierto, mi intención es que sea para un tiempo larguísimo.

—Dios mío. —Ella tragó saliva—. No sé muy bien qué decir.

—Deséame buenas noches. —Le besó la punta de la nariz, luego se volvió y avanzó hacia la puerta.

—Duerme bien —dijo ella, sin una sombra de sinceridad en su voz.

—Me temo que será completamente imposible. —Alcanzó la puerta, luego volvió para mirarla—. Quiero compartir tu cama, Delia, pero quiero más aún, quiero compartir tus aventuras y tu vida.

Le dirigió una sonrisa perversa.

—Y dentro de cuatro días, eso es precisamente lo que pretendo hacer.

Capítulo catorce

Queridísima Cassie:

Necesito tu ayuda urgentemente. Tienes que venir cuanto antes.

Por favor, no te retrases. El tiempo es oro…

—¿Eso es lo único que querías? —Cassie la miró con asombro e incredulidad—. Dios santo, pensaba por lo menos que tu vida estaba en peligro.

—Lo está —respondió Delia con voz decidida—. Bueno, mi vida tal vez no, pero sin duda alguna sí mi futuro.

Delia echó un vistazo al gran dormitorio que antes había sido de Charles pero que ahora era suyo. Las ventanas estaban tan desnudas como la cama. Durante su ausencia, sus nuevos empleados, bastante eficaces, se habían llevado todas las cortinas y las sábanas que ella arrancó. Sobre la cama no quedaba nada más que un colchón de plumas. Se dio cuenta de que estaba roto en uno de los lados —se trataba más bien de un corte, en realidad— y le extrañó que no lo hubiese advertido antes. No tenía importancia. Probablemente, el colchón debía de haberse enganchado en algo.

—Hay que hacer algo con esta habitación y no tenemos más que tres días para hacerlo.

Cassie se cruzó de brazos.

—¿Por qué?

—Ésta fue la habitación de Charles y me parece un poco incómodo usarla para dormir. Pero es el dormitorio más espacioso y ahora es mi casa y mi habitación y necesito sentirla mía. —De hecho, aunque ya había decidido que iba a convertirla en su propia habitación, seguía sin ponerse manos a la obra. Simplemente pensar en dormir en la cama que había compartido tan brevemente con Charles la inquietaba y no había sido capaz de hacerlo.

—Eso tiene cierto sentido, supongo. —Cassie la examinó con cautela—. Pero ¿por qué tres días?

—Me parece una buena idea acabar de una vez con todo esto. —La explicación no logró convencer ni a la propia Delia.

Cassie entrecerró los ojos y Delia suspiró resignada.

—Muy bien. Dentro de cuatro días Tony… es decir, lord Saint Stephens…

—¿Tony? —Cassie frunció el ceño y al mismo tiempo alzó la voz—. ¿Ahora lo llamas Tony?

—Me parece lo más apropiado —dijo Delia entre dientes.

Cassie le sostuvo la mirada y Delia tuvo que resistir el impulso de retorcerse bajo el escrutinio. Después de un instante, su hermana abrió los ojos de par y par y aspirando con violencia le espetó:

—¡Philadelphia Effington!

—Lady Wilmont —respondió Delia de inmediato—. Y para ella las reglas de comportamiento son radicalmente distintas.

Cassie no le hizo caso.

—Ese hombre, ese Tony, es tu primer… tu próximo…

—¿Mi próximo qué? —Delia la miró con ojos afilados—. Escogería mis palabras con mucho cuidado, si yo fuera tú.

—Pues yo no soy tú, aunque ciertamente tú has sido yo —gimió Cassie—. ¿Ha dejado de creer que eres yo?

—Por supuesto —respondió Delia, indignada—. Jamás pondría en riesgo tu reputación.

—Perdóname, perdí los estribos por un momento. Debe de haber sido ese detalle de vuestro beso ante los ventanales durante una fiesta lo que me hizo olvidar que habías cuidado mi reputación tan maravillosamente bien.

—No hace falta que te pongas tan sarcástica.

—Me parece, querida hermana, que debería ponerme mucho más que sarcástica —Cassie mantuvo una pausa cargada de dramatismo y miró con rabia—: ¡Víctima!

Delia frunció el ceño.

—¿Cómo?

—«Víctima». Ésa es la palabra que iba a usar antes. Saint Stephens es la primera víctima en tu camino hacia la experiencia.

—No lo llamaría exactamente una víctima. —Delia no pudo contener una sonrisa de satisfacción—. Y si lo es, puede considerarse por lo menos una víctima muy entusiasta.

—¡Delia!

—No me hables como si estuvieras escandalizada.

—No estoy escandalizada —le espetó Cassie—. Es decir —suspiró— supongo que sí lo estoy un poco. Yo sé que dijiste que querías ser una mujer experimentada, pero no me di cuenta de que te referías a ahora mismo. Con el primer caballero que encontraras.

—Yo tampoco me di cuenta y te prometo que no lo había planeado así. Simplemente, sucedió. Mamá lo atribuiría al destino.

—Mamá lo atribuiría a varias cosas, pero dudo mucho que el destino sea una de ellas —murmuró Cassie.

—Probablemente no, pero con mamá nunca se sabe. En fin, si llega a creer que se trata del destino, a lo mejor ni se escandaliza.

Cassie resopló.

—Hay que reconocer que es bastante improbable. —Delia miró hacia su hermana con cara de pedir perdón—. Entiendo tu reacción. Lo más probable es que yo también me escandalizara si se invirtieran nuestros papeles.

—Sí, pero tú siempre has pensado que este tipo de comportamiento es normal en mí, sin ninguna justificación.

—Sé que es muy injusto. —Delia tomó del brazo a su hermana y la llevó al centro de la habitación—. Pero ya que no podemos hacer nada con eso, hablemos de lo que se puede hacer aquí.

Cassie examinó el dormitorio.

—No sé muy bien cómo decorar para seducir.

—No estás decorando para seducir —dijo Delia con voz firme—. Estás decorando para mí. La seducción es algo secundario.

—Entonces tienes la intención de seducirlo. Aquí. —Cassie arrugó la nariz—. Con mi ayuda.

—Oh, no creo que vaya a necesitar tu ayuda —dijo Delia sonriendo.

Cassie pasó por alto el comentario.

—A menos, por supuesto, que ya lo hayas hecho.

—No seas ridícula —dijo Delia con desdén—. Apenas lo conozco.

—Eso no es…

—Ya lo sé, ya lo sé. Pero no volveré a cometer el mismo error. —Sonrió recordándolo—. Él no me dejaría.

—¿Ah, no? —El escepticismo hizo ruborizar a Cassie—. Qué suerte has tenido de que tu primera víctima sea un dechado de virtudes.

—Tal vez realmente lo sea —dijo Delia, encantada—. Tal vez sea perfecto.

—¿Un hombre perfecto? —se burló Cassie—. No existe semejante cosa.

—Quizá. Pero es bastante maravilloso.

—Pero si no sabes nada de él.

—Sé lo suficiente. Papá dice que el tío Philip habla bien de él, y a fin de cuentas él es el duque y es perfectamente digno de crédito. Además, Tony insistió en conocer a la familia. Son todas señales inmejorables de su carácter.

—Supongo que sí. —Cassie se acercó a la cama, se sentó y cambió de tema—. Así que quieres cambiar los muebles, entonces… ¿Reemplazarlos con algo menos intimidante, me imagino?

—Pues sí, es todo un poco intimidante, ¿verdad? —Era oscuro y masculino y recordaba la época de los Tudor.

—Sin embargo, es todo muy valioso. —Cassie señaló las columnas de la cama—. El tallado de esas columnas es bastante elaborado.

—Charles tenía un gusto exquisito.

—Y la cama es comodísima, también. —Cassie dio una palmada al colchón.

Delia dudó, luego respiró hondamente y se instaló sobre la cama al lado de su hermana.

—Es una pena deshacerte de ella. —Cassie se echó sobre la cama—. Me imagino que habrá visto bastante historia.

—Supongo que sí. —Delia siguió a su hermana y se tumbó para examinar el diseño del techo—. Es sólo que, si no te importa, prefiero no revivir mi propia historia en ella.

En realidad era bastante agradable estar allí tumbadas una al lado de la otra, mirando hacia arriba a nada en particular y simplemente hablando, como tantas veces en su juventud. Habían pasado largas horas conversando sobre sus vidas, sus esperanzas y sus sueños, y sobre qué podría pasarles o no en el futuro. Delia tuvo la sensación repentina de que habían dibujado un círculo completo.

—¿Te puedes imaginar la cantidad impresionante de seducciones que deben de haber tenido lugar sobre esta cama durante los últimos trescientos años y más? —dijo Cassie con voz reflexiva.

—La ruina de inocentes, la desfloración de vírgenes —añadió Delia—. La consumación de matrimonios. Ese tipo de cosas.

—Estoy bastante sorprendida de que esté en tan buenas condiciones. Es una cama increíblemente robusta.

—Mi intención no es, en realidad, seducirlo, ¿lo sabes? —dijo Delia de pronto.

—¿No?

—De ningún modo. —Delia miró sonriendo el techo—. Mi intención es permitir que él me seduzca a mí.

Siguió un segundo de silencio escandalizado, luego reverberó por el dormitorio la risa de Cassie. Delia se unió a ella y pasaron varios minutos más disfrutando del tipo de risa fácil que no habían compartido desde hacía mucho tiempo. El tipo de risa que sólo se puede compartir entre dos personas que se conocen entre sí tan bien como uno puede conocerse a sí mismo. Había pasado mucho tiempo desde la última vez que estuvieron juntas así. Delia había echado de menos muchísimo a su hermana.

—Delia. —Cassie se dio la vuelta hasta ponerse de costado, apoyándose sobre un codo, y examinó a su hermana—. ¿Cómo era? ¿El acto de ser seducida?

—¡Cassie! —Delia cubrió la cara con las manos—. ¡Esas cosas no se preguntan!

—Claro que se preguntan, y tengo muchas ganas de saber. Creo que debería irme preparando.

—¿Preparando para qué? —Delia la observó entre los dedos de su mano—. ¿No estarás planeando alguna imprudencia?

—Ahora mismo no, pero nunca se sabe. —Cassie se encogió de hombros—. Tengo tantos años como tú y aunque me encantaría casarme, no hay nadie interesante a la vista. ¿Te das cuenta de que, después de tu matrimonio, todos esos hombres tan espantosamente aburridos que a ti no te interesaban empezaron a interesarse por mí?

Delia se echó a reír y se volvió para mirarla de frente, apoyando la cabeza sobre su mano, en un reflejo exacto de la postura de su hermana.

—Lo siento de verdad.

—Como Dios manda. —Cassie resopló, indignada—. Lo mínimo que puedes hacer es contarme todo lo que me estoy perdiendo.

—Fue algo emocionante y un poco extraño, en realidad, pero bonito. Es muy… —Delia balbució en busca de las palabras precisas— «peculiar», creo que es la única palabra que se me ocurre, estar con un hombre. Pero fue… agradable.

—Me dijiste que veías en ello un gran potencial.

—No me veo capaz de explicar eso, tampoco. —Delia acarició el colchón, con aire ausente—. Con Charles siempre supe que más que otra cosa fue el deseo de emoción lo que me atrajo a su cama. Oh, por supuesto que me gustaba, muchísimo en realidad, pero nunca se me ocurrió que llegaría a casarme con él, de verdad. —Echó un vistazo a su hermana—. Es muy escandaloso, ¿no?

Cassie asintió.

—Totalmente. Sigue.

Delia sonrió.

—Nuestros encuentros secretos y hasta el hecho de compartir su cama, todo formaba parte de una gran aventura. La única, creía, que tendría en toda mi vida. Sabía que por hacer lo que estaba haciendo era muy posible que jamás llegara a casarme y la verdad es que no me importaba. Siempre había aceptado que el matrimonio era algo inevitable, pero nunca me interesó demasiado. Debido, probablemente, a la mala calidad de mis pretendientes.

Cassie la examinó con curiosidad.

—¿Por qué nunca me dijiste nada de ese deseo tan profundo que tenías de aventuras?

—Creo que yo misma no fui del todo consciente hasta que la oportunidad se me presentó.

—¿A través de Wilmont?

—Por lo visto. —Delia se encogió de hombros—. He tenido muchísimo tiempo para analizar mis acciones y decisiones en los últimos seis meses. En realidad, demasiado tiempo. He llegado a conocerme mucho mejor de lo que me había conocido en la vida. Me he dado cuenta de que con cada año que pasa me he ido poniendo más y más inquieta.

—Yo también, pero eso no me ha llevado a zambullirme en la cama del primer sinvergüenza que se me presenta.

—Quizás porque siempre has tenido la oportunidad, a diferencia de mí. —Delia sonrió, con aire meditativo—. Nunca me había creído una persona demasiado aventurera, pero ahora hay tantas cosas que quiero hacer y ver y experimentar.

—Como lord Misterioso.

Delia se echó a reír.

—Está en la lista.

—¿Sabes lo que estás haciendo?

—Claro que no. —Delia frunció el ceño y luchó por encontrar las palabras justas—. Es muy distinto con él de como fue con Charles. La misma naturaleza clandestina de la relación, la idea de que era completamente escandaloso y prohibido, lo hacía tanto más emocionante. Con Tony hay poco riesgo, pero aun así es incluso más emocionante.

—Sigues estando de luto. Si te ven con él, ten plena conciencia de que habrá un nuevo escándalo.

—Sí, pero llegados a este punto, eso ha dejado de importarme. He sobrellevado un escándalo y ya no me supone una amenaza como lo era antes. Y creo que él vale la pena. —Delia se sentó en la cama y buscó las palabras precisas—. Con Tony, una simple conversación es emocionante y un simple vals es toda una aventura. Tengo la sospecha de que hasta un paseo en el parque con él debe de ser impresionante. Mi corazón se pone a palpitar simplemente cuando lo veo. Me entran cosquillas en el estómago, me cuesta respirar y quiero todo tipo de cosas que soy incapaz de expresar.

—Suena más peligroso que Wilmont —murmuró Cassie.

—Es muy posible que lo sea. —Los ojos de Delia se cruzaron con los de su hermana—. Es posible que no sea mi punto de partida.

—Tu víctima —dijo Cassie sonriendo.

—Punto de partida —respondió Delia con firmeza, y contuvo el aliento—. Es muy posible que sea también el último. Cassie la observó durante un largo rato, luego asintió con aire reflexivo.

—Azul.

Delia frunció el ceño.

—¿Azul, qué?

—Para la habitación. Un azul marino, me parece. Profundo, pero no demasiado oscuro. —Cassie se deslizó hacia el suelo y se movió hasta el centro de la habitación, contemplando las paredes y los muebles con ojo crítico—. No sé si podremos hacerlo todo en tres días, te lo advierto. —Miró hacia su hermana—. Te saldrá muy caro hacerlo en tan poco tiempo.

Delia se echó a reír.

—Tengo muchísimo dinero.

—Ya lo sé. —Cassie le dirigió una sonrisa radiante—. Y yo me divertiré muchísimo gastándolo. Vamos, entonces. No tenemos tiempo que perder, así que yo sugiero que visitemos las tiendas, hagamos las llamadas pertinentes y comencemos a organizar las cosas. Con un poco de suerte y dinero podremos tener la casa llena de albañiles mañana mismo.

—Excelente —dijo Delia, entusiasmada—. Ya me lo imaginaba, así que le pedí a Gordon que comentara a tu chofer que necesitaríamos muy pronto el carruaje. —Delia se levantó de un salto y se dirigió hacia la puerta—. ¿Por qué azul?

—Es un color bonito para el dormitorio. Pacífico e intenso a la vez, me parece. Además, hace juego con tus ojos. —Cassie hizo un gesto hacia su hermana, con una ancha sonrisa en su rostro—. Tendremos a lord Misterioso seduciéndote dentro de nada.

Y

Tony se apartó de la puerta y recompuso la cara para ocultar la sonrisa excesivamente satisfecha que había mantenido durante la conversación entre las dos hermanas. La idea de que Delia estuviera redecorando esa habitación pensando en la seducción —y, más aún, en la seducción de él mismo— era quizás la cosa más apetecible que había oído en su vida. Su plan de hacer que Delia se enamorara de él estaba funcionando mucho mejor y más rápido de lo que preveía. Era un maestro. Un verdadero maestro.

—Gordon… —Delia entró en el vestíbulo, seguida por su hermana—. Estaremos fuera un buen rato, probablemente durante una buena parte de la tarde.

—Muy bien, milady.

—Habrá mucha actividad en la casa durante los próximos días, pero todo va a valer la pena, se lo aseguro. —Delia irradiaba entusiasmo—. ¿Usted cree que supondrá algún problema?

—Ninguno, señora —dijo con la voz del más competente de los mayordomos.

—Excelente. —Delia se inclinó hacia él con aire confidencial—. Hemos escogido el azul, de acuerdo con su sugerencia.

—Me alegro de haber podido ser útil, señora.

—¿Se encuentra mejor hoy, Gordon? —La señorita Effington le dio un repaso especulativo con la mirada y él se dio cuenta de que desconfiaba de él y, al mismo tiempo, que probablemente no sabía precisamente por qué. Era un acto de sensatez por su parte y a la vez muy irritante.

—Estoy perfectamente bien. Le agradezco el interés, señorita.

—Muy bien. No me gustaría que le ocurriera nada malo. —Delia le sonrió con cariño y él sintió una ráfaga de remordimiento. La reprimió.

—Vamos, Cassie. —Delia tomó el brazo de su hermana y llegó casi a arrastrarla por el vestíbulo hasta alcanzar las escaleras—. Tenemos muchísimo que hacer y hay que adelantar las cosas todo lo que podamos hoy.

La señorita Effington murmuró algo que Tony no llegó a

oír, y le pareció mejor así. El tono de la señorita Effington era mucho menos entusiasta que el de Delia.

Mac ayudó a las damas en el vestíbulo de la entrada, y después de un breve despliegue de actividad partieron. Tony respiró con alivio. Tenía muchas cosas que organizar y no podía hacer nada hasta que Delia se ocupara con otra cosa. Para empezar, le parecía que la mejor idea era hablar hoy en persona con lord Kimberly en vez de responder a su última carta con un mensajero. Por otra parte, tenía que arreglar una serie de cuestiones en relación con las grandes aventuras de Delia, así que no había tiempo que perder.

No estaba del todo seguro de cuál de esas aventuras iba a ofrecerle, aunque ya tenía unas cuantas buenas ideas. Todo dependía de si sería capaz de organizarlo sin exponerla a un posible escándalo público. A pesar de su declarada indiferencia respecto al escándalo, él no quería ser la causa de nuevas dificultades para ella.

Pasó por alto el hecho de que su misma presencia, tanto en el papel de Gordon como en el de Saint Stephens, la estaba exponiendo a un peligro permanente de escándalo.

—Usted no le cae bien, señor, ¿no le parece? —dijo Mac, de manera muy comedida—. A la hermana, quiero decir.

—No. Creo que tienes razón.

La señorita Effington constituía un pequeño problema. Era evidente que sospechaba de Gordon y, por lo que había logrado oír, tampoco le gustaba el interés de Delia por Saint Stephens. Se le ocurrió que podría resultar extremadamente incómodo cuando llegase a ser un miembro de su familia.

Desde luego, con un poco de fortuna, la señorita Effington jamás se enteraría de que Gordon era él.

—Señor. —Mac frunció el ceño—. No me corresponde interferir… usted es el encargado de todo esto… pero

—Pero ¿qué?

—Pues, los otros hombres y yo nos planteamos la cuestión… —Mac se detuvo un instante—. ¿Resulta del todo inteligente, en fin…?

—¿Cortejar a lady Wilmont?

Mac asintió.

—Ésa sería la pregunta, señor.

—Probablemente, no. —Tony se restregó una mano por los ojos, con gesto de cansancio—. Si tuviese que justificarlo, diría que el hecho de pasar tiempo con ella, ya sea como su mayordomo, ya sea como yo mismo, forma una parte esencial de nuestro plan de protección.

—¿Y?

—Y sería mentira. —Tony se cruzó de brazos y se apoyó contra el marco de la puerta—. Empezó así, me entiende. Era todo completamente inocente y de hecho hasta necesario, pero ahora…

—¿Ahora?

Tony torció el gesto.

—Ahora me voy a casar con ella.

Mac sonrió.

—¿No está un poco viejo para ella, señor?

—¿Viejo?

Mac señaló el espejo con una mano, y Tony vislumbró su imagen, con cejas abundantes, bigotes, canas y anteojos. Se echó a reír con melancolía.

—Ya veo a qué se refiere.

—Si me permite la pregunta, ¿qué opina lord Kimberly de esto?

—No se lo he dicho todavía. —Tony se retorció por dentro ante la simple idea—. No sé si voy a hacerlo.

—¿Señor? —Mac lo miró con sorpresa—. ¿Le parece sensato no hacerlo?

—Al parecer, muy poco de lo que estoy haciendo por el momento es muy sensato. —Tony movió la cabeza, con aire pensativo—. ¿Usted se ha enamorado alguna vez, Mac?

—Depende de cómo se defina «amor», señor.

—¿Y cómo lo define usted?

—Pues, yo he tenido mi cuota de damas. Hasta he llegado a pasar bastante tiempo con una u otra, de vez en cuando. Pero jamás en mi vida he sentido la necesidad de atarme a ninguna en particular. —Mac se encogió de hombros—. Yo diría que ahí está la definición.

—Quizá tenga razón. Debo reconocer que la mera idea de

felicidad matrimonial me ha espantado siempre. Pero con ella me parece... no sé... —se enderezó y soltó un gran suspiro de rendición— grandioso.

—Eso me suena a amor. —Mac se detuvo—. ¿Qué va a hacer con Gordon, señor? Se está encariñando bastante con él.

—Es un problema muy molesto, y no sé muy bien qué hacer con el asunto, aunque voy a tener que decidirlo bastante pronto. Llevamos aquí más de dos semanas y no ha pasado absolutamente nada. Tampoco hay ningún indicio de que lady Wilmont pueda correr ningún tipo de peligro. —Aun así, seguía viva en sus entrañas la extraña sensación de que ella estaba expuesta todavía a algún peligro, pero ya no sabía muy bien si se debía a ese instinto del que se había fiado durante gran parte de su vida o a su amor por Delia—. El último mensaje de lord Kimberly señalaba que quizás fuera el momento de poner fin a todo esto. Ni usted ni nadie ha notado nada sospechoso.

—Nada, señor.

—De todos modos, creo que fue una buena estrategia vigilarla en un primer momento, pero ahora, aunque sea a regañadientes, debo decir que estoy de acuerdo con él.

—¿Cómo se lo va a decir?

—¿Se refiere a la verdad? —Tony movió la cabeza—. No tengo ninguna idea clara por el momento, pero algo se me ocurrirá. Siempre ha sido así en el pasado.

—Perdóneme si lo digo, pero ¿no es esto un poco distinto de todo lo que ha hecho en el pasado?

—Un poco —reconoció Tony, y su mirada se cruzó con la de Mac—. En todo caso, ya no hay vuelta atrás, ¿cierto? Se lo diré todo a Kimberly y espero que él sea más sensato que yo y encuentre una solución a este lío.

—¿Sabe una cosa, señor? —dijo Mac, reflexionando—. No tendría por qué ser tan extraño que sus nuevos empleados dimitan. No llevamos demasiado tiempo con ella. Y Gordon siempre podría decir que un pariente lejano, una tía muy anciana, por ejemplo...

—Tendría que ser realmente muy anciana.

—Que vive cerca de Edimburgo, quizá...

—¿Edimburgo?

—Gordon es un antiguo nombre escocés, y yo mismo tengo una tía bastante mayor que vive cerca de Edimburgo. Puede usarla a ella. —Mac sonrió—. Es una vieja arpía, además.

—Le agradezco su oferta —dijo Tony, echándose a reír—. Pero Gordon ya ha dicho que no tiene familia.

—Aun así, lo que estoy intentando decir es ¿para empezar, por qué hace falta contarle la verdad? Presentamos nuestra renuncia. Gordon se va para cuidar a su pobre tía o cualquier otra cosa que se le ocurra, y ella no tiene por qué saber más.

—Es una idea interesante, pero… —Tony movió la cabeza— no me parece muy correcta. Parece…

—¿Como si le estuviese mintiendo, señor?

Tony contempló al hombre.

—Entiendo lo que me está intentado decir, pero no puedo ir amontonando mentiras sobre mentiras. Ella merece saber la verdad.

—Disculpe que se lo diga, señor, pero eso es una de las cosas más estúpidas que jamás haya oído decir a un hombre. —Mac movió la cabeza, con un aire de simpatía en los ojos. Sin duda por la falta de inteligencia de Tony—. En mi experiencia con las mujeres, cuanto menos saben de la verdad, menos cosas tendrán para utilizar en contra suya o para chantajearlo. Y para ser franco, señor, esta mujer en particular tiene municiones suficientes para amargarle la vida hasta el fin de sus días.

—Gracias, Mac, no se me había ocurrido verlo así —dijo Tony con sequedad—. Ofrece un punto de vista fascinante.

—Cuando se trata de mujeres, hay momentos en los que hay que decir la verdad, señor, y momentos en los que lo más sensato es callarse la boca.

—Lo más probable es que tenga razón. Lo pensaré. Es una mejor solución a todo esto que cualquiera que se me haya ocurrido hasta el momento.

Efectivamente, hasta ahora su única solución era un vago y complicadísimo plan para conseguir que Delia se enamorara de él, siguiendo la teoría de que en ese caso se lo perdonaría todo. Era un plan que seguía teniendo sus méritos, pensaba, aunque hasta él podía ver su potencial para el desastre. De todos modos, detestaría tener que comenzar su vida en pareja con un engaño de esa magnitud entre los dos. Y la amaba de verdad.

Lord Kimberly quizás tendría alguna idea, a menos, por supuesto, que decidiera fusilar a Tony por crear un lío de semejantes proporciones.

Por otra parte, que lo fusilaran podría ser, a fin de cuentas, la mejor solución de todas.

—¿Ya ha vuelto? —Tony cerró la puerta principal y entró en la casa. Llevaba casi todo el día fuera. Mac, como siempre, estaba en su puesto.

—No, señor. —Mac lo estudió con curiosidad—. Si me permite preguntar, ¿cómo le fue con Su Excelencia?

—No muy bien. Pésimamente —dijo Tony, dirigiéndose hacia su habitación. Lo único que quería en ese momento era un poco de privacidad para recomponer sus pensamientos y decidir el paso siguiente.

De hecho, decir que lord Kimberly no había tomado muy bien la confesión de Tony era completamente inadecuado. Incluso en ese momento, horas después, Tony seguía sobreponiéndose a la bronca de su superior. Lo tenía bien merecido, por supuesto. Nunca había habido en la organización excesivos problemas con los líos de faldas, incluso aunque se llegase a la cama durante el curso de una investigación, sobre todo si eso ayudaba a obtener la información requerida. Pero aquélla no era una mujer cualquiera. Aquélla era la sobrina del duque de Roxborough, que no sólo era poderoso sino que también era el jefe supremo de toda la organización. Un hombre que ya estaba bastante molesto por la utilización de su sobrina en una investigación que se había ido alargando durante más de medio año, que había costado la vida de un buen hombre, había arruinado la reputación de una joven, la había expuesto al peligro de nuevos escándalos y de un daño real, y estaba ocupando una proporción de los recursos del departamento mucho más allá de lo permisible.

Tony tuvo la insensatez de señalar que la primera parte no era por culpa suya.

Kimberly había reaccionado a esa información incluso peor,

si fuese posible. Sin embargo, para hacerle justicia al hombre, había simpatizado medianamente con la incómoda situación de Tony y pensaba que al final el matrimonio con lady Wilmont podía ser la solución más decorosa. Por lo menos en lo que concernía al duque. Además, quería que Tony y los demás siguieran con la mascarada. Kimberly compartía las sensaciones de Tony de que algo andaba mal, aunque él tampoco tenía ninguna base sólida para la suposición. Desde hacía mucho tiempo ambos hombres conocían la importancia de prestar oídos a las vaguedades del instinto.

Tampoco le había alegrado a Kimberly oír que Tony abandonaría el departamento al final de ese episodio. En resumen, no había sido una reunión excesivamente agradable.

Tony llegó a su habitación, entró y cerró la puerta detrás de sí. Era una habitación pequeña pero suficiente para sus necesidades, o más bien para las necesidades de Gordon. Consistía en una cama, una cómoda y un escritorio. Alquilaba habitaciones que no eran mucho más grandes que ésa, pero después de todo casi nunca estaba allí. Era sólo en los últimos tiempos que había pasado más tiempo en Londres que en otros destinos. De hecho, tenía una casa en algún punto de la ciudad, como parte de su herencia, que seguía sin pisar. Ésa era otra cosa que necesitaba considerar.

De todos modos, el día de Tony no había sido un desastre total. Había hecho los preparativos necesarios para ofrecer a Delia aventuras suficientes para que cambiase la de compartir su cama al primer lugar en su lista. Sonrió pensando en todo lo que la esperaba. Tendría un día que jamás en su vida olvidaría. Aunque las cosas terminasen sin funcionar entre los dos, al menos podía darle eso. Un día para recordar durante el resto de su existencia.

Se sentó ante el escritorio, escogió una hoja de papel blanco y una pluma, reflexionó durante un instante, luego escribió unas pocas líneas. Dobló la carta y la selló. Con eso bastaba.

Tony se arregló el bigote ante el pequeño espejo colgado sobre el lavabo, comprobó que sus cejas estaban en línea recta, se rascó la cabeza y luego le echó un poco más de polvo. Se había acostumbrado al algodón en su mandíbula superior y a los anteojos, y podía hasta olvidarse de ellos, pero odiaba el polvo y el bigote y las cejas. En ese instante, odiaba casi todos los componentes de Gordon. Casi valía la pena asumir el riesgo y confesarle todo a Delia.

El riesgo, evidentemente, era enorme en ese momento, pero él amaba a Delia y quería pasar el resto de su vida con ella. En toda su vida nunca había renunciado a nada sin una pelea, y no iba a empezar a hacerlo ahora.

Tony volvió al vestíbulo principal justo a tiempo para recibir a Delia y su hermana, que llegaron animadas y en la compañía de un gran número de paquetes inmensos.

—Hemos tenido un día grandioso, Gordon. —Los ojos de Delia chispearon, emocionados—. Hemos hecho un sinfín de compras interesantes de telas y ropa de cama y ya no recuerdo qué más. ¿Podría hacer que suban los paquetes por las escaleras, por favor?

—Ahora mismo, milady. —Le entregó la carta—. Esto llegó en su ausencia.

Delia la examinó durante un instante como si debatiera sobre si abrirla allí mismo o esperar hasta que estuviese a solas.

—Ábrela ahora, Delia —dijo la señorita Effington con impaciencia—. Es evidente que es de tu lord Misterioso.

Tony echó un vistazo a Mac, que hacía todo lo posible para reprimir una sonrisa.

—Muy bien. —Delia desdobló la carta y la leyó en voz baja, mientras que una sonrisa muy privada se le desplegaba lentamente por la cara.

—¿Qué dice? —exigió la señorita Effington.

—Es muy escueta —murmuró Delia, que seguía examinando la carta—. Un carruaje llegará para recogerme al alba dentro de tres días. —Alzó los ojos—. Está firmado por Saint Stephens y no dice nada más.

Eso no era en realidad todo lo que decía, pero Tony se alegraba de que no compartiera lo demás con su hermana.

—No hay ningún indicio respecto a sus intenciones. —La señorita Effington frunció el ceño con evidente decepción—. Debo decir que es bastante irritante de su parte.

—A mí me parece emocionante —dijo Delia, con tono desafiante—. Parte de lo divertido de una aventura es la sorpresa inherente en ella.

—Supongo que sí —susurró la señorita Effington.

Delia miró a su hermana.

—Creo que estás celosa.

—Por Dios, Delia, nunca en mi vida he estado tan celosa. —Sonrió—. Tienes que prometerme que me contarás cada detalle a la vuelta.

—¿Cada detalle? —preguntó Delia, sorprendida. Las miradas de las dos hermanas se cruzaron y las dos se echaron a reír por alguna broma privada.

Tony esperaba que Delia no compartiría cada detalle. Ya era lo suficientemente difícil intentar ganarse el corazón de una mujer como para que otra escudriñara sus esfuerzos. Sobre todo si ésta no le tenía demasiado afecto. Si se tratase de un evento deportivo, estaba claro que la señorita Effington estaría animando con sus aplausos a los rivales.

—Entonces ya está. Tengo que irme. —La señorita Effington abrazó rápidamente a su hermana—. Volveré a primera hora de la mañana rodeada de albañiles, un par de costureras y cualquier otra cosa que se me ocurra.

—Te lo agradezco de verdad, lo sabes —dijo Delia.

—Faltaría más. —La voz de la señorita Effington irradiaba firmeza y cariño.

Las dos damas se despidieron y la señorita Effington partió. Mac y los otros dos criados subieron los paquetes al primer piso.

—Me muero de hambre, Gordon, y me gustaría cenar cuanto antes. —Sonrió—. Gastar dinero desgasta mucho, ¿lo sabe?

—Me lo puedo imaginar, señora.

Ella se echó a reír y comenzó a subir por las escaleras. Luego lo llamó por encima del hombro.

—¿Una partida de *backgammon* después de la cena, Gordon?

—Con mucho gusto, señora.

—El gusto será mío. —De pronto se detuvo y se volvió, con el ceño fruncido—. ¿Cómo se encuentra?

Él pasó por alto una puñalada de remordimiento.

—Bastante bien. Gracias por preguntar.

—Me alegro. —Asintió aliviada, volvió a subir, luego se detuvo y se volvió de nuevo—. La vida está resultando ser mucho mejor de lo que me habría atrevido a esperar. —Una expresión semejante al asombro iluminó su cara y él sintió un nudo en sus entrañas al verla—. ¿Quién lo habría dicho?

—Le deseo toda la felicidad, milady —dijo él, sin pensar—. Se lo merece de verdad.

—Tengo mis dudas, Gordon, pero gracias. —Se echó a reír un poco y luego siguió subiendo las escaleras.

Él se quedó mirando hacia arriba durante mucho tiempo. Tenía todo el aspecto de una mujer que se está enamorando. Qué curioso, el hecho no le inspiraba esa misma sensación de orgullo y satisfacción que había experimentado en otras ocasiones.

La discusión con Mac permanecía en el fondo de su mente. A Tony le atemorizaba tener que contarle la verdad. ¿Sería capaz de amarlo a él o a cualquiera lo suficiente como para perdonar un engaño como aquél? Dios mío, esperaba que sí. Rezaba porque fuese así. Estaba apostando en ello todo su futuro. Y su corazón.

De todos modos, una línea muy delgada separaba el amor y el odio, y era perfectamente posible que la revelación de la verdad pudiese empujar a Delia de uno de los polos al otro.

Capítulo quince

Mi querida Delia:

Te dejé esta nota porque no estaba del todo segura de que me escucharas de otra manera. Sé que estás esperando impaciente lo que sea que lord Misterioso ha planeado para ti, y porque te deseo bien, te pido, mi queridísima hermana, que vayas con cautela. Tu deseo de ser una mujer experimentada es una cosa, pero me temo que corres el peligro de perder tu corazón ante este hombre. Sospecho que sobrellevaste la pérdida de Wilmont como lo hiciste porque no había amor de por medio, y sospecho también que estás peligrosamente cerca de encontrarlo ahora por primera vez.

Te confieso con franqueza que me has sorprendido incontables veces en los últimos meses, pero aun así te conozco lo suficiente como para saber que una vez que tu corazón se vea comprometido, podrá ser roto con facilidad. Me temo que mi consejo tal vez llegue demasiado tarde, pero cuídate, querida hermana. No permitas que esta recién descubierta pasión por la aventura acabe por romperte el corazón.

Sobre otros asuntos, tengo todo tipo de maravillosas ideas para la redecoración del resto de tu casa. Sé que estás tan encantada como yo con el resultado de nuestros esfuerzos en la que ahora pienso cariñosamente como la habitación azul, aunque prefiero no pararme a pensar en el tipo de actividades que pueden tener lugar allí.

La curiosidad mantuvo a Delia al borde del asiento del carruaje. Estaba sentada sola en el vehículo cubierto y se había sorprendido un poco al darse cuenta de que Tony no tenía previsto acompañarla. Aun así, su ausencia prestaba una deliciosa sensación de elevado misterio a los acontecimientos. Sonrió para sí. No es que la situación lo necesitara. Con cada giro de las ruedas, su anticipación y su excitación crecían.

Fue bueno salir de casa, aunque aquella mañana estaba plácidamente tranquila. La casa había estado llena de gente de todo tipo en los últimos días: pintores y empapeladores, mozos de mudanza y costureras, todos operando bajo el ojo vigilante de Cassie. Realmente, su hermana no había sido muy distinta de un general comandando sus tropas en una batalla librada con martillos, pintura y telas. A Delia le parecía una casa de locos, aunque Cassie la había tranquilizado asegurándole constantemente que el caos estaba perfectamente organizado y todo marchaba correctamente. Aun así, Delia había notado que algunas de las cosas de su dormitorio que todavía utilizaba parecían haber sido cambiadas de lugar, aunque nada había desaparecido. Probablemente, no se trataba más que del trabajo de las nuevas criadas, pero a pesar de todo tenía la extraña sensación de que algo raro estaba ocurriendo.

Ambas hermanas se sorprendieron al descubrir que Cassie tenía verdadero talento para la decoración, un descubrimiento que espoleó su entusiasmo y determinación. En verdad el resultado final fue una sinfonía de buen gusto en azules y dorados, sedas y satenes. El perfecto nuevo dormitorio para una mujer independiente. Una mujer que se ha propuesto seducir.

Delia miró por la ventana y advirtió que habían girado hacia Hyde Park. El parque estaba prácticamente desierto a esa hora tan temprana, indudablemente por ese motivo aquél era su destino. Se sentía realmente conmovida por la preocupación de Cassie, pero no había motivo de qué preocuparse. Como con Charles, era perfectamente consciente de en qué se estaba metiendo. Con Charles, sabía de sobra que su reputación, la pérdida de su virtud y el escándalo estaban en juego. Con Tony, lo que estaba en juego era sencillamente su corazón. Conocía el riesgo y estaba deseando aceptarlo por las aventuras que iban mucho más allá de lo que él había planeado para ella. Y de lo que ella había planeado para él.

El carruaje se detuvo. La puerta se abrió y Tony metió la cabeza dentro.

—Bonita mañana para una aventura, lady Wilmont. —Sonrió y la ayudó a bajar del coche. Aquélla era una zona distante del parque, cerca del extremo de Serpentine, en la que ella no había puesto nunca antes el pie. Casi como una tierra extranjera. Qué excitante. ¿Qué estaría planeando ese hombre?

—En efecto lo es, lord Saint Stephens. —Ella sostuvo su mano un poco más de lo que era apropiado y le miró fijamente. El corazón le dio un vuelco—. ¿Y dónde está mi aventura?

Él colocó su mano bajo su brazo.

—¿Querrás decir tu gran aventura?

—Diría que eso está todavía por decidir.

—Veo que no vas a ponerlo fácil. —Tony la condujo detrás del carruaje—. Creo que tu aventura, y puedo decir con seguridad que se encuentra en la categoría de gran, está a punto de comenzar.

Ella siguió su mirada y se paró en seco. Delia no daba crédito a sus ojos.

—¿Qué es eso?

—Vamos, Delia, sabes perfectamente lo que es. —Una sonrisa de satisfacción se dibujó en sus labios.

—Es un camello —dijo ella lentamente.

Un animal grande, marrón claro, rumiaba al lado del camino, aparentemente muy tranquilo, aunque Delia sospechaba que eso era una artimaña. Nada tan grande podía ser tan dócil. Además, había leído que esas criaturas no eran nada agradables. Un mozo de establo sonriente sostenía las riendas y ella esperaba que tuviese una mano firme. Nunca se hubiera imaginado que fueran tan grandes, ni tan amenazadores.

—Pues claro que es un camello. —Tony se apartó y extendió los brazos en un gesto grandilocuente—. Y él, de hecho creo que es ella, es tu primera gran aventura.

—Encantador —murmuró ella.

—Dijiste que querías montar en camello. —Hizo otro gesto grandilocuente y ella podría haber jurado que oyó una fanfarria de trompeta en la distancia—. Y aquí lo tienes.

—Ya lo veo. —Cielos, era imposible no verlo. Era enorme—. ¿Podría hablar contigo un momento, en privado?

—Por supuesto. —Miró al mozo de cuadra y bajó su voz a un tono de confidencia—. Está muy emocionada con todo esto.

—Me hago cargo, milord —dijo el mozo, todavía sonriendo.

Delia se volvió indignada hacia el otro lado del carruaje, con Tony a los talones. Aquello era absurdo. Ridículo. Realmente se había vuelto loco si había creído por un momento que ella iba a subirse en esa cosa.

Se volvió hacia él.

—¿Estás loco?

—Loco de deseo, de pasión. —Alzó las cejas maliciosamente—. Posiblemente, incluso loco de amor.

—Sí, bueno, el amor es la única cosa que me haría subirme a ese… ese… ¡ese animal!

Él cruzó los brazos sobre el pecho y se apoyó en el coche.

—¿Por qué, mi querida lady Wilmont? ¿Seguramente no tendrás miedo de una simple bestia de carga?

—No es que tenga miedo exactamente —mintió ella—. Es sencillamente de lo más… —buscó la palabra— inapropiado.

Él se rio.

—Apenas hay nada en tu lista que no sea inapropiado. Me atrevería a decir que lo inapropiado forma parte de la aventura tanto como la sorpresa. —Tony la observó por un momento—. Te ha sorprendido, ¿verdad?

—¡Dios mío, claro que sí!

—Dijiste que querías montar en camello. Me acuerdo perfectamente. Fue la primera cosa que dijiste. Por tanto, pensé que esa era la aventura que más deseabas.

Ella soltó un bufido.

—Fue lo primero que se me pasó por la cabeza, no lo que más deseaba. Y por supuesto me refería a un paseo en camello en el desierto, en algún país exótico muy, muy lejano, no un paseo en camello por Hyde Park. Lo primero es una aventura; lo segundo es una… una… una broma. Deberías haberte dado cuenta.

—Pero no mencionaste lo del desierto —dijo él.

—Tal y como yo lo recuerdo, tenía dificultades para decir o pensar en nada en aquel preciso momento. —Ella se retorció las manos—. Apenas se me puede hacer responsable de lo que pueda haber dicho entrecortadamente, sin pensarlo, sumida en un arrebato de…

Él sonrió, cómplice.

Ella se negó en redondo a darle la satisfacción de decir pasión.

—Sumida en un arrebato de lo que sea que me tenía arrebatada. Apenas recuerdo lo que dije.

—Por suerte para los dos, yo sí.

—Oh, eso sí que es una suerte. —Ella lo fulminó con la mirada—. Es usted un hombre realmente malvado, Saint Stephens.

—En absoluto. —Su sonrisa se expandió aún más—. Soy un hombre maravilloso.

—Tienes demasiada seguridad en ti mismo y resultas de lo más arrogante.

Él se encogió de hombros con una humildad que ella no creyó ni por un momento.

—Lo sé.

Por supuesto, su arrogancia podría haber sido ligeramente divertida. Su seguridad un poco admirable. Su sonrisa sólo un poco contagiosa. Ella luchó por borrar su propia sonrisa de la cara y se cruzó de brazos.

—No pienso subirme en esa criatura.

—Como desees —dijo él gentilmente—. Aunque debo decir que me sorprende que una Effington pueda tener miedo de un simple camello. Vaya, una porción considerable del mundo monta en camello a diario. Hombres, niños, incluso —hizo una pausa enfática— mujeres.

Él era bueno.

Tony sacudió la cabeza.

—Siempre había escuchado que las mujeres Effington eran una raza aparte, perfectamente distintas de otras mujeres, pero por lo visto ese juicio no era muy exacto. Probablemente, son sólo aquellas peligrosas reglas de sociedad lo que las mujeres Effington desobedecen. Algo que, en verdad, no lleva ningún riesgo auténtico de peligro o incluso de… gran aventura.

Era realmente bueno.

Delia apretó las manos contra su costado y se dirigió de nuevo al camello.

—Si no sobrevivo a esto, Saint Stephens, le perseguiré por el resto de sus días.

Su carcajada sonó detrás de ella.

Delia se acercó al animal y se paró en seco.

—El camello está mudando de pelo.

—Querrás decir la camella.

—Muy bien, la camella está mudando de pelo. Su piel parece carcomida por las polillas. ¿Está bien? No tendrá algún tipo de enfermedad, ¿verdad?

—Su estado es perfectamente normal. —La voz de Tony era despreocupada—. Creo que mudan en esta época del año.

—Oh, eso es encantador. —Delia apretó los dientes y continuó dirigiéndose hacia la bestia—. Así que me has proporcionado un camello mutante.

—Uno toma lo que tiene. No es precisamente fácil encontrar un camello en Londres en tan poco tiempo. —Tony se dirigió al otro hombre—. ¿Tiene nombre?

—*Bess,* milord.

—*Bess* —dijo Tony en un tono serio—, permíteme presentarte a lady Wilmont.

Bess lo ignoró. Y Delia también.

—Y lady Wilmont, éste es el señor Thomason, un excelente tipo. Bastante diestro en el manejo de camellos.

El señor Thomason saludó con el sombrero respetuosamente.

—Encantado de conocerla, señora.

Delia sonrió débilmente, su atención firmemente puesta en *Bess*. Sería mejor tener un ojo en la criatura todo el tiempo.

Tony le hizo una señal al señor Thomason, que a continuación ladró una orden ininteligible al camello. Por todo lo que Delia pudo entender, bien podría haberle dicho «siéntate», o «en pie», o «mata». *Bess* se arrodilló a regañadientes, poniendo su enorme cabeza al mismo nivel que Delia.

Delia se acercó cuidadosamente. *Bess* tenía unos ojos encantadores, enormes, por supuesto, de un marrón oscuro y ribeteados con largas y rizadas pestañas. Parecía bastante cariñosa e incluso algo coqueta. Delia no estaba nada convencida.

El señor Thomason puso unos escalones de madera junto al costado del animal. Una pequeña alfombra había sido arrojada sobre su lomo y se encontraba bajo una extraña y robusta silla de montar de cuero y madera.

De repente, a Delia se le ocurrió la salvación.

—Ojalá hubiera sabido esto antes. Deberías haberme preparado, milord. Habría llevado mi traje de montar. —Ella agitó la cabeza con pesar y se echó hacia atrás—. Qué lástima, no puedo montar a *Bess* con este vestido.

Delia llevaba un vestido de paseo verde oscuro, otro resto de sus días de soltera. No tenía ninguna intención de vestir de negro ese día y no le importaba lo más mínimo las consecuencias de violar las reglas del luto, una de esas peligrosas reglas de sociedad que Tony desdeñaba tanto.

—Es en verdad un vestido encantador —dijo Tony con amabilidad—. Pero creo que todavía puedes tener tu aventura.

—Oh, pero eso es realmente…

Sin aviso, la cogió en brazos y antes de que pudiera protestar subió los peldaños de la montura y la depositó en la silla de *Bess*. El hombre fue sorprendentemente rápido.

—Ahora, siéntate como si fuera una silla normal. Por supuesto sabes montar, ¿verdad?

—No —replicó ella, luego suspiró—. Por supuesto que sé montar.

—Excelente.

Él la ayudó a colocarse en la posición correcta, ayuda que lo hizo estar en una proximidad que habría sido excitante si no fuera porque ella estaba a punto de expirar de puro terror. Aún así, en este punto, estaba a la vez comprometida y decidida. No iba a permitir que Saint Stephens le ganara la partida, y mucho menos que lo hiciera su camello.

El señor Thomason le pasó las riendas, pero gracias a Dios mantuvo agarrada la brida del camello.

—Si puede usted sujetarse a la parte delantera de la silla, milady, pondré al camello en pie.

Delia levantó la barbilla y forzó una nota frívola en su voz.

—Lo espero impaciente.

Oyó a Tony dar un bufido de incredulidad, pero no estaba dispuesta a volverse para dedicarle la mirada mordaz que se merecía. Decidió que le haría algo perverso, si sobrevivía.

Sin aviso, la bestia se tambaleó sobre sus patas. Delia se fue hacia delante, se sostuvo de milagro, cerró los ojos y resistió el impulso de gritar. *Bess* acompañó este movimiento con un resoplido penoso que no inspiraba mucha confianza.

—Ahí tienes, eso no estuvo mal del todo —dijo Tony desde algún lado cerca de ella.

Delia abrió los ojos con cuidado. Tony estaba montado en un caballo a su lado, un poco por debajo de ella.

—¿De dónde ha salido ese caballo?

Él lanzó una carcajada.

—Ha estado aquí todo el tiempo. Es evidente que no te diste cuenta.

—Estaba ocupada —dijo ella con superioridad.

No sabía del todo bien por qué aquello resultaba tan terrorífico. Ella no estaba mucho más alta de lo que estaría en un caballo. Por supuesto, el cuello de un caballo estaba sustancialmente más cerca. El cuello de *Bess* parecía a kilómetros de distancia y eso le daba un incómodo sentimiento de desprotección. Quizás era la naturaleza extranjera del animal lo que la asustaba. O quizá no estaba hecha para aventuras con animales.

—Bien —Tony asintió—. ¡Vámonos!

—¿Qué quieres decir con «vámonos»?

—Bueno, la aventura era el paseo, ¿no? Querías montar en camello, no sencillamente sentarte en uno. —Él sonrió—. La aventura acaba de empezar.

—Maravilloso. —Respiró profundamente. Si había llegado hasta aquí, podía sobrevivir a un breve paseo.

El mozo de establo condujo a la bestia hacia delante. Delia estaba agradecida de que no la hubiese abandonado, y al mismo tiempo avergonzada. Ella era una excelente jinete. Por lo menos a caballo. Aun así, ¿habría mucha diferencia con un camello?

—Me siento como una niña pequeña en un poni —rezongó.

La diferencia se hizo notar enseguida. Un camello no se movía en absoluto como un caballo. Había un extraño balanceo en su movimiento, parecido a la sensación de estar en un barco. No del todo desagradable, la verdad. La tensión de Delia se relajó. Podría incluso acostumbrarse a montar en camello. Incluso podría disfrutarlo.

—Qué curioso —murmuró Tony.

Delia se sobresaltó.

—¿Pasa algo?

Él sonrió.

—Nada. Acabo de darme cuenta de que mueve primero las dos patas de un lado de su cuerpo y luego las otras dos del otro. No se parece en nada a un caballo. Es fascinante.

—Sin duda.

Unos minutos después, Delia se dio cuenta de que no era fascinante en lo más mínimo. De hecho, el movimiento del paso de *Bess*, el rítmico balanceo hacia atrás y hacia delante, desencadenaba una sensación desagradable en el estómago.

—Milord, Tony. —Cogió aire despacio, en un esfuerzo por calmar su estómago revuelto—. Quisiera bajarme ahora.

—¿Por qué? Se te ve realmente impresionante ahí arriba. Como una reina del desierto.

—Sin embargo, ya he tenido bastante.

—Pero si apenas hemos avanzado unos metros.

—Por lo tanto ya he montado en camello. —Delia odiaba admitir que no se sentía bien y forzó una risa que sonó más bien como un extraño gemido—. Y ha sido una buena aventura. Realmente grande. Estoy muy agradecida. Ahora…

—No sé —dijo Tony, sacudiendo su cabeza serio—. No sé si esto cuenta como una verdadera aventura, tan breve como ha sido. Yo había planeado un agradable paseo rápido. Quizá a medio galope, o lo que sea medio galope para un camello.

—Realmente agradezco la oferta, pero…

—Me costó trabajo y me parece una pena…

—Tony —le interrumpió ella—, ¡bájame de esta bestia ahora mismo!

—Venga, Delia… —él la observó un momento—, ¿sabes que tienes un aspecto como verdoso?

—Es que me siento como verdosa.

Tony hizo una señal al señor Thomason y *Bess* se paró, luego se dejó caer de rodillas. Enseguida, Tony desmontó y se apresuró a ayudar a Delia a bajar del camello.

En el momento en que sus pies tocaron tierra firme, se le doblaron las rodillas.

—Maldición. —Tony la cogió en brazos—. Dios mío, Delia, lo siento.

Ella gimió y agradeció al cielo no haber comido todavía.

Él la sentó en las escaleras de montar y se arrodilló ante ella.

—Pon la cabeza boca abajo y respira hondo.

—Mi cabeza no es el problema. —Aún así, ella siguió sus instrucciones. Después de unas cuantas respiraciones profundas, su estómago se calmó y se sintió considerablemente mejor.

—¿Delia? —Su mano descansaba suave en su nuca.

Ella levantó la cabeza y le miró.

Su expresión era contrita, de disculpa y casi lo suficientemente preocupada como para hacer que le perdonara inmediatamente. Casi.

Él sacudió la cabeza.

—Lo siento de veras. Nunca imaginé que… bueno…

Ella entrecerró los ojos.

—Creía que tu color era simplemente algún tipo de reflejo del vestido. —Había una nota de indefensión en su voz que era casi convincente. Casi.

—Espero de verdad que… —Hizo una pausa, había en su rostro una expresión de indignación—. Es decir…

—¿Sí?

—No me lo tendrás en cuenta, ¿verdad? —Frunció el ceño—. Lo organicé todo de buena fe. Sólo quería asegurarme de que este día fuese inolvidable.

—Por ahora, lo estás consiguiendo admirablemente. En efecto, nunca olvidaré este día.

Su expresión se iluminó.

—Entonces, ¿no estás enfadada?

Ella lo consideró por un momento. Era realmente tentador dejarle sufrir. Al menos hasta que su estómago se hubiera recuperado por completo. Aun así, ella había dicho que quería montar en camello. Él no tenía forma de saber que no era más que un comentario impulsivo, lo primero que se le había pasado por la cabeza, y tampoco tenía forma de saber las ramificaciones en su organismo de tal paseo. Vaya, ni ella misma tenía ni idea.

—No, por supuesto que no. —Ella le ofreció una sonrisa desfallecida—. Evidentemente, pasaste por muchas dificultades. Fue muy considerado de tu parte.

Él alzó una ceja.

—¿Y grande?

Ella no pudo contener una carcajada.

—Quizá.

—¿Te encuentras mejor?

—Mucho mejor.

—Excelente.

Él se inclinó hacia delante, puso sus manos a los lados del escalón, rodeándola, y atrapó su mirada con la suya, su voz baja e íntima.

—Entonces, ¿he ascendido en tu lista? ¿Soy ahora el número tres?

Sus labios estaban a escasos centímetros de los de ella. Si ella se inclinaba lo más mínimo, podría besarle. Podría envolverle en un abrazo y bajarse del pedestal al suelo con él aquí y ahora. Justo delante del señor Thomason y *Bess* y cualquiera que por casualidad pasase por allí. Eso sí que sería una aventura que haría ese día verdaderamente memorable. Quizás necesitara revisar su lista.

—Eso depende, milord. —Ella se inclinó hacia delante y rozó sus labios con los suyos de manera burlona.

—¿De qué depende? —Su tono, sus ojos, la misma línea de su cuerpo eran demasiado seductores para una hora tan temprana. Desde luego ese hombre no tenía ningún sentido de la decencia. Qué delicia.

Ella sonrió de una manera incitante que era un reflejo de la de él.

—Depende de las aventuras que hayas planeado para el resto del día.

Él se rio y la puso de pie.

—Me temo que es muy pronto para tu próxima aventura.

—¿De veras? —Ella lo miró y lamentó que fuera demasiado pronto para las aventuras que acudían a su cabeza—. ¿Qué vamos a hacer?

—Delia —su mirada se deslizó sobre ella hambrienta—, eres una seductora.

Quizá no fuera tan pronto después de todo. Ella sonrió maliciosamente.

—Lo sé.

Él la miró por un momento, luego sacudió la cabeza como para aclararla y se volvió hacia el señor Thomason.

—Tiene usted mi eterna gratitud, señor.

—Encantado de haberle sido de ayuda, milord. Milady. —Se tocó el sombrero en un saludo informal—. Si alguna vez vuelve a necesitar un camello, señor…

—No creo —dijo Delia con firmeza— pero le doy las gracias también.

Tony se rio, deseó al señor Thomason un buen día, luego puso la mano de Delia en su brazo.

—Diría que un paseo nos vendría bien a los dos.

Su voz sonaba tranquila, pero había un brillo en sus ojos.

—Después del ejercicio de nuestro largo paseo, quiero decir.

—Te he perdonado, Tony, te he asignado una aventura que en efecto te hace ascender en mi lista, pero yo no continuaría con este tema si fuera tú —dijo ella serenamente.

Él rio de nuevo.

—Quizá no.

Pasearon sin rumbo fijo, en dirección a los árboles cerca de Serpentine.

—¿Dónde encontraste un camello? —dijo ella despreocupadamente.

—Oh, conozco a un caballero que conoce a un caballero que conoce a un caballero.

—¿Y si hubiese querido montar en elefante?

—Conozco a un caballero que puede arreglar eso también.

—Eso no es muy concreto.

—No me gustaría que conocieras todos mis secretos. —Le sonrió—. ¿Dónde estaría la aventura entonces?

—Yo te conté mi secreto.

—Me atrevería a decir que el hecho de que tú no fueras tu hermana era un secreto sólo para mí.

Ella se sonrió también.

—Quizás.

Era una delicia estar así en su compañía. Con una encantadora conciencia física entre ellos que agudizaba sus sentidos, y la agradable sensación de conocerle bien. Quizá, como Gordon había sugerido, en una vida pasada. En esta vida, apenas le conocía.

—¿Cuáles son tus secretos, milord?

—¿Mis secretos? ¿Aparte de dónde encuentro camellos, quieres decir? —Él sacudió la cabeza con pesar—. Porque nunca podré revelar eso.

—Comprendo —dijo ella en un tono serio de burla que cuadraba con el suyo—. En realidad, estaba pensando en algo un poco más mundano. Esos detalles de la vida cotidiana que todavía tienes que revelar.

—Puesto que mi vida es mundana y ordinaria, no me gustaría aburrirte.

—Por ahora, el aburrimiento sería una tregua bienvenida. —Ella le lanzó una sonrisa burlona—. Quizás he sobrevalorado el valor de la aventura.

—Quizás no deberíamos haber empezado con un camello —rio él—. ¿Qué quieres saber?

—Todo. —Su voz era firme—. Bien podría terminar casándome contigo, y tú mismo señalaste que debería conocerte antes de tomar tal decisión.

—Muy sabio por mi parte —murmuró él.

—No pienso volver a casarme con un hombre del que no sepa nada.

—¿Ni siquiera si me encontraras irresistible?

—Especialmente si te encontrara irresistible.

—Muy sabio por tu parte. —Él se apoyó contra el tronco de un árbol, cruzó los brazos sobre el pecho y sonrió—. Soy todo tuyo, milady. Pregunta lo que quieras.

—Excelente. Ahora, con respecto a las preguntas... —Ella apretó las manos detrás de la espalda y se paseó delante de él como si fuera un profesor ante su alumno—. Mi tío habla bien de ti, de modo que tu carácter y tu familia no están en cuestión. —Ella lo miró—. Entiendo que estuviste en la guerra, ¿qué hiciste?

Hizo una pausa como para decidir exactamente qué decir, luego dio un resoplido resignado.

—Reunía información.

Ella se paró a mitad del paso y lo miró.

—¿Eras un espía?

—Puedes llamarlo así.

—Nunca había conocido a un espía antes.

—¿Lo encuentras irresistible? —Un brillo malicioso apareció en sus ojos.

Ella rio. Era irresistible, o al menos intrigante, pero ella no iba a decírselo, por supuesto.

—¿Aún eres un espía?

—He aquí que los días de espía al servicio del ejército británico terminaron con la guerra.

—Entonces, ¿qué hace un espía retirado con su tiempo?

—Lo que uno pueda, realmente, aunque hay que admitir que no hay mucha demanda de antiguos espías. Al menos no en este país. —Se encogió de hombros—. He viajado un poco desde el final de la guerra y he ocupado mis días con diversas tareas. Ahora me encuentro en la extraña posición de asumir un título para el que no estoy preparado.

—Lo heredaste de tu hermano, según tengo entendido.

—Hermanastro. Mi padre se casó con mi madre siendo mayor. Ella no sobrevivió a mi nacimiento. Mi hermano es, o mejor dicho era, unos dieciséis años mayor que yo. Mi padre murió mientras yo estaba fuera en la escuela, y poco tiempo después mi hermano compró mi comisión. Fue extremadamente generoso por su parte. —La voz de Tony era neutral, como si esa historia no fuera la de su vida sino la de alguien a quien él apenas conociera. Como si los hechos que él detallaba no fueran más que hechos, sin emoción vinculada a ellos, como si estuviera recitando las tablas de multiplicar o enumerando de memoria los continentes del mundo—. La mujer de mi hermano murió hace unos años. Como no tuvieron hijos, yo fui el único heredero.

—¿Os teníais afecto?

—No había un cariño especial entre nosotros, ni tampoco animosidad. —Tony sacudió la cabeza—. Mi hermano y yo no teníamos relación. En realidad nunca fuimos más allá de una relación de sangre. Lamenté su muerte, por supuesto, pero apenas le conocía.

—Qué triste —murmuró ella.

—¿Por qué? —La pregunta fue brusca, pero había una mirada de curiosidad en sus ojos—. No me parece especialmente triste. Sencillamente, así es la vida.

—Debe de ser terriblemente solitaria.

—Nunca la he considerado así.

—¿De veras? Qué extraño. —Ella lo miró con curiosidad—. No puedo imaginarme no tener familia con quien compartir mi vida. Siempre he tenido a alguien con quien hablar, alguien con quien compartir mis problemas o mis…

—¿Aventuras? —bromeó él.

—Por supuesto, mis aventuras. —Ella sonrió y sacudió la cabeza—. Debo admitir que he encontrado más bien desalentador no tener gente, familia a mi alrededor con quien compartir pensamientos. Después de la muerte de mi marido pasé unos meses con una tía lejana en el Distrito de Los Lagos. Por supuesto, era una persona muy reservada y no tan sociable como yo solía ser. Aun así, ella estuvo presente en caso de necesidad.

—¿Y la necesitaste?

—No, extrañamente, no deseé nada más que estar sola. Tenía mucho en qué pensar. Mis acciones…

—¿Te refieres a tu matrimonio con lord Wilmont?

Ella asintió.

—Y por encima de eso, las razones por las que hice lo que hice.

—El amor nos hace a todos tontos.

—Sí, supongo que así es.

Ella reprimió el impulso de decirle que con Charles no había sido amor, sino un deseo de emociones, el atractivo de la recién descubierta concupiscencia y el deseo de pasión del que las jóvenes bien educadas, respetables y decentes se supone que nada saben y nada desean. ¿Qué pensaría de ella? Una viuda, una mujer con experiencia, podía bien saber todo tipo de cosas y tener todo tipo de deseos que no eran aceptables en una mujer soltera. El hecho de que ella no fuera realmente diferente ahora que antes de casarse, salvo que sabía qué esperar y era, Dios mediante, al menos un poco más lista, no era algo que considerara prudente revelar.

Aun así, quería que él supiera que los sentimientos que sentía hacia él eran únicos en su experiencia. Una extraña mezcla de ternura y deseo que no estaba dispuesta a llamar todavía amor, aunque sospechaba que eso era a pesar de todo.

—Me siento un poco tonto yo mismo. —Él la atrajo de manera indolente hacia sus brazos.

—Alguien podría vernos aquí, milord.

—Nadie nos verá aquí. —Bajó la cabeza y recorrió con los labios su cuello. Un estremecimiento le subió por la columna—. Nadie que sea alguien se atrevería a ser visto en el parque a esta obscena hora de la mañana.

—Precisamente por eso escogiste este lugar. —Ella suspiró, deleitándose en su cercanía, en su calor… la promesa.

—Exacto —murmuró él, sus labios producían las más deliciosas sensaciones en su cuello.

—Tony. —Ella se incorporó y se encontró con su mirada—. Pienso en los meses que pasé en el Distrito de los Lagos como una especie de exilio autoimpuesto. Castigo, si quieres. No dormía bien allí y tampoco cuando regresé.

—¿Castigo continuado? —Las comisuras de sus labios se expandieron hacia arriba.

—Probablemente. No fue hasta que lo resolví todo con Charles…

—¿Qué? —Su entrecejo se frunció en confusión.

Ella sacudió la cabeza.

—Es una tontería y no tiene importancia, pero lo que estoy tratando de decir es que decidí que viviría mi vida según mis propias reglas.

—Creo que ya has mencionado eso.

Delia tomó aire para hacer acopio de valor. Si realmente creía en lo que decía sobre vivir su vida como deseaba y este hombre iba a ser una parte de su vida, tendría que aceptarlo. Y si no podía, era mejor saberlo ahora.

—Eso incluye ser —intentó no ahogarse en las palabras— una mujer experimentada.

Sus ojos se abrieron y alzó una ceja:

—¿De verdad?

—Sí. —Ella levantó la barbilla, miró fijamente sus ojos oscuros y le ofreció su sonrisa más seductora—. Como es muy pronto para mi próxima aventura, voy a vivir según mis reglas y voy a hacer que compartir tu cama, o más bien mi cama, ascienda en mi lista.

Una sonrisa cruzó su cara.

—Sabía que lo del camello era una idea extraordinaria.

—De hecho fue el camello lo que me convenció. —Ella alzó su mirada hacia el cielo—. Sin embargo, hay condiciones.

Él se quejó pero mantuvo sus brazos alrededor de ella.

—Siempre hay condiciones.

—La primera —ella se acercó y le rozó con sus labios— es que todavía reciba el resto de aventuras que habías planeado para hoy.

—De acuerdo.

—Y la segunda… Se me ha ocurrido que hay algo que nunca he hecho y olvidé mencionarte. Un asunto que puedes subsanar fácilmente.

—¿Y contará como una gran aventura?

—Una vez más, mi querido lord Saint Stephens, eso dependerá de ti. Verás —ella envolvió sus brazos en torno a su cuello y acercó sus labios a los suyos—. Nunca he sido seducida en un carruaje.

Capítulo dieciséis

Delia lo estaba llevando a la cama. Ahora mismo, en ese preciso instante. Tony se movía incómodo en el asiento del carruaje.

Era lo que deseaba, por supuesto, era lo que había deseado desde el comienzo. Aun así, se sentía como asediado, y no estaba del todo seguro de que le gustara.

Delia se apartó de la ventana y le dedicó una sonrisa y una promesa sin palabras.

Claro que probablemente podría aprender a disfrutarlo.

Ella se colocó frente a él.

—¿Y bien?

—¿Y bien qué?

—Bueno… —hizo gestos sin sentido—. ¿No vas a… quiero decir… no deberías…?

En ese momento él se dio cuenta de que ella no estaba tan confiada como sus maneras decididas parecían indicar. Su propio malestar se desvaneció.

—¿Seducirte? —dijo él con una sonrisa cómplice.

Ella dio un suspiro de alivio y asintió con la cabeza.

Su mirada se encontró con la suya.

—Seducir, mi querida Delia, no es algo que uno haga a las órdenes. —Su voz sonaba despreocupada; su mirada no dejaba la de ella. Tomó su mano y le quitó el guante lentamente, con intención—. Seducir es, ante todo, un arte.

—¿De veras?

—Por supuesto. —Terminó de quitarle el guante y trazó lentos y delicados círculos en la palma de su mano—. Y como tal arte, no puede apresurarse.

La expectativa latía en el aire entre ellos.

—¿Ah, no?

Había un ansia dulce en su voz que casi lograba deshacerle. Tony se hizo fuerte para no ceder ante él.

—No. —Mantuvo la voz baja, el tono sugerente. Delineó sus dedos uno por uno, apenas rozándola.

La respiración de Delia era entrecortada.

—¿Ni siquiera un poco?

Tony se llevó su mano a los labios y le besó la palma de la mano. Ella se estremeció ligeramente ante ese contacto.

—Hay una progresión natural.

—¿Sí? —Sus palabras eran poco más que un suspiro.

—Por supuesto. —Comenzó a besar su muñeca.

La voz de Delia sonaba agitada.

—¿Y qué es lo siguiente en esta progresión?

—Puedo sentir el latido de tu corazón contra mis labios —murmuró él.

—¿De veras? —Ella tragó saliva.

Él tomó la mano de ella y la llevó hacia su pecho, apretándola contra él al tiempo que la cubría con la suya.

—¿Puedes sentir tú el mío?

Ella asintió, sus ojos abiertos de par en par de… ¿qué? Sin duda, no era miedo. ¿Asombro, quizás? ¿Amor?

—Tony —dijo ella sin aliento—. Creo que, en la progresión natural de la seducción, sería correcto que me besaras ahora.

—¿Estás segura? —Él volvió a llevarse la mano a los labios y le besó cada dedo.

Ella se estremeció y se humedeció los labios.

—Oh, Dios mío, sí.

Él deslizó el brazo por su espalda y la atrajo lentamente hacia sí, apretándola contra él. Tomó su barbilla y fue al encuentro de sus labios con los suyos. Ella cerró los ojos y entreabrió los labios, dejando que su aliento se mezclara con el de él. Él la besó suavemente, con naturalidad, saboreándola con auténtico gusto, resistiéndose a su propia necesidad de devorar y consumir.

Ella gimió y lo envolvió en sus brazos mientras él la besaba saboreando su boca, bebiendo de ella.

Él dejó caer su mano para recorrer con los dedos su costado

hasta su cadera. Ella se tensó bajo la tela del vestido y sus brazos se apretaron en torno a él. Él se movió y la atrajo hacia sí aún más, casi encima de él, excitándose ante la proximidad de su cuerpo. Su mano acarició el largo de su pierna y recogió su vestido hasta que sus dedos tocaron su pierna cubierta por una media. Ella jadeó y su boca se volvió más exigente.

Su mano ascendió por su pierna torneada hasta su liga. Palpó la piel desnuda por encima de la cinta y ella contuvo la respiración. Él reprimió el impulso, la necesidad de tomarla ahí mismo, en ese instante, y se obligó a seguir con un ritmo lento y pausado. Para intensificar su deseo, y sin duda para volverse loco. Además, un carruaje era, evidentemente, demasiado arriesgado.

Tanteó con su mano un poco por encima de su pierna hasta la curva de su nalga y la asentó más firmemente en su regazo. Su cadera presionaba cerca de su erección tensa contra la tela de sus pantalones. Con cada sacudida del carruaje, ella se restregaba contra él, y él luchaba por controlarse.

Deslizó sus dedos sobre su cadera, hasta lo alto de su pierna y alrededor de la unión de sus muslos y el espeso retal de vello que contrastaba con la seda de su piel. Ella respiró profundamente y se zafó de sus labios. Dejó caer la cabeza hacia atrás y su cuerpo se arqueó tenso bajo la tela del vestido. Dios mío, quería arrancárselo del cuerpo, hacer pedazos la tela y revelar su piel de porcelana. Tocar, saborear, y gozar de sus pechos y sentir el fuego dulce de su cuerpo contra el suyo. Maldita sea, ¿por qué llevaba tantas prendas encima?

Sostuvo su espalda con un brazo y se inclinó para besar su nuca. Su otra mano la aferraba, sus dedos deslizándose sobre ella, húmedos y resbaladizos y ansiosos. Ella gemía mientras sus dedos exploraban los blandos pliegues de carne palpitante de deseo hasta encontrar el punto duro y pequeño que sabía que era el centro de su placer. Lo acarició con suavidad y ella gritó y se arqueó y él tapó su boca con la suya para sofocar su voz. Su pulgar acarició el punto de su placer y deslizó un dedo y luego otro dentro de ella. Estaba húmeda y excitada y sus músculos se apretaban en torno a él. Se aferraba a él, y se retorcía de placer bajo su contacto, frotándose contra su erección hasta que los gemidos de él igualaron a los suyos.

¿Acaso el riesgo no formaba parte de la aventura tanto como la sorpresa? Él recogió la falda de su vestido hasta la cintura, luego la sentó a horcajadas sobre su regazo. Empezó a desabrocharse los pantalones, pero ella apartó sus manos para reemplazarlas por las suyas.

La mirada de ella se cruzó con la suya y él leyó excitación y deseo y un toque de temor en sus ojos. Ella sonrió ligeramente y apretó sus labios contra los de él, luego puso sus manos sobre el bulto de sus pantalones. Él vibró contra ella. Ella pasó sus uñas con ligereza por la tela y él jadeó. Sintió el alivio de un botón desabrochado, luego otro, luego…

El carruaje se detuvo. El cese abrupto del sonido de las herraduras sobre el ladrillo y el traqueteo del vehículo fue tan sorprendente como cualquier ruido.

Delia se retiró y su mirada asombrada se fundió con la suya.

—¿Qué hacemos ahora?

—Muévete mi amor, rápido. —Él hizo una respiración profunda para serenarse—. Parece ser que hemos llegado.

—No creo que llegar sea el término adecuado —rezongó ella, y saltó de su regazo.

Él rio a pesar de lo incómodo de la situación y se abrochó los pantalones.

Delia sonrió y se echó el pelo hacia atrás.

—Creo que llevaba un sombrero cuando empezamos.

Él miró a su alrededor, recogió el sombrero del suelo, se movió para dárselo y de pronto se detuvo. Su pelo estaba despeinado y su rostro encendido, sus ojos oscuros, sus labios palpitantes. Era la criatura más arrebatadora que jamás había visto. Hipnotizadora y encantadora y todo lo que un hombre podía desear. Quizás debería decirle al cochero que continuara.

—¿Mi sombrero? —dijo ella con una sonrisa divertida.

—Por supuesto. —Él sacudió la cabeza para aclararla, le dio el sombrero, luego agarró el manillar de la puerta, tanto para asegurarse de que nadie de afuera la abriera como para abrirla él mismo.

—¿Estás preparada?

Ella se ajustó el sombrero, tomó aire para serenarse y asintió.

—Sí.

—Bien. —Él le lanzó una sonrisa de aliento y comenzó a abrir la puerta.

Ella cogió su brazo.

—Tony.

—¿Sí?

Le dedicó la lenta sonrisa de una mujer segura de sus acciones y del hombre que tiene a su lado.

—Esto ha sido realmente grande.

—No del todo. —Él se inclinó hacia delante y le dio un beso rápido—. Pero lo será. Lo prometo.

—Te tomo la palabra, milord.

—Sé que lo harás.

Tony saltó del coche y ayudó a Delia a bajar. Era sorprendentemente difícil separarse de ella y se dio cuenta de que esa mujer se había vuelto tan importante para él que no podía concebir dejarla ir. Ni vivir sin ella. Aun así, ése no era el momento para considerar el futuro.

Se dirigieron hacia la casa y ella vaciló.

—Tony. —Su ceño se frunció de preocupación—. No sé muy bien cómo vamos a lograrlo.

Él soltó una risita.

—Pensé que estábamos en el camino de lograrlo en el carruaje.

—No me refiero a eso. —Un rubor encantador recorrió su cara—. Tengo una idea excelente sobre cómo culminar eso, pero bueno, no me gustaría escandalizar a Gordon. Él es realmente retrógrado y estrecho de miras acerca de lo que las mujeres deberían o no hacer. Y me atrevería a decir que traer a un caballero a mi dormitorio antes del mediodía…

—Estoy seguro de que lo que le parecería inconveniente es la hora del día.

Delia lo ignoró.

—No me gustaría que pensara mal de mí.

—Delia, estoy seguro de que el anciano te tiene cariño, pero, bueno, con franqueza, querida, él es un criado y tú eres la señora de la casa. Ésta es tu casa y tu vida y Gordon, sencillamente, tendrá que aceptar que eres una mujer adulta que puede tomar sus propias decisiones.

—Él se ha convertido en mi amigo, Tony —dijo ella con vehemencia—. En muchos sentidos, mi confidente. Confío en su consejo.

—¿Y él qué te ha aconsejado hacer?

—Él cree que debería volver a casarme.

—Puede que tengamos algo en común. —Se dirigió a la puerta y se dio cuenta de que Delia no se había movido. Volvió la cabeza.

Ella lo miraba fijamente con una extraña mezcla de enfado y exasperación en su cara. Él no sabía muy bien qué había hecho, pero estaba claro que había hecho algo. Algo vil.

—Ya es suficiente, milord.

No tenía ni idea de qué estaba hablando.

—¿Qué es suficiente?

—Sigues hablando de cómo desearías casarte conmigo o de cuánto te gustaría tener mi mano en matrimonio o…

Él dio un paso y bajó la voz.

—¿Estás segura de que quieres discutir esto ahora? ¿Aquí en la calle?

Ella bajó el tono de su voz para igualar el suyo.

—No tenía intención de discutir esto en absoluto, pero ¡sí! Aquí mismo, ahora mismo.

Tony había estado en situaciones peligrosas, incluso mortales en el pasado, y su instinto le advertía que aquí mismo, ahora mismo podría ser la más peligrosa de su vida. Y también la más importante.

—Ya es hora, milord, de dejar de andarse con rodeos y preguntarme de una manera directa si quiero o no quiero casarme contigo.

Él escogió sus palabras cuidadosamente.

—Dijiste que no estabas interesada en el matrimonio en este momento.

Ella desdeñó sus palabras.

—Yo no soy el tema de conversación, lo eres tú.

—Creo que he demostrado de sobras mi interés en el matrimonio. He dicho que quería compartir tu vida, tus aventuras —él bajó un poco el tono de voz y se acercó—, tu cama.

—Sí, bueno, ahora vamos a eso, ¿no?

—¿A qué? —Tony se consideraba un hombre inteligente, pero Delia lo desconcertaba. ¿Eran todas las mujeres así de locas, o era este tipo de locura exclusivo de Delia?

—Estamos a punto de entrar tan campantes en mi casa y escandalizar al pobre Gordon…

—Sobrevivirá —dijo Tony con firmeza.

—Y yo quiero saber cuáles son tus intenciones.

Él sacudió su cabeza confuso.

—Éstas son mis intenciones. —Fue enumerándolas con los dedos—. Compartir tu vida, tus aventuras, tu cama…

—¡Shhh!

Él bajó el tono de voz.

—Y en este preciso instante, mi intención es finalizar lo que empezamos en el carruaje.

—Mi querido lord Saint Stephens, he caído en la cuenta, bastante inesperadamente debo añadir, de que, aunque mi plan era convertirme en una mujer experimentada y tener una vida de grandes aventuras, ya no estoy segura de que desee ganar esa experiencia o tener esas aventuras con nadie más que contigo.

—¿Y eso es malo? —dijo él lentamente.

—¡Sí! No. No realmente, pero has arruinado mis planes de vida y no estoy del todo contenta porque no sé cuáles son tus planes para mí.

—Creí que estaba planeando casarme, ¿no? Creí haber mencionado eso, ¿no? —No sabía por qué todo lo que decía salía en forma de pregunta—. Contigo, ¿no?

—¿Te importaría concretar eso un poco más?

No sabía qué decir y sospechaba que nada de lo que pudiera decir a esa encantadora lunática, la lunática que había cautivado su corazón, iba a ser correcto.

—¿No estoy siendo concreto?

—Muy bien, Saint Stephens. Evidentemente, el siguiente paso es mío. —Ella apretó los puños contra sus costados. El fuego salía de sus ojos—. ¿Me harías el gran honor de convertirte en mi esposo?

La sorpresa colgaba suspendida entre ellos. Delia estaba evidentemente tan sorprendida como él por sus palabras impulsivas.

Él cruzó los brazos sobre el pecho y la miró, reprimiendo el impulso de reír a carcajadas de alivio y de algo sospechosamente cercano a la alegría.

—No lo sé.

Sus ojos se abrieron como platos.

—¿Que no lo sabes? ¿Qué quieres decir con que no lo sabes?

—¿Cuidarás de mí de la manera a la que estoy acostumbrado?

—Por supuesto que no. —Le fulminó con la mirada—. Pero te permitiré cuidar de mí.

—Ya veo. Pero si voy a aceptar tu amable propuesta —hizo una pausa—, hay condiciones.

—Las esperaba —masculló ella.

—En primer lugar, todas tus experiencias de ahora en adelante serán conmigo. —Forzó una nota severa en su voz y reprimió una sonrisa.

Ella lo pensó por un momento.

—De acuerdo.

—En segundo lugar, todas tus aventuras de ahora en adelante serán conmigo.

—No…

—Y a cambio te garantizo que habrá auténticas aventuras. —Sonrió lentamente—. Me esforzaré por hacer de cada día una aventura.

—¿Grande? —Una diversión contenida sonaba en su voz.

—Eso, querida, dependerá enteramente de ti.

—Ya veo —dijo ella pensativa—. Entonces, encuentro tus condiciones aceptables.

—Entonces tú, mi querida lady Wilmont, deberías considerarte una mujer prometida. —Él se acercó más—. Te tomaría ahora mismo entre mis brazos, aquí en la calle, y te besaría hasta que el azul de tus ojos se oscureciera como una tormenta en el mar, tal y como he observado que suele ocurrir en momentos deliciosos, pero eso podría crear un conato de escándalo, y sospecho que tú y yo podríamos causar infinitos escándalos en el futuro. En la conquista de la aventura, por supuesto.

—Por supuesto. —Ella lo miró con un deseo en los ojos que reflejaba el suyo.

—Por tanto, sería mejor que resistiéramos el impulso de empezar a cultivar el escándalo ahora.

—¿Por el bien de nuestros hijos?

—Exacto. Que es precisamente el motivo por el que debemos entrar inmediatamente.

—De acuerdo.

Ella lo tomó del brazo y subieron deprisa las escaleras delanteras. Mac les abrió la puerta.

—Buenos días, milady, milord —dijo Mac—. ¿Tuvieron un paseo agradable?

—Así fue —dijo Delia con una risa, quitándose los guantes y el chal y dándoselos a Mac— absolutamente inolvidable.

Tony sonrió.

Delia se quitó el sombrero y se atusó el pelo, echando un vistazo a la entrada.

—¿Está Gordon por aquí?

—No, milady, él… —La mirada de Mac se deslizó de Delia a Tony y una chispa brilló en sus ojos. Se cuadró de hombros—. Se ha marchado, señora. Recogió sus cosas y se fue.

—¿Se ha marchado? —La voz de Delia se alzó consternada.

—¿Se ha marchado? —La voz de Tony se alzó con sorpresa.

—Sí, señora. Mencionó algo acerca de una tía.

—Debes de estar equivocado. Me dijo que no tenía familia.

Maldición. ¿Por qué le había dicho que Gordon no tenía familia? Por un breve momento la luz brilló, había visto una manera ingeniosa de escapar sin tener además ninguna culpa en el engaño. Mac se lo había servido en bandeja.

—Quizás le malinterpretaste —dijo Tony esperanzado.

—No, no lo creo. Lo recuerdo claramente. Además, él nunca se marcharía sin despedirse.

Un auténtico dolor brilló en los ojos de ella.

Aquello era la perdición de Tony. Él agitó su cabeza a regañadientes.

—Dudo que se haya ido.

—Oh no, señor. —Mac asintió con firmeza—. Se ha ido definitivamente.

—Estoy seguro de que no. —Tony apretó los dientes—. De hecho, apuesto por ello.

—¿No? —Mac cruzó su mirada con él—. ¿No le cabe entonces ninguna duda?

—No.

Delia lo miró con curiosidad.

—¿Cómo puedes estar tan seguro?

Tony escogió sus palabras cuidadosamente.

—Dijiste que os habíais hecho amigos. Por tanto, el hombre no se habría marchado sin decir nada.

—Tiene razón, señora. —Mac suspiró—. Debo haber confundido a Gordon con otra persona. Lo siento, milady.

—¿Cómo has podido…? No importa. —Lo miró confundida—. Entonces, ¿está en su cuarto?

—No —dijo Tony rápidamente. La mirada de Delia se volvió hacia él—. Bueno, el hombre acaba de decir que había salido.

Delia frunció el ceño.

—Dijo que había empaquetado sus cosas y se había ido a causa de una tía.

—Sombrero, señora —dijo Mac rápidamente—. Empaquetó un sombrero. Eso es lo que hizo. Para llevarlo a algún sitio a… a…

—¿A repararlo? —sugirió Tony.

—Eso es. A repararlo. —Mac dio un suspiro de alivio—. El señor Gordon empaquetó un sombrero para llevarlo a reparar, y se ha ido pero volverá.

—Entiendo —dijo Delia despacio—. Creo.

—Confundí tía con sombrero, señora. En realidad, confundí sombrero con Pat, porque ese es el nombre de mi tío, que naturalmente me recordaba a mi tía. —Mac sacudió la cabeza con pesar—. Me ocurre este tipo de cosas de vez en cuando. Me hirieron en la guerra y, bueno, ya sabe.

—Creo que podemos pasarlo por alto, lady Wilmont. El hombre es un veterano, después de todo. —Tony palmeó a Mac en la espalda, un poco más fuerte de lo necesario—. Probablemente lo ha pasado mal, ¿no, abuelo?

—Más de lo que debería decir, señor.

Delia miró a un hombre y luego a otro.

—Entonces, Gordon ¿va a volver?

—Por lo que yo sé sí, milady. —Una clara nota de pesar sonaba en la voz de Mac.

—Bien. —Ella observó a Mac detenidamente—. De veras espero que se recupere usted, MacPherson.

—Yo también, señora —murmuró Mac.

Delia hizo una pausa como ponderando sus siguientes palabras. Enderezó un poco los hombros, en actitud de desafío o determinación.

—Lord Saint Stephens ha expresado su interés en ver las reformas que mi hermana y yo acabamos de completar.

Le hizo una señal a Tony, la excitación y la vacilación se mezclaban en sus ojos. No estaba tan segura de sí misma, tan segura de lo que quería de él, o con él, como le había hecho creer. Como quizás a ella misma le gustaría creer. Había un encanto honesto, inocente, en la mirada de Delia que conmovió el corazón de Tony. Delia bien podría desear ser una mujer experimentada a quien no le preocupasen las reglas o el decoro, pero eso no iba con su naturaleza y por tanto requería mucho valor. Era realmente extraordinaria.

—¿Milord? —alzó una ceja.

—Enseguida voy. Desearía hablar con MacPherson un momento. Para asegurarme de que se ha recuperado de los efectos de su… —Tony intentó no ahogarse con las palabras— herida de guerra.

—Muy considerado por tu parte. —Ella sonrió a los dos y se dirigió a las escaleras, sus caderas balanceándose con cada paso, el sombrero colgando de su mano. La pura esencia de la inocencia sensual.

Los dos hombres la observaron hasta que desapareció en lo alto de la escalera.

—Creo que usted ya ha visto la reforma, señor —observó Mac con gentileza.

—No de esta manera… —murmuró Tony—. En lo que concierne a eso… —Tomó aire para serenarse y apartó sus pensamientos de lo que le aguardaba en el dormitorio redecorado de Delia—. Mientras intentabas tener un ojo en el ejército virtual que invadió esta casa en los últimos días, ahora que se han ido, ¿recuerdas haber visto algo de una naturaleza poco corriente?

Tony, Mac y la señora Miller, junto con los otros «sirvientes» se habían propuesto tener bajo vigilancia a todos los que trabajaban en la casa en todo momento. Si alguien deseaba encontrar algo oculto aquí, no había mejor disfraz que el de pintor o cualquier otro trabajador.

—Nada destacable, señor, aunque hoy la señora Miller sí encontró un hueco oculto en el panel en torno a la chimenea del salón mientras estaba usted fuera, donde Wilmont podría haber guardado objetos de valor. Pero estaba vacío.

—¿La señora Miller lo encontró?

—Limpiando, señor. —Mac hizo una mueca—. O ella lo llama así.

—Por supuesto. —Tony reprimió una sonrisa—. ¿Y qué hay de las mujeres implicadas en la reforma?

Los trabajadores habían incluido algunas mujeres encargadas de dar puntadas a todo tipo de telas, cubiertas y cortinas, y todo lo que la señorita Effington había considerado necesario para la habitación.

—De nuevo, señor, no se comportaron de manera sospechosa, aunque debo decir, que esa hermana de lady Wilmont gobierna con bastante mano de hierro. —Mac sonrió—. Podríamos haberla utilizado durante la guerra. Probablemente, habríamos vencido a los franceses mucho antes con unas cuantas más como ella.

—La flor de la condición femenina británica. Es una fuerza que hay que tener en cuenta. —Tony rio y se dirigió hacia las escaleras.

—¿Señor? —El ceño de Mac se frunció en señal de desaprobación—. Probablemente no es asunto mío…

—Probablemente.

Tony estudió al otro hombre. Evidentemente el falso mayordomo de Delia no era el único que la apreciaba y deseaba protegerla.

—Sin embargo… —Mac hizo una pausa—. Hemos estado hablando, los otros hombres y yo, y pensamos que lady Wilmont no ha sido bien tratada.

—¿Cómo?

—Ese asunto con Wilmont y el escándalo… En realidad fue

culpa del departamento y todos nos sentimos de algún modo responsables… Y ahora nuestro engaño, su engaño…

—Te agradezco el intento de sacarme de este lío.

—No es nada. —Mac se encontró con su mirada—. Estamos preocupados por lady Wilmont.

—¿Ah, sí? —Tony alzó una ceja.

—Ella cree que somos criados, señor, pero aun así nos ha tratado a todos y a cada uno e nosotros con suma amabilidad. No es en absoluto lo que ninguno de nosotros esperaba, y no nos gustaría verla sufrir.

—¿Sí?

—Estamos todos de acuerdo, señor, y sé que podríamos ir a la horca por ello, pero somos gente astuta y es posible que nadie llegara nunca a enterarse. Eliminación de pistas y todo eso.

—Ve al grano, Mac.

—No querríamos hacerlo, señor, pero si le hiciera usted daño, causara otro escándalo o le rompiera el corazón —Mac se cuadró de hombros— tendríamos que matarle.

—Comprendo. —Tony sopesó al otro hombre. No tenía ninguna duda de que Mac y los otros podían cumplir su amenaza. Por supuesto, sentirían un poco de remordimiento, un pensamiento que no le resultaba nada reconfortante en ese momento—. ¿Y si ella me rompiera el mío?

—Le ayudaríamos a ahogar las penas. —Mac sonrió—. Dure lo que dure, no importa cuántos de nosotros caigan en el camino.

—Lo agradezco. —Tony apenas podía reprender a Mac. Entendía bien la actitud de los hombres hacia Delia. Tony preferiría perder la vida antes que hacerle daño, aunque lo que de verdad prefería era vivir una larga y feliz vida con ella—. ¿Te tranquiliza saber que ella ha aceptado ser mi esposa?

—Ya lo creo, señor. —Mac dio un suspiro de alivio—. No nos gustaría tener que matarle.

—Es bueno saberlo.

—¿Cuándo?

—¿Cuándo qué?

—¿Cuándo se casará con ella?

—Tan pronto como ponga esto en orden —dijo Tony con

firmeza—. Tan pronto como encuentre la manera de terminar con nuestro engaño.

—Por supuesto, estaremos de acuerdo en lo que decida pero ¿no ha pensado…

—¿En tu sugerencia de no decirle nada en absoluto? —La idea todavía flotaba en su cabeza. Pero mantener ese secreto, esa mentira para siempre le parecía mal—. Lo he pensado, pero si va a ser mi esposa, si la amo, ¿cómo puedo ocultarle algo así?

—A mí me parece, señor —la voz de Mac era firme— que si la ama, tiene que ocultárselo.

Tony se pasó la mano por el pelo.

—No lo sé, Mac.

Mac le observó por un momento.

—Le deseo todo lo mejor, señor. —Miró en dirección a las escaleras—. Y buena suerte también.

—Gracias. Tomaré toda la suerte que pueda. —Tony comenzó a subir las escaleras—. Y una oración o un par de ellas tampoco estarían de más.

—Por supuesto, señor. —La voz de Mac sonó tras él—. Sospecho que las va a necesitar.

Capítulo diecisiete

«Me siento obligada a ser sincera contigo. —Delia caminaba de un lado a otro de la habitación, retorciéndose las manos. Un hábito bastante molesto sobre el que tendría que hacer algo—. Creo que la sinceridad es importante cuando uno está acometiendo un empeño tan serio, tan permanente, como el matrimonio. ¿No te parece?»

No hubo respuesta, por supuesto. Tony ni siquiera estaba en la habitación. Cualesquiera que fueran las historias de guerra que él y MacPherson estaban intercambiando, se alargaban un poco. No es que le importara. Ella bien podía aprovechar ese tiempo sola. Estaba sorprendentemente nerviosa.

Delia no había cambiado de idea respecto a lo que ella y Tony estaban a punto de hacer. El solo pensamiento de compartir su cama con él le hacía sentir una punzada profunda de deseo y ansia y, que Dios la ayude, de amor. Tenía que ser amor. Ninguna otra cosa podía explicar por qué le había pedido que se casara con ella. Por qué ella estaba dispuesta —no sólo dispuesta, sino además deseándolo— a dejar esa vida de independencia que apenas había saboreado. Renunciar a las aventuras que anhelaba para pasar el resto de su vida como su esposa. Ella nunca hubiera imaginado que el matrimonio podía resultar una aventura en sí misma. Pero tampoco había imaginado nunca antes el matrimonio con el hombre que amaba.

«Debería decirte… es decir… explicarte…»

Cielos, sonaba absurda incluso para sí misma. ¿Qué iba a decir exactamente?

«Tony, yo no amaba a Charles y sólo compartí su cama porque sentía que mi vida estaba condenada al aburrimiento y él suponía para mí una excitante, peligrosa y prohibida aventura.»

Oh, eso sí que le haría parecer una mujer de moral disipada. Una buscona, por lo menos. Como poco, sonaba estúpido e ingenuo. Tony se había descrito a sí mismo como retrógrado y estrecho de miras, y aunque desde luego no había mostrado mucho ese lado de su personalidad —y por supuesto no había nada de retrógrado en el paseo en carruaje— era perfectamente posible que fuese retrógrado y estrecho de miras cuando se trataba de la mujer con la que planeaba casarse.

Claro que él ni se había inmutado cuando ella dijo que planeaba convertirse en una mujer experimentada. Frunció el ceño, pensativa. Qué extraño. Aun así, él sin duda daba por sentado que ella ya tenía bastante experiencia. ¿Cómo demonios iba a explicarle eso?

—¿Explicarme el qué?

Delia se volvió rápidamente. Tony estaba apoyado en el marco de la puerta, los brazos cruzados sobre el pecho, con una sonrisa irritantemente cómplice en su cara.

—¿Cuánto tiempo llevas ahí?

—El suficiente para oírte decir algo acerca de explicarme no sé qué. Por favor, adelante.

—No es nada importante, en realidad. —Ella le dirigió su sonrisa más radiante y abrió los brazos de par en par—. ¿Qué te parece la habitación?

—Es azul. —Entró en la habitación, cerró la puerta detrás de él con firmeza y se dirigió hacia ella, aflojándose el pañuelo—. Hace juego con tus ojos.

—Exacto. —Ella intentó ignorar el hecho de que él avanzaba hacia ella. O el hecho de que se había soltado el pañuelo y lo había dejado sobre la solitaria silla de la habitación. El más extraño sentimiento de pánico se apoderó de ella—. Me gusta bastante la tela que Cassie escogió, aunque por supuesto yo la ayudé a elegirla, sabes, así como el papel de las paredes, y…

—Te estás yendo por las ramas, Delia. —Había un tono íntimo en sus palabras. Como si realmente estuviese diciendo algo completamente diferente.

«Me deseas, Delia.»

Él se quitó la chaqueta y la arrojó al respaldo de la silla.

—Yo nunca me voy por las ramas —murmuró ella, alejándose de su alcance. Por supuesto que lo deseaba, deseaba aquello más de lo que nunca había deseado nada, pero no lograba sofocar un ligero temblor de inquietud. Y la certeza de que aquello, de que Tony, era mucho más importante que cualquier cosa que le hubiese ocurrido antes.

—Te estás yendo por las ramas ahora. —Él se sentó en el borde de la silla y se quitó las botas.

«Deseas que te toque, que te acaricie.»

Ella lo ignoró.

—Me gustan especialmente los toques dorados aquí y allá. No demasiados, sabes, pero los suficientes como para darle al conjunto cierto ambiente. Un aire de…

—¿Seducción? —Se puso en pie, se quitó la camisa y la dejó caer al suelo. Sus hombros eran impresionantemente anchos, sus brazos y pecho musculosos, su cintura agradablemente estrecha. Ella tragó saliva.

«Que te haga sentir lo que nunca antes has sentido.»

Delia siguió como si no se hubiera dado cuenta de que estaba sólo medio vestido.

—Aun así, incluso con todo lo que hemos hecho, la habitación sigue pareciendo extremadamente grande y vacía. Por supuesto, no está terminada. Gran parte del mobiliario aún no ha llegado.

—Con la excepción —su sonrisa era absolutamente perversa— de la cama. Bastante impresionante.

—¿Impresionante? —Ella se volvió hacia la cama y enseguida se dio cuenta de su error.

La cama era en verdad impresionante. Delia no se había dado cuenta hasta ahora de lo imponente que era la pieza de estilo francés, con su dosel azul oscuro y dorado y sus cortinas de seda. Comparada con la cama de Charles no parecía tan grande, pero en aquel momento era enorme, inmensa, inabarcable. Un mar ondulante de espuma y satén invitando a los desprevenidos a un viaje de delicias carnales. Era una aparición de indecencia. Una visión de decadencia. Un escenario para la seducción.

—Bastante impresionante. —Su voz sonaba cercana detrás de ella.

—¿De veras? No me había dado cuenta.

Tan cerca que ella juraría que podía sentir el calor de su cuerpo irradiando de él en olas destinadas a derretir sus mismos huesos. Tan cerca que podía sentir el movimiento de su pecho con cada respiración. Tan cerca que si se daba la vuelta, estaría apretada contra él.

—Crea una ilusión. —Puso sus manos suavemente sobre sus hombros.

—¿Una ilusión? —Apenas podía pronunciar las palabras. Sus dedos se deslizaban por sus brazos y de nuevo hacia sus hombros de una manera lenta, somnolienta, que no concordaba con la fuerte luz de la mañana que se colaba a través de las ventanas.

—De perfección, quizás. —Él rozó con sus labios suavemente su nuca. Ella cerró los ojos y dejó caer la cabeza hacia delante.

—¿El azul y dorado evocan perfección? —susurró ella, conteniendo la respiración, deleitándose en el tacto de su boca sobre su piel.

—Tus ojos son azules. —Había un pequeño corchete en el cuello de su vestido y ella sabía que él había desabrochado la cinta superior. Él fue desabotonando la línea de pequeños botones que iban del cuello a la cintura tan suavemente que ella no sintió nada salvo el soltarse de su corpiño, luego él, con manos expertas, le desató la última cinta. Evidentemente había hecho aquello antes—. Y tu pelo es dorado.

Él le abrió el vestido y una ligera brisa se coló por la ventana susurrándole en la espalda. Ella se estremeció, tanto por placer como por la ráfaga de aire.

Él le besó la nuca y deslizó sus labios hasta mordisquear uno de los hombros desnudos. Siguió bajando el vestido por sus brazos hasta que ella impacientemente lo sacudió y cayó amontonado a sus pies como un charco, dejándola nada más que en ropa interior, medias y zapatos.

Suavemente, apretó su espalda contra él. Sintió su pecho desnudo cálido y fuerte contra su piel y notó su erección fuertemente apretada contra ella. Apoyó la cabeza en su pecho, ladeándola, y él le besó la parte interior del cuello y saboreó la curva de su hombro. Él deslizó las manos por debajo de sus brazos para envolver su cintura y la acercó más hacia él. Ella no era consciente de nada más que del tacto de su cuerpo junto al suyo y el contacto de su boca sobre su piel y sus manos extendidas abarcando su vientre.

Él deslizó sus manos hacia arriba para tocarle los pechos, y ella notó sus dedos cálidos a través de la diáfana tela insustancial de su ropa interior. Ella contuvo la respiración. Él dibujó un círculo con los pulgares en torno a sus pezones y éstos se endurecieron bajo su contacto.

Durante un momento que pareció toda una eternidad, permanecieron de pie, ella apoyando la espalda contra su pecho, mientras las manos de él continuaban una diligente exploración. Cada nervio de su cuerpo se tensaba con las extraordinarias sensaciones que él le provocaba.

Su tacto era suave, tierno, casi reverente, y muy, muy experto. Los sentidos de Delia se elevaban por el aire. Podía sentir el latido de su corazón y también el latido del corazón de él contra su espalda. Podía escuchar el más ligero ruido de su respiración y la controlada regularidad del suyo. Con los ojos cerrados ella vio, en su imaginación, tonos de nubes azules y doradas, un acompañamiento visual a sus caricias. Glorioso. Y aquello no era ni mucho menos todo.

Él dio un paso atrás y le dio la vuelta. Ella abrió los ojos para encontrarse con su mirada y se quedó sin aliento. Los ojos de él hervían oscuros y profundos de deseo y excitación. Abrió sus brazos y ella entró en su abrazo, deleitándose con el tacto de su cuerpo al fin contra el suyo. Ella levantó la cabeza y sus labios se fundieron con los suyos en un beso largo e íntimo y tan embriagador como el brandy.

Él la tomó en brazos y la llevó a la cama, la acostó y, despacio, le quitó los zapatos. Ella nunca imaginó que algo tan simple pudiera ser tan intenso. Y tan íntimo. A continuación le desató las ligas y le quitó las medias, primero una y luego la otra, del mismo modo sensual y lento en que le había quitado el guante deslizándolo lentamente en el carruaje. Ella dio un suspiro estremecido.

Él comenzó a desabrocharse los pantalones y ella se dio cuenta de que si iba a decir algo, éste era el momento.

—¿Tony?

Su mirada oscura se encontró con la de ella.

—Delia.

Ella se apoyó en los codos y tomó aire.

—Me temo que ha llegado el momento de la sinceridad total.

Sus manos se detuvieron en los botones.

—¿Ahora?

—Se trata más bien de una confesión y ya sabes que no se me dan bien.

—¿Ahora? —Su voz se elevó.

—Creo que es lo mejor —dijo ella débilmente—. No quiero que te sientas, bueno, decepcionado.

Él resopló con incredulidad.

—No podría estar nunca decepcionado contigo. Con nosotros.

—No tengo tanta... —ella se sentó y le observó— ...experiencia como puedas pensar.

—Estuviste casada —dijo él lentamente.

—Sí, bueno, no durante mucho tiempo ni... —hizo una mueca de dolor— muy a menudo.

—Pero tú has... quiero decir que hiciste...

—Por supuesto que lo hice. No sé cómo explicar esto... —dijo ella por lo bajo.

—Estaría bien que fuera rápido —masculló él.

Delia lo miró fijamente.

—Esto es muy difícil para mí, y más que embarazoso, así que es bastante egoísta por tu parte pedirme que me dé prisa.

—Me siento bastante egoísta en este momento. Apenas puedes culparme. No tenía ni idea de que llegados a este punto todavía estaríamos hablando. Francamente, ésa no era mi intención.

—Tampoco era mi intención, pero quiero ser sincera contigo. —Su mirada buscó la suya—. Estoy totalmente decidida a que seas mi último marido, y no me parece adecuado empezar un matrimonio o cualquier otra cosa sin una cierta dosis de franqueza.

—Una cierta dosis de franqueza tiene sus meritos, quizás —dijo él con desgana.

—Yo también lo creo. Y creo que deberías saber —ella lanzó un suspiro profundo— que Charles y yo, bien, nosotros no…

—¿No? —La sorpresa coloreaba su cara.

—Te pido que estés callado y me escuches. Lo hicimos, pero —ella contuvo la respiración— sólo una vez.

—¿Una vez? —Él alzó la voz—. ¿Qué quieres decir con una vez?

—Quiero decir una vez. Creo que si digo «una vez» está bastante claro lo que digo. Una vez. Única. Una noche. Una, hum… aventura. —Ella señaló vulnerable hacia la cama—. Una vez.

—Pero ¿estuviste casada durante, cuánto? ¿Casi una semana?

—Cuatro días, en realidad, antes de que él muriera.

—Y él no… tú no… —Frunció el entrecejo confundido, como si éste fuera un concepto que no lograra entender—. ¿Una vez?

Ella asintió con la cabeza.

—Dios mío, cuando llevemos casados cuatro días puedes estar segura de que lo habremos hecho más de una vez. En verdad, creo que para nuestro cuarto día de matrimonio habremos perdido la cuenta exacta de las veces que lo hemos hecho.

Ella sonrió a pesar de su vergüenza.

—Qué cosa tan terriblemente dulce por tu parte decir eso.

—Quizá, pero no es nada más que la verdad.

—Pero… —Ella respiró profundamente—. No creo que sea muy buena en… eso. Puede que no te guste hacerlo conmigo. O que no te guste yo.

Él la miró con incredulidad, luego estalló en carcajadas.

Ella se deslizó de la cama, se puso en pie con las manos en las caderas y lo fulminó con la mirada.

—¡Esto no es divertido!

—Pero amor mío, sí que lo es. —Él reprimió una carcajada—. Puede que sea lo más divertido que he oído nunca.

—¡Tony!

—¿Que no me gustes? —Sacudió la cabeza—. Si eso es verdad, Wilmont estaba loco o idiota o las dos cosas.

—Eso también es una cosa muy bonita de tu parte, pero…

Él rio.

—No es bonito, es un hecho. —Él la alcanzó y la tomó en sus brazos—. Ahora bien, prefiero aplazar la discusión de cualquier cosa que no sea lo intrigante que encuentro la curva de tu cuello o lo incitante que es la manera en que contienes la respiración cuando te toco de cierta forma…

—¡Tony! —Ella rio a pesar de sí misma.

—Y a pesar del hecho de que no deseo nada más que llevarte a esa cama y desmentir tus temores de no gustarme —él acarició su nuca— una y otra vez, sospecho que no podemos continuar hasta que me lo cuentes todo.

—Realmente no hay mucho más que contar. —Aunque era sorprendentemente fácil hablar con sus brazos rodeándola—. Compartí la cama de Charles, nos casamos…

—¿Después? —Sus cejas se alzaron.

—Sí. —Ella levantó la barbilla y le miró fijamente a los ojos.

—Después —dijo ella con firmeza—. Doy por hecho que no te parecerá tan inconveniente, puesto que tú y yo no estamos todavía casados y en nuestra situación, el matrimonio también será después.

—No iba a decir ni una palabra. —Abrió los ojos con expresión de inocencia—. Y me ofende que pienses que iba a hacerlo.

—Mis disculpas. —Ella se apartó de sus brazos—. Como iba diciendo… —Hizo una pausa para ordenar sus pensamientos y reunir valor, se abrazó y caminó de un lado a otro. Ella no había admitido esto ante nadie, ni siquiera ante su hermana—. Después de que nos casáramos, él no parecía ya nada interesado en mí. Estaba preocupado, brusco en sus maneras, incluso algo frío. Pasaba más tiempo fuera que en casa.

—Y tú creíste que era porque vuestra noche juntos fue decepcionante.

—Sí. No. No lo sé. —Ella dio un suspiro profundo y le miró—. Suena absurdo, lo sé, pero sí que lo creí al principio, y aunque compartir su cama no era, hum, tan glorioso como yo había pensado que sería, no era… desagradable.

Tony reprimió una sonrisa.

—Qué interesante.

—Sí, pensé que tenía un gran potencial —murmuró ella.

—Sí que lo tiene —dijo él para sus adentros.

—Pensé que quizás era porque no había amor entre nosotros…

—Entonces, ¿no le amabas? —Su voz era práctica, pero había un brillo intenso en sus ojos.

—Sé que es horrible por mi parte, y me considerarás terriblemente superficial, pero no. —Delia enderezó y buscó su mirada—. No le amaba. Ni él a mí, aunque creo que sí que nos gustábamos. Al menos al principio. —Sacudió la cabeza—. Fue todo un terrible error, y cada día de nuestro matrimonio estaba más convencida de eso, pero…

—No hubieses querido que muriera —dijo él con calma.

—Nunca. —Suspiró ella—. Y durante mucho tiempo me culpé a mí misma. Como si su muerte fuera el resultado directo de algo que yo había hecho. Una especie de castigo, un destino funesto, quizás, por no ser lo que él deseaba. O por apartarle. O por casarme con él. O por no amarle.

—No fue culpa tuya. Ni su comportamiento, ni su muerte.

—Lo sé —dijo ella con firmeza—. Pero me llevó meses aceptarlo, y no creo que realmente lo hiciera hasta que regresé a esta casa. Su casa y ahora mi casa.

—Comprendo. —Su voz era reflexiva.

—Así que… —Ella le observó con cuidado—. ¿Aún quieres casarte conmigo?

—No lo sé.

Se le encogió el corazón.

—Muy bien, yo…

—Prefiero reservarme el juicio hasta… después. —Su voz era fría, pero había un brillo burlón en sus ojos—. Por si acaso eres en verdad una decep…

—¡Tony!

—En verdad, no me gustaría aceptar un matrimonio para descubrir después…

—Eres un hombre realmente perverso, lord Saint Stephens.

—Tú lo has dicho, y deberías tener cuidado porque estoy empezando a creerlo.

—Bien harías en creerlo —cortó ella—. Te he abierto mi corazón. Te he dicho cosas que jamás había dicho…

—¿Sabías que cuando estás en ese lugar, con la luz de las

ventanas detrás de ti, la tela de tu canesú, que es, debo añadir, excesivamente fina, se hace prácticamente transparente?

—¡Cielo santo! —Ella jadeó e inmediatamente le dio la espalda—. Lo menos que podrías hacer es no mirar.

—No seas absurda. Tengo la intención de mirar bastante. Y debo añadir que esta vista es buena también.

—Si fueras un auténtico caballero, no mirarías —dijo ella por encima de su hombro.

—Es una suerte terrible para ti que no lo sea. —Antes de que ella pudiera replicar, él la tomó en brazos y la llevó de vuelta a la cama—. Soy un lord con el título reciente, por tanto, la expresión «auténtico caballero» es como poco cuestionable.

Él la tumbó sobre la cama.

—Además, tú misma lo has dicho. —Se inclinó sobre la cama, apoyando las manos a cada lado de ella—. Soy un hombre realmente perverso.

—Tú dijiste que eras retrógrado y estrecho de miras.

Él sonrió.

—Mentí.

—No estoy segura de creerte. —Ella se incorporó, rodeó con sus brazos su cuello y lo tumbó sobre la cama—. Quizás deberías demostrarlo.

—Quizá.

Él la tomó en sus brazos y la atrajo hacia él hasta que sus labios se encontraron con los suyos. Sus labios se abrieron y un suspiro de pura anticipación susurró a través de ellos. Su boca se apretó contra la de ella más fuerte y ella le respondió de la misma manera, reavivando el deseo que se había encendido entre ellos en el carruaje. La necesidad la recorría con una urgencia que nunca había conocido. Ella se deleitaba en el tacto de su boca contra la suya, exigente y ansiosa e insistente.

Ella recorrió con su mano la curva de su hombro, su carne caliente y tentadora. Delia apartó los labios de los suyos y los deslizó por su mandíbula hasta la línea fuerte de su cuello. Él se apaciguó bajo su contacto y su excitación se intensificó. Ella saboreó el hueco de su garganta, deslizó su lengua por su clavícula y mordisqueó su hombro. Su mano acarició las lisas y duras zonas de su pecho y se deleitó con la fuerza de su cuerpo bajo su contacto. Las manos de él se movían sin descanso por su espalda. Ella trazó un círculo con la punta de sus dedos alrededor de la areola de su pezón, luego se acercó a acariciarlo con la lengua, y él jadeó.

Ella cubrió de besos su pecho y su mano acarició su estómago y se deslizó hacia abajo hasta sus pantalones. Lo recorrió con sus dedos por encima de la tela tirante mientras él daba suspiros de estremecimiento. Ella desabrochó sus pantalones con una creciente urgencia. Quería sentirle, verle, tocarle.

—Espera. —Él jadeó y la apartó, se deslizó de la cama y se quitó los pantalones.

Por un momento, ella no podía dejar de mirar. Acostarse con Charles había sido en la oscuridad de la noche.

Tony era espléndido y se podía comparar favorablemente con alguna estatua de un dios griego que alguna vez hubiera visto. Sus piernas eran largas y esbeltas, sus hombros anchos, su estómago liso. Y aquello que había en el lugar donde debería estar la hoja de parra era realmente bastante impresionante.

—¿Delia? —Su ceño se arrugó—. ¿Estás bien?

—No lo sé. —Ella debería estar avergonzada, por lo menos un poco, pero no sintió nada parecido. Sólo un cálido rubor de excitación y quizás posesión. Se puso en pie, se quitó el canesú, lo echó a un lado y le dirigió una sonrisa trémula—. ¿Vienes?

En menos de un latido ella estaba en sus brazos, su cuerpo fuertemente apretado contra el suyo, su erección dura entre ellos. Se dejaron caer sobre la cama y cualquier compostura en ellos se desvaneció en un frenesí de pasión. Ella quería saborearle, tocarle, unir su cuerpo al suyo. Sus manos, su boca, su lengua estaban por todas partes, buscando cada rincón de ella.

Él tomó su pecho en la boca y ella contuvo el aliento. Con la lengua y los dientes la provocaba, jugueteaba con ella, hasta que su existencia se redujo a nada más que sensación física. Todo lo que sabía, todo lo que quería conocer, era el tacto de su boca sobre la carne sobreexcitada y demasiado sensible a su contacto. Ella se preguntó si alguien alguna vez había muerto de puro placer. Y tampoco le importaba.

La mano de él le acarició el estómago y se dirigió a los rizos entre sus piernas y ella se arqueó para encontrarse con su mano y alentarle. Sus dedos se deslizaron sobre ella y ella gimió y estiró la mano para alcanzar su erección y agarrar su miembro en la mano. Él dio un suspiro de placer. Estaba caliente bajo su palma, duro como una piedra y cubierto de seda. Los dedos de él acariciaron el lugar hipersensible que había descubierto en el carruaje y ella jadeó. Él la acarició a un ritmo creciente y su respiración se volvió entrecortada y agitada. Sin pensarlo, su mano acarició su erección, igualando el ritmo que él marcaba. La tensión se volvió cada vez más fuerte dentro de ella, como si estuviera haciendo un gran esfuerzo por alcanzar algo inalcanzable, anhelando algo imposible de conseguir. Ella notó un extraño sonido quejumbroso y se dio cuenta de que era ella.

De repente, él se detuvo y se puso sobre ella antes de que ella pudiera protestar, acoplándose entre sus rodillas. Hizo una pausa, se colocó sobre ella y la miró a los ojos.

—Delia, yo…

—Tony. —Ella suspiró con deseo y medió la distancia entre ellos para atraerlo hacia sí.

Él se deslizó en el interior de ella con una facilidad lenta, firme. Perfecta. Como si estuviera hecho para ella. Sólo para ella. Por un momento largo él se quedó inmóvil dentro de ella y ella se deleitó con la extraña y encantadora sensación de conexión y plenitud. Luego él se movió, se retiró ligeramente y volvió, empujando más. Y de nuevo, se retiró, y luego hacia delante, y una vez y otra, cada vez más profundamente, con más fuerza, más intensamente. Ella le envolvió con una pierna y se arqueó para recibirle.

Su ritmo se incrementó. Ella se tensó. Acompasaba cada movimiento con la necesidad que surgía de algún lugar en su interior. Él se introdujo en ella y ella arqueó las caderas para recibirle. Era una especie de danza, reconocía ella vagamente. Y en esa danza también los dos se movían juntos tan perfectamente como habían hecho en el salón de baile. Como si se hubiesen unido así antes o siempre o para siempre. Él la penetró más fuerte y más rápido. Su calor emanaba de su cuerpo al suyo, rodeándola, envolviéndola. Ella gimió con un gozo insoportable y una punzada implacable del deseo.

Él la empujaba, la arrastraba, llevándola sin resistencia a algún lugar que ella deseaba, anhelaba, por el que moriría pero no podía alcanzar. La cima de una cumbre desconocida, la cima de un nuevo mundo, con las estrellas en el cielo.

Sin aviso, la tensión cada vez más creciente y más cálida dentro de ella estalló en una gloriosa liberación. Ella gritó y su cuerpo dio una sacudida y olas de sensación pura emanaron de su unión para encender cada nervio de su cuerpo con un éxtasis que le arrebataba la respiración y golpeaba su corazón y arrasaba su mente con colores azules y dorados. Y se aferraba a su alma.

Él la apretó más y la empujó una y otra vez hasta que él gimió y su cuerpo se estremeció y la calidez de su propia liberación la inundó. Y se aferró a él hasta que se quedó quieto encima de ella y el temblor de su propio cuerpo se calmó. Y le sostuvo así por un momento largo.

Al fin se levantó y la miró, una sonrisa desconcertada en su cara.

—Bueno…

—¡Cielo santo! —Ella intentó recuperar el aliento—. Esto sí que ha sido…

Él se retiró de ella con suavidad y ella sintió un momento de pesar por la pérdida. Él se colocó a su lado y apoyó la cabeza en la mano.

—¿Sí?

—Oh, Dios mío. Ha sido… —Ella deslizó un dedo tentador sobre su pecho.

—¿Glorioso?

Ella tenía el extraño deseo de reír.

—Si te lo digo, se te subirá a la cabeza.

—Probablemente. —Sonrió—. ¿Te he dicho que me gusta tu cama y tu habitación?

—Más te vale. —Rio—. Fue decorada teniendo en mente la idea de seducirte.

—Ha funcionado extraordinariamente bien —murmuró él.

—Entonces, ¿debo dar por hecho que no estás decepcionado?

—En efecto, puedes darlo por hecho. Y ¿puedo dar por hecho también que yo, o más bien, esto, ha estado a la altura… —él se aclaró la garganta— de su potencial?

—Por supuesto. Aunque… —Ella le miró por un momento,

luego le dirigió una sonrisa tan perversa como cualquiera de las suyas—. Sospecho que el potencial podría ser mucho más grande de lo que nunca imaginé. —Acercó su boca a la suya—. Y creo que en interés a las grandes aventuras habrá que averiguarlo.

Capítulo dieciocho

—¿No crees que una venda en los ojos es una medida un poco excesiva? —Delia alzó la voz, aferrándose a la mano de Tony, que le servía de apoyo y guía. Estaban subiendo lo que parecían ser interminables tramos de escaleras: algunas curvas, algunas en espiral, algunas serpenteantes. Al menos, ésa había sido su impresión hasta ahora—. Me siento bastante ridícula.

—Tonterías, se te ve bastante enigmática. Por lo menos para mí, aunque he de admitir que puede que haya hombres que no aprecien a una mujer con los ojos vendados —dijo Tony, desde algún lugar un poco por encima de ella—. No, espera, no puedo imaginarme a ningún hombre que no disfrute de la ilusión de una mujer bajo su control. No de una tan terca y aferrada a sus ideas como tú, en cualquier caso.

—Me alegra tanto que uno de los dos esté disfrutando esto.

—Tonterías, Delia, tú también lo estás disfrutando. No saber dónde estás le añade aún más excitación. —Él apretó su mano—. Además, esta aventura en particular no funcionará si no es una sorpresa.

—Pero seguramente la gente se habrá fijado en un hombre arrastrando a una mujer con una venda en los ojos. No puede ser que haya muchas mujeres con los ojos vendados en las calles de Londres.

—Te sorprenderías —dijo Tony riendo—. Sin embargo, tomé precauciones para limitar la posibilidad de atraer una atención indebida. Llevas un sombrero de ala especialmente ancha a petición mía…

—Todo sea por la aventura —murmuró ella.

—Y tu venda parece un vendaje; fui de lo más solícito, debo añadir, y fuimos directamente del carruaje a…

—¿A… qué? —Adoptó una manera tan inocente ahora como había hecho la última docena de veces que había preguntado.

Él se rio.

—Te diré una cosa: eres una criatura de lo más terca. ¿Seguramente no esperarás que te lo diga tan cerca del final?

—Una no sabe nunca qué esperar durante una aventura —dijo ella con actitud altiva.

—Como iba diciendo, gracias a lo tarde que es, no hemos encontrado mucha gente, a excepción del excelente caballero con el que organicé esta aventura particular y el igualmente solícito caballero que está guiando nuestro camino con una linterna hasta ahora. Les he explicado que has tenido algún tipo de accidente. —Él se detuvo, bajó la voz, y se acercó más—. Con un camello. Muy trágico. Tienes su compasión.

—Merezco bastante su compasión. —Ella se rio.

En general, su negativa a decirle lo que estaba tramando en efecto aumentaba su expectación. Salvo por el hecho de que parecía que no iban a alcanzar nunca la cima de lo que fuera que estaban escalando, no saber, e incluso no poder ver, aumentaba su excitación.

Ella se sonrió para sí. No es que necesitaran pasar por ese tipo de esfuerzo para conseguir emoción o aventura. Él ya había proporcionado bastante de las dos cosas por aquel día.

—¿Por qué sonríes?

—¿Te das cuenta de que, si me detengo a pensar en ello, podría determinar exactamente dónde estamos sencillamente llevando la cuenta del número de escalones que hemos subido y luego pasar a eliminar estructuras que no se ajustan a mis cálculos?

—Me atrevería a decir que podrías. ¿Así que has estado llevando la cuenta de los escalones?

—No dije que lo haya hecho, dije que podría haberlo hecho.

Delia estaba, en realidad, bastante confundida y demasiado excitada para hacer nada tan racional como llevar la cuenta del interminable número de escalones. Además, la idea no se le había ocurrido hasta que ya habían ascendido una distancia considerable. Aunque sí se había dado cuenta de que no era un ascenso continuo. Su caminata de ascenso se paraba brevemente para progresar en una superficie plana, luego se dirigían hacia el cielo otra vez. Ella estaba segura de que en algún punto habían estado en una escalera espiral y ahora mismo negociaban una escalera empinada y serpenteante. Aun así, era difícil dedicar una atención seria a la pregunta de dónde se suponía que podían estar cuando estaba tan concentrada en escalar sin tropiezos y a veces tratando de recobrar el aliento como un perro sobreexcitado en el proceso.

Por la curva y el nivel de ascenso, al principio sospechaba que podría haberla llevado a un faro, pero aunque viajaron durante toda una hora antes de bajar del coche, ella pensó que era simplemente una artimaña y estaba segura de que en realidad no habían dejado la ciudad. Por lo tanto, tenían que estar en un edificio dentro de los confines de Londres. Un edificio muy alto. Uno propicio para escaleras interminables, serpenteando y retorciéndose hacia arriba. Hacia los cielos.

Los cielos. Por supuesto. La respuesta la cogió por sorpresa y se sintió molesta por no haberlo pensado antes. Tenía que ser la catedral de Saint Paul. Sabía que uno podía ascender hasta una galería en el exterior de la cúpula, pero ella nunca había tenido ocasión o el deseo de hacerlo. La única cuestión pendiente era por qué Tony la estaba llevando aquí. No podía recordar por nada del mundo qué aventuras le había espetado en el calor de la pasión. Aunque, en verdad, realmente no importaba. Ni tampoco importaba ese encuentro matutino con *Bess*. El mero hecho de que el hombre estaba dispuesto a ir a tales extremos para que ella hiciera cosas que nunca había hecho era la cosa más maravillosa que nadie había hecho nunca por ella. La cosa más extraordinaria que ella nunca pudo imaginar que nadie hiciera por ella. Y, por supuesto, el acto de un hombre enamorado.

—Hemos llegado. —La voz de Tony era tranquila, pero sospechaba que él estaba tan aliviado de haber alcanzado por fin su destino como ella.

Oyó el sonido de una puerta pesada abriéndose y una brisa fresca la acarició.

—Aquí lo tiene, milord —dijo el guía, su voz acompañada de un tintineo de llaves—. Estaré aquí detrás, pero apareceré junto a la puerta si me necesita. —El hombre bajó su voz, pero no lo suficiente para impedir que Delia escuchara—. Disculpe, señor, pero ¿es sensato, cree usted, llevar a una mujer que no puede ver a un lugar como éste?

—Es algo que nunca ha hecho y le prometí que la traería aquí mucho tiempo antes… —una nota de pesar sonaba en la voz de Tony— del accidente.

—Pero sería mi culpa si se cayera, señor. Y no siendo capaz de ver y demás, podría caerse por la barandilla antes de que se diera cuenta.

—No tema, buen hombre, me aseguraré de que no suceda nada por el estilo. —Tony envolvió la cintura de Delia con su brazo y la llevó hacia delante.

Incluso sin el sonido de la puerta crujiendo al cerrarse un poco detrás de ellos, ella habría sabido que estaban en el exterior. Quizás se debía a una diferencia en el sonido de la voz de Tony o una sensación inmediata de apertura, pero la cuestión es que supo que estaban en el exterior de la cúpula de la catedral.

—Déjame pensar. —Hizo una pausa, luego le dio la vuelta y la movió unos pasos—. Excelente. Ahora quédate quieta.

Él se apartó de su lado para ponerse detrás de ella sin dejarla nunca del todo, algo por lo cual ella se sentía extremadamente agradecida. No le asustaban las alturas especialmente, pero la idea de estar donde ella creía que estaba, con una venda en los ojos, la llenaba de pánico. Aunque había que admitir que resultaba de lo más excitante.

—Primero, hay que quitarse el sombrero. —Él desató cuidadosamente los lazos de su sombrero y se lo quitó de la cabeza. Su voz sonaba al lado de su oído, una caricia audible—. ¿Estás preparada?

—Por supuesto. —El entusiasmo sonaba en su voz y la expectación palpitaba en sus venas.

—Muy bien.

Delia sintió sus dedos desatando el nudo de la venda en su nuca, luego la cinta de la tela cayó suelta. Abrió los ojos y dio un grito ahogado.

El mundo se extendía a sus pies.

—Oh, Dios mío.

Él envolvió con un brazo su cintura firmemente, anclándola a él, y una cálida sensación de seguridad y pertenencia la invadió. Con su mano libre, él hizo un gesto hacia el oeste.

—Allí, Delia, está tu puesta de sol.

El sol acababa de acariciar suavemente la línea del horizonte, dejando en su estela pinceladas de luz y color. Una estela o sendero o recuerdo del día que justo acababa. Blanco brillante y amarillos cegadores, perseguidos por el rosa, se disolvieron en azul y colgaban en el filo del cielo, el límite entre el día y la noche.

—Es… —Ella apenas podía pronunciar las palabras—. Es espléndido.

—Dijiste que querías estar en la cima del mundo y ver la puesta de sol.

—Por supuesto —murmuró ella, recordando vagamente haber dicho algo por el estilo. Sin imaginarse nunca que él podía hacerlo realidad. Sin soñar nunca que lo haría.

—¿Te gusta entonces? —dijo Tony con suavidad.

Algo cercano al sobrecogimiento se apoderó de ella.

—Puedo verlo para siempre.

—No para siempre.

—Pero casi. —La emoción aumentó en su voz—. Mira, Tony, ahí está el Museo Británico, y allá está la abadía de Westminster, y oh, puedo ver el Támesis, por supuesto, y el palacio de Buckingham, creo. —Ella se soltó de su abrazo, tomó su mano y empezó a moverse alrededor de la estrecha galería.

—Ten mucho cuidado, Delia. Nuestro guía no me perdonaría nunca que te cayeras por la barandilla.

—No tengo intención de hacer nada por el estilo. —Ella le miró por encima del hombro—. ¿No tendrás miedo a las alturas, verdad?

—No lo he tenido nunca antes. —Él se acercó a la balaustrada, echó un vistazo y se estremeció—. Claro que nunca he estado a esta altura antes. Estamos aproximadamente a unos cien metros de altura.

—Y es absolutamente maravilloso, ¿verdad? Vaya, me siento como si pudiera hacer cualquier cosa aquí arriba, incluso volar si así lo deseara.

—Sólo porque nada parece particularmente real aquí arriba.

—Exacto. Parece que cualquier cosa es posible. Como si estuviéramos en un mundo completamente diferente. —Ella miró la ciudad. Las luces comenzaban a encenderse—. Algún día me gustaría volar. Creo que debería añadirlo a mi lista.

—Y yo tendré que quemar esa lista —rezongó Tony—. Personalmente, no creo que el hombre esté hecho para volar. Creo que fue hecho para tener los pies firmemente sobre la tierra.

—Y yo estoy de acuerdo en que el hombre debería tener los pies firmemente en la tierra, pero sólo cuando se trata de camellos. —Delia rio y unió su brazo al suyo. El camino de la galería no tenía más de una yarda de ancho, lo justo para permitirles caminar uno al lado del otro.

—Oh, ¿y ves la torre? Estoy segura de que mi casa es demasiado pequeña para verla desde aquí, pero imagino que probablemente podríamos encontrar la Effington House. Me atrevería a decir, si no estuviese oscureciendo, que podríamos ver claro hasta el mar y más allá. Vaya, todo el camino hacia América, creo.

—Y, sin duda, hacia Francia al otro lado.

Delia ignoró el tono de burla en su voz.

—Sin duda. Qué lástima que nos estemos quedando sin luz. Hay tantas cosas que me gustaría ver mientras estamos aquí. —Ella apretó su brazo—. Esto es en verdad una gran aventura.

—Hay una cosa más que me gustaría que vieras. —Tony la condujo al lado este de la galería. En esa dirección, el horizonte ya estaba del azul más oscuro de la noche y las estrellas estaban comenzando a aparecer. Él se colocó tras ella, le señaló el este, luego la envolvió en sus brazos—. Ahí lo tienes.

Ella escrutó en la creciente oscuridad.

—Es maravilloso, Tony. De veras, es todo maravilloso, pero no entiendo.

—Las estrellas, Delia, dijiste que querías tocarlas. Me temo que esto es lo más cerca que puedo hacerte llegar.

Delia contuvo la respiración y se le hizo un nudo en la garganta. Reprimió el impulso inmediato de gritar. Nunca se había visto tan afectada por un regalo antes. Por supuesto, nunca había tenido un regalo como aquél.

Él había puesto Londres y el mundo a sus pies y le había ofrecido las estrellas. Era realmente una gran aventura.

Ella tragó saliva.

—Es perfecto.

Él se rio con dulzura y apoyó la barbilla en su cabeza.

—Me atrevería a decir que todo se ve perfecto desde aquí arriba. Al nivel de los cielos es imposible ver los problemas de aquellos que trabajan duro en las calles. Desde aquí arriba, todas las cosas y todas las personas parecen insignificantes.

—Entonces, por lo menos hasta que regresemos a tierra, todo es perfecto —dijo ella vehemente.

—La perfección es una ilusión.

—Tonterías. —Ella respiró profundamente—. En este momento, mi vida es perfecta, y eso no es ninguna ilusión. Puede haber algo de milagro. Hubo un tiempo, sabes, en que no creía que la vida podía volver a ser agradable. Ahora estoy en la cima del mundo y el hombre que amo me ha dado la oportunidad de tocar las estrellas.

Él la apretó más contra sí.

—¿Me amas, Delia?

—Sí, Anthony Saint Stephens, creo que sí. —Ella esperó su respuesta—. ¿Tony?

—¿Sí?

—Es tu turno.

—¿Mi turno para qué? —preguntó él con inocencia.

—¡Tony!

—Creí que poner el mundo a tus pies decía más de lo que las meras palabras podrían decir.

—A veces las palabras dan un toque agradable.

—Muy bien, entonces. —Dio un suspiro dramático y la hizo volverse para tenerla de frente—. Philadelphia Effington Wilmont, claro que te amo. —Tony tomó sus manos entre las suyas—. Amo tu absurdo deseo de aventura y tu igualmente ferviente deseo de romper las reglas incluso si encuentras difícil hacerlo. Amo tu amabilidad y tu sentido de la responsabilidad hacia aquéllos a tu servicio.

Su mirada buscó la suya.

—Amo tu curiosidad y la manera en que levantas tu barbilla cuando estás resuelta a algo, y cómo te retuerces las manos cuando estás nerviosa. Amo tu mente inteligente y tu buen corazón. Amo la manera en que admites tus errores y sigues adelante, y sobre todo, amo el valor que no creo que te des cuenta que tienes. Y no puedo pensar en nada que pueda impedirme amarte.

Ella miró sus ojos y vio las estrellas, sus estrellas, reflejadas allí.

—Y no existe nada que pueda impedirme amarte a ti.

—¿Estás segura de eso? —Una sonrisa burlona curvó sus labios, pero su voz era extrañamente intensa.

—No he estado más segura de nada en toda mi vida.

Él alzó una ceja.

—¿Y si hiciera algo realmente vil?

—Te perdonaría —dijo ella altanera.

—¿Y si ya he hecho algo realmente vil? ¿En el pasado, quiero decir?

—Sospecho que los antiguos espías tienen un buen número de cosas viles en su pasado de las que no deseo escuchar nada ni es mi asunto escuchar. Sin embargo, salvo que me confesaras que tienes una mujer y siete hijos escondidos en algún lugar por ahí —ella alzó los hombros y se encogió graciosamente— no puedo imaginar nada que puedas haber hecho por lo que no pudiera perdonarte.

—¿Nada? —Él la estudió por un momento. Demasiado. La inquietud aleteaba en el estómago de ella—. ¿Y si tuviera, digamos…

—¿Sí? —Ella contuvo el aliento.

—¿… algo así como una docena de hijos, no sólo siete, y más de una esposa? ¿Sería eso también perdonable?

—No lo sé. —Ella reprimió una risa de alivio y sacudió la cabeza con solemnidad.

—Entonces, ¿no te gustan los niños? Esperaba que tuviésemos una docena.

—Me gustan bastante los niños, aunque en una docena puede que haya como ocho de sobra. Es con las mujeres con las que tendría dificultades. —Ella lo estudió con curiosidad—. ¿Tienes alguna esposa o niños por ahí?

—No lo creo, pero… —Su ceño se frunció pensativo, luego sacudió la cabeza—. No, no, estoy completamente seguro de no haber olvidado ni mujeres ni hijos por ahí.

—¿Algo más que yo debiera saber? Éste es probablemente un excelente momento y un lugar más que adecuado para una confesión.

Él se rio.

—Me atrevería a decir que no se me dan mejor que a ti.

—Aun así, es tu oportunidad. Posiblemente la única que voy a concederte. —Ella se abrazó a su cuello—. Revela tus pecados, lord Saint Stephens, purga tu alma, dímelo todo.

De nuevo hizo una pausa un poco más larga de lo que ella juzgaba necesario. Era desconcertante, pero probablemente no era más que su trabajo en el pasado lo que le hacía parecer reacio a divulgarlo todo. Perfectamente comprensible. Era un hombre que con toda probabilidad había pasado años sin poder revelar ningún secreto de ningún tipo. Quizás algún día él pudiera contarle sus secretos tan largo tiempo guardados.

—No tengo nada que confesar salvo el hecho de que te amaré para siempre. —Sus brazos la envolvieron—. No importa lo que pueda pasar de ahora en adelante, pase lo que pase, siempre te amaré.

—Y yo siempre te amaré a ti —dijo ella con un fervor que surgía de algún lugar profundo en su interior.

Sus labios se encontraron en la oscuridad y él la besó con una intensidad que casi la deja sin aliento. Como si aquel fuera un beso para sellar una promesa. Un beso que debía durar para siempre.

Finalmente, él apartó su boca de la suya.

—Quizás deberíamos ponernos en camino. Me atrevería a decir que nuestro guía se está impacientado un poco a estas alturas.

Ella se revolvió en sus brazos para lanzar una última mirada sobre la ciudad. Las estrellas en lo alto relucían sobre las luces de la ciudad abajo.

—No me importa, Tony, si es una ilusión o no, creo que en

este momento sí que es todo bastante perfecto. La ciudad se extiende ante nosotros, esta gran aventura y la vida misma. Y pienso más allá, aunque la perfección pueda ser una ilusión o simplemente fugaz, creo que viviremos felizmente por el resto de nuestros días.

—Y yo creo que estás absolutamente en lo cierto, mi amor. En este momento todo es verdaderamente perfecto y eso es sólo el comienzo. En verdad me sorprende —él acarició su cuello— que la forma en que tu dormitorio hace juego con tus ojos sea más que perfecta también.

—¿Estás seguro?

—No. En realidad no puedo recordar el color exacto de la habitación. —Sacudió la cabeza con pesar fingido—. Tendría que comparar los colores otra vez para estar seguro. Y me volveré loco hasta que pueda hacerlo.

—Bien, es eso, entonces. —Ella intentó no reír con la deliciosa anticipación bullendo dentro de ella. Por lo visto pasar gran parte del día en su cama no era suficiente para él, lo cual resultaba extraordinariamente bien, puesto que no era suficiente para ella tampoco—. No me gustaría verte loco.

—Loco de deseo —murmuró él contra su cuello.

Ella se estremeció de placer.

—Es una lástima que no podamos volar. Nos llevará una eternidad descender todas esas escaleras otra vez.

—Entonces deberíamos empezar ya. Vamos.

Tony cogió su mano y cuidadosamente iniciaron el camino de retorno hacia la puerta. Ahora estaba completamente oscuro, pero las estrellas arrojaban suficiente luz para guiarles.

—Así que, milord, ¿cómo vas a explicar al caballero que espera para llevarnos de vuelta abajo que ya no sufro los efectos de mi horrible accidente de camello?

—Vaya, mi querida lady Wilmont, seré totalmente sincero con él. —Una risa sonaba en la voz de Tony—. Le diré que fue un milagro.

Horas más tarde, Tony yacía con Delia enroscada a él. Estaban los dos en un estado de contenta y agotada satisfacción que él no sospechaba que existiera.

Tony no había creído nunca especialmente en los milagros

o en el destino o en la magia, y nunca se había planteado el amor en absoluto. Pero esa noche, con Delia entre sus brazos, no dudaba que algo más allá de la explicación racional les había conducido el uno hacia el otro. Estaban juntos como resultado de una serie de incidentes únicos y hasta cierto punto rocambolescos que, en verdad, nunca deberían haber sucedido en absoluto. El destino, la magia, y los milagros no parecían mucho más probables que el amor, y el amor era muy, muy real.

—Creo que el potencial de este tipo de actividad no puede sobrevalorarse —murmuró Delia, con los ojos cerrados, ya medio dormida. Entre el camello, la subida a la cima de la catedral y la otra actividad que habían compartido hoy, estaba exhausta.

Tony se rio.

—Me atrevería a decir que su potencial es ilimitado.

Ella abrió los ojos y le sonrió.

—Me sorprende descubrir algo que tampoco había hecho antes, milord, es quedarme dormida en los brazos del hombre que amo.

—Entonces terminaremos el día con otra gran aventura más. —Él le dio un beso en la frente.

—Perfecto —murmuró ella, y cerró los ojos, acurrucándose más cerca de él.

Él la abrazó fuerte contra él y acarició su pelo hasta que su respiración regular le indicó que al fin estaba dormida.

Maldita sea, ¿cómo se había enredado todo tan endemoniadamente? ¿Cómo podía decirle alguna vez la verdad sobre su mascarada ahora? Él había jugado con la idea esa noche en la catedral. Era realmente un lugar apropiado para confesar y pedir perdón. Ella le había dado la oportunidad perfecta, aunque quizás a cien metros sobre el suelo no era el lugar más prudente para revelar algo como eso. ¿Quién sabe cómo podría reaccionar? Oh, en efecto ella no era el tipo de mujer que se arrojaría por el edificio, pero bien podría intentar empujarle por la barandilla. ¿Y quién podría culparla?

Peor aún, cualquier admisión por su parte no terminaría en él. Una verdad conduciría a la otra. Su engaño no podía ser revelado sin más explicaciones sobre Wilmont. Incluso si una mujer no está enamorada, preferirá no saber que su cortejo no ha sido nada más que parte de un mal aconsejado plan del gobierno. Podría destruirla. Él, posiblemente, podría destruirla.

Tony, forzado por la naturaleza de su trabajo, había vivido en la sombra gran parte de su vida adulta y no se había dado cuenta hasta conocerla a ella. Hasta que Delia le llevó a la luz.

Mac tenía razón: Tony no podía decirle la verdad. Y él haría lo que tuviera que hacer para asegurarse de que ella nunca la averiguara. Para asegurarse de que nunca sufriera.

Sería fácil librarse de los otros criados, pero el mayordomo era un problema más complejo. Delia nunca aceptaría que Gordon sencillamente abandonara su servicio. Era demasiado anciano para encontrar otro puesto. Bueno, ella probablemente insistiría en darle una pensión y, de alguna manera, cuidarle por el resto de su vida.

A menos que…

Sólo se podía hacer una cosa. Sólo quedaba una salida. Él no veía otra solución.

Gordon tendría que morir.

Capítulo diecinueve

—¿Y ha acudido a mí en busca de consejo? —El duque de Roxborough observó a Tony con curiosidad—. ¿O está buscando aprobación?

—Creo que ambas cosas, Su Excelencia. —Tony escogió las palabras con cuidado.

Los dos hombres estaban sentados en la imponente biblioteca de Effington House, cada uno con un vaso de brandy en la mano. Tony, en efecto, había acudido buscando el consejo del hombre mayor. No tenía ningún otro sitio adónde acudir.

—Nadie más conoce la situación, excepto lord Kimberly, por supuesto.

—Y puesto que la dama en cuestión es un miembro de mi familia, él no está tan cualificado como yo para determinar su destino. ¿Es así, Saint Stephens?

—Algo así, señor.

—Puede que acudir a mí sea lo más sensato que ha hecho desde que toda esta debacle comenzó. —El duque soltó una larga respiración—. Kimberly me ha hecho saber sus sentimientos hacia ella, por supuesto.

—Por supuesto. —Tony debería haber sabido que Kimberly se habría asegurado de que el tío de Delia estuviera informado de cualquier nuevo desarrollo.

—¿Ha aceptado ella casarse con usted? —Los ojos del duque se entrecerraron pensativos.

—Realmente, señor, soy yo el que ha aceptado casarse con ella.

Su Excelencia alzó las cejas.

—Es una larga historia.

—Y preferiría no escucharla. —El duque sacudió la cabeza—. Las mujeres Effington... —dijo algo para sus adentros que Tony no pudo escuchar y pensó que probablemente fuera mejor así—. ¿Sabe en qué se está metiendo con ella? ¿Con esta familia endiablada?

—No del todo, señor, pero usted mismo me advirtió del reto inherente en la relación con una mujer Effington.

—¿Y está dispuesto a asumir el desafío?

—No lo sé, señor. —Tony sostuvo la mirada del duque—. Pero lo haré lo mejor que pueda.

—Eso es todo lo que podemos pedir. —El duque hizo una pausa un momento—. Usted nunca ha sido verdaderamente parte de una familia, Saint Stephens. Es una de las cosas que le ha hecho tan bueno en el trabajo que hace. Hasta donde yo sé, y me preocupo por saber todo acerca de la gente que trabaja para mí, no ha estado nunca relacionado seriamente con una mujer. Siempre ha sido tan solitario como Wilmont. Incluso más. Él, por lo menos, hizo su existencia conocida en sociedad, de una manera de dudosa reputación, claro está, pero conocida sin embargo. Usted nunca ha tenido una vida fuera de su trabajo. —Roxborough lo observó detenidamente—. ¿Está seguro de esto? ¿De ella?

—Nunca he estado tan seguro de nada en mi vida. —Tony levantó los hombros y se encogió indefenso—. La amo, señor.

—Que Dios nos ayude a todos. —El duque apuró lo que le quedaba de brandy, se puso de pie, paseó por la habitación y enseguida volvió a llenarse el vaso—. Entonces hágalo ahora.

—Hacerlo... —Tony se levantó.

—Cásese con ella. Ahora. Tan pronto como sea posible.

—Pero ella no ha salido del luto oficialmente, señor.

Roxborough resopló con desdén.

—Si ella es como el resto de las mujeres de esta familia, algo tan pequeño como ignorar el periodo prescrito para el duelo no la detendrá. A menos que, por supuesto... —Su ceño se frunció—. ¿Amaba a Wilmont?

Tony hizo una pausa.

—No, señor.

—¿Le ama a usted?

—Sí, señor.

—Bien. Prepararé una licencia especial y mañana a esta hora estarán casados.

—¿Usted cree que es prudente?

—¿Cree que es prudente ser su prometido y su mayordomo al mismo tiempo? Ni siquiera usted puede estar en dos sitios a la vez. ¿Dónde está ella ahora, por cierto?

—La llevé a que visitara a su familia antes de venir aquí. Pensé que era mejor para ella estar fuera de la casa si yo no estaba allí.

—Muy bien, pero no puede continuar con esto. Llegará un momento en que estalle y se armará la de San Quintín. —Entrecerró los ojos—. No necesito recordarle, independientemente de lo que suceda, que ella no debe saber nunca mi implicación en nada de esto, ¿verdad?

—No lo sabrá, señor.

El duque pensó por un momento.

—Celebraremos la boda aquí.

—¿Aquí? —Tony miró con sorpresa—. ¿No le parecerá muy extraño esto a lady Wilmont?

—Todo acerca de esto es muy extraño, hijo mío. Pero soy su tío y el cabeza de familia. Dígale que soy un viejo amigo de su padre y de su hermano. De hecho, los conocí en una ocasión, creo. —El duque frunció el ceño y caminó de un lado a otro de la habitación—. Ella ya sabe que somos conocidos y que debe de tener algún trato de favor, puesto que fue un invitado en la mansión de los Effington. Dígale… que vino a mí buscando un consejo paternal. Sí, eso está bien. Y que yo apoyé un matrimonio inmediato, incluso ofreciendo celebrar la boda aquí, para… para…

—¿Para qué, señor?

—Para… para que vuelva a poner su vida en orden. Eso es. Que olvide todo ese asunto con Wilmont y que comience una nueva vida. Con usted. Eso suena razonable. Sí, me gusta. Además, celebrar la ceremonia aquí le dará un sello de aprobación familiar y minimizará cualquier escándalo.

—Pero ¿yo no debería hablar con su padre? ¿Pedir su mano?

—Nadie se tomó la molestia de hacerlo en su primer matrimonio, no veo que sea necesario para el segundo. Puede hablar con él en la boda, si lo desea. De hecho, yo ya le he hablado favorablemente de usted a su padre. Y me atrevería a decir que, conociendo a mi hermano, estará encantado de verla finalmente sentar la cabeza con el hombre adecuado. —Su Excelencia sostuvo la mirada de Tony con firmeza—. Y a pesar del modo en que todo esto se ha enredado, pienso de veras que usted es el hombre adecuado, Saint Stephens.

—Se lo agradezco, señor, pero ¿no va todo demasiado rápido?

El duque enarcó las cejas.

—¿Está cambiando de idea?

—En absoluto —dijo Tony con vehemencia.

De hecho, convertir a Delia en su esposa tan pronto como fuera posible no era simplemente una solución de compromiso, sino un deseo sincero. Él no podía imaginar su vida sin ella. Pero simplemente no estaba del todo seguro de que quisiera casarse con ella tan pronto. A la mañana siguiente. En menos de veinticuatro horas a partir de ese minuto. Hacía tan sólo un mes él no se había planteado casarse en absoluto. Ahora se encontraba en el borde mismo de ese enorme abismo preparado para arrojarse a él.

—Bien. Ha sido mi experiencia que cuanto más rápido progresan los acontecimientos, menos tiempo tiene la gente para plantearse preguntas tontas como por qué. Por supuesto, puede que se especule sobre si está embarazada. No hay ninguna posibilidad de que lo esté, ¿verdad?

—No lo creo, señor. —Por supuesto la había, pero el tiempo sería cuestión de unos días y apenas digno de atención.

—En efecto. —El duque resopló con escepticismo—. No, en este caso la respuesta al porqué es simplemente el amor. Tan ridículo como suena, nadie cuestiona el amor. —Su Excelencia rio atribulado—. Es un arma poderosa. Entonces, mi esposa organizará todo lo concerniente a la boda. Ella estará en un frenesí de actividad y convertirá la vida de aquel que se cruce en su camino entre hoy y mañana en un auténtico infierno, pero disfrutará cada momento. La duquesa es excelente en asuntos como éste.

—Perdone que se lo diga, señor, pero ¿deberíamos hacer un

acontecimiento de esto? Dadas las circunstancias, quiero decir. Quizás sería mejor casarse sin armar mucho alboroto.

—Obviamente, no sabe usted nada de mujeres, Saint Stephens. Una boda requiere una cierta cantidad de alboroto para las mujeres. Es parte de su naturaleza. Algún tipo de ritual primitivo. Pero no será un acontecimiento per se. Sencillamente se avisará a los miembros de la familia que estén en la ciudad y puedan ser localizados, aunque supongo que ése es un buen número en esta época del año.

—No creo que un matrimonio inmediato resuelva nada, señor.

—Lo resuelve todo, y de un modo bastante agradable además. Te la llevarás por ahí en un largo viaje de novios. Para evitar el escándalo, por supuesto. Para cuando regreses, todo habrá sido olvidado y perdonado. He oído que Grecia es agradable en esta época del año. Mi hermano Harry y su mujer viajan allí el mes que viene para unas excavaciones en alguna que otra ruina. O mejor aún, llévala a Italia. Por alguna razón, a las mujeres les encanta Italia. Probablemente, la influencia de ese granuja de Byron.

—A ella le gustaría viajar —dijo Tony pensativo.

—Por supuesto que le gustaría. Y mientras estáis fuera, recibiréis una carta informándoos de que su querido amigo el mayordomo —dirigió su mirada al techo— ha pasado a mejor vida. Usted estará ahí para consolarla y quitarle de la cabeza su —se aclaró la garganta— muerte. Es difícil sentir pena cuando se es tan feliz. Y sospecho que usted puede hacerla sentirse así.

—Ése es mi propósito.

—Además, si alguna vez llegara a saber la verdad, y cada día que pase con este engaño en marcha eso realmente es una posibilidad, ella ya estará casada con usted. Ligada a usted por el resto de sus días. En verdad, atrapada.

—Hace que parezca tan atractivo… —murmuró Tony.

—Lo que intento decir es que el matrimonio la mantendrá a su lado. Con suerte ella nunca sabrá la verdad, pero si la averigua, tarde o temprano tendrá que perdonarle. Ciertamente en este caso podría llevar años, pero finalmente no tendrá más elección.

—Porque estará atrapada. —La palabra no sonaba tan mal cuando se aplicaba a Delia en lugar de a él. En verdad, le gustaba la idea de que ella estuviera atrapada con él. Para bien o para mal. Por el resto de sus días.

—Tengo que admitir, Saint Stephens, que estoy bastante contento con el giro que ha dado este asunto. Como bien sabe, no me gustaba nada saber que era culpa de mi departamento, culpa de mi gobierno, que mi sobrina fuese el centro de un escándalo. Que su vida estuviera irrevocablemente alterada. Todo lo que tiene que hacer ahora para que todo salga bien es convencerla de que se case con usted inmediatamente.

—Lo haré lo mejor que pueda.

—Kimberly me ha dicho que planea dejar el departamento después de que esto haya concluido.

Tony asintió.

—Ahora tengo responsabilidades que antes no tenía. No veo otra elección.

—De hecho no tiene otra elección. Es sensato que entienda eso. —El duque lo observó durante un instante, luego le honró con una sonrisa de aprobación—. El departamento estará peor sin usted, pero sospecho que la pérdida para mi país será una ganancia para mi familia.

—Gracias, Su Excelencia.

—Mientras tanto, esperemos que la suerte nos acompañe. El gobierno británico los metió a usted y a mi sobrina en este lío, y por Dios, que yo, como representante del gobierno británico, los sacaré de él como sea.

—Se lo agradezco, señor.

—Cásese con la chica. Mate al mayordomo. —El duque levantó su vaso—. Y dormiremos mejor por la noche.

¿Se estaba repitiendo otra vez la historia?

Delia caminaba de un lado a otro de la amplia biblioteca, retorciéndose las manos distraídamente.

¿Estaba condenada a cometer de nuevo una enorme equivocación? ¿Y sería esta vez mucho peor porque su corazón se intuía comprometido?

Ella no tenía ni idea, y que Dios la ayudase, no estaba segura de que le importara.

—¿Deseaba hablar conmigo, milady? —dijo Gordon desde la puerta.

—Sí, por favor, entre. —Ella le hizo señas para que entrara.

—Parece angustiada, señora. —Gordon se dirigió al gabinete y sirvió dos vasos de brandy. Ella reprimió una sonrisa. El brandy y el *backgammon* se habían convertido en una especie de ritual entre ellos, y a ella le gustaba que Gordon decidiera ir a buscar el brandy sin esperar a que ella se lo pidiera. Echaría de menos aquellas tardes.

—Gracias. —Ella aceptó el vaso que le ofrecía y dio un largo sorbo—. «Angustiada» no es quizás la palabra adecuada. Estoy... No sé cómo estoy exactamente. —Ella tomó su asiento de siempre en la mesa de *backgammon* y le señaló la otra silla.

Él se sentó y la observó.

—Entonces, ¿juguemos una partida, señora?

—Esta noche no, Gordon. Sencillamente necesito hablar. —Ella miró su brandy en el vaso como si tuviera las respuestas que buscaba, luego lo miró a él—. Voy a casarme con lord Saint Stephens. Mañana.

—Mis felicitaciones, señora.

Ella alzó una ceja.

—¿No cree que es demasiado pronto? Apenas han pasado siete meses desde que mi marido murió. ¿No cree que es terriblemente inapropiado casarse tan rápidamente? ¿Antes del periodo requerido de luto, quiero decir?

—Es en verdad bastante inapropiado, y escandaloso también. Sin embargo... —El mayordomo hizo una pausa como considerando sus palabras.

—Continúe.

—Bueno, milady, usted me dijo que no deseaba vivir bajo ningún otro estándar que no fuera el suyo. Si realmente usted creía en esas palabras...

—Sí.

—Entonces ésta es la oportunidad perfecta para hacerlo. Según tengo entendido, lord Wilmont no tiene familia, de modo que no puede haber censura por ese lado. Además, la familia de usted es a la vez rica y poderosa. Según mi experiencia, las indiscreciones de aquéllos con riqueza y poder son perdonadas más rápidamente que las de cualquier otro. Tal y como van los escándalos, dudo que éste sea tan importante. Lady Wilmont, creo que usted debe ir donde la lleve su corazón. —Sus ojos detrás de las gafas se encontraron con los de ella—. ¿Está Saint Stephens donde su corazón la lleva?

—Sí. —Ella apartó la vista y se quedó con la mirada perdida en las sombras tenues de la habitación—. Le amo, Gordon. Suena tan extraño admitirlo en voz alta. He tenido muchas dudas sobre la misma existencia del amor, pero nada más puede explicarlo. La manera en que me siento cuando estoy con él y cuando no estoy con él… sólo puede ser amor.

—Perdóneme por señalarle esto, señora, pero usted no conocía bien a su primer marido. ¿Conoce usted a este hombre algo mejor?

—Sí, o al menos así lo creo. —Ella se rio con dulzura—. Mi tío, el duque de Roxborough, ha dado su aprobación. De hecho, nos ha invitado a casarnos en Effington House, de modo que me atrevería a decir que las credenciales de Saint Stephens son más que aceptables. No tengo mucha relación con mi tío, pero sí confío en su juicio. Y —ella respiró profundamente— supongo que debería confiar en mi corazón también. Saint Stephens es el hombre más maravilloso… y me hace sentir…

—¿Sí?

—Como si yo fuera lo más importante del mundo. —La maravilla de todo sonaba en su voz—. Como si nada le importara excepto yo. Como si fuera única y especial.

—Mi querida lady Wilmont, es usted única y especial.

Sus miradas se encontraron y ella sonrió con afecto.

—Qué cosas tan bonitas dice usted.

—Es verdad —dijo él vehemente.

Ella rio.

—No es precisamente cierto cuando tu hermana es exactamente igual que tú. Cuando estás acostumbrada a que se refieran a ti como «una de las gemelas Effington». No fue hasta que me casé que me convertí en un individuo. —Ella pensó por un momento—. Quizás eso explica en parte por qué he tomado las decisiones que he tomado. Ni Wilmont ni Saint Stephens me han visto nunca como una de un par. De hecho, Saint Stephens ni siquiera ha conocido a mi hermana.

—Parece un tipo decente, señora.

Ella alzó una ceja.

—No sabía que lo conociera.

—Sólo de pasada, milady. —Gordon se aclaró la garganta—. Él ha estado en la casa bastante y ha sido de algún modo imposible evitarlo.

Ella sintió que se ruborizaba, pero hizo como si nada. Después de todo, había querido convertirse en una mujer experimentada, y si ese esfuerzo no había durado más que un día, independientemente de si iba a casarse ahora con el caballero en cuestión o no, no tenía nada de qué avergonzarse. Aun sí, era difícil ignorar toda una vida de expectativas de comportamiento adecuado.

—Después de casarnos, Saint Stephens me va a llevar a Italia. —Ella arrugó la nariz—. En parte, creo, para evitar cualquier escándalo que pudiera causarse por nuestras apresuradas nupcias, pero también porque él sabe que será una gran aventura.

—Usted siempre ha planeado viajar.

—Será glorioso, Gordon, cada instante. Viaje y matrimonio con un hombre que me ama como yo le amo, y finalmente niños y envejecer a su lado. Una vida de aventuras. Todas ellas grandes. —Ella apartó un mechón de pelo de su cara y notó que su mano temblaba de emoción—. Es todo perfecto. En verdad, creo que es una especie de milagro. —Ella sacudió la cabeza.

—Y le asusta —dijo él con suavidad.

—Mucho, la verdad. Estoy tan feliz y tan temerosa a la vez de que pueda esfumarse todo. —Ella sorbió su brandy y pensó por un largo momento—. No he tomado decisiones especialmente sensatas cuando se trata de hombres y matrimonio. Ésta es la segunda vez que me habré casado apresuradamente.

—Pero ahora se casa usted por razones muy distintas, ¿no?

Ella asintió.

—Me casé con lord Wilmont porque parecía una excelente idea dadas las circunstancias. Mis elecciones eran más bien limitadas una vez que yo... —Ella sacudió la cabeza. Delia estaba bastante segura de que Gordon se había dado cuenta hace mucho de que ella había compartido la cama de Charles antes del matrimonio, pero ella prefería no decirlo en voz alta.

—Pero usted tiene un buen número de elecciones ahora. Tiene una casa propia, es rica por derecho propio y tiene una independencia como viuda que no tenía usted antes. El mero hecho de que usted y su señoría se hayan convertido —Gordon se aclaró la garganta— en íntimos no obliga al matrimonio. Me parece que el único hecho que está presente ahora y que no estaba presente en su primer matrimonio es el único factor que indicaría felicidad futura.

—¿Amor?

—Amor. —Gordon asintió con la cabeza—. Confieso que no soy un experto en esa elusiva emoción, pero he visto suficiente para saber que cuando está presente, no hay nada en la tierra que sea más poderoso.

—Su sabiduría continúa asombrándome, Gordon —dijo ella riendo.

—Entonces debo añadir, señora, que la vida, incluso en momentos como éste, es rara vez perfecta. Los hombres en particular son, por su propia naturaleza, criaturas imperfectas. —Gordon hizo una pausa para elegir las palabras—. Todos los hombres, incluso aquellos que están en las garras del amor, o quizás especialmente aquellos que están en las garras del amor, cometen errores. Algunas veces nefastos, trágicos errores, a menudo cuando ellos creen realmente estar haciendo lo correcto para su familia o su negocio o su país. Tales errores de juicio pueden parecer imperdonables al principio pero rara vez lo son.

—Y evidentemente todos los hombres piensan igual. —Ella sacudió la cabeza—. Lord Saint Stephens y yo hemos tenido una discusión muy similar acerca del perdón.

—¿En serio? Bien, sin duda es una buena cosa a tener en cuenta —murmuró él—. Probablemente no puede mencionarse lo suficiente.

—Probablemente. —Ella hizo una pausa por un momento—. Hay algo más que desearía hablar con usted. Cuando Saint Stephens y yo regresemos de Italia habrá muchos cambios.

—Lo mismo he pensado, señora.

—Él tiene una casa en la ciudad que nunca ha visto, aunque no entiendo muy bien eso, pero todo tiene que ver con la muerte reciente de su hermano y la herencia de su título y su propiedad. Además, tiene una finca por ahí. Lo que intento decir es que dudo que yo, o nosotros, continuemos viviendo aquí.

—Estoy seguro de que el resto del servicio y yo podremos encontrar empleo adecuado en algún otro lugar, señora —dijo Gordon con la más extraña nota de lo que parecía ser alivio en su voz.

—No sea absurdo. —Ella le miró con incredulidad—. ¿No creerá que voy a echarle a usted y a MacPherson y a la señora Miller y a los otros a la calle?

—Yo no…

—No tengo intención de dejarles a ninguno. Cielo santo, usted, especialmente, se ha convertido en un miembro de mi propia familia. Gordon, tengo la intención de que esté a mi servicio durante todo el tiempo que quiera. Y cuando llegue el momento de retirarse del servicio, también tengo la intención de encontrar una casita de campo en una de las fincas, de mi familia o de mi marido, donde pueda vivir el resto de sus días con comodidad.

Él la miró en silencio.

—¿Qué? ¿Nada que decir, Gordon? ¿Ninguna observación sagaz? ¿Ninguna palabra sensata? ¿Le he dejado conmocionado? —Ella sonrió—. Creo que me gusta. Es tan bueno como ganarle al *backgammon*.

Él sacudió la cabeza lentamente.

—Simplemente no sé qué decir, milady. Estoy conmovido por su generosidad.

—Tonterías, Gordon, usted ha sido mucho más que un empleado para mí. —Ella puso sus manos sobre las suyas—. Ha sido un amigo cuando yo verdaderamente necesitaba uno. Nunca podré compensarle por ello.

—Gracias, milady. —Él retiró su mano gentilmente y ella intentó no sonreír. El querido anciano compartiría un brandy con ella pero sólo llegaría hasta ahí, manteniendo presente la barrera entre señora y criado—. Estoy muy agradecido.

—Sin embargo, no estoy del todo segura de que nuestros juegos puedan continuar. —Ella buscó las palabras adecuadas—. Saint Stephens se ha declarado a sí mismo retrógrado y estrecho de miras y me atrevería a decir que él pensaría que nuestro brandy y nuestro juego de *backgammon* no es del todo apropiado.

—Entonces, quizás el matrimonio no sea una buena idea —dijo Gordon altaneramente.

—Vamos, creía que usted de entre todas las personas entendería esa actitud —bromeó ella—. De hecho, ¿no le he oído referirse a sí mismo como retrógrado y estrecho de miras?

—En mi caso es completamente diferente.

Ella rio.

—¿Por qué?

—A mí me corresponde ser retrógrado y estrecho de miras. —Hizo una pausa—. ¿Puedo sugerirle, milady, que juguemos una vez más, en desafío de los retrógrados y los estrechos de miras?

—Excelente idea.

Él abrió el cajón de su lado de la mesa y sacó las piezas del juego, poniéndolas en el tablero. Su mirada estaba concentrada en el juego y el tono de su voz era brusco.

—¿Es usted feliz entonces, milady?

—No lo habría creído posible hace unos meses… —Ella sacudió la cabeza, aún incapaz de entender todo lo que había cambiado en su vida—. Se me ha dado algo así como una segunda oportunidad, creo. Mi madre diría que las estrellas se han realineado. Aunque suene extraño, podría creer que tiene razón. Me siento como si algo, alguna mano desconocida, me hubiese guiado hasta este punto.

—¿Se refiere al destino?

—Supongo. Realmente no lo sé y no me preocupa especialmente. —Se encogió de hombros—. Independientemente de si ha sido el destino o las estrellas o algo completamente diferente lo que me ha traído a este punto y ha puesto a Saint Stephens en mi vida, estaré eternamente agradecida.

—Así que, contestando a su pregunta —ella sostuvo su mirada con firmeza—, soy realmente feliz. Ya ve, he encontrado un hombre que me ama a pesar de mis defectos y mis errores. Sospecho que tal cosa es extraordinariamente rara en este mundo. En vista de eso, no puedo imaginarme más que ser feliz para el resto de mis días.

Capítulo veinte

Los músculos de su cuello se tensaron en el momento en que Tony cruzó el umbral de la biblioteca de Effington House. El instinto le decía que acababa de entrar en una trampa tendida para él. Su propia vida podría estar en juego, o al menos su futuro.

—No se quede ahí parado, Saint Stephens, pase. —El duque se inclinó en el borde de su escritorio, el padre de Delia se encontraba a su lado, y ambos hombres tenían un vaso en la mano. Un trío de jóvenes caballeros permanecía de pie a unos pasos de distancia—. Me atrevería a decir que nadie va armado. —Roxborough dio un sorbo a su bebida—. Por ahora.

Tony adoptó un aire de relajada confianza y entró en la habitación. No sería recomendable mostrar miedo ante esta reunión particular.

—¿Whisky o brandy? —El duque hizo un gesto a un lacayo que estaba al lado de una bandeja de licoreras y vasos—. O lo que quiera. Es, probablemente, el mejor momento para ello.

—Tomaré lo que ellos estén tomando —dijo Tony suavemente.

—Muy bien. —El duque se rio—. No sé si conoce a alguien de aquí, con la excepción de mi hermano, el padre de Delia, lord William Effington.

—En realidad nos hemos conocido en circunstancias realmente poco corrientes. —Lord William lo observó como valorándolo, pero no de un modo antipático.

Tony envió una oración silenciosa agradeciendo al cielo que el padre de Delia hubiese estado escuchando cuando él solicitó pedir permiso a su padre para poder visitarla. O más bien visitar a la señorita Effington.

—Saint Stephens, permita que le presente a mis hijos. —Lord William señaló a los hombres jóvenes, que habían cambiado su posición para formar lo que podía llamarse un frente unido. Un sospechoso, amenazador, formidable frente unido—. Éstos son Leopold, Christian y Andrew.

Los hermanos compartían un claro parecido con sus hermanas, aunque ninguno era tan guapo. Sí que tenían los ojos azules de Delia, pero los de ella no eran tan duros y fríos. Los tres eran de similar estatura y constitución que Tony, y una simple ojeada le decía que eran el tipo de hombres que uno querría tener a su lado en una batalla. Leales y fieros y firmes. Sospechaba que una pelea entre él y cualquiera de ellos bien podía resultar en empate.

—Caballeros —dijo Tony fríamente. Su mirada iba de un hermano a otro—. Su hermana me ha hablado de todos ustedes.

—¿De veras? —Los ojos de Leopold se entrecerraron—. Qué extraño, pues yo no puedo recordar que ella nos hablara de usted.

—¿En serio? —Tony aceptó un vaso que le ofreció el lacayo y dio un sorbo pensativo. Whisky. Escocés, y de calidad excelente. Sospechaba que lo iba a necesitar—. ¿Mi nombre nunca ha salido, entonces, cuando la han visitado?

Los hombres intercambiaron miradas incómodas.

—Hablé con ella en la mansión de Effington —dijo Christian vehemente—. Y no le mencionó entonces.

—Por supuesto que no. —Tony sonrió amablemente—. Nos acabábamos de conocer.

—Entonces quizás sea demasiado pronto para casarse. —Andrew cruzó los brazos sobre el pecho—. ¿No cree que sería prudente esperar al menos hasta que su periodo de luto haya acabado? Son sólo unos meses más.

—No, en verdad, no lo creo. —Tony endureció su voz—. Entiendo que su preocupación nace del afecto por su hermana. Sin embargo, Delia es mayor de edad, muy inteligente y sabe muy bien lo que quiere. Deseo casarme con ella y ella desea casarse conmigo. Es realmente muy sencillo.

Christian frunció el ceño.

—No nos gustaría verla envuelta en otro escándalo.

—Sentiríamos necesario hacer algo, si eso sucediera —añadió Andrew con un claro tono de advertencia en su voz.

—Espero que no sea una amenaza vaga, puesto que habrá algo de escándalo sencillamente porque éste es su segundo matrimonio en un año —dijo Tony suavemente—. Ella es consciente de eso y está preparada para ello, al igual que yo.

—Mis hermanos son un poco más… —la mirada de Leopold se clavó en la de Tony— … vehementes de lo que quizás es necesario en este punto. Debe entender que no sabíamos nada de la relación de Delia con Wilmont hasta después del hecho. Nosotros hubiésemos tomado cartas en el asunto o, al menos, discutido su bienestar con él antes de sus nupcias si hubiésemos sabido sus intenciones. ¿Tiene usted hermanas, milord?

—No. —Tony habría apostado una buena cantidad a que Leopold y los demás ya sabían la respuesta a esa pregunta, así como prácticamente cualquier otro detalle que pudiera encontrarse acerca del nuevo vizconde Saint Stephens. Reprimió el impulso de sonreír ante el hecho de que no había mucha información disponible.

—Entonces no puede entender hasta qué punto nos sentimos responsables cuando Delia se fugó con Wilmont —dijo Leopold.

—Deberíamos haber tenido un ojo más atento sobre ella —rezongó Christian.

—O un ojo por lo menos. —Andrew resopló con desdén—. Estábamos demasiado ocupados vigilando a Cassie.

—Y no tenemos intención de permitir que cometa otro error más. —Leopold sonrió—. ¿Entiende?

—No, me temo que no. —Tony dio un sorbo a su whisky pensativo—. Tengo toda la intención de casarme con Delia dentro de una hora. Si ustedes consideran que es un error —se encogió de hombros—, es cosa de ustedes.

Leopold miró a su padre.

Lord William sacudió la cabeza.

—No os volváis hacia mí buscando ayuda. No compartimos la misma opinión. Creo que casarse con Saint Stephens tal vez sea lo mejor que vuestra hermana podría hacer. Estoy bastante contento.

Christian frunció el ceño.

—¿Por qué?

—En primer lugar, mi hermano responde del carácter de Saint Stephens, así como de su familia y de la respetabilidad de su título y su fortuna. —Lord William miró a su hermano con una extraña mirada de respeto y curiosidad—. No tengo ni idea de por qué lo hace, pero la experiencia me ha enseñado que su información nunca está equivocada. Lo que es más, cuando Delia suplantó a su hermana…

—¿Qué? —Andrew miró atónito.

Leopold dirigió su mirada hacia el techo.

—En efecto estábamos vigilando a la hermana equivocada —rezongó Christian.

—Como iba diciendo, cuando Delia acudió a una fiesta fingiendo ser su hermana, Saint Stephens me pidió permiso para visitarla. Yo estaba francamente impresionado. E impresionado también de que él evidentemente le hubiera perdonado su mascarada.

Lord William le dirigió una sonrisa atribulada.

Tony sonrió débilmente y reprimió el impulso de cruzar su mirada con la del duque.

—Aparte de eso, siempre he creído que mis hijos, al alcanzar cierta edad, deberían ser responsables de sus propias acciones, para bien o para mal, y se les debería permitir tomar sus propias decisiones.

—Aún así, padre —Leopold sacudió la cabeza— sus decisiones, especialmente en lo concerniente a los hombres, no han sido particularmente sagaces.

—A mí me parece que tus propias decisiones no han sido particularmente sagaces por lo que respecta a mujeres —dijo lord William despreocupadamente.

Christian y Andrew intercambiaron miradas y sonrisas.

—Eso es algo completamente diferente. —Leopold alzó la barbilla en un gesto exactamente igual al de Delia—. Después de todo, yo soy un hombre. Por tanto mis juicios equivocados con respecto a las mujeres son perdonables. La sociedad juzga los errores de las mujeres más duramente. De hecho, les corresponde a los hombres proteger a las mujeres de las fragilidades de sus propios juicios, puesto que se gobiernan más a menudo por la emoción que por la inteligencia.

—Me gustaría oírle decir eso a la abuela —dijo Andrew en un aparte en voz baja a Christian.

—Usted comprende, milord —Leopold volvió a centrar su atención en Tony—, que no tenemos nada más que los intereses de nuestra hermana en el corazón.

Tony fijó su mirada en él directamente.

—Es un poco tarde para eso, ¿no cree?

—Por supuesto que no —dijo Christian frunciendo el ceño—. Puede que le hayamos fallado una vez, pero no le fallaremos otra vez.

—Cuando dice una vez —Tony escogió sus palabras con cuidado—, ¿se refiere a Wilmont?

Andrew resopló.

—Por supuesto.

—Qué interesante. —Tony consideró a los hermanos por un momento—. Creí que quizás se refería al periodo siguiente a la muerte de Wilmont, especialmente desde su regreso a Londres, porque, según mi conocimiento, ni uno de ustedes ha ido a visitarla. Ni ha enviado una nota o ha dejado lo que estaba haciendo para asegurarse de que ella se encontrara bien. Tan conmovedora como es su preocupación por su hermana ahora, la verdad es que la encuentro bastante hipócrita.

—Supusimos que ella estaba bien. —Leopold lo fulminó con la mirada—. Dimos por hecho que ella nos haría saber si necesitaba algo. De hecho, esperábamos que ella nos visitaría si necesitaba ayuda de algún tipo.

—Lo que ustedes esperaban era que se quedara sentada en la casa de su marido muerto durante un año entero y reflexionara sobre sus pecados. —Una ira que Tony no sabía que tuviera hacia aquellos caballeros brotó dentro de él—. Lo que usted dio por hecho fue que Delia estaba apartada a salvo y no necesitó darle más vueltas. Y lo que ustedes tan convenientemente entendieron fue un error. Ella estaba tan exiliada en esa casa suya como lo estuvo en el Distrito de Los Lagos.

—Digo que eso no es justo. —dijo Christian con indignación—. Todos nosotros fuimos a verla cuando ella estaba fuera.

—Qué considerado por su parte. —El sarcasmo brotaba de las palabras de Tony—. Sin embargo, ahora que ella está a unos cuantos minutos de distancia, ninguno de ustedes ha tenido el tiempo ni la inclinación de visitarla. ¿Tienen alguna idea de lo sola que se ha sentido? A excepción de su hermana y de mí mismo, ella no ha visto a nadie más que a sus criados. ¡Dios mío, su amigo más íntimo estos días, su confidente, es un maldito mayordomo!

Tony miraba con asco.

—Ella habla con orgullo de todos ustedes, del interminable número de Effington y de lo íntimos que son todos. La familia es extremadamente importante para ella, pero su familia, particularmente sus hermanos sobreprotectores, la han abandonado.

»No tengo familia de la que hablar y he estado, hasta este momento, un poco preocupado por unirme a la suya. Parecía una gran responsabilidad ser un Effington, incluso por matrimonio. Ahora veo que estoy bien en la línea, porque parece que todo lo que necesito es hacer una amenaza ocasional, graznar como un pavo e ignorar a cualquiera que incomode mi vida bien ordenada.

—Bien dicho —murmuró el duque.

Lord William reprimió una sonrisa.

Los hermanos de Delia se quedaron en silencio, atónitos.

—No creo que eso sea muy justo —dijo Christian a la defensiva.

—Aunque —dijo Andrew despacio—, es más preciso de lo que desearía admitir. No hemos sido tan atentos como deberíamos.

—No le hemos prestado ninguna atención desde que regresó a Londres. La hemos dejado completamente sola. —Leopold dio un largo suspiro—. Tiene razón. Hemos eludido nuestra responsabilidad hacia ella como hicimos antes. —Consideró a Tony cuidadosamente—. No volveremos a hacerlo.

Tony sostuvo su mirada firme.

—Ni yo tampoco.

Se miraron fijamente durante un largo momento. Tony tenía la más extraña sensación de que éste era un hombre al que podía llamar amigo, dadas las circunstancias adecuadas. Posiblemente incluso, algún día, hermano.

—La ama, ¿verdad? —dijo Leopold. Sus palabras eran más una afirmación que una pregunta.

Tony asintió con la cabeza.

—Sí.

Leopold asintió.

—¿Y tiene la intención de seguir hasta el final con esta boda?

—Sí, en efecto.

—Entonces no hay nada más que decir. Sin embargo, antes de que le demos la bienvenida a la familia, usted debería entender que mis hermanos y yo hemos decidido... —Leopold le ofreció una sonrisa amable; Tony no se fio de ella ni por un momento— que si Delia diera a luz un niño antes de nueve meses desde ahora...

—Nos veremos obligados a estrangularle. —Andrew sonrió.

Los ojos de Leopold se entrecerraron.

—Y si alguna vez le hace daño, tendremos que...

—Matarle —dijo Christian de una manera alegre que parecía contradecir sus palabras. O quizás las enfatizaba.

—¿Por qué será que no me sorprende? —murmuró Tony.

—Ahora que eso está arreglado, sugiero que nos unamos a los demás. —El duque se dirigió a la puerta, seguido de los hermanos de Delia.

Lord William permaneció detrás y se dirigió al lado de Tony.

—¿Se llama Anthony, verdad, hijo mío?

—Tony, señor.

—Bien, entonces Tony, bienvenido a la familia. —Lord William se inclinó hacia él y le habló al oído—. Me imagino que entiende, Tony, que todos nos sentimos responsables por el anterior y desastroso matrimonio de Delia, e independientemente de mis palabras aquí, si le hiciera daño a mi hija, me uniré a mis hijos en hacerle lamentar el día que la conoció. Recuerde bien eso. Ahora —lord William le palmeó en la espalda y sonrió a su futuro yerno— creo que tenemos una boda pendiente.

—¿Crees que he cometido un error? —Delia bebió un sorbo de champán y supervisó al grupo arremolinándose en el salón de Effington House en anticipación para la cena.

Era un acontecimiento sencillo, con familia sobre todo presente, y probablemente no le parecería sencillo a cualquiera que no estuviera acostumbrado a una familia del tamaño y de la naturaleza unida de los Effington. Había quizás veinte personas presentes, incluyendo sus hermanos, el duque y la duquesa, tíos y tías y una surtida variedad de primos con sus respectivos cónyuges. Era una lástima que la abuela no pudiera estar también, pero no hubo tiempo para contactar con ella y organizar su viaje a Londres. Además, rara vez abandonaba la mansión de los Effington por aquellos días. La única persona presente que no era pariente era un tal lord Kimberly, al parecer un conocido de Tony y del duque. Dada la falta de familia por parte de Tony e incluso amigos, sin duda el resultado de la naturaleza clandestina de su pasada profesión, ella se preguntaba cómo su nuevo marido iba a ajustarse a los ruidosos, abrumadores y un poco más que intimidantes Effington.

Cassie se encogió de hombros.

—No me corresponde a mí decirlo. Estoy simplemente contenta de haber sido incluida. —Hizo una pausa para añadir énfasis—. Ésta vez.

—Y yo estoy contenta de que lo estés. —Delia sonrió—. Ésta vez.

El discurso y la duración de la ceremonia fue exactamente como en su primera boda. De hecho, Delia pensó que el sacerdote le resultaba extrañamente familiar y se preguntaba si no habría sido él también quien había presidido su matrimonio con Charles. Aunque tal vez la impresión no era más que producto de los nervios que le retorcían el estómago, una imaginación sobreexcitada y el hecho de que ella creía que todos los sacerdotes tenían el mismo aspecto.

Pero el tono del acontecimiento había sido completamente diferente. En efecto, había estado emocionada cuando se casó con Charles, pero tenía pocas expectativas de futuro y más de unas cuantas dudas con respecto a la reacción de su familia, así como de la sociedad en su conjunto. Ahora no le importaba nada la sociedad. Su familia estaba a su lado y sus expectativas de futuro eran ilimitadas.

Ese mismo día, cuando ella había jurado cuidar de Tony para

el resto de sus días y él había prometido lo mismo, la invadió un gran sentimiento de alegría. Ese mismo día, el hombre con el que se había casado era el hombre al que amaba. Ese mismo día, estaba feliz y sabía en su corazón que sería feliz mañana también.

Al otro lado de la habitación, Tony estaba inmerso en una conversación con Leo y ambos presentaban una apariencia de cordialidad. Era una buena señal. Ella no había hablado con ninguno de sus hermanos antes de la ceremonia, de hecho ella no había hablado con ninguno de ellos desde que había regresado de la mansión de los Effington, pero estaba segura de que todos ellos habían sometido a Tony a una especie de prueba masculina.

—Vamos, Cassie, claro que tienes una opinión. Me gustaría escucharla.

—No sé por qué, me atrevería a decir que no le prestarías ninguna atención. Y de cualquier modo, ahora ya es demasiado tarde. Estás casada. Otra vez. —Cassie estudió a Tony por un momento—. Y no parece que esta vez tu marido vaya a morirse cuando a ti te convenga.

—¡Cassie!

—Si no quieres mi opinión sincera, no deberías pedírmela. Oh, muy bien. —Cassie suspiró—. No sé si éste es otro error o no. Sé que lo amas, lo cual aumenta las posibilidades considerablemente. —Ella fijó su mirada en la de su hermana—. Y si él te ama también, y sospecho que así es, dado lo rápido que ha querido casarse contigo cuando podría haber seguido compartiendo tu cama sin beneficio de matrimonio…

—¡Cassie! —Delia susurró—. Haz el favor de bajar la voz.

—¿Esto viene de la misma persona que declaró que quería convertirse en una mujer experimentada? —Cassie resopló—. Evidentemente, tal cosa no estaba en tu naturaleza. Dicho esto, probablemente es para bien que te casaras con el primer hombre del que…

—Cassie —advirtió Delia.

—… te has enamorado. —Cassie sonrió dulcemente, luego se puso seria—. Sólo quiero que seas feliz. Y si Saint Stephens puede hacerte feliz, entonces él tiene mi aprobación. —Miró a

Tony y un brillo perverso lució en sus ojos—. Él desde luego es lo suficientemente guapo…

—¿Verdad que sí? —Su madre apareció detrás de ellas y enlazó su brazo con el de Delia—. El aspecto no lo es todo, pero siempre he creído más sensato pasar los días con un hombre guapo que con uno al que preferirías no mirar a la luz del día.

—¡Mamá! —rio Delia.

—Sencillamente soy práctica, querida. Pasar toda tu vida con un hombre feo se haría sin duda tedioso si resultara imperfecto además en otros aspectos, como la mayoría de los hombres son. Los hombres Effington en su conjunto son todos muy guapos. —Su mirada se posó en su marido y sonrió con satisfacción—. Vuestro padre es todavía excepcionalmente atractivo. Vaya, encuentro que incluso su progresiva caída de pelo no hace más que añadir un aire de distinción a su apariencia.

—Quizás le miras a través de los ojos del amor, mamá. —Cassie observó a su padre—. Aunque sí que parece haber envejecido bien.

—Por supuesto, y espero que Saint Stephens envejezca tan bien como él. —Georgina miró a Tony con un ojo valorativo—. Debería engendrar niños encantadores, Delia. La sangre lo dirá, ya sabes. —Ella apretó el brazo de Delia afectuosamente—. Además de eso, encuentro que es de una naturaleza amable y cortés.

—¿Das tu aprobación, entonces?

—Por supuesto que sí. —Georgina asintió con la cabeza—. Incluso si yo no lo hiciera, tu padre lo hace, y lo que es más importante, las estrellas también están de acuerdo.

Delia se quejó.

—Mamá.

Georgina la ignoró.

—Desde el momento en que ayer me enteré de esta boda, hice llamar a Madame Prusha. Lo consultamos juntas esta mañana. Ella estudió tus estrellas, Delia, y dice que el matrimonio con este hombre estaba escrito. Y es más, ella está de acuerdo conmigo en que todas las lecturas que ha hecho para ti de las estrellas hasta ahora han sido totalmente exactas. Debías casarte con un hombre misterioso…

—Evidentemente, Saint Stephens —murmuró Cassie.

—... y sufrir una gran pérdida, de lo que no te tienes que preocupar, puesto que Madame y yo hemos estado de acuerdo en que se refiere a la muerte de Wilmont —dijo Georgina firmemente.

—Por supuesto, Wilmont era también un poco misterioso —señaló Cassie.

—Y deberías vivir el resto de tus días enormemente feliz. —Georgina sonrió a su hija.

Tony cruzó su mirada con ella desde el otro lado de la habitación y le ofreció una sonrisa privada dirigida a ella sola. Incluso desde ahí podía ver un deseo y un amor en su mirada oscura que le robaba el aliento.

—Embarcamos para Italia mañana —dijo Delia, sin apartar su mirada de él. Tony dijo algo a su hermano, luego se dirigió a través de la habitación hacia ella.

—Estoy muy pero que muy celosa —dijo Cassie.

—Ya llegará tu momento, querida —dijo Georgina firmemente—. Madame también vaticinó algunas cosas sobre tu vida.

—No estoy segura de querer escucharlas. —Cassie hizo una pausa, luego suspiró con resignación—. ¿Eran buenas?

Georgina rio y Delia se dirigió a su marido.

Se encontraron a mitad de camino en el salón. Ella lo miró y la habitación y todos sus habitantes se desvanecieron.

—¿Cómo le va, lady Saint Stephens? —La voz de Tony era baja e íntima.

—Vaya, lord Saint Stephens, qué considerado de su parte preguntar. —Ella dio un suspiro trémulo—. Soy feliz.

Él alzó una ceja.

—¿Sólo feliz?

Ella rio.

—No se puede ser sólo feliz, pero si lo prefieres, estoy insanamente, gloriosamente, increíblemente feliz. Apenas puedo respirar de tanta alegría.

—Y yo haré que sigas siendo feliz durante el resto de tus días. —Tomó sus manos—. De hecho, si no lo hago, tus hermanos han prometido matarme.

—¿De veras? Qué considerado por su parte. —Ella frunció

el ceño—. ¿Y qué pasa si yo no te hago feliz a ti? ¿No me enfrento a consecuencias si eres infeliz?

—No hay posibilidad de eso. —Su voz era tranquila, pero su mirada buscaba la suya—. Tu sola presencia en mi vida es suficiente para mi felicidad. Incluso si, por alguna razón, alguna vez me despreciaras, todavía estaré contento de saber que eres mi esposa. Mi amor. Para siempre.

—Oh, Dios mío. —Sus palabras eran apenas un suspiro.

—¿Podemos marcharnos ya? ¿Hemos cumplido con nuestra responsabilidad con esta vasta familia tuya para asegurarles que estamos bien y verdaderamente casados? Tenemos mucho que hacer antes de embarcar mañana. —Él apretó sus manos y sus ojos oscuros brillaron con una promesa—. Y mucho que hacer esta noche.

—Me temo que no podemos. —Ella sacudió la cabeza con pesar—. Hay una cena planeada y mi tía se ha tomado muchas molestias. Me temo que se ofenderá si nos marchamos antes.

—Apuesto a que la duquesa lo entenderá.

—Probablemente, pero —se encogió de hombros indefensa— no nos podemos ir aún. Mis padres y mis hermanos e incluso…

—No importa. Entiendo, y tienes razón, por supuesto. No sería un movimiento sensato abandonar mi primera ocasión familiar. Sospecho que estos Effington son unas personas muy exigentes.

—Pueden serlo. —Rio con alivio—. Y estás entre ellos ahora.

—Soy un hombre afortunado —dijo él irónicamente—. Sin embargo, si la inclusión en tu familia es el precio que tengo que pagar por tenerte en mi vida —sonrió— en realidad es un precio pequeño.

—Creo que puedo hacer que te merezca la pena… —Delia sonrió lentamente— … cuando esto termine y nos hayamos retirado a casa.

—¿Oh?

—Verás, lady Saint Stephens nunca ha hecho el amor con su marido, el vizconde Saint Stephens. —Ella lo miró a los ojos con todo el deseo que él y sólo él podía provocar—. Será una aventura excepcionalmente grande.

Capítulo veintiuno

Tony cerró la puerta del dormitorio de Delia, del dormitorio de los dos, firmemente detrás de él y sacudió la cabeza.

—Ha sido un día sumamente largo.

—Interminable. —Delia recorrió bailando la habitación hasta el centro y dio vueltas—. Pero encantador, sin embargo. Fue sorprendentemente agradable tener a mi familia a mi alrededor. He echado de menos eso.

—Lo sé. —Tony se quitó la chaqueta y la arrojó sobre la silla.

—¿Los encontraste demasiado abrumadores?

—Son una fuerza de la naturaleza intimidante. —Se sentó y se quitó las botas—. ¿Te das cuenta de que todos y cada uno de los miembros masculinos de tu familia por debajo de la edad de cuarenta me fulminaron con la mirada antes, durante y después de la ceremonia? Si las miradas mataran, yo ahora estaría completamente muerto.

—Y eso sería una gran pena para mí, mi señor marido.

—Sé que lo lamentaría, mi señora —se puso de pie y se desató el pañuelo— esposa.

—¿Tony? —Delia dio vueltas distraídamente al anillo nuevo en su dedo.

—¿Sí?

—¿Me llevarás a la cama ahora?

Él sonrió.

—Ése era mi plan.

Esto era extraordinariamente difícil de decir. Ella no quería que él creyera que no había disfrutado cada maravilloso momento con él hasta ahora. Las relaciones sexuales entre ellos eran mucho más de lo que había esperado. Aun así…

—¿Planeas ser, bueno, civilizado en esto?

Tony frunció el ceño.

—¿Qué quieres decir con civilizado?

—Lo que quiero decir es... —Ella caminó hacia el otro lado de la habitación, poniendo el mar azul de la cama entre ellos—. Bien, como sabes había planeado convertirme en una mujer experimentada.

—¿Sí?

—Pero hasta ahora, esa experiencia ha consistido sólo en... bueno... en ti.

—Hasta ahora y para siempre —gruñó Tony.

—Eso por supuesto, pero había esperado que esta parte de mi vida —ella señaló la cama— fuera un poco más...

—¿Un poco más qué? —Cruzó los brazos sobre el pecho—. Si dices excitante, no es un buen augurio para el resto de nuestra vida juntos.

—No iba a decir excitante. Estar contigo en todo momento ha sido más que simplemente excitante. Ha sido más de lo que nunca había imaginado. Ha cumplido con creces mi expectativa sobre su potencial. Sólo quiero que esta noche, nuestra primera noche de casados, sea... única.

—¿Debería disfrazarme de bandolero? Tú podrías ser una princesa fugitiva. —Movió las cejas maliciosamente—. Podría tomarte a punta de pistola.

—¿A punta de pistola? —No era precisamente lo que ella tenía en la cabeza—. No esta noche.

Él rio.

—Entonces, ¿qué quieres?

—Quiero que... —Ella soltó un profundo suspiro—. Quiero que dejes de actuar como si me fuera a romper. Quiero que dejes de ser tan gentil y considerado y cuidadoso. Deja de ser tan endemoniadamente amable.

—Espera un momento. —Frunció el ceño—. Yo no llamaría a nuestra relación sexual hasta ahora precisamente amable. «Extraordinaria» es una palabra mejor. De hecho, creía que era todo sumamente apasionado y de algún modo frenético.

—Fue extraordinario, pero...

—Parecía que lo disfrutabas. —Su voz era de indignación.

—Así es. Más de lo que puedo decir, pero… Esto no está saliendo bien. Quiero que… —Pensó por un momento—. Quiero que pierdas el control.

Él dio un resoplido.

—He perdido el control. Varias veces. Y con una gran dosis de entusiasmo.

—Quiero que me tomes. Quiero que te veas arrastrado por el deseo. Quiero que seas peligroso y malvado y… —ella se inclinó hacia adelante y puso las manos sobre la cama— quiero que me arranques la ropa. Quiero arrancarte la ropa.

Él miró su camisa.

—Pero ésta es mi camisa favorita.

—Y yo le tengo mucho cariño a este vestido, pero… —Ella se enderezó—. Ahora piensas que soy una buscona, ¿verdad?

—En absoluto.

—Pero estás ofendido.

—No. —Él la observó pensativo—. Realmente estoy bastante intrigado.

—Es sólo que has sido tan… vizconde. Y creo que, sólo por esta noche, sabes, lo que realmente me gustaría es —contuvo el aliento— un espía.

—¿Un espía? —dijo él lentamente.

—Cielo santo. —El rubor le ardía en las mejillas.

Ella se apartó de él y enterró la cara entre las manos.

—No puedo creer que haya dicho todo esto.

—Deberías ser capaz de decirme cualquier cosa.

—Aun así. Lo que debes de pensar de mí…

—Creo —sus palabras estaban medidas— que eres la mujer más excitante que he conocido.

Ella levantó la cabeza.

—¿De veras?

—Y creo que soy un hombre excepcionalmente afortunado.

Sin aviso, el cuarto quedó sumido en la oscuridad.

—¿Tony?

—Los espías operan mejor al amparo de la oscuridad.

—¿Sí?

—Y este espía en particular ha faltado a sus obligaciones. —Su voz se acercó más.

Ella contuvo el aliento.

—¿En serio?

—Al parecer todavía no te ha demostrado cuánto te desea.

Él la agarró por detrás y la giró entre sus brazos. Sus labios se apretaron contra los suyos y por un momento ella se preguntó si había cometido un error. Empezó a lanzar sus brazos en torno a él, pero él cogió sus manos y las mantuvo quietas.

—Ahora, nada de eso. —Su tono era dulce, pero había una corriente que era decididamente perversa. Y extremadamente excitante.

Antes de que pudiera protestar, él envolvió algo alrededor de sus manos, atándolas juntas. ¿Su pañuelo?

—¿Tony?

—Silencio. —Él la cogió y la arrojó sobre la cama. Ella intentó levantarse, pero él la agarró y la volvió a tumbar, sentándose a horcajadas sobre ella y sujetándola. Él levantó sus manos atadas sobre su cabeza y las ató a la cama. Un estremecimiento de delicioso miedo la recorrió entera.

—¿Tony?

—Querías un espía. —Su voz era baja, casi un gruñido—. Querías que fuese peligroso y malvado. Bien, pues lo tendrás.

—¿Quizás estaba equivocada?

—Lo veremos.

Ella le oyó dejar la cama y escuchó los claros sonidos de él desvistiéndose. Su corazón golpeaba en su pecho y se dio cuenta de que verdaderamente quería un poco de peligro. Por lo menos una vez. Y se dio cuenta, también, de que este hombre que había hecho tanto para agradarla nunca le haría daño. Ella contuvo el aliento expectante.

Un momento después, él estaba de vuelta en la cama. De nuevo se sentó a horcajadas sobre ella, alzándose sobre ella dominante, nada más que una silueta oscura en la noche.

—Tony, ¿estás…?

—Haré exactamente lo que me plazca, cuando me plazca.

Él se inclinó para besar el hueco en la base de su cuello y ella se tranquilizó. Deslizó su boca por su garganta y a lo largo de la línea de su mandíbula hasta un lugar debajo de su oído, luego mordisqueó el lóbulo de su oreja. Con los brazos atados sobre su cabeza, los pechos de ella destacaban expuestos como una ofrenda pagana. Él los agarró con firmeza y los acarició a través de la tela de su vestido. Su lengua se deslizó a lo largo de su garganta y más abajo hacia su escote, acentuado por su posición. Cubrió de besos la parte superior de su corpiño y ella se retorció ligeramente con un deseo creciente. Sin aviso, sus manos fueron hacia el cuello de su vestido y le arrancó el vestido y la camisa debajo de él hasta la cintura. Ella dio un grito ahogado de sorpresa y excitación. Una ráfaga de aire fresco recorrió su cuerpo. Estaba completamente expuesta y absolutamente emocionada. Las manos de él acunaron sus pechos y él se llevó uno a la boca; éste se endureció con su tacto. Sostuvo su pezón con los dientes y jugueteó con la lengua hacia atrás y hacia delante hasta que ella gimió y se tensó hacia arriba. Él volvía su atención de un pecho a otro hasta que ella se retorcía de placer, sin aliento por el ansia.

Él se deslizó hacia abajo para poner sus rodillas a cada lado de las suyas y sujetó sus piernas juntas. Agarró los restos del vestido, la ropa interior y la rasgó, exponiéndola completamente. Se inclinó y besó el valle entre sus pechos y deslizó su boca más y más abajo, saboreándola, bebiéndosela. Se sentó y deslizó sus manos entre sus piernas y ella se quejó por la pérdida de su boca sobre su piel, cálida y sensible y ansiando su contacto. Él deslizó su mano entre sus piernas y ella quería abrirlas para él, pero él la sujetó fuerte. Su mano y sus dedos la acariciaron, la masajearon y la llevaron a un lugar de necesidad ciega, irracional.

De repente, él se movió, abrió sus muslos y se arrodilló entre sus piernas. Bajó la cabeza, su lengua comenzó a dibujar líneas sobre su estómago y moviéndose lentamente, inexorablemente hacia abajo. Él la abrió con sus dedos y su lengua jugueteó sobre la parte más sensible de ella. Un placer sorprendente, intenso y primitivo, la recorrió, y ella gritó, mientras una parte racional, absolutamente propia de su mente notaba que eso no era apropiado en lo más mínimo y que debería decirle que parara. La ignoró. Nunca había imaginado un pecado tan delicioso, a la vez terrible y magnífico, que latía y palpitaba en su boca sobre ella. El fuego surgía dentro de ella y llameaba y quemaba, una fiebre salvaje que crecía y rugía cada vez más caliente hasta que creyó de verdad que iba a estallar en llamas.

Sin aviso, él se detuvo y ella se arqueó instintivamente, buscando su contacto. Él plantó sus manos a cada lado de ella y se sumergió en ella, tomándola como ella había querido. Una declaración de posesión, poder y pasión. Ella pronunció su nombre y tiró de sus ataduras y quería abrazarle, pero no podía hacer más que deleitarse en el poder de su cuerpo uniéndose al suyo. Estaba indefensa y él hizo lo que quiso con ella y fue glorioso.

Ella movía las caderas con las de él. Recibía sus embates con un ansia desvergonzada que no tenía nada que ver con su posición o con este juego nocturno de boda y sí tenía todo que ver con su corazón. Él era una parte de ella, y eso no tenía que ver con la unión de sus cuerpos, sino con la fusión de sus almas. Ya no sabía dónde terminaba él y dónde empezaba ella, y ya no le importaba. Pura pasión, puro placer, que la llevaban cada vez más alto con cada golpe, cada embate, hasta que creyó que ya no lo podía soportar, y aun así, no quería que parara. Hasta que él gimió y empujó una vez más y una gloriosa liberación se apoderó de ella y explotó en torno a él, con él, en una ola tras otra de sensación magnífica de puro gozo y absoluta delicia.

Él se desplomó encima de ella, su agitada respiración contra su oído. Y ella luchó por encontrar su propia respiración. Su corazón latía fuerte cerca del suyo y era tan íntimo como su unión, no, aún más. Su corazón latía al mismo tiempo que el de ella. Y ella sabía, con una certeza profunda que venía de su alma, que siempre sería así.

Él levantó la cabeza y ella no pudo distinguir sus rasgos en la oscuridad, pero podía escuchar la risa burlona en su voz.

—¿Ha sido esto lo suficientemente malvado y peligroso para ti?

—En verdad, creo que fue bastante… bastante… —La risa brotaba desde lo más profundo de ella—. Bastante.

—Entonces, ¿no ha sido amable?

Ella rio.

—No, no, definitivamente no ha sido amable.

—Excelente. —Él se deslizó para tumbarse a su lado.

—Creo que ya me puedes desatar.

—No sé si eso sería sensato. —Tony deslizó un dedo sobre su pecho.

—¡Tony!

—Me gusta bastante tenerte atada. Piensa en ello como una aventura.

—Ha sido una aventura. —Ella soltó una risita—. Y a mí también me gustó bastante estar atada. Estar completamente indefensa.

—Tú, amor mío, nunca estarás completamente indefensa.

—Quizás soy una buscona después de todo.

—Quizás.

—Pero soy tu buscona.

—Por supuesto que lo eres, ahora y siempre. —Él la besó con firmeza.

—Quizás algún día te ate yo a ti.

—Quizás. —Él rio, se incorporó y desató su pañuelo.

Ella le envolvió con sus brazos.

—O quizás yo pueda ser la bandolera y tú un príncipe fugitivo. —Ella lo atrajo hacia sí y le mordisqueó la oreja—. Dijiste algo acerca de a punta de pistola.

Tony se despertó repentinamente y se sentó erguido en la cama. Por un instante luchó por recomponerse, luego reconoció lo que le había despertado de un profundo y satisfecho sueño. El claro olor acre del humo de la madera flotaba en el aire.

—Maldita sea. —Saltó de la cama, tanteó buscando sus pantalones, dispersos en algún lugar del suelo.

—¿Qué pasa? —La voz de Delia sonaba dormida desde la cama.

—La casa está ardiendo. ¡Levántate! —Encontró los pantalones y se los puso—. ¡Vamos, Delia!

—¿Qué?

—¿Tu ropa, sabes dónde está tu ropa? —Su voz sonaba alta y brusca para devolverla a sus sentidos.

—Tengo una camisa en algún sitio, no…

Él buscó a tientas al pie de la cama y encontró el vestido y se lo lanzó.

—¡Aquí!

El humo no era demasiado espeso, pero no tenía ni idea de lo malo que podía ser.

—¡Rápido, Delia!

—Tony. —Su voz sonaba confusa y sorprendida, pero se puso en pie y se deslizó por el vestido—. No puedo ir…

—¡Calla! —Él la agarró, la cogió en brazos y la sacó de la habitación.

Del piso de abajo llegaban voces exaltadas. A mitad de la escalera, él advirtió luz en el salón y se dio cuenta de que era de las velas y no un infierno de llamas. Soltó un suspiro de alivio y sentó a Delia en los escalones.

—Quédate aquí —ordenó él.

Ella intentó levantarse.

—¿Por qué? Ésta es mi casa y si está ardiendo, quiero comprobar lo grave que es. No puedes dejarme aquí.

—Por primera vez en nuestra vida juntos, y muy probablemente la última, haz exactamente lo que te diga. —Él la tomó de la barbilla y la miró fijamente a los ojos—. ¿Entiendes? Quiero que te quedes aquí hasta que haya determinado lo que ha pasado. Además —su voz se suavizó— preferiría que mi mujer no se presentara ante los criados tan escandalosamente vestida.

Ella lo miró fijamente un momento, luego asintió a regañadientes y se sentó en el escalón.

—Te advierto que no esperaré mucho.

—Sin duda. —Le dio un beso rápido y se apresuró escaleras abajo hacia el salón.

El pesado olor a humo flotaba en el aire. La pared del fondo estaba carbonizada y el agua se encharcaba en el suelo, pero el fuego ya estaba apagado. El daño por el incendio parecía mínimo.

—Tuvimos suerte, señor. —Mac se pasó una mano sucia cansadamente por la frente—. Nos dimos cuenta justo poco después de que comenzara.

La señora Miller estaba de pie fulminándole con la mirada entre dos de los otros hombres.

—Fue la señora Miller. —Mac miró con el ceño fruncido a la mujer—. La cogimos intentando escapar justo después de que empezara el fuego. Todavía tenía un olor de lámpara de aceite sobre ella.

La señora Miller respondió con una mirada desafiante.

—¿Es verdad? —dijo Tony despacio, reacio a creer que uno de los suyos pudiese estar trabajando contra ellos.

—Señor, tenía su bolsa con ella y encontramos esto. —Mac le dio a Tony un paquete de papeles.

Tony desató el paquete y hojeó las páginas, luego miró a la señora Miller.

—Los Papeles Effington, supongo. —Él volvió su atención a los papeles y apretó la mandíbula. Aunque estaba decepcionado con ella, lo estaba más consigo mismo. La amenaza a Delia había estado allí mismo bajo su nariz todo el tiempo y no la había visto—. ¿Dónde está el dinero?

Ella se encogió de hombros.

—Tienes muchas cosas que explicar de ahora en adelante.

La señora Miller lo miró durante un momento, luego se rio.

—¿Por qué debería explicarte algo a ti?

—¿De verdad preguntas por qué? La respuesta es evidente. —Volvió a mirar los papeles—. Son falsificaciones, ¿verdad? Y las has tenido todo el tiempo, lo que significa que no es esto lo que estabas buscando. —En ese momento la respuesta le cogió por sorpresa—. Es el cuaderno, ¿verdad? Era eso lo que andabas buscando.

—Venga, Saint Stephens, sé cómo funciona esto. He estado en esta posición antes. Crees que en este punto me derrumbaré y lo confesaré todo. —La señora Miller resopló con desdén—. Ni por lo más remoto.

—Nunca he puesto la mano encima a una mujer, señor, pero en este caso —dijo Mac en una voz baja, amenazante— estoy más que dispuesto a…

—No es necesario, Mac. —Tony observó a la señora Miller por un largo momento—. Lo que sea que haya estado intentando encontrar todavía está en la casa, o al menos ella piensa que es así. Pero esta noche era su última oportunidad de hacer algo. Una vez que mi esposa y yo nos marchemos mañana, esta operación se verá concluida y todos tendréis una nueva misión. Como la señora Miller en apariencia ha fracasado en encontrar lo que ha estado buscando en la casa, su única opción era quemar el lugar. —Él entrecerró los ojos—. Con nosotros dentro.

—No tienes ninguna prueba sólida, Saint Stephens. —La señora Miller sonrió de una manera autosuficiente—. El fuego fue poco más que un desafortunado accidente. Sencillamente, tiré una lámpara. Torpe de mí, pero…

—Accidente y un cuerno —dijo Mac con indignación—. La cogimos en el acto, señor.

—Por el contrario, señora Miller, yo diría que tenemos mucho. Empezar un fuego e intentar matarnos a todos por lo menos. Dada tu posesión de los Papeles Effington, sospecho que podemos añadir intento de extorsión de dinero al gobierno, falsificación y —el descubrimiento le cogió por sorpresa y su estómago se retorció— el asesinato de Charles Wilmont. Está muerto, ¿verdad?

Ella alzó una ceja.

—¿Lo dudabas? ¿Pensaste de verdad alguna vez que Wilmont te había traicionado a ti y a ese maldito departamento? Puede que se haya hecho pasar por un sinvergüenza, pero su lealtad a la Corona y su sentido del honor eran mucho mayores de lo que nunca imaginé. Y si tú has creído lo contrario, incluso por un momento, no eres tan buen amigo como pensabas.

—Yo…

—No es a ti a quien traicionó. —Su expresión se endureció—. No se suponía que él tuviera que casarse con ella. Eso no debería haber sucedido. Su propósito era averiguar la verdad sobre los papeles y comprarlos. Nada más que eso. Habría funcionado maravillosamente también si él hubiese hecho simplemente lo que se suponía que tenía que hacer. Él nunca habría sabido nada de mí. Yo habría tenido el dinero y él y yo… —La amargura sonaba en su voz—. Él hizo promesas y yo las creí. Fui una tonta y él mereció lo que obtuvo.

—¿Tú le mataste? —La voz incrédula de Delia sonaba desde el umbral de la puerta—. ¿Mataste a Charles?

—Sí —siseó la señora Miller—. Y lo disfruté bastante.

—No entiendo. —Delia dio un paso más y entró en la habitación, su mirada fija sobre la señora Miller—. ¿Por qué?

—Por ti. —La señora Miller casi escupió las palabras—. Se suponía que Wilmont era mío. Tú no eras nada más que una…

—¿Que una qué? —alzó la voz Delia.

—Mac —dijo Tony rápidamente—. Llévatela de aquí.

—Espera —dijo Delia bruscamente—. ¿Una qué?

La señora Miller se sonrió con suficiencia.

—Pregunta a tu nuevo marido. Y mientras estás en ello, pregúntale también por tu mayordomo.

—Mac —rugió Tony.

—Sí, señor. —Mac hizo una señal a los otros hombres, que sacaron apresuradamente a la señora Miller de la habitación.

—No entiendo. —Delia sacudió la cabeza—. Mi ama de llaves mató a mi marido y ahora —miró alrededor de la habitación y abrió los ojos de par en par— ¿ha intentado prender fuego a mi casa?

—Puedo explicártelo —dijo Tony, dando un paso hacia ella.

Ella dio un paso atrás.

—¿Y qué estaba diciendo acerca de Gordon? —Delia miró en torno a la habitación—. No está aquí. ¿Dónde está?

—Delia. —De nuevo Tony avanzó hacia ella.

Ella se dio la vuelta y avanzó hacia el vestíbulo.

Mac se puso delante de ella, bloqueando su camino.

—Milady…

—Déjala ir, Mac.

Delia le lanzó una extraña mirada, llena de duda y confusión, luego se dirigió hacia la habitación de Gordon.

—Lo descubrirá todo, señor —dijo Mac quedamente.

—Lo sé. —Tony cogió un candelabro de plata de una mesa y lo encendió con un rescoldo de la chimenea. Incluso para sí mismo parecía moverse extraordinariamente lento, obviamente reacio a afrontar lo que sabía que tenía por delante. Aún así, no podía ser aplazado. Soltó un suspiro y fue detrás de ella.

Delia estaba de pie en el centro de la habitación del mayordomo.

—No está aquí, Tony. —Su mirada se cruzó con la de él—. Pero ya lo sabías, ¿verdad?

—Delia. —Tony dejó la vela en el escritorio.

—¿Dónde está?

¿Era posible que ella no se hubiese dado cuenta todavía de la verdad? ¿Podía ser que todavía hubiera una manera de salir de aquello sin contárselo todo?

—¿Se ha ido? ¿Ahora, en mitad de la noche? Es un hombre anciano, Tony. Si esa bruja le ha hecho daño… —Ella se volvió hacia la cómoda.

—Delia, ¡no!

—Si sus cosas están aquí —ella abrió un cajón de un tirón— entonces él obviamente está en algún tipo de apuro y… —Se quedó mirando fijamente el interior del cajón durante un momento interminable.

—Delia. —Él avanzó hacia ella.

Con dos dedos ella sacó el bigote del cajón y lo miró fijamente.

—¿Qué es esto?

—Puedo explicarlo. —Él luchó por ahogar la nota de desesperación en su voz.

Ella lo dejó caer encima de la cómoda, luego sacó sus cejas y sus gafas, poniéndolos junto al bigote. Miró los artículos del disfraz durante un buen rato. Al final su mirada se cruzó con la de él. Su voz era fría.

—¿Cómo he podido ser tan tonta?

—No es lo que piensas —dijo él rápidamente.

—¿Quién eres?

—Soy exactamente quién crees que soy. Anthony Saint Stephens, vizconde Saint Stephens.

—Quizás no formulé la pregunta correctamente —dijo ella despacio—. ¿Qué eres?

Él dio un largo suspiro.

—Soy un agente del gobierno de Su Majestad.

—¿Un espía?

—«Espía» no es el término correcto. «Agente» es más preciso. Trabajo para un departamento del gobierno cuyo propósito es proteger e investigar y… —Ella lo fulminó con la mirada—. Supongo que «espía» funciona igual de bien que cualquier otro término llegados a este punto.

—Y Gordon, el querido ancianito dulce que era mi mayordomo, mi confidente, mi amigo, no existe en absoluto, ¿verdad?

—No, me temo que no.

—Deberías estar muy asustado. —Delia lo empujó para pasar y volvió al salón. Mac estaba en el umbral de la puerta. Ella se detuvo y le lanzó una mirada indignada.

—¿Tú también eres un espía?

—Yo no usaría la palabra «espía», milady —dijo Mac—. Creo que «agente» es realmente…

Ella soltó una especie de extraño grito, y entró sin decir palabra en la habitación. Tony seguía sus pasos, sin hacer caso a la sincera sonrisa de ánimo de Mac.

—Te diría que cerraras la puerta, aunque sospecho que tu MacPherson ahí fuera sencillamente pegaría su oído en ella. Además, ambos nos asfixiaríamos hasta la muerte con el olor del humo aquí dentro. —Ella se volvió hacia él, apretando el vestido más fuerte contra ella—. Así que ¿qué eres, en verdad? ¿Un arrogante vizconde? ¿Un mayordomo incompetente? ¿Un espía?

—Tu marido. —Fue lo primero que se le pasó por la cabeza, y él sabía en el momento que sus palabras salieron de su boca que eran un terrible error.

—Eso está por ver —soltó ella—. Quiero la verdad ahora. Toda la verdad.

—Quizás si te calmaras…

—¿Calmarme? ¿Quieres que me calme? ¡Maldita sea, mi ama de llaves ha matado a mi marido! ¡Me he casado con mi mayordomo y todos mis criados son espías! ¡Espías! —La furia salía de sus ojos—. ¡No volveré a estar tranquila jamás!

—Quizás un vaso de brandy ayude… —Él se dirigió a la puerta. De repente, una mano que sostenía una licorera apareció a la vista en el umbral y Tony la agarró. Mac se mantuvo discretamente fuera de la vista. Y del alcance.

—¿Brandy? ¿Crees que el brandy ayudará? ¡Una botella no sería suficiente para calmarme! ¡Tendría que estar completamente ebria e inconsciente, e incluso entonces mi cuerpo sin vida todavía estaría retorciéndose de ira!

La mano incorpórea de Mac le ofreció dos vasos. Tony los cogió agradecido, fue hacia la mesa y sirvió un vaso.

—Es mi experiencia que, en tiempos de gran agitación, el

brandy ayuda a fomentar una cierta dosis de pensamiento racional, incluso claridad.

Él le alcanzó un vaso con precaución. Ella se lo arrebató de la mano, lo bebió de un trago y apretó los dientes.

—Soy racional.

Tony cogió su vaso cuidadosamente, lo volvió a llenar y se lo dio. Él nunca había intentado deliberadamente emborrachar a una mujer antes, pero éste parecía un buen momento para empezar.

—Soy racional —dijo ella de nuevo, enfatizando cada palabra—. Y ahora, mi lord-vizconde-mayordomo-espía, espero respuestas. ¡Ya!

—Muy bien. —Él soltó un profundo suspiro. Debería haber ensayado aquello, pero había esperado no tener que decirlo nunca—. Quizás deberías sentarte.

Ella entrecerró los ojos.

—De acuerdo, pues no te sientes. —La única manera de terminar con todo era sencillamente empezar por el principio—. El año pasado, hace ahora aproximadamente ocho meses, mi departamento estaba implicado en una investigación concerniente a unos papeles, correspondencia en realidad, que supuestamente detallaban tratos durante la guerra entre los franceses y miembros de una influyente familia británica.

—¿Presumo que estás hablando de mi familia?

Él asintió.

—Específicamente sobre el duque o tu padre o uno de tus tíos. De cualquier manera, los papeles fueron ofrecidos para la compra. Teníamos intención de comprarlos, pero también necesitábamos saber si eran legítimos. Se decidió que una manera de hacerlo era conocer a la familia y por tanto ser bienvenido en la mansión de los Effington y en cualquier otro sitio para poder investigar sin levantar sospechas.

—Ésa es la cosa más estúpida que he oído nunca.

—Admitimos que no fue uno de nuestros mejores planes, pero sí parecía tener sentido entonces.

Delia soltó un bufido y se bebió de un trago el resto del brandy.

—¿Y por conocer, te refieres a flirtear? ¿Cortejar? ¿Seducir?

—¡No! No seducir. Dios mío, ¿por quién nos tomas?

Los ojos de ella se abrieron de par en par, indignados.

—No importa —dijo él rápidamente—. Era una pregunta estúpida, pero deberías saber que se suponía que Wilmont no debía llegar nunca tan lejos como lo hizo. Todavía no sabemos por qué se casó contigo.

—Tu adulación se me va a subir a la cabeza, milord. —Ella apretó los dientes—. Continúa.

—Cuando el barco naufragó, dimos por hecho que Wilmont estaba muerto y que los papeles se habían perdido con él. Se suponía que él iba a comprarlos mientras estaba en el barco.

—¿Tú diste por hecho que estaba muerto? —Su cara palideció y se hundió en el sofá—. ¿Tú diste por hecho? ¿Está él entonces…

—No, está muerto. —Tony creyó mejor omitir la sospecha que había aparecido brevemente de que Wilmont estaba vivo—. La señora Miller lo mató.

—Todavía no…

—Wilmont descubrió algo más. No supimos de eso hasta hace poco. Creemos que él estaba en posesión de un cuaderno que no tenía nada que ver con los Papeles Effington. —Frunció el ceño—. Ahora creo que podría habernos conducido a la señora Miller y Dios sabe a quién más. A pesar de todo, creímos que tanto los Papeles Effington como el cuaderno se perdieron en el naufragio del barco. Luego supimos que Wilmont había sido visto con una mujer en el muelle antes de que el barco saliera y, además, aquella mujer había regresado a Londres al mismo tiempo que tú lo hiciste. Temimos que ella pudiera creer que tú, con o sin conocimiento, estabas en posesión del cuaderno, y pensamos que podrías estar en peligro.

—Así que para protegerme te convertiste en mi mayordomo y llenaste mi casa de espías. —Ella lo miró con frialdad y él sintió que un escalofrío le recorría la columna—. Por supuesto, uno de ellos mató a mi marido y estaba preparado, sin duda, para matarme a mí también.

—Sí, bueno, eso fue desafortunado. —Él se encogió según pronunciaba dichas palabras. Incluso a sus propios oídos todo este asunto sonaba mal concebido y completamente desatinado.

—¿Desafortunado? ¿¡Desafortunado!? —Delia rio con un desgarrador y amargo sonido—. ¿Hay algo en todo esto que no sea desafortunado?

—Bueno, sí, creo que sí —dijo él en voz baja.

—¿De veras, lord Misterioso? —Ella lo miró por un largo momento. Asco y traición brillaban en sus ojos. El corazón de él se hundió—. Confiaba en ti. Tenía mi confianza en ti. Te acogí en mi casa. No, acogí a un querido y dulce anciano que ni siquiera existe. ¿Qué pensabas hacer con él de todas maneras?

—Él iba a morir mientras estábamos en Italia.

—Qué oportuno.

—Parecía una buena idea —murmuró él—. Él habría tenido una vida buena y completa y se moriría pacíficamente mientras dormía.

—Qué endemoniadamente amable de tu parte. Me sorprende que no le arrojaras de lo más alto de una maldita iglesia. —Delia sacudió la cabeza—. Debería haberlo sabido. Debería haberme imaginado todo esto. Había todo tipo de pistas, ¿no?

—En realidad, creo que he sido bastante cauto.

Ella lo ignoró.

—Pero claro que lo veía, aunque no le prestaba atención. Notaba una semejanza con tus ojos a pesar de las gafas. Tus manos no eran las manos de un hombre mayor, eso también lo noté. Y en ambos disfraces te referías a ti mismo como retrógrado y estrecho de miras. Creí que no era nada más que una coincidencia. Todo eso debería haberte delatado, pero no conseguí verlo.

—La gente nunca busca lo que no espera ver.

—Qué astuto de tu parte, milord. —Su voz era dura, sus palabras más una acusación que una observación—. ¿Tienes algunas palabras más de sabiduría que te interese compartir? ¿Como vizconde, mayordomo o espía?

—Sí. —Él se sentó a su lado y le tomó la mano. Ella la apartó—. Te amo, Delia, y daría mi vida porque todo esto no te hubiese pasado. La daría si cambiara las cosas, pero no lo hará. Deberías saber, también, que siempre he tenido la intención de que ésta fuera mi última misión. Ahora tengo una posición y responsabilidades que atender y te quiero a mi lado. Como lady Saint Stephens. Como mi mujer.

—¿De verdad piensas que eso es posible? —Ella lo miró con incredulidad—. Acabas de decirme que todo lo que he creído acerca de Charles, acerca de ti, acerca de Gordon, era una mentira. ¿Cómo puedo ser tu esposa ahora? ¿Cómo puedo volver a confiar en ti? Que Dios me ayude, ¿cómo puedo confiar en mí misma?

»Y en cuanto al amor… —Ella lo estudió por un momento, y él creyó que su corazón se rompería por el dolor que coloreaba sus ojos azules—. Me temo que es una ilusión como cualquier otra apariencia de perfección. —Ella agarró el vaso, se puso en pie y se dirigió a la puerta.

Él se levantó inmediatamente y la siguió.

—Delia.

—Sé dónde está tu maldito cuaderno.

Capítulo veintidós

—Obviamente, soy mejor espía que tú. —El desdén sonaba en la voz de Delia—. Aunque, por lo que he visto hasta ahora, eso no sería gran cosa.

Delia cruzó el vestíbulo, le arrebató de las manos a Mac un candelabro que éste le ofrecía, le lanzó una mirada feroz y entró en la biblioteca. Se fue directamente a una sección de estanterías, y sostuvo la vela cerca para escudriñar los títulos, luego seleccionó un libro. Se dirigió al escritorio, apoyó el candelabro y abrió el libro. Pasó una página o dos, luego se quedó quieta.

—¿Delia?

Ella miraba fijamente el libro en su mano.

—Deseaba estar equivocada. Creo que albergaba una extraña esperanza de que si estaba equivocada en esto, entonces quizás el resto de la noche sería una equivocación también, que no sería real. Nada más que un mal sueño del que podría despertarme y... —Cerró el libro de golpe y lo arrojó sobre el escritorio—. Ahí lo tienes.

Él cogió el libro. Era un volumen de poemas de Byron.

—Éste es el libro que me diste, ¿no?

—No. Si recuerdas, te dije que tenía otra copia. Ésta es mi copia. —Ella dio un profundo suspiro—. Charles me la dio.

Tony abrió el libro y lo hojeó. Unas cuantas páginas eran, en efecto, las obras de Byron, pero la sección central del volumen había sido cuidadosamente quitada y reemplazada por unas páginas cubiertas con apretadas líneas manuscritas.

—Charles obviamente hizo eso después de casarnos. Sé que era sencillamente un libro de poesía cuando él me lo dio. Me lo llevé al Distrito de Los Lagos, pero nunca lo volví a abrir.

—Es definitivamente lo que la señora Miller estaba buscando —murmuró Tony, su mirada recorrió el manuscrito—. No estoy del todo seguro, pero parece ser una lista de prominentes lores y políticos con anotaciones acerca de información que puede ser usada para extorsionar dinero a ellos o a la Corona. Parece ser que los Effington no eran los únicos objetivos de este plan. Será interesante ver cuánto de esto es legítimo y cuánto es fraudulento, como los Papeles Effington. A pesar de todo, es endemoniadamente astuto.

—Puse el libro en la estantería cuando regresé a Londres.

—Y como la señora Miller ya había estado buscando aquí, no pensó en buscar otra vez. Con suerte esto nos conducirá a la persona que estaba trabajando con la señora Miller también.

—Tienes lo que quieres, milord, ahora sugiero…

—Espera, Delia, hay algo más aquí. —Tony sacó un papel doblado. Lo leyó rápidamente y lamentó haberlo hecho—. Es de Wilmont. Dirigido a mí, en realidad. —Su estómago se encogió y se obligó a sostener su mirada—. En caso de que muriera.

—Realmente a estas alturas ya no me importa. —Su voz estaba cansada y resignada y a él se le clavó en el alma.

—Sin embargo, deberías escuchar esto. Él detalla la implicación de la señora Miller y explica cómo consiguió el cuaderno…

—He dicho que no me importa.

—Y habla de ti.

Ella lo miró fijamente.

—¿De verdad debo saber eso?

—Sí. —Era lo más duro que había tenido que decir nunca. Sabía sin duda que esta admisión de Wilmont podría cambiar todo entre él y la mujer que amaba. Y sabía también que ella merecía saber lo que Wilmont había escrito.

Tony tomó aire para tranquilizarse y leyó.

—«Por lo que concierne a mi mujer, fue un error que no debería haber cometido pero que volvería a cometer. Un gran error. O en sus palabras, una gran aventura. Todo demasiado breve y lo mejor de mi vida. Ella tocó algo dentro de mí que creía desde hace mucho tiempo muerto.»

Tony se obligó a continuar.

—«Sé que te preguntarás por qué me casé con ella, lo que

había salido mal en nuestros planes. La respuesta es sobrecogedora en su pura simplicidad. La amaba. Lamentablemente, ni se lo dije ni se lo demostré. De hecho, no la he tocado desde nuestra primera noche juntos. Sentí que era imperativo terminar esta última investigación para que pudiera dejar atrás este trabajo y empezar una nueva vida con ella, y mis pensamientos y mi tiempo estaban completamente dirigidos hacia ese final. No podría ser el marido que ella debería tener hasta entonces.

»Le dejo mi fortuna y a ella la dejo en tus manos, mi amigo. Asegúrate de que la cuidan. Ella merecía mucho más de lo que yo le di.»

Delia se quedó con la mirada fija, sus ojos brillantes con lágrimas sin derramar. La sorpresa sonaba en su voz.

—¿Me amaba?

—Eso parece —dijo Tony con suavidad, dejando la carta y el libro encima del escritorio.

—¿Y sus acciones fueron por mi causa?

—Delia… —Tony se dirigió hacia ella.

—No. —Ella interpuso su mano y se echó hacia atrás—. No te acerques a mí.

—No eres culpable de lo que le pasó.

—Tengo toda la culpa. —Su voz se alzó—. Él no habría estado donde estaba si no fuera por mí. Ella no le habría matado si no fuera por mí.

—No. Ella lo mató porque él la había descubierto.

—Ella lo mató porque se había casado conmigo. Porque me amaba. —Su voz se rompió—. Y yo no le amaba a él.

—Delia… —Una sensación de vulnerabilidad la invadió. Por primera vez en su vida no sabía qué hacer.

—Dios mío, él estaba tan equivocado. Yo no merecía más que él. —Ella reprimió un sollozo—. Él merecía más que yo.

—Delia, ya ha acabado. El pasado no puede ser cambiado. La muerte de Wilmont fue una tragedia, pero no fue culpa tuya. No había necesidad de que él acabara su misión. Él podría habérsela encomendado a otra persona. A mí, sin ir más lejos. Él sabía eso y conocía también los riesgos de su trabajo. Él murió haciendo aquello en lo que creía.

—Él estaría vivo si no fuera por mí.

—Eso tú no lo sabes.

—Sí, lo sé, lo sé aquí dentro. —Ella apretó su mano contra su corazón—. Nunca he sabido nada con tanta certeza como eso.

Tony quería cogerla entre sus brazos y consolarla, asegurarle que todo iría bien, pero sabía sin duda que ella no aceptaría su oferta de consuelo. Temía que ella no quisiera aceptar nada de él nunca más.

—Tienes que continuar con tu vida. Tenemos que continuar.

—¿Nosotros? —La ira sonaba en su voz—. ¡No hay un nosotros! No somos más que una mascarada, un engaño, como… ¡como Gordon!

—Soy tu marido.

—Charles era mi marido también. Y era tu amigo. —Ella apretó los puños contra su costado y soltó un profundo suspiro estremecido. Finalmente, lo miró a los ojos. Una mano fría le apretó el corazón. Su voz era engañosamente tranquila, sus ojos fríos—. Está a punto de amanecer. Quiero que tú y tu pandilla de espías o agentes o esbirros o como sea que os llaméis estéis fuera de mi casa con la salida del sol.

Su mirada buscó la suya.

—¿Y qué pasa si me niego a irme?

Ella se encogió de hombros.

—Entonces, me iré yo.

—Entiendo —dijo él lentamente—. ¿Durante cuánto tiempo?

—No quiero volver a verte. —Su voz era firme, su mirada desapasionada. Ni un toque de emoción se reflejaba en sus ojos azules—. Te quiero fuera de mi vida.

—Me iré por ahora, pero eres mi esposa, eres mi alma y no te dejaré.

—No tienes elección.

—No en este momento, quizás. —Él mantuvo su voz tan fría como la suya—. Entiendo que necesitas tiempo para asumir todo esto, pero te advierto, Delia, que aunque me lleve el resto de mis días conseguirlo, te voy a recuperar. —Él se negó a permitir que la desesperación de su corazón se mostrara en su voz—. Dije que te amaría para siempre.

—Dijiste una serie de cosas que no eran verdad. —Una nota de cansancio sonaba en su voz y ella se hundió en la silla detrás del escritorio.

—Nada que tuviera que ver con mis sentimientos hacia ti era mentira. —El enfado nacido del miedo surgió en él. Golpeó con sus palmas firmemente en el escritorio y se inclinó hacia ella—. Y entiende esto, lady Saint Stephens, te revelé más de mí como Gordon de lo que nunca he revelado a nadie. Fui más sincero contigo mientras fingía ser otra persona de lo que nunca he sido con nadie. No fingía ser tu amigo, era tu amigo, y no he tenido muchos a los que pudiera llamar así en mi vida. Y fue como tu amigo que me enamoré de ti. No sacrificaré ese amor por acciones que emprendí para procurar tu seguridad. Acciones que de hecho eran parte del servicio a mi país. Enamorarme de ti no era mi intención, y una vez pasó, hice todo lo que estaba en mi poder para evitar herirte. Esperaba que nunca supieras nada de esto.

—¿Ni siquiera sobre Charles?

—No sabía quién le mató ni por qué hasta esta noche. Pero sí, si lo hubiese sabido, te lo habría ocultado.

—¿Y si hubieras sabido sus sentimientos hacia mí? ¿Me lo habrías dicho?

Él la miró fijamente a los ojos.

—No.

—Entiendo. —Su voz era fría y le heló el corazón.

—No ha acabado todo entre nosotros, Delia, nunca acabará. Y no solamente porque te amo. —Él se enderezó—. Si no porque tú me amas a mí. Y sabes tan bien como yo lo difícil que es encontrar el amor.

Ella cruzó las manos encima del escritorio y lo miró como si estuvieran discutiendo un asunto de no más importancia que el menú para la cena. Como si ella estuviera fuera de la conversación. Como si no le importara.

—Vete.

—Por ahora.

—Para siempre.

Una hora más tarde, Tony era el último de los hombres que quedaban en la casa. Delia estaba todavía sentada detrás del escritorio en la biblioteca donde él la había dejado, con la mirada perdida, inmóvil.

Él permaneció en el umbral de la puerta bastante tiempo mirándola. Ella no le prestaba atención, si era deliberadamente o no, él no lo sabía. Y suponía que ese detalle no tenía mucha importancia.

Tony no había tenido nunca una relación seria con una mujer. Dios era testigo de que nunca había estado enamorado. Su corazón no se había roto antes, pero ahora se estaba rompiendo por ella. Ella estaba herida y dolida y sufría, y no todo, pero sí una gran parte, podía echársele a él en cara. Sufría por ella y no tenía ni idea de cómo ayudarla.

Él se aseguraría de que no estuviera sola, pero le daría tiempo. Tanto como ella necesitara, o quizás sólo tanto como él pudiera soportar. Mientras tanto, tomaría su título. Aprender lo que necesitara saber para manejar una finca, ser un vizconde y un marido, incluso un miembro de una familia.

Intentaba memorizar cada curva de su cara, la línea de su barbilla, la inclinación de sus labios, y sabía que el esfuerzo era innecesario. Él conocía ya su cara tan bien como la suya propia. Ella flotaría en su mente y en su corazón hasta que estuviera con ella otra vez. Y si no sabía nada más acerca de su futuro, de eso sí podía estar seguro. No permitiría que fuera de otra manera.

—Adiós, lady Saint Stephens, mi señora esposa —dijo él quedamente—. Adiós, de momento.

Él abandonó la casa, y cerró la puerta firmemente detrás de él jurando que regresaría.

El brusco y seco sonido de la puerta de la entrada cerrándose reverberó por toda la casa. La casa vacía. Ella estaba completamente sola y eso era precisamente lo que quería.

Delia permaneció sentada mucho tiempo, sin ningunas ganas de moverse, incapaz de hacerlo. Congelada, insensible… muerta.

Al fin se puso en pie y caminó de un lado a otro del salón. El hedor del humo todavía flotaba en la habitación, pero ella apenas lo notaba. Encontró la licorera de brandy y su vaso y se dirigió de nuevo a la biblioteca. La pared carbonizada captó su atención y ella se detuvo y la miró. El fuego había sido obviamente extinguido antes de que pudiera causar mucho daño. Aun así, unos minutos más y habría prendido las cortinas y la alfombra. Toda la habitación habría desaparecido, posiblemente la casa. Ciertamente habría que reparar cosas, pero podría haber sido mucho peor.

Podrían estar todos muertos.

Ella apartó el pensamiento y volvió a la biblioteca. Notó que, en el fondo, incluso a la luz de la mañana temprana todo a su alrededor parecía borroso e irreal. Como un sueño a través del cual se movía sin esfuerzo consciente. Era una sensación extremadamente curiosa, como si todos sus sentidos y emociones se hubieran retirado o huido o escapado a un lugar seguro y protegido muy lejos de allí. Por el momento ella no sentía nada en absoluto, pero sabía que lo haría, y sería devastador. El brandy embotaría el dolor. Oh, no por mucho tiempo y no para siempre, pero parecía una buena idea en ese momento.

Se sirvió un vaso y tomó un sorbo. Delia había perdido la cuenta del número de brandies que había tomado en esta habitación. Las largas, plácidas tardes. Las partidas de *backgammon*…

Se desplomó de nuevo en la silla e ignoró el licor que se derramaba por un lado del vaso y en sus dedos. Apenas unas horas antes había sido tan increíblemente feliz. El futuro se extendía ante ella, brillante con promesas y alegrías. La aventura más grande de su vida.

¿Cómo se había torcido todo tanto? Desde el momento en que conoció a Charles, su vida había sido una mentira. Él no había querido nada de ella salvo la entrada en el círculo de su familia. Eso en sí mismo era difícil de afrontar. El hecho de que él se había casado con ella porque la amaba y había sido finalmente asesinado por eso era casi demasiado insoportable de pensar.

¿Y qué hay de Tony? Él se había convertido en su amigo cuando ella estaba sola y no tenía a nadie más a quien recurrir ¿Era eso parte de su plan, o algún extraño capricho del destino? Ella bien sabía que había pocas mujeres que ella conociera que hubiesen compartido sus tardes con un criado anciano. Si él había comenzado su engaño con la intención de convertirse en su confidente, era sólo cuestión de suerte lo que le había permitido tener éxito. Había cierto consuelo en ese pensamiento.

Y por lo demás... no sabía qué creer, qué pensar y no tenía ni idea de qué hacer ahora.

Tony, en efecto, tenía razón en una cosa: necesitaba tiempo para encajar todo aquello. El enfado, el dolor, la culpa y el sufrimiento, todos batallaban en su interior. Estaba furiosa con Tony por su engaño y enfadada también con Charles por el suyo. Delia de hecho se sentía responsable de la muerte de Charles y probablemente siempre le ocurriría eso hasta cierto punto. Aún así, si él le hubiese revelado sus sentimientos, quizás el resultado habría sido diferente.

Charles estaría vivo y ella sería su esposa. Y ella nunca habría conocido a Tony en absoluto. El darse cuenta de cuánto lamentaría eso trajo una nueva oleada de culpa.

Delia escuchó la puerta de la entrada abrirse y su corazón dio un salto.

Por ahora.

Corazón traidor. No importa lo que Tony hubiese jurado de camino a la puerta, su vida con él había terminado.

—¡Dios mío! —La voz de Cassie llegaba desde el vestíbulo. Ella murmuró algo que Delia no escuchó y luego apareció en el umbral de la biblioteca—. Aquí dentro apesta, aunque el daño no parece demasiado serio.

Delia suspiró. Lo último que quería en ese momento era explicar todo a su hermana. De hecho, no estaba del todo segura de poder explicarlo todo.

—¿Qué estás haciendo aquí?

—Tu marido vino a casa y pidió que se me despertara. Es obscenamente temprano, sabes. Dijo que había habido un fuego o algo por el estilo e insistió en que me acercara enseguida. —Cassie se quitó los guantes y caminó hacia Delia, luego se detuvo. Entrecerró los ojos—. Tienes un aspecto horrible. —Su mirada se deslizó hacia la licorera y de nuevo a Delia—. ¿Estás bebiendo a estas horas del día? ¿Qué pasa?

—Lo he hecho otra vez, Cassie. He cometido otra terrible equivocación en el matrimonio.

—¿Qué diablos quieres decir? Si estabas más feliz de lo que nunca te había visto.

—Ayer no sabía lo que sé hoy. —A pesar de la resolución de Delia, las lágrimas inundaban sus ojos y un lamento sonaba en su voz—. Mi ama de llaves mató a mi marido. Me casé con mi mayordomo y mi casa está llena de espías.

Cassie la miró fijamente.

—¿Qué?

Delia sorbió una lágrima.

—Es una larga historia.

Cassie acercó una silla y se sentó en ella.

—Excelente, porque tengo mucho tiempo. Normalmente estoy todavía en la cama a estas horas.

—Y es una historia muy extraña. —Delia lamió el brandy de sus dedos—. Bastante complicada.

—Me he dado cuenta de eso.

—En realidad, más bien descabellada —dijo Delia pensativa—. Me atrevería a decir que no lo habría creído de no ser por…

—Delia —cortó Cassie—. Cuéntamelo, ahora mismo. Cada extraño, descabellado y complicado detalle.

—Muy bien. —Delia hizo una pausa—. Pero primero creo que deberías jurar no revelar nunca nada de esto a nadie.

—¿Por qué?

—Por el bien de la Corona, supongo —dijo Delia altaneramente—. Además, preferiría que el resto del mundo no supiera nunca lo tonta que soy.

—Eso lo puedo entender bien. Y prometo no revelar nada de tu extraña, complicada y descabellada historia.

—Me pregunto si debería hacerte pactar un juramento de sangre o algo por el estilo —murmuró Delia, más para sí que para su hermana.

—¡Delia!

—Lo siento. —Delia reflexionó un momento, soltó un profundo suspiro y finalmente se lo contó todo a Cassie, todo, empezando por Charles y terminando con la señora Miller y el fuego.

—¡Dios mío! —Cassie se dejó caer en la silla y miró a su

hermana, con los ojos abiertos de par en par de incredulidad—. No sé qué decir. No es ciertamente… es decir, yo nunca… lo que quiero decir…

Delia empujó la licorera de brandy por el escritorio hacia ella.

—No para mí, gracias. Una de las dos debería mantener la cabeza en su sitio.

—Yo lo hago. —Delia miró su vaso—. Tony dijo que el brandy fomenta el pensamiento racional e incluso la claridad en tiempos de gran agitación. Creo que tiene razón.

—Sabía que ese mayordomo tuyo era raro. —Cassie sacudió la cabeza—. Había algo en él que no me inspiraba confianza.

Delia soltó un sincero suspiro.

—Yo confiaba en él.

—Sí, lo sé. —Cassie observó a su hermana detenidamente—. Puedo ver claramente por qué puedes estar un poco molesta.

Delia dio un resoplido.

—¿Un poco?

—Así que… ¿cuándo le vas a perdonar?

—¿A Tony? —Delia alzó la barbilla—. Es una bestia mentirosa y nunca, nunca, le perdonaré.

—No seas absurda.

—No estoy siendo nada absurda. Él me mintió. Me usó. Se hizo amigo mío con un engaño. ¿Cómo podría llegar a perdonarle?

—¿Cómo puedes no hacerlo? Le amas. Aparte de eso… —Cassie frunció el ceño y Delia pudo ver la mente de su hermana gemela en acción— … me parece que su engaño inicialmente no salió de él. Y su solución fue casarse contigo, llevarte a Italia, ofrecerte las grandes aventuras y de hecho la vida que siempre has soñado y hacerte feliz por el resto de tus días. Ojalá encontrara yo una bestia así.

—No lo entiendes.

—Entiendo que dos hombres distintos, ambos trabajando para la Corona, se enamoraron de ti. Y los dos se casaron contigo, una acción que no tenía nada que ver con su trabajo. Pobre, pobre Delia.

—Pero Tony me engañó.

Cassie se burló de ella.

—Los hombres engañan a las mujeres todo el tiempo. Normalmente con otras mujeres. Dado que la única mujer implicada en esto era un ama de llaves asesina que por lo que entiendo trabajaba para tu actual marido pero no estaba implicada con él más allá de… —Ella sacudió la cabeza como para aclararla—. Esto es terriblemente confuso, pero estoy en lo cierto en este punto, ¿verdad?

Delia dio un golpecito a la licorera de manera significativa.

—Claridad.

—Creo que es mejor si una de las dos permanece algo menos clara —dijo Cassie irónicamente—. Odio decir esto, porque sospecho que no quieres escucharlo precisamente en este momento, pero los delitos de Saint Stephens no me parecen tan horribles.

—Le abrí mi corazón. Le hablé a él… de él. Le pedí consejo y le dije lo que sentía por él. Se aprovechó de mí. —Delia resopló indignada—. Le dije cosas que nunca le habría dicho de saber quién era él. Sobre mi vida y mis sentimientos. Él me conoce tan bien como tú.

—Tanto mejor. Una vez que este asunto se haya aclarado, no debería haber más secretos entre vosotros.

—Pero… pero… —Delia la miraba incrédula—. ¿Qué hay de Charles? —Una nota de triunfo sonaba en su voz—. ¿No le debo algo?

—Por supuesto que no.

—¡Cassie!

—Vamos, Delia. Él no te apartó de su cama y ciertamente podría haberlo hecho, evitando así tu matrimonio y todo lo que vino con él. Luego, nunca te dijo cómo se sentía; de hecho, al parecer te trataba como si no le importaras nada. Y tú estabas completamente preparada para ser una buena esposa para él. De hecho, ¿no me dijiste que pensabas que el amor llegaría a su momento?

—Puede que haya dicho algo por el estilo —admitió Delia.

—No fuiste responsable de su vida antes de conocerte, ni fuiste responsable en modo alguno de su muerte.

—Aun así…

—No hay aun así que valga.

—Pero… pero… —Delia se sentó erguida y se cuadró de hombros—. Tony me ha roto el corazón. ¿Cómo puedo perdonarle?

—Tonterías. —Cassie desdeñó la pregunta—. Puede que haya herido un poco tu orgullo. Me siento un poco tonta yo misma de no haber visto la verdad. Y por lo que respecta a tu corazón… —ella se inclinó hacia delante— ahora mismo, en este momento, ¿qué te produce el mayor dolor?

—Realmente, en este momento, no hay mucho dolor —murmuró Delia.

—Claridad, Delia —respondió Cassie—. ¿Qué es lo que te hace sentir peor ahora? ¿Las cosas que Saint Stephens ha hecho o la posibilidad de que no vuelvas a estar con él de nuevo?

Delia había estado tan molesta, tan dolida, que verdaderamente no se lo había planteado. Lo que podría estar dejando. O apartando de su lado. O perdiendo para siempre. Contuvo el aliento.

—Cielo Santo, le dije que no quería volver a verle.

—Y él te dijo que era tu mayordomo. —Cassie se encogió de hombros.

—Quizás él no quería romperme el corazón y quizás yo no quería realmente decirle que se fuera de mi vida —dijo Delia despacio—. Pero estoy enfadada con él. Furiosa, de hecho.

—Y tienes todo el derecho a estarlo. No hay razón por la que tengas que perdonarle hoy o ni siquiera mañana. De hecho, pienso que deberías hacerle sufrir y esperar una cantidad justa de humillación antes de que le admitas de vuelta.

Delia se iluminó.

—Eso es exactamente lo que debería hacer. Vaya, no volver a verle nunca sólo serviría para hacerme a mí una desgraciada.

Cassie asintió con la cabeza.

—Si él estuviera contigo, podrías hacerle desgraciado. Al menos un poco, de vez en cuando. Vaya, piensa en el poder que tendrías sobre él por el resto de vuestras vidas. Cuando él hiciera algo lo más mínimamente molesto, podrías… —Cassie pensó por un momento, luego sonrió—. Podrías llamarle Gordon. Apenas con hacer eso le fastidiarías.

—Qué perfectamente brillante. —Delia levantó su vaso a la salud de su hermana—. Esa manera de pensar es precisamente la razón por la que eres la hermana que todo el mundo espera siempre que…

Cassie arqueó una ceja.

—Quizás no lo eres, dadas las circunstancias…

Delia suspiró y apoyó la barbilla en la mano.

—Le quiero tanto, Cassie. Y aparte de esta tontería del mayordomo-espía-vizconde, él es realmente maravilloso.

—Realmente podrías hacerlo peor.

—De hecho, y dada la oportunidad, probablemente lo haría. —Delia cruzó la mirada con la de su hermana y ambas mujeres sonrieron—. Debo decir, Cassie, que me siento mucho mejor.

—Bien. —Cassie se puso en pie—. Ahora, creo que la próxima cosa que deberíamos hacer es enviarte de vuelta a la cama, porque parece que no has dormido nada.

Delia se levantó y bostezó.

—Estoy extremadamente cansada.

—Y extremadamente racional. —Cassie cogió su brazo por el codo y la condujo hacia la puerta—. Voy a enviar mi carruaje a casa con una nota para mamá…

Delia protestó.

—No diré nada acerca de mayordomos fraudulentos o espías, ni mencionaré que has echado a tu nuevo marido de casa. Simplemente le diré que hubo un pequeño problema y todos tus criados huyeron.

—Eso es verdad, después de todo.

—Deberías tener una plantilla temporal para media tarde. Y creo que deberíamos decir al resto de la familia simplemente que Saint Stephens fue llamado inesperadamente. Algún tipo de crisis concerniente a su herencia. Doy por hecho que no quieres que sepan nada de esto.

—La última cosa que quiero es que piensen que he cometido otro error en el matrimonio. —Delia suspiró.

—Y cuando te despiertes, discutiremos lo que vamos a hacer con tu salón.

—Escarlata o crema —murmuró Delia, luego miró a su hermana—. ¿Cuánto tiempo, Cassie?

—¿Cuánto tiempo qué?

—¿Cuánto tiempo debería hacerle sufrir antes de permitirle que vuelva?

Cassie se echó a reír.

—¿Cuánto tiempo puedes soportar estar sin él?

—¿Un mes? —Delia sacudió la cabeza—. No, quizás sólo una quincena. Sí, eso está bien. Dos semanas. Eso es tiempo suficiente para que sufra. —Lanzó a su hermana una sonrisa maliciosa—. Y tiempo suficiente para que yo sufra también.

Apenas una semana más tarde, Delia decidió que ya estaba preparada para perdonar gentilmente a su marido y darle la bienvenida de nuevo a su vida y a su cama.

En el día de esa decisión trascendental, advirtió también que no tenía ni la menor idea de dónde encontrarle.

Capítulo veintitrés

Dos meses después

Mi querida Delia:

Excelentes noticias. Me acabo de enterar esta mañana de que Saint Stephens ha regresado a Londres, y lo que es más, tengo la dirección de su casa en la ciudad. Hay otras noticias también, y te las daré en persona.

Debería decirte que esta información es cortesía de nuestros hermanos, aunque cortesía no es quizás la mejor palabra. Leo, Chris y Drew están del peor humor posible, lo cual de algún modo casa con su apariencia. Fueron ellos los que localizaron a Saint Stephens y, por lo que puedo determinar, se encargaron de visitarle con el propósito expreso de hacerle daño físico. Dicen que Saint Stephens fue ayudado por un escocés; creo que se refieren a uno de tus antiguos lacayos. A pesar de que tu marido y su amigo eran sobrepasados en número, aparentemente dieron tanto como recibieron, como muestran las magulladas y maltrechas caras de nuestros hermanos. Por lo que parece, la pelea quedó en empate y terminó con la consumición de una gran cantidad de licor y la promesa de todos los presentes de hacer todo lo posible para animarte a perdonar a tu marido. Extremadamente generoso por parte de nuestros hermanos en verdad, puesto que ellos todavía no tienen ni idea de lo que Saint Stephens hizo.

Para ese propósito, sospecho que Leo, Chris y Drew sacarán uno tras otro el tema de la reconciliación con tu marido la próxima vez que te visiten. Resulta extraña la regularidad con que lo hacen últimamente...

—Me pregunto cuándo planea él visitarme —dijo Delia, más para sí que para su hermana.

Cassie estaba sentada en uno de los dos sofás a juego de estilo griego y observaba a su hermana divertida.

—Sospecho...

—O si de verdad está planeando hacerlo.

Delia caminaba de un lado a otro de su salón recién reformado, redecorado en tonos de vino y amarillo. Un poco fuera de lo común, pero bastante atractivo, sin embargo. Cassie había hecho un excelente trabajo en el salón, como en todas las habitaciones de la casa de Delia. De hecho, fue determinación de Cassie completar la casa entera de Delia tan rápido como fuera posible, y su insistencia en que su hermana se implicara en cada detalle había hecho bastante por mantener la salud mental de Delia.

—Me atrevería a decir que él...

—Han pasado dos meses, Cassie. En realidad han sido dos meses y cuatro días. Dos meses muy largos y cuatro días interminables. Él realmente podría haber regresado mucho antes.

No había sido tan difícil determinar que Tony se había ido a su finca en el campo, obviamente para emprender las obligaciones de su nuevo título. Era admirable que tomara sus recién encontradas responsabilidades seriamente, y a la vez era un fastidio. Delia nunca imaginó que realmente dejara Londres. Cuando le había dicho que se marchara, ella se refería sólo a su casa, no a su ciudad. Dadas sus declaraciones de amor inmortal y su juramento de regresar, ella había esperado que él emprendiera una campaña concertada para recuperarla. En lugar de eso, el hombre en efecto había desaparecido.

—¿Cómo iba a saber que le darías la bienvenida de nuevo? —El tono de Cassie era engañosamente ocioso—. A menos que le escribieras, por supuesto.

—Sabes perfectamente que no le escribí —cortó Delia.

Durante al menos las últimas seis semanas, Cassie había presionado a su hermana a diario para que escribiera a Tony, señalando con bastante lógica que él no sabría de la posibilidad del perdón si ella no le informaba. Delia se negaba en redondo. Sencillamente, no estaba dispuesta a ponerse de rodillas para acercarse a él. Además, le debía disculpas y era él quien debía dar el primer paso. Ella era la perjudicada en todo esto. Aun así, si hubiera sabido que le iba a llevar tanto tiempo...

—¿Y si él ha decidido que simplemente no merezco todo este esfuerzo?

Cassie llevó la mirada al techo.

—Lo sé, lo sé, probablemente ya he mencionado esto antes —dijo Delia rápidamente—. Pero me preocupa. Incluso tú tienes que admitir que toda nuestra relación desde el principio ha sido más bien única y en verdad podría llamarse bastante extraña, y me temo que…

—Ya es suficiente —dijo Cassie con firmeza.

Delia se derrumbó en el otro sofá.

—¿Qué voy a hacer ahora?

—Yo no aventuraría una respuesta. No obstante —Cassie lanzó una sonrisa de complicidad—, estoy bastante segura de saber lo que está planeando hacer.

Delia se irguió en el asiento.

—¿Qué?

Cassie sacó una nota de papel doblada de su bolsito.

—Esto —ella lo agitó tentadoramente delante de su hermana— es de Saint Stephens.

—¿Para mí? ¿Por qué diablos iba él a enviarte una nota para mí? —Delia intentó alcanzarla.

—No tan rápido, querida hermana. —Cassie puso la nota fuera del alcance de Delia y sonrió—. No es para ti, es para mí.

—¿Oh? —Delia alzó una ceja—. ¿Y había rosas acompañándola?

—Esta vez, no. —Cassie sonrió y le pasó la nota—. Puedes leerla, sin embargo.

—Qué generoso de tu parte. —Delia leyó la breve nota. Sus cejas se fruncieron pensativamente—. Dice que quiere tu consejo acerca de la reforma de su casa de la ciudad y te pide que le visites esta tarde. —Cruzó su mirada con la de su hermana—. ¿No te parece un poco extraño?

Cassie se rio.

—Mi querida Delia, estar enamorada y estar sin tu marido han dañado sin duda tu cerebro.

—Sin duda. —Delia la miró confundida—. Puesto que no tengo la menor idea de lo que quieres decir.

—Obviamente, el hombre no está seguro de cómo le vas a

recibir y desea hablarme primero para conocer tus sentimientos o posiblemente pedir consejo sobre cómo acercarse a ti.

—¿De veras lo crees? —La misma idea era deliciosa—. Pero ¿por qué tú? —Delia observó a su hermana—. Apenas le conoces. Y no creí que a ti te gustase particularmente.

—¿Quién mejor que yo? ¿Leo, quizás? —Cassie resopló con desdén—. Incluso un hombre que ha perdido por completo la razón sería más astuto que eso. Y no es que no me gustara. Apenas le conozco; sencillamente no estaba muy feliz de tu relación con él. Sin embargo… —Cassie se encogió de hombros rendida—. Le amas, y todo lo que él ha hecho indica que te ama a ti también. Además, creo que es bastante tierno que él espere averiguar de mí cómo volver a estar en gracia contigo.

—Es tierno, ¿verdad? —Delia miró su firma en la nota, su mano firme y segura y fuerte. Si ella se había dado cuenta de algo en estos dos últimos meses sin él, era cuánto le había echado de menos y qué vacía estaba su vida.

—¿Hay algo en particular que desees que le diga?

—No estoy del todo segura de querer que le digas nada —dijo Delia pensativa—. Pero hay una serie de cosas que me gustaría saber.

—Muy bien. ¿Qué debería preguntarle?

—Tú, querida hermana, no vas a preguntarle nada.

Cassie la miró fijamente por un momento, luego sonrió.

—Entiendo.

—Sabía que lo harías. —La sonrisa de Delia reflejaba la de su hermana—. Tony usó a Gordon para averiguar lo que sentía por él. Es completamente justo que yo use la misma treta.

Tony miró hacia el recargado reloj de bronce de la repisa por decimoquinta vez en tantos minutos. En el fondo, notaba una vez más cómo el reloj y casi todo en aquella casa no era de su gusto. Por supuesto, sería más de su gusto una vez tuviera una habitación azul a juego con los ojos azules de su dueña.

Una vez tuviera una dueña.

La señorita Effington era el primer paso hacia eso y la única manera que se le ocurría de acercarse a Delia. Él quería simplemente llamar a la puerta de Delia, pero no tenía ni idea de si la actitud de Delia hacia él se había suavizado. Habían pasado dos meses interminables desde la última vez que la había visto, pero aunque llevara otros dos y luego otros dos después de eso y así para el resto de su vida si era necesario, él no se rendiría en absoluto. ¿Dónde estaba la señorita Effington, en cualquier caso? ¿Honraría su petición con su aparición? Y si lo hacía, ¿sería su actitud como la de sus hermanos?

Tony se frotó la mandíbula con cuidado. Los hermanos de Delia no sabían nada de lo que había pasado entre Tony y Delia. Sólo sabían que su hermana estaba disgustada y evasiva, y que su marido, por no se sabía qué razón, no estaba a la vista. Sin revelar la mayoría de las circunstancias en torno al matrimonio de Tony y Delia, Tony se las había arreglado para convencer a los hombres de que su ausencia no era una elección suya sino de ella. Por supuesto, el esfuerzo conllevó persuasión tanto física como verbal, así como la aplicación de una gran cantidad de licor, pero el resultado mereció la pena. Él ahora tenía el apoyo, aunque a regañadientes, de los hermanos de Delia.

Aun así, eso no era tan importante como el apoyo de la hermana de Delia. La hermana gemela de Delia.

Como si se tratara de su pie de entrada en escena, escuchó su llegada en el vestíbulo. A pesar de sí mismo, le dio un vuelco el corazón. Los pasos de Cassandra Effington eran iguales que los de su hermana.

Un momento después, Mac entraba en la habitación.

—Señor, la señorita Effington está aquí.

Tony soltó un profundo suspiro.

—Excelente.

Cuando Tony había dejado el departamento, Mac se había marchado con él. Dijo que había pasado tanto tiempo con Tony que no estaba seguro de cómo comportarse sin él. Además, él había disfrutado ayudando a Tony a llevar la casa de Delia y pensó que probaría su mano en llevar las cosas por su cuenta, señalando que él ciertamente podía arreglárselas para hacer un trabajo no peor que el que Tony había hecho. Ninguno estaba especialmente seguro de cuál era la verdadera posición de Mac: era tanto un compañero como un criado. De hecho, ambos hombres pensaban que el escocés era segundo en el mando de la casa de Tony, en su finca y probablemente en su vida también.

—Señor… —Mac vacilaba, una mirada de confusión en su cara.

Tony entrecerró los ojos.

—¿Qué pasa?

—No estoy del todo seguro. —Mac sacudió la cabeza pensativo—. Probablemente no es nada más que el hecho de que ha pasado algún tiempo desde que vi a la señorita Effington. El parecido con lady Stephens es increíble.

—Sí, bueno, esperemos que las dos mujeres hayan suavizado considerablemente su actitud hacia mí. Hazla pasar, Mac.

Mac salió de la habitación y un momento después reapareció, sosteniendo la puerta abierta para la hermana de Delia. La señorita Effington entró al salón y él contuvo el aliento. Sabía de sobras que ésa no era su mujer pero el parecido era en verdad increíble.

—Buenos días, milord. —Sus maneras eran enérgicas, pero no desagradables.

—Señorita Effington. —Tony asintió con la cabeza, no muy seguro de cómo se saluda a la hermana de una esposa separada—. Estoy muy agradecido de que viera la ocasión de venir a verme.

—No me lo habría perdido. —Una sonrisa cortés curvó ligeramente las comisuras de sus labios.

—¿Querría tomar un té? Tengo una excelente cocinera.

—¿De veras? ¿Y ella también… —la señorita Effington hizo una pausa para dar énfasis— mata maridos?

Mac sofocó una tos.

—Todavía no. —Tony sonrió e hizo una señal con la cabeza al escocés—. Encárgate de ello, Mac.

—Un té estaría muy bien. Si sus heridas de guerra se lo permiten —dijo ella de una manera demasiado dulce.

—Me las arreglaré, señorita, gracias por preguntar —dijo Mac en voz baja, y salió apresuradamente de la habitación, agradecido de poder escapar.

La señorita Effington miró alrededor de una manera meticulosa.

—En efecto, puedo ver por qué necesita usted un poco de ayuda.

—¿Qué? —Tony frunció el ceño confuso. ¿Ella sabía lo que él quería?—. Oh, se refiere a la casa. Por supuesto. Lamentablemente está desfasada, o eso me han dicho. Sólo llevo aquí unos días y realmente no le he prestado mucha atención.

Ella alzó una ceja.

—Ciertamente, incluso puedo ver… —Dio un suspiro de resignación—. Me temo que me ha descubierto, señorita Effington.

—No fue especialmente difícil, milord —dijo ella suavemente, lanzando una mirada desdeñosa hacia el sofá gastado, luego se sentó con cuidado en el borde—. Di por hecho que la reforma no estaba entre sus prioridades en estos días.

—No. —Él se sentó en una silla cercana y se inclinó hacia delante—. Su hermana es la prioridad en mi mente. Cada hora de cada día y cada minuto de cada noche. Me considero un hombre inteligente, pero no tengo ni idea de cómo acercarme a ella ni de si ella se dignaría siquiera a mirarme. —Se puso en pie de un salto y caminó de un lado a otro delante de ella—. Dios mío, señorita Effington, han pasado dos malditos meses y cuatro endemoniados días. No puedo dormir, no puedo comer, no puedo concentrarme, no puedo pensar en nada más que en ella. Y tengo mucho que pensar en este momento.

—¿Ese tema de ser un espía, quizás? —dijo ella agradablemente.

—«Agente» es el término preferido —dijo él sin pensar, luego entrecerró los ojos—. ¿Lo sabe?

Ella asintió con la cabeza.

Él debería haberse dado cuenta en el momento en que ella mencionó «amas de llaves asesinas» que Delia le había contado lo que había pasado.

—¿Se lo contó todo?

—Cada horrible detalle. —La voz de la señorita Effington era fría, pero ella estaba reprimiendo obviamente una sonrisa. La mujer, sin duda, disfrutaba con su malestar. Sus ojos azules brillaban con la diversión. Los ojos de Delia. Apartó el pensamiento de su cabeza.

—¿Usted entiende la naturaleza confidencial de todo esto?

Los ojos de ella se abrieron de par en par con indignación.

—¿Y usted entiende que ni yo ni mi familia haríamos nunca nada que no fuese por el bien de la Corona?

—En verdad, yo simplemente…

—Y creo que revelar la comedia de las equivocaciones que ha tenido lugar en mi… en la casa de mi hermana caería en esa categoría.

—No fue quizás nuestro mejor plan. Aun así, nuestras intenciones…

—¿Intenciones? —Ella resopló de una manera muy poco propia de una señorita.

Él reprimió una aguda respuesta. Quería a esa mujer de su parte, después de todo.

—Perdóneme, señorita Effington. —Tony se pasó la mano por los cabellos—. Por supuesto, tiene usted razón. Fue todo un desastre de principio a fin. Mal concebido, pobremente planeado y en muchos sentidos bastante absurdo. Admito todo eso. También admito que lo estoy pasando mal lamentando la mayor parte de esto.

Ella lo miró con incredulidad.

—¿Cómo puede usted decir eso?

—Porque es verdad. —Él se sentó y sostuvo su mirada firme—. Mientras que mi propósito original era fundamentalmente proteger a Delia disfrazado de su mayordomo, me convertí en su amigo también. Y ella en mi amiga.

—Pero era todo una mentira.

—Quizás algunos de los detalles, pero no los sentimientos, las emociones por así decir. —Él se esforzó por encontrar las palabras exactas—. Había más verdad en algunas de nuestras discusiones, por mi parte al menos, de lo que he conocido nunca con nadie. No tiene sentido, quizás. No puedo decir que yo mismo lo comprenda. Y por lo que respecta a su hermana… —Él sacudió la cabeza—. Ella fue sincera, honesta y cariñosa. Es en esos momentos que pasamos juntos jugando al *backgammon* y hablando de asuntos importantes o completamente insignificantes cuando me enamoré de ella. Fue como su criado, cuando fingía ser otra persona, que la vi sin ningún disfraz. Y fue entonces cuando ella cautivó mi corazón. No, señorita Effington. —Él sacudió la cabeza—. A pesar de lo que pueda parecerle, eso no lo puedo lamentar. Ni lamento amarla. Siento, sin embargo, y mucho, el dolor que le he causado, y le prometo que pasaré el resto de mis días compensándola por ello.

—¿Lo hará? —Su voz era dulce.

—Tiene usted mi palabra. —Su mirada se encontró con la suya—. Señorita Effington, ¿me ayudará?

—Milord, yo… —Ella levantó la barbilla—. Me temo que tengo una confesión que…

—¡El té! —Mac entró en la habitación llevando una bandeja con varios y diversos artículos que comprendían un servicio de té y una expresión de determinación en su cara. Dejó la bandeja con tanta fuerza que las tazas vibraron y se inclinó hacia Tony, bajando su voz confidencialmente.

—Señor, necesito hablarte.

—Ahora no. —Tony volvió su atención a la señorita Effington—. Estaba usted…

—Señor. —La voz de Mac sonó dos tonos más alto de lo necesario—. ¿Quizás a la señorita Effington no le importe servir?

—Por supuesto. —Tony le sonrió—. Si es usted tan amable.

La señorita Effington se dispuso a alcanzarlo, luego se detuvo.

—Preferiría no hacerlo, si no le importa. Me encuentro un poco torpe hoy.

Una ligera sonrisa de triunfo curvó los labios de Mac. ¿De qué demonios se sentía tan orgulloso?

Mac le alcanzó a la señorita Effington una taza y sus miradas se encontraron. La sonrisa del escocés se amplió. La señorita Effington parecía sólo un poco alterada. Era todo muy extraño, como si los dos compartieran un secreto al que Tony no tuviera acceso.

—Señor, tu taza. —Mac le empujó la taza y Tony podría haber jurado que el hombre lo hizo a propósito, de forma que todo el líquido hirviendo se derramó en el regazo de Tony.

—¡Oh! —Tony se puso en pie de un salto lo cual resultó en que el resto del té se derramara en la parte delantera de su camisa, hacia abajo y al suelo.

—¡Cielo santo! —Miss Effington dio un salto—. ¿Está usted bien?

—Maldita sea, hombre, ¿qué estás haciendo? —Tony fulminó a Mac con la mirada.

—Lo siento, señor. —El tono de Mac era contrito, pero él estaba obviamente intentando no sonreír. Tony agarró un paño de la bandeja y lo frotó sin efecto en los lugares húmedos de su ropa.

—Aquí. —La señorita Effington le quitó el paño—. Déjeme hacerlo. Usted, MacPherson, vaya a buscar algo para limpiar este desaguisado del suelo. —Ella siguió frotando la mancha del pecho de Tony.

—En verdad, señorita Effington, esto no es necesario. —Oh, aquello estaba yendo muy bien. Ella estaba frotando un poquito más fuerte de lo necesario también. Él la miró fijamente y contuvo el aliento. Tony lanzó una rápida mirada sobre su cabeza. Mac estaba en el umbral de la puerta, una sonrisa clara en su cara. Tony asintió con la cabeza casi imperceptiblemente, reprimiendo a su vez una sonrisa.

—Señorita Effington. —Él apretó la mano de ella contra su pecho. Su mano derecha. Su mirada atrapó la de ella—. Nunca me había dado cuenta de lo mucho que se parece a su hermana.

—Bueno, hay algunas diferencias —dijo ella inquieta, e intentó apartarse.

Él se negó a dejarla ir.

—No son aparentes. En verdad, son insignificantes. El pelo de ella es como su pelo. Los ojos son los mismos. —Él la apretó entre sus brazos—. Encaja usted en mí tan perfectamente como ella.

—Milord, suélteme inmediatamente.

—No puedo. Estar sin ella me ha vuelto loco. Y usted es tan… —Su mirada bajó hasta su boca—. ¿Sus labios saben como los de ella también, me pregunto?

Ella respiraba con dificultad.

—No se atreverá.

—Oh, pero podría.

—Usted… usted… Me temo que me tiene usted en una situación de desventaja.

—Así lo espero.

—Milord, soy…

—Voy a besarla, señorita Effington, y usted me va a devolver el beso. —Él apretó su abrazo y se acercó para acariciar un lado de su cuello—. A menos que prefiera jugar al bandolero y…

Ella se quedó quieta.

—… la princesa fugitiva.

Delia contuvo el aliento por un momento, luego suspiró.

—Eres un hombre muy pero que muy perverso, Saint Stephens.

—Tú me has hecho perverso.

—Tengo una confesión que hacer —dijo ella rápidamente.

—¿Por qué? —murmuró él contra su piel cálida de seda—. No se te dan bien.

—Ésta te gustará. —Delia dio un profundo suspiro—. He decidido, más o menos, perdonarte.

Él se apartó y la miró fijamente, miró esos ojos azules que habían perseguido sus días y sus noches.

—¿Más o menos?

—Bueno, en realidad no tengo la intención de dejar que olvides todo lo que ha pasado. —Ella levantó la barbilla de esa manera en que solía hacerlo cuando decidía enfrentarse al mundo. O tal vez ahora se enfrentaba simplemente al futuro—. Haré que lo tengas para siempre en tu cabeza y lo usaré para conseguir siempre todo lo que quiera de ti hasta el día de mi muerte.

—Entiendo. Estás diciendo que me harás pagar por mis pecados durante el resto de mi vida.

—Absolutamente. —Ella asintió firmemente.

Él hizo una pausa por un momento, luego asintió.

—Creo que merece la pena.

—Fuiste un ancianito encantador. —Ella enlazó sus brazos alrededor de su cuello y le sonrió, el hoyuelo en su mejilla derecha reluciente—. Pero eras un mayordomo espantoso, sabes.

—Y tú, mi amor, fuiste una viuda de lo más indecorosa.

—¿Aún eres espía?

—Agente —dijo él—. No. Simplemente vizconde. Enormemente necesitado de una vizcondesa.

—Qué lástima —dijo ella con una sonrisa.

—¿Por qué?

—Bueno... —Ella suspiró con un pesar exagerado—. No tuve la oportunidad de convertirme en una mujer experimentada. Y la última vez que me fui a la cama con un espía, me desperté para encontrar mi casa en llamas. Fue realmente una aventura.

Él se rio.

—¿Grande?

—Oh, de las que más. —Sus miradas se encontraron y ella se puso seria—. Te he echado de menos más de lo que puedo decir. Y a pesar de todo lo que nos ha llevado hasta este punto, yo tampoco puedo lamentar demasiado lo ocurrido, ya que es lo que me ha conducido a ti. A nosotros. A una felicidad que sospechaba sería la más grande aventura de todas.

—Y yo te he echado de menos a ti. Yo... —Él sacudió la cabeza. Nunca había sido especialmente bueno con las palabras, y las palabras le fallaban ahora.

Ella rio con una alegría que reflejaba la suya.

—Veo que ahora soy yo la que te tiene en una situación de desventaja.

—Y me temo que me tendrás así para el resto de nuestros días.

Él la atrajo hacia sí y se inclinó para dejar que sus labios se encontraran, y supo que siempre estaría ante ella en una situación de desventaja. Y supo también que ella era su amor, su vida, y que sería, desde ahora y para siempre, para él y sólo para él, la única dama en cuestión.

Victoria Alexander

Victoria Alexander es una conocida y galardonada reportera televisiva, que desarrolló su trabajo durante años hasta que descubrió que la ficción era más divertida que la vida real. Fue entonces cuando se decidió a emplear todo su tiempo en la escritura.

En la actualidad, y tras haber recorrido todo el país, está asentada en una casa centenaria de Nebraska donde reside con su esposo y sus dos hijos adolescentes.